DAS GEBOT DES BÖSEN

Oliver Juli, geboren 1968, lebt mit seiner Frau in Klosterneuburg bei Wien. Nach der Matura startete er seine Karriere in einem Technologiekonzern und verbrachte einige Jahre beruflich im Ausland, unter anderem in Kroatien. Derzeit koordiniert er eines der größten Energieforschungsprojekte Europas in der Seestadt Aspern in Wien.

Dieses Buch ist ein Roman. Handlungen und Personen sind frei erfunden. Ähnlichkeiten mit lebenden oder toten Personen sind nicht gewollt und rein zufällig.

OLIVER JULI

DAS GEBOT DES BÖSEN

THRILLER

emons:

Bibliografische Information der Deutschen Nationalbibliothek
Die Deutsche Nationalbibliothek verzeichnet diese Publikation in der Deutschen Nationalbibliografie; detaillierte bibliografische Daten sind im Internet über http://dnb.d-nb.de abrufbar.

MIX
Papier | Fördert gute Waldnutzung
FSC
www.fsc.org
FSC® C083411

Umschlaggestaltung: Nina Schäfer, unter Verwendung der Bildmotive arcangel.com/Silas Manhood, shutterstock.com/La-Veselochka
Gestaltung Innenteil: DÜDE Satz und Grafik, Odenthal
Lektorat: Lothar Strüh
Druck und Bindung: CPI – Clausen & Bosse, Leck
Printed in Germany 2023
ISBN 978-3-7408-1724-4
Thriller
Originalausgabe

Dieser Roman wurde vermittelt durch die Textbaby Medienagentur, Wien.

Für dich, Papa

1

Er war hellwach und konzentriert. Unabdingbar für einen Mann, dessen Leben beständig in Gefahr schwebte. Er dachte an nichts anderes als an den Auftrag. An die unzähligen Stunden des Beobachtens und Planens, die hinter ihm lagen, und an die unmittelbar bevorstehende Durchführung.

Die Gegend um das ehemalige Kloster Hohenwarten, dieser sorgsam versteckte Winkel im westlichen Wienerwald, war ihm mittlerweile sehr vertraut. Eigentlich kaum zu glauben, dass er heute das letzte Mal mit seinem Zeichenblock und dem kurz gewordenen Kohlestift hier auf der Anhöhe saß. Die moosige Bank unter der alten Eiche war lange Zeit sein Aussichtsposten gewesen.

Sein Interesse galt aber weder der düsteren Landschaft noch der imposanten Architektur des Gebäudes. Dem Kloster war seine ursprüngliche Bestimmung bereits vor Jahrzehnten abhandengekommen. Ein katholisches Internat hatte Einzug gehalten, und Teenager und Pädagogen bevölkerten das ehrwürdige Bauwerk. Die ursprüngliche Stille war mit den Mönchen von damals längst verschwunden.

Seine gesamte Aufmerksamkeit war einzig und allein darauf fokussiert, die Operation vorzubereiten. Den Einsatzbefehl hatte er vor zwei Tagen per SMS erhalten, unpersönlich und kommentarlos. Sechs aneinandergereihte Ziffern: das Datum. Dann vier weitere Ziffern: die Uhrzeit. Gefolgt von der Identifikationsnummer der Zielperson. Schicksalsbesiegelnd.

Plötzlich summte sein Mobiltelefon. Er sah auf den Bildschirm und rümpfte die Nase. Permanent unter Beobachtung zu stehen, war er gewohnt, aber die Intensität hatte absurde Ausmaße angenommen. Mit einem Seufzen nahm er das Gespräch entgegen. »Maxim. Was ist los?«

»Halt die Klappe, Neven, ich stell hier die Fragen. Wo bist du?«

Neven verspürte wenig Lust, sich zu unterhalten, und antwortete entsprechend knapp. »Hohenwarten.«

Am anderen Ende der Leitung blies Maxim verächtlich aus, um sogleich durch die Nase hochzuziehen. Neven hasste diesen Tick. Er hielt seinen Blick starr in die Ferne auf den diffusen Horizont gerichtet.

»Wozu? Erwartest du Komplikationen?«

»Nein.«

»Dann verschwinde von dort. Es ist zu riskant, sich ständig in ihrer Nähe aufzuhalten.«

»Erklär mir nicht, wie ich meinen Job zu tun habe.«

Neven konnte Maxims Gewaltbereitschaft nahezu körperlich spüren. Sie machte auch ihn aggressiv.

»Pass auf, was du sagst, Zigeuner. Fang lieber an zu beten, dass morgen alles klappt.«

»Ich bete nicht.«

»Enrico hat gebetet.«

Neven kaute auf seiner Unterlippe. »Vergeblich.«

»Vielleicht hat er einfach zu spät damit angefangen.«

»Nochmals: Ich bete nicht.«

»Ein Fehler, Junge, ein Fehler. Im Gebet findet der Mensch Trost. Es gibt ihm das Gefühl, nicht allein zu sein.«

»Ich brauche keinen Trost.«

»Das sagen sie am Anfang alle.«

Ein letztes rotziges Schniefen, dann beendete Maxim das Gespräch. Neven steckte das Mobiltelefon zurück in seine Jacke.

Enrico.

Der Junge war erst achtzehn Jahre alt gewesen, ein Anfänger. Er hatte versucht abzuhauen. Keine Ahnung, warum. Vielleicht hatte sich sein Gewissen gemeldet, oder er hatte Fehler gemacht und es mit der Angst zu tun bekommen. Wie auch immer, er hatte seine Lage vollkommen falsch eingeschätzt. Einfach alles hinschmeißen und verschwinden, diese Option existierte schlichtweg nicht.

Schon nach wenigen Tagen war Enrico geschnappt worden. Dann ging es schnell. Neven und die anderen Jungs hatten einem grausamen Schauspiel beiwohnen müssen. Ein Exempel war statuiert worden. Eine Lehrstunde, was mit Verrätern geschah.

Enricos Schreie klangen noch immer in seinen Ohren. Und all die anderen fürchterlichen Geräusche dieser Nacht, die er lieber nie gehört hätte. Kopfschüttelnd versuchte er, die ungebetenen Erinnerungen wieder zu verscheuchen.

Seine innere Uhr ging erstaunlich exakt. Wenige Sekunden bevor die breiten Glasschiebetüren des Hauptportals zur Seite glitten, blickte er auf. Ein Regentropfen traf seine Nasenspitze, ein zweiter den Skizzenblock. Die Kohle verlief, aber er beachtete den Schaden nicht weiter.

Er hatte jetzt nur Augen für sie.

Das Mädchen trat ins Freie, groß und schlank und anmutig, in hautenger schwarzer Trainingshose und dunkelblauer Allwetterjacke. Ihre Laufschuhe leuchteten neongrün. Fünfzehn Uhr fünfundvierzig. Ihre eiserne Selbstdisziplin nötigte ihm Respekt ab.

Geschmeidig wie ein Panther setzte sie sich in Bewegung. Neven zählte reflexartig die Sekunden. Nach zwanzig hatte sie den leeren Parkplatz überquert. Nach fünfundzwanzig den Schotterweg erreicht, der die Zufahrtsstraße begleitete und zur Hauptstraße hinabführte. Nach fünfundfünfzig verschwand sie hinter der Biegung.

Er fixierte die Stelle kurz, dann drehte er den Kopf. In siebenundvierzig Minuten würde sie wieder auftauchen, allerdings weiter im Norden, dort drüben, am Waldrand oberhalb des Sportplatzes.

Wenn sie unterwegs war, konnte er nicht arbeiten. Er klappte den Block zu und verstaute ihn zusammen mit dem Kohlestift in seinem Rucksack. Wieder einmal wartete er. Starrte gebannt auf den gegenüberliegenden Hang.

Die Zeit verstrich ereignislos, sah man davon ab, dass es leicht zu regnen begonnen hatte. Kaltes Wasser lief seinen Nacken hinab. Lockige Haarsträhnen klebten an seiner Stirn.

Und dann war sie auf einmal wieder da. Nahm mit spielerischer Leichtigkeit den Abhang. Umrundete den Sportplatz mit einem finalen Sprint und trabte locker aus. Der böige Wind zerzauste ihr feuchtes Haar. Am Hauptportal blieb sie kurz stehen und ließ ihren Blick wandern, ganz so, als suche sie etwas oder jemanden.

Neven schloss für einen Moment die Augen. Sein Magen krampfte unangenehm. Als er blinzelnd wieder aufsah, war sie im Inneren des Gebäudes verschwunden. Schwerfällig schulterte er den Rucksack und hob das Gesicht zum Himmel.

Der Wunsch, hierzubleiben und sie zu beschützen, lähmte ihn, obwohl er genau wusste, dass ihr in dieser Nacht noch keine Gefahr drohte. Ihm graute vor dem morgigen Tag. Vor dem, was er tun musste.

Und ihm graute vor der Frage, die er nach Maxims gehäuften Anrufen nicht mehr verdrängen konnte: Ahnten sie etwas von seinem Plan?

Dreiundzwanzig Stunden später

Jede an der Operation beteiligte Person wusste, was sie zu tun hatte. Das Kommando glich einer perfekt ausbalancierten Maschine, die verlässlich zu laufen begann, sobald der Schalter umgelegt wurde. Die Zahnräder und Riemen mussten voneinander nichts wissen. Es genügte, dass sie an den richtigen Stellen ineinandergriffen.

Neven kauerte nahezu unsichtbar in einer Buschreihe, ganz in der Nähe jenes Platzes, der ihm so oft als Beobachtungsstelle gedient hatte. Zäher Nebel lastete auf der Landschaft. Er schluckte das Tageslicht und ließ die Wälder ringsum schwarz und kompakt und undurchdringlich erscheinen. Kein Lufthauch war zu spüren. Auch an diesem kalten Spätherbstnachmittag würde es mit Sicherheit noch regnen.

Durch sein Fernglas beobachtete Neven eine Person beim Verlassen des Wohnheims. Sie war klein, trug Jeans, einen dicken roten Anorak und eine schwarze Ohrenmütze. Ein Mädchen, das eilig das Hauptgebäude entlang in Richtung des Klostergartens lief. Neven verlor den Teenager zwischen den Bäumen aus den Augen. Egal. Es handelte sich nicht um die Zielperson.

Hinter der Kirche lief eine Kreissäge. Holz wurde geschnitten, vermutlich vom Schulwart oder seinem Gehilfen. Irgendwo weit entfernt bellte ein Hund.

Der Nebel sank tiefer. Ein seidiger Sprühregen legte sich über die Wiesen und Wälder. Die Hügelkette gegenüber war schon länger nicht mehr zu sehen, und nun entzogen sich auch der Sportplatz und das Hauptportal zusehends Nevens Blicken. Er überlegte kurz, seine Position zu verändern, um die Zielperson nicht womöglich zu übersehen, und entschied sich dagegen. Nur noch fünf Minuten.

Es glich einem Stich ins Herz, als das Warten plötzlich und ein wenig zu früh sein Ende fand. Kurzzeitig stieg Panik in ihm auf. Trotz aller Vorbereitungen drohten seine Emotionen außer Kontrolle zu geraten. Er zwang sich, an sein Ziel zu denken und daran, wie er es erreichen konnte. Wenn er jetzt einen Fehler beging, waren sie beide verloren.

Ich habe alles im Griff. Es ist gut, dass es endlich losgeht. Alles läuft nach Plan.

Er legte das Fernglas beiseite und zog das für den Einsatz vorgesehene Mobiltelefon aus der Brusttasche. Resignierend drückte er die Tasten. Zehn Sekunden nachdem er die SMS abgeschickt hatte, erhielt er die Bestätigung. Er entfernte die Rückabdeckung des Gerätes und entnahm die SIM-Karte. Hochkant drückte er sie tief in die matschige Erde.

Rückzug.

Sein Teil der Operation war damit erledigt. Neven hatte den Schalter umgelegt. Wieder einmal war eine Zielperson unterwegs, und die Maschine lief.

2

Vor der Dorfkirche Klosterneuburg-Weidling nippte Gruppeninspektorin Daniela Scholz an ihrem Espresso und blickte durch die Verglasung ins Innere der Bäckerei. Nico Drabek unterhielt sich seit einer gefühlten Ewigkeit mit der alten Schachtel hinter dem Tresen. Er stand da wie festgenagelt. Was zum Teufel hatten die beiden so lange zu bequatschen?

Dann endlich trat er einen Schritt zurück und wandte sich zum Gehen. Doch die Verkäuferin kannte keine Gnade. Sie redete gestenreich und ohne Unterbrechung weiter auf ihn ein. Diese verfluchte Schwätzerin!

Geduld, Dani, Geduld. Die Zeit arbeitet für dich.

Die Zeit vielleicht, aber nicht die Kälte. Dani legte den Kopf in den Nacken und blickte zur geschlossenen Wolkendecke auf. Noch hatten sie knapp über null Grad, aber der Wetterbericht prophezeite für die kommenden Tage fallende Temperaturen, und dann würde es den ersten Schnee geben.

Die Türglocke klingelte. Nico trat auf den Gehsteig, die Schultern hochgezogen. »Tut mir leid, dass du warten musstest, aber es gab einen Notfall.«

»Was für einen Notfall? Der einzige Notfall hier sind meine eiskalten Ohren.«

Nico zeigte nicht das geringste Mitgefühl. »Ihre kleine Enkelin muss einen Kriminalfall aufklären. Felicitas ist weg.«

»Wer zum Kuckuck ist Felicitas?«

»Ihre Monster-Puppe. Sie ist verschwunden, vermutlich eine Entführung.«

»Das ist jetzt nicht dein Ernst!«

»Ich kann doch meine Hilfe nicht verweigern, bloß weil es ein Fall ist, der meine Partnerin nicht interessiert.«

»Du hast nur Glück, dass du mein Chef bist. Wäre es umgekehrt …«

»Lass dir Zeit, okay? Ich muss es vorher in die Pension schaffen. Irgendwie. Bei dem Tempo, das du an den Tag legst, wird das womöglich echt knapp.«

Sein spitzbübisches Augenzwinkern brachte sie zum Lächeln. Er neigte den Kopf in Richtung der kleinen Brücke, die über den Weidlingbach führte. »Gut. Das hätten wir geklärt. Gegen kalte Ohren hilft im Übrigen eine Haube.«

»Verzichte. Du weißt, ich kann Kopfbedeckungen nicht ausstehen.« Dani stieß sich mit dem Hintern von der Motorhaube ihres Wagens ab. »Wir müssen etwas Wichtigeres besprechen.«

»Das habe ich befürchtet. Wo sind nur die entspannten Zeiten hin, als ich meinen Morgenspaziergang allein und in Ruhe genießen konnte?«

»Die sind futsch. Weg. Da hättest du dir eine andere Partnerin wählen sollen. Wir teilen wie abgesprochen alles. Meine Energie, deine Erfahrung, meine Durchsetzungskraft und deine Spaziergänge.«

Nico gab sich geschlagen. Er nahm einen Schluck aus seinem Becher. »Also gut. Der alte Pichler, richtig?«

»Natürlich. Wer sonst?«

»Er lässt dich also immer noch nicht schlafen.«

»Ich werde erst wieder ruhig schlafen, wenn der Fall abgeschlossen ist, das weißt du genau. Also, ich bin nach wie vor der festen Überzeugung, dass eine Frau die Täterin war. Was hältst du von der Hypothese, dass Pichler aus dem Dorf weggelockt wurde, um ihn völlig ungestört an einem abgelegenen Ort zu ermorden?«

»Das ist aber nicht neu, oder? Das haben wir bereits alles durchgespielt.«

»Wir haben durchgespielt, dass er von der Schule weggelockt wurde, das schon. Ich aber meine ›weiter weg‹. Raus aus diesem Kaff, ganz woandershin.«

»Es könnte sein, dass er noch lebt.«

»Ich weiß. Wir haben nirgends Hinweise auf eine Gewalttat gefunden, obwohl wir jeden Stein umgedreht haben. Weder die Hunde noch die Taucher haben etwas gefunden. Aber vielleicht suchen wir einfach an den falschen Stellen. Was, wenn die Täterin mit ihm weggefahren wäre und den Mord ganz woanders verübt hätte?«

»Eine Entführung?«

»Nicht ganz. Pichler war ein notgeiler alter Bock.«

Nico nickte. »Die Festplatte und die Fotos. Ich weiß.«

»Wenn ihn eine Frau eingeladen hätte, mit ihr essen zu gehen, wäre er in Erwartung eines unvergesslichen Abends mit Sicherheit bedenkenlos eingestiegen und mitgefahren.«

»Also doch eine Kollegin von ihm.«

Dani schüttelte den Kopf. »Wir haben alle überprüft. Ebenso die Mädchen, die er begrapscht hat, und deren Mütter. Ich glaube, die sind alle sauber.«

»Vergiss nicht die Väter, Onkel und Brüder.«

»Es war kein Mann, es war eine Frau.«

»Wen also suchen wir?«

»Eine Unbekannte, die in keiner offensichtlichen Verbindung zu einem der belästigten Mädchen steht. Oder eine, die selbst mal Opfer war. Oder in Verbindung zu einem Opfer steht, das sich nicht bei uns gemeldet hat.«

»Pichler hat sein gesamtes Berufsleben in diesem Dorf, an dieser Schule verbracht.«

»Eben. Das spielt uns in die Karten. Wir sollten uns einfach auch alle ehemaligen Schülerinnen und Lehrerinnen vorknöpfen.«

»Du weißt schon, über wie viele Personen wir hier reden? Das können weit über hundert sein.«

Sein zweifelnder Blick und die zusammengepressten Lippen gefielen Dani ganz und gar nicht. »Ich würde die Arbeit übernehmen.«

»Darum geht's nicht, Dani. Ich bin einfach anderer Meinung. Ich bin sicher, dass wir es mit keiner Straftat zu tun haben. Dass der Typ jetzt seit sieben Monaten verschwunden ist und absolut nichts auf ein Verbrechen hindeutet, macht mich skeptisch. Ich denke, er ist tatsächlich einfach abgetaucht. Aus Scham. Oder aus Angst, dass ihn eines Tages eines der Mädchen anzeigt.«

»Es gibt keine Hinweise auf eine Flucht.«

»Wir haben keinen Koffer in seiner Wohnung gefunden und nur wenig Kleidung.«

»Aber wie ist er abgehauen? Er hatte kein Auto, und die Taxis und Busse haben wir allesamt überprüft.«

»Wenn es eine gut vorbereitete Flucht war, gibt es viele andere Möglichkeiten.«

Dani spielte ihren letzten Trumpf. »Es gab auch keine auffälligen Kontobewegungen.«

»Er war – oder ist – alleinstehend. Er könnte über Jahre kleine Beträge beiseitegelegt haben. Es war nicht viel Geld auf seinem Konto. Er hat gut verdient, aber wenig besessen. Wo ist die ganze Kohle geblieben?«

Dani schnaubte genervt. Warum fiel es ihr diesmal so schwer, Nicos gerühmten Feldherrenhügel zu erklimmen und die Lage von oben herab zu beurteilen?

Was übersehe ich? Wo liegt der Fehler?

Ein paar Minuten gingen sie schweigend nebeneinanderher. Sie ließ den inzwischen zerknüllten Kaffeebecher immer wieder durch ihre Finger wandern. Lag Johann Pichler mit einem Cocktail in der Hand an einem x-beliebigen Strand in Thailand, oder fraßen sich Würmer durch seinen irgendwo verbuddelten Leichnam? Egal, aus welcher Perspektive sie die Geschichte betrachtete, sie glaubte an die Version mit den Würmern. »Ich möchte nochmals mit allen Mädchen sprechen, mit allen Lehrerinnen, auch mit allen ehemaligen.«

Es klang trotzig. Als sie Nicos amüsiert verzogene Mundwinkel bemerkte, ballte sie ihre Hände zu Fäusten. »Was ist?«

»Nichts. Mir gefällt deine Hartnäckigkeit. Du gibst nie auf.«

»Ich bin also stur?«

»Das war keine Kritik, Frau Kollegin, im Gegenteil. Wenn du eine herausragende Polizistin werden willst, dann brauchst du genau dieses Durchhaltevermögen. Viel Ausdauer und einen immens langen Geduldsfaden.«

Dani entspannte sich ein wenig. »Ich wünschte nur, wir würden irgendeinen Anhaltspunkt finden. Irgendwas, wo wir einhaken können.«

»Ein Anhaltspunkt wäre tatsächlich hilfreich. Ohne, fürchte ich, haben wir keine Chance.«

Verärgert kickte Dani einen Stein in den Bach und sah ihm hinterher, als plötzlich ein Summen ertönte. Sie fingerte ihr Mobiltelefon hervor, aber der Bildschirm war dunkel. »Nico, es ist deins.«

Umständlich versuchte nun Nico, in die Innentasche seines Mantels zu greifen. Dani nahm ihm seinen halb vollen Kaffeebecher ab. Sie waren stehen geblieben. Während Nico den Anruf entgegennahm, aufmerksam zuhörte und über den Rand seiner Brille ins Leere blickte, wuchs Danis Ungeduld.

»Ich habe verstanden, Ewald. Wir kümmern uns darum.«

Als sie den Namen hörte, verspürte sie augenblicklich einen gewaltigen Energieschub. Ihr letzter Fall lag mittlerweile drei Wochen zurück. Wenn Nico um diese Uhrzeit einen Anruf von Leutnant Ewald Rosenberger bekam und die beiden so ernst miteinander sprachen, dann konnte das nur eines bedeuten. »Was ist los? Haben wir endlich wieder etwas zu tun? Haben wir einen neuen Fall?«

Nicos versteinerte Miene ließ sie verstummen. Manchmal war ihr ihre Begeisterung für ihren Job und für Kriminalfälle selbst ein wenig peinlich.

»Ich weiß nicht, ob es ein *neuer* Fall ist.« Er betonte das »neuer« etwas eigentümlich. »Das war jedenfalls der Boss. Er hat vor wenigen Minuten einen Anruf erhalten.«

Und bei seinen nächsten Worten lief es Dani eiskalt den Rücken hinab.

»Von Kresnik. Es scheint, dein Bauchgefühl hat dich nicht im Stich gelassen. Irgendetwas stimmt da draußen nicht. Wir sollen sofort nach Hohenwarten fahren.«

Dani warf ihre geliebte Lederjacke achtlos auf die Rückbank und schwang sich hinters Lenkrad.

Nico sank mit einem tiefen Seufzer auf den Beifahrersitz. »Ich werde alt. Ein kleiner Sprint, und schon bin ich vollkommen außer Puste.«

»Bleib auf dem Teppich. Fünfundfünfzig ist kein Alter für einen Haudegen.«

Nicos neidischer Blick streifte sie. »Du hast leicht reden. Erinnere mich daran, dass ich am Wochenende wieder zu trainieren beginne. Meine Kondition ist grauenhaft.«

»Du darfst dich nicht mit mir vergleichen. Ich bin erst neunundzwanzig und schon immer ein Wiesel gewesen.«

»Ich vergleiche mich nicht mit dir, sondern mit mir. Vor zwei Jahren. Und jetzt fahr endlich los.«

Dani grinste, startete den Motor des VW Touran und gab Gas. Die Vorderräder drehten durch, und der Wagen schlingerte. Eine kurze Hochrechnung. Die Fahrt von Klosterneuburg nach Hohenwarten nahm etwas mehr als eine halbe Stunde in Anspruch. Vielleicht schaffte sie es in weniger, wenn der Montagmorgenverkehr überschaubar blieb und Nico nicht zu heftig protestierte.

»Freust du dich so darauf, Kresnik wiederzusehen? Oder warum rast du so?«

Sie warf Nico einen giftigen Blick zu. Kresnik. Allein der Name ließ ihren Blutdruck nach oben schießen. Bei den Untersuchungen rund um das Verschwinden von Johann Pichler waren sie und Chefinspektor Frank Kresnik mehrmals heftig aneinandergeraten. Nico hatte immer wieder schlichtend eingreifen müssen. So viel Überheblichkeit und Chauvinismus gepaart mit so wenig Kompetenz bei einem Polizisten seines Ranges! Ein richtiger Volltrottel. Ihre Vorfreude auf ein neuerliches Zusammentreffen hielt sich in Grenzen.

Während sie die Hügel und Täler des Wienerwaldes mit dem Selbstverständnis einer Rennfahrerin durchpflügte, gab Nico Rosenbergers Informationen Wort für Wort weiter. Wie sie aus leidvoller Erfahrung wusste, war es keine gute Idee, ihren Partner bei seinen Ausführungen zu unterbrechen. Dabei hatte sie sich schon mehrmals ordentliche Rüffel eingefangen. Also hielt sie sich zurück und wartete, bis er mit seiner Einweisung fertig war. Erst dann legte sie los. »Nochmals für ganz Dumme. Es gibt einen Tatort, aber kein Opfer?«

»Wir wissen nicht, ob es ein Tatort ist. Ich sagte ›vermeintlicher‹ Tatort. Sie haben Blutspuren gefunden. Aber ich bin da vorsichtig. Könnte auch tierisches Blut sein. Es ist immerhin ein Wald. Es gibt nur die Aussage dieses alten Mannes.«

»Wir fahren also dorthin, weil ein alter Mann gestern bei Nacht und Nebel gesehen hat – korrigiere –, gesehen haben will, dass zwei Männer einen leblosen dritten in einen Lieferwagen verladen haben? Und dann abgerauscht sind?«

Sie beobachtete Nico, wie er seine Lippen spitzte, ehe er antwortete. »Und weil es genau dort Blutspuren gibt.«

»Der Alte ist der Großvater eines Polizisten?«

»Inspektor Mayr ist sein Enkel. Wir kennen ihn.«

»Fabian! Der farblose Junge.«

»Genau der.«

»Und Kresnik will sich wieder nicht selbst um die Angelegenheit kümmern?«

»Kresnik will sich um überhaupt nichts mehr kümmern. Er geht in drei Monaten in Pension.«

»Wie kann ein Mann wie Rosenberger nur ein Kumpel von so einem Arsch sein?«

»Gute Frage. Ich habe keine Ahnung.«

»Soll so sein. Ich bin jedenfalls gespannt, was wir da finden werden.«

Mit Sicherheit sah auch Nico die Möglichkeit eines Zusammenhangs. Im April war Pichler verschwunden. Und jetzt, im November, sollte ein lebloser Mann abtransportiert worden sein. Sie musste es nicht aussprechen. Der heiß ersehnte Anhaltspunkt. Sie hatten endlich eine Spur.

Der Verkehr blieb zum Glück überschaubar. Sie konnte ihr hohes Tempo halten, ohne ihrem Partner mit gewagten Überholmanövern auf die Nerven zu gehen.

»Übrigens, was war mit deiner kleinen Schwester los? Hast du schon mit ihr gesprochen?«

Dani zuckte zusammen. Der abrupte Themenwechsel erwischte sie auf dem falschen Fuß. Sofort war das schlechte Gewissen wieder da. »Nein. Ich schiebe es immer noch vor mir her.«

»Aber du hast es deiner Mutter versprochen, oder?«

»Ja. Weil ich ein Vollidiot bin und zu allem Ja sage.«

»Immerhin geht es um deine Familie. Um deine Schwester. Es sollte dich auch interessieren, wenn etwas nicht stimmt.«

»Das schon, aber da ist nichts. Mama sieht bloß Gespenster.«

»Deine Mutter scheint vieles zu sein, aber sicherlich ist sie nicht ängstlich. Vor allem ist sie eine erfahrene Ärztin. Wenn sie etwas spürt, ist es nicht unwahrscheinlich, dass es einen triftigen Grund dafür gibt.«

Dani drosch mit beiden Händen aufs Lenkrad ein. Mit Unbehagen dachte sie an das Telefonat mit ihrer Mutter zurück. Nadja auf der schiefen Bahn? Ins Drogenmilieu gerutscht? Unmöglich, nicht ihre kleine Schwester, dieses Vorzeigeexemplar einer perfekten Tochter.

Nico ließ nicht locker. »Du solltest dir einen Ruck geben und es hinter dich bringen.«

»Mhm.«

»Du bist gut in diesen Dingen. Mach dir ein Bild. Vielleicht braucht sie deine Unterstützung. Bei der großen Schwester ist es gegebenenfalls auch leichter, sich auszuheulen. Oder um Hilfe zu bitten. Leichter jedenfalls als bei der Mutter.«

Den Rest der Fahrt hing Dani ihren eigenen Gedanken nach. Die Sache ließ sich nicht so einfach verdrängen, weil ihre Mutter vermutlich recht hatte. Nadja verhielt sich in letzter Zeit tatsächlich eigenartig. Rief seltener an, erzählte nichts mehr und antwortete einsilbig. Aber Dani weigerte sich, gleich das Schlimmste anzunehmen. Verrückt. Beruflich tickte sie komplett anders, da kannte ihre Phantasie keine Grenzen.

Vielleicht war Nadja bloß unglücklich verliebt und hatte gerade keinen Bock auf die Uni. Oder es herrschte Streit unter Freundinnen. Es konnte tausend Gründe geben, warum sich ihre kleine Schwester abkapselte. Da mussten nicht gleich Drogen und finstere Gestalten mit im Spiel sein.

Kurz bevor sie Hohenwarten erreichten, rang sie sich zu einem Entschluss durch. Sobald sie den Tatort besichtigt hatten und die Spurensicherung an die Arbeit ging, würde sie Nadja anrufen, sich mit ihr noch für den Abend verabreden und ihr Versprechen halten.

»Jetzt müsste die Einfahrt zum See gleich kommen.«

Sie sprach die Worte mehr zu sich selbst als zu Nico. Nebelschwaden hingen in den tropfnassen Baumwipfeln, und sie musste den Scheibenwischer betätigen, obwohl es nicht regnete. Der Hohlweg tauchte auf, eine verborgene Abzweigung von der Hauptstraße, mitten im Wald. Matschige Reifenspuren wiesen darauf hin, dass in letzter Zeit einige Wagen diese versteckte Kreuzung in alle Richtungen benutzt hatten.

Im Schritttempo krochen sie den Forstweg entlang, ein Teilstück hinauf, das nächste wieder hinunter, nach rechts, nach links. Es war praktisch unmöglich, jedem Schlagloch und jeder Wurzel auszuweichen. Sie wurden unsanft durchgeschüttelt. Nach etwas mehr als einem Kilometer führte der Pfad steil bergab, ehe es heller wurde und der Wald sich öffnete, wie ein Vorhang, den man zur Seite zog.

Vor ihnen in der Senke ruhte der Waldfelsensee, klar und dunkel, eine spiegelnde Scheibe von etwa dreihundert Metern Durchmesser. Dahinter ragte eine Felswand an die sechzig Meter senkrecht in die Höhe, ein gigantischer Granitblock, fünfmal so breit wie hoch. Seine Abbruchkante war von Tannen und Fichten gesäumt, die wie gebeugte Riesen auf die Wasserfläche herabschauten.

Dani und Nico passierten den See und nahmen die nächste Steigung in Angriff. Nach einem weiteren Kilometer durch dichten Mischwald erreichten sie eine Hügelkuppe und eine Lichtung. Der Weg endete hier. Zwei seitlich geparkte Polizeiwagen waren zu sehen. Im Hintergrund schmückte eine Kapelle die Szenerie, davor standen drei dick eingepackte Gestalten.

Dani murrte vor sich hin. »Wir sollten diese lahme Ente gegen einen Geländewagen tauschen, solange wir hier am Arsch der Welt arbeiten müssen.«

Sie stellte den Wagen neben den beiden anderen ab. Die Kollegen drehten sich in ihre Richtung. Dani griff nach ihrer Lederjacke.

Nico stellte den Kragen seines Mantels hoch. »Also gut, sehen wir uns das mal an. Alles okay mit dir?«

»Geht schon.«

Sie zog den Schlüssel ab und öffnete die Tür. Ein Schwall feuchtkalter Luft empfing sie. Nico wartete, bis Dani den Wagen umrundet hatte, dann gingen sie zu der Gruppe hinüber.

Chefinspektor Frank Kresnik rührte sich nicht von der Stelle. Als ihn Danis Blick traf, setzte er sein dämliches Grinsen auf. Provokant wandte er sich an Nico und hielt ihm seine Hand entgegen. »Schön, dass Sie es einrichten konnten, Herr Kollege. Neues Spiel, neues Glück. Manchmal bekommt man vom Leben eine zweite Chance, nicht wahr? Meine Kollegen Ebner und Mayr kennen Sie ja.«

»Verschonen Sie mich mit Ihrer Jovialität, Kresnik. Wir kennen beide den Grund unseres erneuten Hierseins.« Nico war nicht bereit, die verbalen Grenzverletzungen seines gleichrangigen Kollegen widerspruchslos hinzunehmen.

Dani konnte sich ein Schmunzeln nicht verkneifen. Sie überließ das Reden Nico und folgte seinen Begrüßungsfloskeln nur mit einem Ohr. Sie selbst bedachte die anderen beiden Kollegen mit einem knappen Gruß.

Abteilungsinspektor Klaus Ebner stand neben Kresnik, die Arme hinter dem Rücken verschränkt. Ganz offensichtlich kotzte ihn das Herumstehen in der Kälte gewaltig an.

Inspektor Fabian Mayr stand etwas abseits und machte ein unglückliches Gesicht, wie ein Lehrling, der eben eins aufs Dach bekommen hatte. In der Hand hielt er eine Leine. Zu seinen Füßen kauerte ein großer Schäferhund, das Fell voller Wassertropfen.

Dani ging hinüber, kraulte das Tier hinter den Ohren und sah zu seinem Besitzer hoch. »Ein Polizeihund?«

»Das ist meiner. Er heißt Cosmos.«

»Ein Zivilist also. Hi, Cosmos. Grausliches Wetter, was?«

Der Hund legte den Kopf in den Nacken und winselte leise.

Inzwischen hatte Nico die formelle Begrüßung hinter sich gebracht. »Also gut, schießen Sie los. Was haben wir?«

Kresniks faltige Mundwinkel wanderten bei Nicos Frage nach unten. Er steckte die Hände in seine Jackentaschen und hob die Schultern. »Nicht viel. Die Aussage des alten Mayr. Ein paar Tropfen getrocknetes Blut. Reifenspuren und Fußspuren.«

»Na dann … Leisten wir ein bisschen seriöse Polizeiarbeit, auch wenn's schwerfällt. Hat jemand Lust, den möglichen Tatort abzusperren?«

Während Ebner im Schneckentempo zu den Wagen schlurfte, deutete Kresnik zu Boden. Der Schäferhund winselte und knurrte. Fabian zog kurz und heftig an der Leine.

Dani ging neben Nico in die Hocke. Rostrote Flecken, verteilt auf ein paar Steinen und Grashalmen. Nicht viel, aber gut sichtbar. Es schien tatsächlich Blut zu sein. »Und wo hat der Lieferwagen gestanden?«

Kresnik zeigte auf die freie Fläche hinter seinem Rücken.

Dani besah sich auch diese Stelle näher. Tiefe Reifenspuren. Fußspuren von zwei unterschiedlichen Profilen, möglicherweise Bergschuhe oder schwere Stiefel.

Nico setzte seine Befragung fort. »Hat der Zeuge einen Kampf gesehen?«

»Nein.« Kresnik deutete vage nach hinten, zur Kapelle. »Zwei Männer haben einen leblosen Körper getragen und verladen. Woher sie genau kamen, kann Mayr nicht sagen, es war zu nebelig. Aber ungefähr von dort.« Er hob sein Kinn und deutete über seine linke Schulter nach hinten.

»Und wo ist Mayr jetzt?«

»In seiner Hütte am See. Wollen Sie mit ihm sprechen? Soll ich ihn holen lassen?«

»Später.«

Dani sah zur Kapelle. *Ungefähr von dort.*

Cosmos verhielt sich eigenartig. Er sah zur Kapelle hinüber, dann zu Fabian, dann wieder zur Kapelle. Winselte erneut, wollte aufstehen und wurde von Fabian an der Leine zurückgehalten. Dani gesellte sich wieder zu ihnen. »Ist er immer so unruhig?«

»Vermutlich die vielen unbekannten Leute. Das ist er nicht gewohnt.«

»Hast du ihn mit heraufgebracht, um nach Spuren zu suchen?«

Fabians Gesicht hellte sich merklich auf. »Ja, eine gute Idee, nicht? Nach allem, was Opa gestern Abend erzählt hat, dachte ich, Cosmos könnte uns vielleicht helfen. Er war es auch, der für uns die Blutstropfen da entdeckt hat. Aber …«

»Ja?«

Der junge Polizist lächelte verhalten. »Chefinspektor Kresnik war von meiner Initiative wenig begeistert. Ich glaube, er hasst Hunde.«

»Gestern Abend, sagst du?«

»Ja. Klaus und ich sind hierherauf gekommen, nachdem Opa mich angerufen hat. Aber in der Dunkelheit und bei dem Nebel war rein gar nichts zu sehen, also haben wir beschlossen, heute Morgen nochmals herzukommen.«

Mindestens zwölf Stunden, eher mehr, waren demnach inzwischen vergangen. Sie versuchte, die Szene von gestern Abend vor ihrem geistigen Auge zu rekonstruieren. Einer der beiden Männer hatte die Türen des Lieferwagens geöffnet. Der andere hatte hier gestanden, mit dem blutenden Opfer im Arm. Aber woher genau waren sie gekommen?

Cosmos sah wieder zur Kapelle, dann zu Dani.

»Hast du Cosmos noch weitersuchen lassen?«

»Chefinspektor Kresnik hat gesagt, wir sollen uns nicht von der Stelle rühren, bis ihr da seid. Um nicht unabsichtlich Spuren zu zerstören.«

»Was für ein kluger Polizist, der Herr Chefinspektor. Darf ich mal?«

Sie nahm Fabian die Leine ab und tätschelte Cosmos am Hals. »So, mein Junge. Wird Zeit, dass wir uns ein wenig bewegen. Was meinst du? Da hinüber?«

Sie machte ein paar Schritte Richtung Kapelle. Der Rüde sprang hocherfreut auf, wedelte mit dem Schwanz und übernahm sofort die Führung, die Schnauze in Bodennähe.

Aus den Augenwinkeln sah Dani, wie Fabian, sichtlich unentschlossen, von einem Bein aufs andere trat.

Cosmos zog an der Leine. Neben der Kapelle tauchte ein schmaler Pfad auf, der nach rechts abfiel und zwischen den Bäumen verschwand. Dani wandte sich um. »Dieser Pfad führt zum Internat, oder?«

Fabian, der offenbar eine Entscheidung getroffen hatte, war bereits knapp hinter ihnen und nickte heftig. »Ja, genau. Zum alten Kloster Hohenwarten. Sind vielleicht drei Kilometer oder so.«

Dani trabte locker hinter dem Schäferhund her. Im Gänsemarsch ging es einige hundert Meter den gewundenen Weg hinab. Nach etwa fünf Minuten wollte Cosmos plötzlich nach links in den Wald abbiegen. Dani murmelte eine Ermunterung.

Sie bahnten sich einen Weg quer durchs Unterholz. Der Boden war vielerorts dicht mit verdorrten Gräsern, Farnen und Büschen bedeckt. Umgestürzte Bäume versperrten immer wieder den Weg. Cosmos führte sie durch Gräben und über Hügel, vielleicht einen halben Kilometer weit. Dann stoppte er unvermittelt am Rand einer Senke, hob den Kopf und wedelte stolz mit dem Schwanz.

Dani sah sofort, warum. Ihr Herz klopfte wie verrückt. Was war denn hier passiert? Der Waldboden war zerfurcht, als hätten Wildschweine nach Fressbarem gewühlt. Dutzende Abdrücke von Schuhen, unterschiedliche Profile, kreuz und quer. Schleifspuren. Und vor allem Blut. Ziemlich viel Blut. Auf den Pflanzen, den Felsbrocken und der Erde. Verteilt über einen guten Quadratmeter.

Sie kniete sich zu Cosmos und drückte den hechelnden Hund fest an sich. »Braver Junge.« Als sie sich umwandte, stand Fabian mit fassungslosem Gesicht knapp hinter ihr.

»He! Inspektor Mayr! Aufwachen! Lauf zurück und hol Drabek. Ich verständige inzwischen die Spurensicherung. Wenn die Kollegen da sind, schick sie hier herunter. Cosmos hat den Tatort gefunden.«

3

Neven stieg aus dem Bus und atmete tief durch. Selbst hier, an der Haltestelle im Dorfzentrum, roch die Luft nach Harz und Tannennadeln. Die Wälder der Umgebung hatten es ihm angetan, aber Hohenwarten selbst präsentierte sich, wie er es in den letzten sechs Wochen kennengelernt hatte. Ignorant, grau und wenig einladend. Ein trostloser Flecken am Ende der zivilisierten Welt.

Schwere Wolken türmten sich am Horizont.

Der Springbrunnen in der Mitte des Hauptplatzes war mit Holzplanken abgedeckt und mit einem übergroßen Adventskranz geschmückt. Betonierte Blumentröge mit immergrünem Kirschlorbeer säumten das Portal der Kirche. Bei Tageslicht wirkte die allgegenwärtige Weihnachtsdekoration wie lustlos verteilter Tand.

Neven rieb sich die Augen. Irgendwie musste er die hartnäckige Müdigkeit loswerden. Er fischte eine Koffeintablette aus seiner Jackentasche und wollte sie sich eben in den Mund schieben, als sein Mobiltelefon zum Leben erwachte. Die Nummer war ihm vertraut. Er versicherte sich, dass niemand mithören konnte.

»Hallo, Sergej!«

»Neven, mein Freund. Ich hab eben deine Nachricht gelesen. Was gibt's?«

»Einen neuen Auftrag. Wieder direkt von Sagatov.«

Neven ahnte, dass diese Information dem Alten missfallen würde, und wie erwartet legte Sergej eine ungewöhnlich lange Pause ein, ehe er mit säuerlicher Stimme reagierte. »Welchen Reizen ist er diesmal erlegen?«

Neven holte tief Luft. »Keinen. Ich soll Vulkos Mörder finden.«

»Was redest du da? Vulko ist tot? Was zum Henker ist passiert?«

»Er wurde erschlagen. Gestern Nachmittag, während der Krizan-Operation.«

»Von wem?«

»Das ist der Punkt. Es weiß keiner. Laut unseren Männern gab es einen Zeugen. Angeblich ein Jugendlicher, etwa fünfzehn. Als sie ihn entdeckten, ist er sofort losgerannt. Vulko ist ihm allein hinterher, damit die anderen beiden das Paket zeitgerecht abliefern konnten. Als sie zurückkamen, um Vulko und den Zeugen zu holen, war niemand da. Sie haben dann Vulkos Telefon geortet und ihn mitten im Wald gefunden. Erschlagen.«

»Von einem Teenager? So ein Schwachsinn!«

»Das denkt Sagatov auch. Er ist fuchsteufelswild. Glaubt den beiden kein Wort. Ich soll herausfinden, ob es diesen Jungen tatsächlich gibt und wo er sich befindet. Damit die Angelegenheit bereinigt werden kann.«

Sergej schwieg einen weiteren Moment. »Mir gefällt Vlados Verhalten in letzter Zeit zwar nicht, aber ich kann es auch nicht ändern. Wenn er dich für diesen Job auserwählt hat, dann ist das eben so. Er ist der Boss.«

Neven vernahm ein Knurren am anderen Ende der Verbindung.

»Du bist dir im Klaren darüber, dass Maxim dir die Schuld in die Schuhe schieben wird?«

»Ich bin nicht von gestern.«

»Gib auf dich acht, Neven. Ich muss los. Ich treffe mich in einer Stunde mit Ilana. Sieh zu, dass du unterm Radar bleibst und die Sache ohne großes Aufsehen erledigst. Und melde dich, wenn es vorbei ist.« Damit beendete er das Gespräch.

Neven legte den Kopf in den Nacken und schloss die Augen. Trotz der Kälte stand ihm Schweiß auf der Stirn. Der Schock von gestern Nacht, als ihn Sagatov im Beisein von Maxim mit den Details des Vorfalls vertraut gemacht hatte, steckte ihm noch immer in den Knochen und hatte eben eine unwillkommene Auffrischung erhalten.

Kleinwüchsig und schmal, rote Jacke, blaue Hose, dunkle Mütze. Die Beschreibung des Zeugen passte haargenau auf jene

Person, die Neven kurz vor Beginn der Operation beim Verlassen des Internats beobachtet, aber ignoriert hatte. Die Männer wollten einen Jungen erkannt haben, aber Neven war sicher, dass sie sich irrten. Dieser zierliche Körperbau. Das typische Bewegungsmuster. Es war ein Mädchen gewesen.

Wie hatte ihm nur ein solcher Fehler unterlaufen können? Seine einzige mögliche Entschuldigung, der dichte Nebel, würde im Zweifel niemanden interessieren. Die Übelkeit der vergangenen Nacht kehrte mit voller Wucht zurück. Ihn traf nicht nur Mitschuld an Vulkos Tod, sondern auch an allem, was jetzt passieren würde.

Dieser verfluchte Auftrag. Neven hatte das Treffen mit Vladimir Sagatov in dem kleinen Café in der Wiener Innenstadt noch vor Augen, als wäre es gestern gewesen.

»Ab sofort kümmerst du dich ausschließlich um diese eine Sache.« Sagatov hatte ein Kuvert über den Tisch geschoben, wie in einem dieser altmodischen Agentenfilme. »Kein Suchen diesmal. Hier drinnen findest du alles über das Mädchen. Sonst ändert sich nichts, verstanden? Du erstellst ein Dossier, und wenn wir ein Angebot bekommen, legst du los. Wie gehabt.«

Neven hatte nach dem Umschlag gegriffen und ein Foto herausgezogen. Am unteren Bildrand hatte in Blockbuchstaben ein Name gestanden. Anisa Krizan. »Wer hat sie ausgewählt?«

»Keine Fragen. Mach dich einfach an die Arbeit und gib Bescheid, sobald du fertig bist.«

Sechs Wochen lag dieses Treffen mittlerweile zurück. Sechs Wochen, die Nevens Leben eine völlig neue Richtung gegeben hatten. In denen kein Stein auf dem anderen geblieben war.

Und jetzt das. Wie um alles in der Welt sollte er Anisas Rettung einfädeln, wenn er nicht wie geplant aus dem Verborgenen heraus agieren konnte? Wenn er stattdessen eine minderjährige Mörderin finden und ausliefern musste?

Egal, wie er es auch drehte, er durfte den Dingen keinesfalls ihren Lauf lassen. Anisa wäre für immer verloren. Und nicht nur sie, auch das unbekannte Mädchen. Und vermutlich auch der alte Mann vom See, den Maxim als Täter verdächtigte. Neven seufzte. Es gab keinen anderen Weg. Er musste rasch ins Handeln kommen, auch wenn es bedeutete, dass es danach kein Zurück mehr gab.

Die Koffeintablette, die er immer noch in der Hand hielt, verschwand in seinem Mund. Fröstelnd zog Neven seine Kapuze tiefer ins Gesicht und orientierte sich. Bank, Kirche, Gemeindeamt. Die Polizeiinspektion befand sich in dem flachen Anbau hinter dem Rathaus, nur ein paar Schritte entfernt. Vier Beamte versahen hier normalerweise ihren Dienst, aber hinter den schmutzigen Fenstern brannte kein Licht. Die beiden für die Dienstfahrzeuge reservierten Parkplätze waren leer.

Neven ordnete seine Gedanken. Die unbesetzte Inspektion ließ nur einen Schluss zu: Die Polizei hatte die Ermittlungen aufgenommen. Vielleicht hatte er Glück, und die Beamten waren zuerst zur Kapelle gefahren, um den Tatort von Anisas Entführung oder jenen von Vulkos Ermordung zu untersuchen. Vielleicht blieb ihm ein kleines Zeitfenster, in dem er sich selbst ungestört im Internat umsehen konnte. Den See musste er jedenfalls großräumig meiden. Der Polizei in der Nähe eines Tatorts in die Hände zu laufen, war das Letzte, was er wollte.

Er trieb sich zur Eile. Entschlossen marschierte er los. Kurz nach den letzten Häusern am Dorfausgang passierte er die Rückseite des mächtigen Waldfelsens und nahm den markierten Wanderweg über die bewaldete Hügelkette, die den See bogenförmig umspannte. Nach einer knappen Stunde Gehzeit erreichte er den Campus. Er verließ den Weg und schlenderte unbehelligt quer durch den Park des ehemaligen Klosters. Tatsächlich war weit und breit kein Polizist zu sehen, auch kein Dienstwagen oder ein anderweitig auffälliges Fahrzeug.

Neven überlegte. Wer konnte ihm nun weiterhelfen? An wen konnte er sich wenden, ohne Verdacht zu erregen? Sollte er wahllos einen Schüler oder eine Schülerin einer höheren Klasse ansprechen? Den Schulwart aufsuchen? Wer konnte etwas gesehen haben oder etwas wissen?

In der Nähe des Sportplatzes lehnte sich Neven ratlos an einen der zahlreichen Picknicktische und beobachtete die Zufahrtsstraße. Gesetzt den Fall, die Polizei würde tatsächlich demnächst auftauchen, was dann?

»Möchten Sie vielleicht eine Tasse heißen Tee? Es ist kalt geworden seit letzter Nacht.«

Neven wirbelte herum. Ein großer Mann in graugrüner Arbeitskluft stand hinter ihm, ein hagerer Typ in Nevens Alter, um die fünfundzwanzig. Die schweren Tränensäcke verliehen seinem Blick eine tiefe Traurigkeit. In einer Hand hielt er eine Thermoskanne, an der anderen baumelten zwei Becher. Neven ließ erleichtert die Schultern sinken. Er kannte den Mann. »Sie sind der Gehilfe des Schulwarts.«

»Ich heiße Felix. Wollen Sie jetzt einen Tee oder nicht?«

Neven wandte sich vollends seinem Besucher zu und nickte.

Felix stellte die beiden Becher auf den Tisch. »Ich kenne Sie auch. Sie sitzen oft da oben, bei der alten Eiche. Ich frage mich, wieso.« Mit dem Kopf deutete er in die besagte Richtung, während er mit konzentriertem Blick den Tee eingoss. »Ich habe ein wenig Rum dazugemischt. Kirschrum.«

Neven rang sich ein Lächeln ab, obwohl ihm nicht danach zumute war.

Felix reichte ihm eine Tasse, die andere hielt er an seine Lippen und blies hinein. »Zeichnen Sie heute nichts?«

Nachdenklich musterte Neven sein Gegenüber und las nichts als naive Neugierde in Felix' Gesicht. Einen Versuch war es wert. Vielleicht konnte Neven ohne viel Aufwand das Vertrauen des jungen Mannes gewinnen, indem er sich selbst ein wenig öffnete.

»Mein Name ist Neven. Wir können uns gerne duzen. Ich bin Künstler und studiere in Wien.«

»Und was macht ein Kunststudent jeden Tag da oben bei der alten Eiche?«

»Ich arbeite mit den Leuten zusammen, die euren Kirchentrakt renovieren, und begleite die Restaurierungsarbeiten. Ich zeichne das Kloster.«

Felix blickte ihn zweifelnd an. »Wochenlang?«

Statt einer Antwort öffnete Neven seinen Rucksack, zog

die Skizzenmappe heraus und reichte sie seinem Gegenüber. »Die Arbeit ist sehr zeitaufwendig. Sieh es dir an. Ich habe viele Zeichnungen gemacht.«

Felix stellte seinen Becher ab, legte die Mappe auf den Tisch und klappte sie auf. Er betrachtete das erste Blatt, dann das zweite, das dritte. Seite für Seite. Die Zeichnungen zauberten einen Hauch Ehrfurcht in sein Gesicht. Nächste Seite. Plötzlich richtete er sich zu voller Größe auf. »Ich habe es mir gedacht. Das Kloster ist nur ein Teil der Wahrheit, richtig? Du bist auch ihretwegen hier.«

»Du kennst Anisa?«

»Natürlich. Jeder im Internat kennt sie.«

Felix' Hände zitterten, als er Neven die Mappe zurückgab. »Aber irgendetwas stimmt nicht. Deshalb will ich mit dir reden. Du warst gestern Nachmittag da oben, als sie losgelaufen ist, und dann bist du verschwunden, und sie ist auch nicht mehr zurückgekommen. Ich verstehe das nicht. Was ist passiert?«

Neven senkte seinen Kopf und starrte auf die Mappe in seinen Händen. Felix mochte ein einfältiger Charakter sein, aber er war offensichtlich ein überraschend genauer Beobachter. Noch ein Zeuge. Das Nachspiel der Operation entwickelte sich immer mehr zu einem Alptraum. Neven antwortete mit kaum hörbarer Stimme. »Ich weiß es nicht.«

Felix trat von einem Bein auf das andere. »Und wer weiß es? Kannst du es herausfinden?«

»Vielleicht.«

»Das wäre gut. Ich schlafe nämlich wesentlich besser, wenn hier alles in Ordnung ist, verstehst du?« Er deutete auf den Picknicktisch. »Ich muss los, mein Chef sucht mich sicher schon. Wenn du den Tee ausgetrunken hast, lass den Becher einfach hier stehen. Ich hole ihn später.« Eilig schnappte er sich die Thermoskanne und seinen Becher und eilte ohne Abschiedsworte davon.

Neven sah ihm nach. Erst als Felix hinter der Sporthalle verschwunden war, klappte er die Mappe auf und betrachtete Anisas Porträt. Vertiefte sich voller Sehnsucht in die naturgetreu gezeichneten Augen, die keck geschwungenen Brauen und den lächelnden Mund. Sie hatten in der Sonne auf der Terrasse eines Cafés gesessen. Er hatte ihre Hand berührt. Wie zufällig. Sie war nicht zurückgewichen und hatte ihn gewähren lassen. Es war einer der glücklicheren Momente in seinem Leben gewesen.

Das Zischen von Reifen auf nassem Asphalt zog seine Aufmerksamkeit auf sich. Ein Polizeiwagen näherte sich. Schlagartig war Neven zurück in der Gegenwart. Ohne das Fahrzeug aus dem Blick zu lassen, verstaute er seine Mappe im Rucksack. Ein Mann in Uniform wälzte sich aus dem Wagen. Der Dorfpolizist. Mit einer Hand am Geländer, die Kappe in der anderen, quälte er sich die Stufen zum Hauptportal hinauf.

Neven trank noch etwas Tee und leerte den Rest in die Wiese. Den Becher ließ er wie versprochen auf dem Picknicktisch zurück.

4

Dani stand mit verschränkten Armen oberhalb der Senke und ließ die Düsternis der Umgebung auf sich wirken. Ein beklemmendes Gefühl hatte sich breitgemacht. Der Wald war erwacht, rückte näher, schien sie regelrecht umarmen zu wollen. Böiger Wind fauchte durch die Wipfel. Das Team der Spurensicherung war unterwegs, und auch Nico müsste jeden Moment hier auftauchen.

Nachdem Fabian und sein Schäferhund losgelaufen waren, hatte sie sich ein Paar Latexhandschuhe übergezogen und begonnen, den Tatort großräumig einzukreisen. Vorsichtig, jeden ihrer Schritte mit Bedacht setzend, hatte sie die Umgebung abgesucht. Abgebrochene Äste. Niedergetrampeltes Gestrüpp. Mindestens drei Männer waren hier gewesen. Sie war nicht zur tiefsten Stelle der Senke hinuntergestiegen. Dort wimmelte es von Spuren. Das sollten sich zuerst die Experten ansehen.

Mit Ausnahme von Schuhabdrücken und Schleifspuren hatte sie nichts entdeckt. Kein Messer, kein Beil und keinen Holzprügel. Auch sonst keinen anderen auffälligen Gegenstand, nicht mal einen Zigarettenstummel.

Wer war hier gewaltsam zu Tode gekommen? Hatte Johann Pichler vor sieben Monaten ein ähnliches Schicksal ereilt? Gab es womöglich einen weiteren Tatort hier in diesem Waldstück? Und wenn ja: Warum hatten ihn die Hunde im Frühjahr nicht gefunden?

Es knackte im Unterholz. Nico tastete sich unsicher den rutschigen Hang herunter und fluchte leise vor sich hin. Ein Grinsen erhellte Danis Gesicht. »Wo ist denn der lokale Platzhirsch? Ist der Weg hier herunter zu beschwerlich für den alten Fettsack?«

Nico schnaufte durch und schüttelte den Kopf. »Reiß dich zusammen, Dani. Er hat einen Anruf erhalten und musste weg. Aber ich glaube, er war ganz froh, dass er sich verdrücken konnte.« Er suchte sicheren Stand und betrachtete die Szenerie. »Wow. Das ist stark. Eine kleine Arena. Hast du schon etwas entdeckt?«

»Nicht viel. Ich war noch nicht ganz unten, ist schwierig hinzukommen, ohne die Spuren zu beschädigen. Ich denke, das sollte sich Egon zuerst anschauen und sichern. Die Abdrücke stammen jedenfalls von mindestens drei verschiedenen Profilen. Keine Tatwaffe und auch sonst nichts.«

»Und das dort ist alles Blut.« Es war eine überflüssige Feststellung. Der dunkle, quadratmetergroße Fleck klaffte wie eine offene Wunde. »Sieht aus, als wäre jemand von einem Raubtier zerfleischt worden.«

Ein Tier? Nach Tierspuren hatte Dani nicht gesucht. Sie trat einige Schritte zur Seite und stellte sich auf einen Baumstumpf. Perspektivenwechsel. Ein mannshoher Felsblock hinter dem Tatort. Eng aneinandergeschmiegte Bäume, ineinander verkeilt wie ins Erdreich gerammte Pfähle. Das dichte Dach des Mischwaldes. Gestern am späten Nachmittag musste es hier schon stockdunkel gewesen sein.

Sie wandte sich an Nico. »Was meinst du, was hier passiert sein könnte?«

»Bei dem vielen Blut? Ich denke, der leblose Körper, den der alte Mayr gesehen hat, war tatsächlich eine Leiche.«

»Ein tödlicher Kampf.«

»Möglich. Aber warum hier unten?« Nico wiegte seinen Kopf, als höre er Musik.

Dani kannte die Bedeutung dieser für ihn so typischen Bewegung. »Du willst nicht spekulieren, oder?«

»Wir wissen noch zu wenig. Es gibt wahrscheinlich Dutzende Möglichkeiten.«

»Was machen wir also?«

»Wir warten, bis unsere Leute hier sind. Egon ist der richtige Mann für das hier. Ein begnadeter Spurenleser. Mit seiner Erfahrung kann er für uns sicherlich ein paar interessante Details aus dem Durcheinander herauslesen. Wir besuchen einstweilen Paul Mayr. Und erst dann bauen wir eine erste Version der Geschichte.«

Warten also. Sich in Geduld zu üben, zählte nicht zu ihren Stärken.

Sie seufzte und sah sich um. Vielleicht fand sie noch etwas. Tierspuren zum Beispiel.

Um die Mittagszeit waren die Zufahrt zum See, die Lichtung rund um die Kapelle und der Tatort im Wald großräumig abgeriegelt. Ein Heer von Beamten des Landeskriminalamtes untersuchte jeden Quadratzentimeter der abgesperrten Bereiche. Verteilte Unmengen gelber Nummernkärtchen. Schoss zahlreiche Fotos. Spürhunde durchkämmten mit ihren Führern das umliegende Gebiet.

Dani stand abseits am Ufer des Sees und blickte ins glasklare, schwarzgrüne Wasser. Hatte sie erwartet, dass Nadja ihren Anruf entgegennehmen würde? Es war Montag. Normalerweise verbrachte ihre süße kleine Schwester den Vormittag nach dem Wochenende im Bett und bequemte sich erst spät zur Uni. Müßiges Studentenleben. Und da Nadja sich beharrlich weigerte, eine Sprachbox einzurichten, konnte Dani ihr nicht mal eine Nachricht hinterlassen. Stattdessen tippte sie eine WhatsApp-Nachricht, bestehend aus nur vier Wörtern: »Ruf mich sofort zurück«.

Nico näherte sich von hinten. »Hat sie nicht abgehoben?«

»Nein. Und bei Handys hebt man nicht ab. Das war zu deiner Zeit. Die Dinger mit den antiken Hörern.«

»Und was tut man stattdessen?«

»Man geht einfach ran. Man geht verdammt noch mal ran, wenn jemand aus der Familie anruft.«

»Ist es ungewöhnlich, dass sie nicht … rangeht?«

»Ja. Schon.«

»Wir könnten nachher bei ihr vorbeifahren.«

Dani lachte auf. »Tolle Idee! Das wird sie sicher freuen.«

Sie zählte die kleinen Wellen, die ans steinige Ufer klatschten. Zorn oder Sorge? Eine Mischung aus beidem. Noch überwog der Zorn, aber die Sorge wuchs. Womöglich hatte ihre Mutter recht, und es stimmte tatsächlich etwas nicht. Die Worte, die ihr auf der Zunge lagen und die sie ihrer Schwester gerne an den Kopf geworfen hätte, blieben ungesagt. Vorerst.

Nico wartete einige Schritte entfernt. Bestimmt wollte er ihr Zeit geben, die Situation zu verarbeiten. Das mochte sie an ihm, seine Empathie, seine Menschenkenntnis, seine Gelassenheit. Er schien immer genau zu wissen, wie es gerade in ihr aussah, nahm ihren Zynismus augenzwinkernd zur Kenntnis und ihre gelegentlichen Gefühlsausbrüche nicht persönlich.

Ihr Blick glitt über die leicht gekräuselte Wasserfläche zum gegenüberliegenden Ufer. Wie ein Gemälde, dachte sie. So friedlich und stimmungsvoll. Alles schien so geordnet. Die Jagdhütte wirkte mit der gewaltigen Felswand im Hintergrund winzig und war leicht zu übersehen. Der Ärger verflog, die Sorge blieb. Und dort drüben wartete ihr Job. »Also gut. Wir können los.«

Sie ging entschlossen voran, ohne Nico ins Gesicht zu sehen. Ihre familiären Probleme waren ihr unangenehm, immer schon gewesen. Aber sie hatten sich in der Vergangenheit stets lösen lassen.

Der Pfad, den sie nehmen mussten, war schmal und aufgrund der Nässe unangenehm glitschig. Zu Beginn führte er sie bergauf und direkt am steil abfallenden Ufer entlang. Dann lotste er sie einige Meter in den Wald hinein und wieder hinaus. Mehrmals suchten sie an Ästen und Wurzeln Halt, um nicht auszurutschen. Nico hatte sichtlich Mühe, mit ihr Schritt zu halten, verlor aber kein Wort. Dani sprach ihm über die Schulter hinweg Mut zu. »Wir haben es gleich geschafft. Da vorne wird das Gelände wieder flacher.«

Der erste Eindruck hatte getäuscht. Die vermeintlich winzige Jagdhütte entpuppte sich beim Näherkommen als stattliches Haus, mit massiven runden Bohlen und wuchtigen Fensterläden. So wie es hier stand, hätte es auch hervorragend in die Rocky Mountains gepasst.

»Ein wirklich idyllisches Plätzchen, findest du nicht? Sogar bei dem beschissenen Wetter –«

Sie brach den Satz ab und blieb ohne Vorwarnung stehen. Nico lief in sie hinein und murmelte eine Entschuldigung.

Auf der geräumigen, überdachten Veranda standen zwei Männer. Ein bärtiger Riese in weißem Shirt unter offenem Holzfällerhemd und ein hagerer, blasser Glatzkopf mit rostroter Jacke und einem kleinen schwarzen Rucksack. Die beiden tauschten lachend ein paar Worte und schüttelten einander die Hände. Eine Verabschiedung. Der Hagere wandte sich ab, und Dani meinte für einen kurzen Moment ein vernarbtes Gesicht zu sehen. Wenige Augenblicke später war er neben der Blockhütte im Wald verschwunden. Der Riese warf hinter sich die Tür ins Schloss.

Dani und Nico folgten dem restlichen Weg an knorrigen alten Bäumen und großen Felsbrocken vorbei zum abschüssigen Uferabschnitt vor der Veranda. Ein sandiger Trampelpfad führte zu einem kurzen Holzsteg, an dessen Ende ein wenig vertrauenerweckendes Ruderboot schaukelte. Der Waldfelsen ragte dahinter senkrecht in die Höhe wie die Fassade eines Hochhauses.

Hinter Nico erklomm Dani die fünf Stufen zur Eingangstür. Die Blockhütte hatte die Ausmaße eines Einfamilienhauses. Dani fragte sich, wie das Material für den Bau wohl hierhergeschafft worden war. Nicos Klopfen wurde von einem donnernden »Herein« aus dem Inneren beantwortet.

»Paul Mayr?«

»Wer will das wissen?«

»Mein Name ist Drabek. Chefinspektor bei der Kriminalpolizei.«

»Endlich! Warte schon den ganzen Tag auf euch.«

Es war gemütlich in der geräumigen Stube. Etwas zu warm und muffig vielleicht. Überall hingen Jagdtrophäen an den Wänden, ausgestopfte Vögel, präparierte Tierköpfe und Geweihe. Ein Marder mit spitzen Zähnen. Und ein Murmeltier.

Mayr saß an einem schweren Holztisch direkt neben dem flaschengrünen Kachelofen. Das Fenster hinter ihm war gekippt. In der Mitte der Tischplatte standen eine leere Flasche Wodka und zwei Gläser, vor ihm lag eine aufgeschlagene Zeitung.

Nico deutete mit dem Kopf nach draußen. »Ein Freund von Ihnen?«

»Wer?«

»Der Mann mit der Glatze.«

»Nein, den habe ich vorher noch nie gesehen. Ein Wanderer. Wollte zur alten Kapelle, aber ihr habt ja alles abgesperrt. Da hat ihn sein Weg wohl an meiner Hütte vorbeigeführt.«

»Wodka zum Frühstück?«

»Wahnsinn, was? War ein Russe! Die ernähren sich von dem Zeug.«

Dani nahm die Alkoholfahne wahr und rümpfte angeekelt die Nase. Während Nico, ohne zu fragen, auf einem der Sessel Platz nahm, blieb sie im Hintergrund stehen und sah sich um. Der Wohnraum maß etwa sechs mal sechs Meter. Rechter Hand eine kahle, einfache Küchenzeile, mittelalterlich anmutend, mit eisernem Herd und steinernem Waschbecken. Im hinteren Teil wies eine offene Tür in einen dämmrigen Flur, von dem zu beiden Seiten Räume abzweigten. Der Holzboden war rau und unbehandelt. Hier drinnen behielt man die Schuhe an.

Mayr schob die Zeitung beiseite. »Lust auf einen kleinen Schluck? Ich hab irgendwo noch eine Flasche.«

Nico schüttelte den Kopf.

»Kann euch auch einen Tee aufsetzen.«

»Erzählen Sie uns lieber, was Sie gestern Abend gesehen haben.«

Dani schätzte den alten Mayr auf Mitte siebzig. Er war nicht nur groß, sondern auch kräftig gebaut, mit breiten Schultern und Pranken wie ein Bär. Seine Augen lagen tief in den Höhlen, von buschigen Brauen umrahmt, um den Mund ein verfilzter, grauschwarzer Vollbart.

Mayr fasste unter den Tisch und holte aus einer Kühlbox eine Dose Bier. Aus seiner Brusttasche fischte er eine Zigarette und ein Feuerzeug. Ein Schnipp, ein tiefer Zug. Seine Worte polterten wie Bauklötze durch den Raum. »War gestern Nachmittag, so gegen halb fünf, kurz nachher vielleicht. Ja, eher nachher. Da ist mir der Lieferwagen zum ersten Mal aufgefallen. Kam den Weg von der Kapelle und fuhr zur Straße runter. Rauffahren hab ich ihn nicht gesehen. Ich dachte, der hat sich vielleicht verfahren, zu spät gemerkt, dass er in einer Sackgasse steckt.«

Der Dosenverschluss zischte. Die Zigarette zwischen den Lippen wippte auf und ab.

»Dann kam fünf oder zehn Minuten später ein anderer Wagen, ein Jeep oder so was. Kann ich auf die Entfernung nicht genau sagen. Fuhr in die andere Richtung, zur Kapelle rauf. Komisch, dachte ich. Bin zwar nicht mehr so oft hier in der Hütte, aber Autos verirren sich selten hierher. Manchmal der Förster, aber der hat einen Pick-up. Zwanzig Minuten später, es war inzwischen schon ziemlich dunkel, ist der Jeep zurückgefahren. Langsam und mit Abblendlicht, wie er gekommen war. So als wollte er nicht auffallen.«

Eine Pause, ein Schluck Bier. Dani hielt ihre Arme verschränkt und verzog die Mundwinkel. Es war gerade mal Mittag. »Haben Sie gestern ähnlich viel getrunken wie heute?«

Der Riese grinste verächtlich und würdigte sie keines Blickes. »Provokant, Ihre kleine Kollegin. Aber nicht mein Typ. Zu drahtig.«

»Sie spielen mit dem Feuer, guter Mann, da sind Sie bei mir an der falschen Adresse. Beantworten Sie die Frage.«

»Reicht ein ›Möglich‹?«

»Reicht. Und weiter?«

»Hab zusammengeräumt, vor der Hütte. Inzwischen war es dunkel und der Nebel dicht. Wollte eben aufhören, da sehe ich erneut einen Lichtball. Wieder Scheinwerfer. Den Weg heraufkommen. Konnte die Karre nicht sehen, aber es klang wieder wie der Lieferwagen.«

»Sie glauben, es war der gleiche?«

»Es war der gleiche. Hab nachgesehen.«

»Sie sind ihm also nachgegangen?«

»Hatte plötzlich die Eingebung, dass da womöglich jemand illegal Müll ablädt oder so. Und daher beschlossen, nachzusehen und diese Arschlöcher zur Rede zu stellen.«

»Verstehe. Sie sind also losmarschiert.«

»Dauert nur zwanzig Minuten von hier zur Kapelle, und

weiter kann er ohnehin nicht fahren. Ich also den Hügel rauf. War wie gesagt sehr neblig. Inzwischen konnte ich keine zwanzig Meter weit sehen.«

Mayr sprach jetzt langsamer und schwerfälliger, als müsse er die Worte in seinem Kopf erst suchen und dann aneinanderreihen wie Dominosteine. »War schon beinahe bei der Kapelle, da sehe ich den Wagen, irgend so ein dunkler Kasten, zehn Meter vor mir. Aber keiner da.«

»Ich nehme nicht an, dass Sie sich das Nummernschild gemerkt haben?«

»Ausländisches Kennzeichen. Begann mit SE, mehr weiß ich nicht mehr.«

Dani konnte sich ein gemurmeltes »Großartig« nicht verkneifen.

Nico trommelte mit den Fingern auf die Tischplatte. »Und weiter?«

»Hab überlegt, ob ich mich umsehen oder warten soll. Bin zur Kapelle gegangen. Da hab ich dann die Stimmen gehört. Fremde Sprache, kann nicht sagen, welche. Slawisch vielleicht. Aufgeregt und schrill. Eigentlich hysterisch. Zwei Männer, die stritten.«

Schluck Bier, Zigarette, Pause.

»Bin einfach neben der Kapelle stehen geblieben. Da sind sie vorbei. Der eine, der so rumgeschrien hat, hat wild gefuchtelt. Der andere hat einen Mann getragen. Über der Schulter. Wie einen Mehlsack.«

»Sie sind sicher, dass es ein Mann war?«

»Alle drei waren Männer. Ich weiß, was ich gesehen hab.«

Dani schaltete sich wieder ein. »Bei Dunkelheit und Nebel? Vom Suff ganz zu schweigen? Sie könnten sich irren.«

Es war offensichtlich, dass der Riese Dani gerne an die Gurgel gegangen wäre. »Hirsch war's jedenfalls keiner.«

Nico ließ sich nicht beirren. »Weiter. Was ist dann passiert?«

»Der Hysterische hat die Hecktür des Lieferwagens aufgerissen. Dann haben sie gemeinsam die Leiche reingehoben.«

»Wieso glauben Sie, dass es eine Leiche war?«

»Na, so wie der rumbaumelte.«

»Und dann?«

»Hab mich ruhig verhalten. Hab ja keine Ahnung, was das für Typen waren. Sind dann ins Auto gesprungen und weggefahren. Das war's.«

»Können Sie die beiden beschreiben?«

Ein Blick zur Decke. »Der Hysterische war groß, über eins achtzig. Mit Glatze. Der andere war etwas kleiner, nicht viel, und kantiger. Sehr kräftig. Kurze, helle Haare. Graue vielleicht.«

»Würden Sie die Gesichter wiedererkennen?«

Mayr schüttelte seinen Kopf. »War zu dunkel.«

»Wann haben Sie die Polizei gerufen?«

»Bin zur Hütte zurück und musste erst mal mein Telefon suchen. Dann hab ich den Fabian angerufen.«

Bierchen, Zigarette, Pause.

»Hat eine halbe Stunde gedauert, bis die endlich da waren. Wir sind dann nochmals rauf. Haben aber bei dem Nebel und dem Nieseln nichts gesehen, nicht mal mit Taschenlampen. Der Kollege vom Fabian hat mir nicht geglaubt. War deutlich zu merken. Hat dann gesagt, sie kommen in der Früh nochmals, also heute. Bin dann wieder mit, zum dritten Mal. Da hat der Schäferhund dann was gefunden.«

»Allerdings.«

»War ein Mord, nicht wahr?«

»Wissen wir nicht. Was anderes: Welche Schuhgröße haben Sie?«

»Sechsundvierzig. Wieso?«

»Weil wir zahlreiche Spuren gefunden haben und die bösen von den guten unterscheiden müssen.«

Mayr grinste amüsiert. »Na, da hoff ich mal, dass ich auf der richtigen Seite zum Stehen komme. Ist jedenfalls komisch, die Sache. Mit dem ganzen Hin- und Hergefahre.«

»Ja, ziemlich eigenartig.«

Dani richtete sich auf. »Eine Frage noch: Haben Sie den Pichler gekannt?«

Nico drehte sich zu ihr um.

Mayr blinzelte verwirrt. »Pichler?«

»Pichler. Den Lehrer des Internats.«

Pause. Mayr kramte in seiner Erinnerung. Schwerer Atem. »Sie meinen das Schwein, das die Mädels an der Schule belästigt hat?«

»Genau den.«

Er knallte eine Pranke auf das Papier vor ihm. »Nein. Nur aus der Zeitung.«

»Als der Pichler verschwunden ist, im April, waren Sie da vielleicht auch hier in der Hütte?«

»Nein, war ich nicht. Im April war ich im Krankenhaus.«

»Weshalb?«

Mayr funkelte sie aus dunklen Augen böse an. »Das geht Sie zwar nichts an, Kleine, aber ich sag's Ihnen trotzdem. Weil meine Frau im Sterben lag.«

5

Gewöhnlich war Ilana Balabanova nicht leicht aus der Ruhe zu bringen. An Nervenstärke und Durchsetzungskraft stand sie ihrem Vater und seinen Brüdern in nichts nach. Aber der Anruf von Sergej Petrenko hatte sie doch in Alarmbereitschaft versetzt.

Sergej hatte um ein persönliches Gespräch ersucht. Üblicherweise klärten sie die Dinge des Alltags am Telefon, aber diesmal hatte er auf einem echten Treffen bestanden. Sergej kam aus Vlados Stall. Er trug Sorge für die reibungslosen Abläufe im Hintergrund, unter anderem für den Warentransport quer durch Europa. Und ein solcher stand unmittelbar bevor.

Ilana wandte sich um. Ihre Stimme durchschnitt die Stille mit ungewohnter Schärfe. »Es geht um den Deal mit den Deutschen. Irgendetwas stimmt nicht.«

Dean Ryaborichev antwortete emotionslos, ohne den Blick von seinem späten Frühstück zu heben. »Jetzt mach dich mal nicht verrückt. Wir haben unseren Teil des Jobs erledigt, so schlimm kann es also nicht sein.«

Ilana hoffte, ihr Vertrauter möge recht behalten, aber ihr Bauch sagte etwas anderes. Das Verhältnis zu ihren Lieferanten aus Fernost war in letzter Zeit merklich abgekühlt, und sie kannte bislang nicht die Gründe dafür. Sie wusste nicht mal, ob die Verstimmung in Hongkong oder hier in Europa wurzelte. Sobald der Deal mit den Deutschen gelaufen war, würde sie in den Flieger steigen, um den Ursachen auf den Grund zu gehen. Sie hatte Chen und seinen Vater seit Monaten nicht mehr besucht. Vielleicht vermisste der alte Herr die ihm gebührende Wertschätzung.

Als die Türglocke ertönte, legte Rya sein Besteck zur Seite. »Das wird er sein.«

Ilana stieß sich von der Fensterbank ab und wechselte zur gegenüberliegenden Seite des Raumes. Die weitläufige Wohnlandschaft und die angrenzende Küchenzeile dienten ausschließlich internen Arbeitsmeetings. Zu Ilanas privaten Räumlichkeiten im oberen Stock der zweigeschossigen Wohnung hatten nur handverlesene Personen Zutritt.

Sergej Petrenko war sein Alter von knapp siebzig mittlerweile anzusehen. Er ging ein wenig gebückt, die Zeit hatte tiefe Falten in sein Gesicht geschnitten, und sein Haar lichtete sich. Aber seine Augen hatten ihren stechenden Blick noch nicht verloren.

Ilana bot ihm Kaffee an.

Sergej winkte ab. Er entnahm seiner Tasche ein Blatt Papier in einer Klarsichthülle und übergab es Ilana. »Wir haben wie üblich Stichproben gezogen. Reine Routine, du kennst das. Durch Zufall haben wir eine Einheit erwischt, in der der Stoff gestreckt war.«

Ilana nahm Platz. Ihre Augen verengten sich. »Unmöglich.«

»Das dachten wir zuerst auch. Aber sieh dir die Analysen an, es stimmt. Unsere Leute haben letzte Nacht durchgearbeitet und die gesamte Lieferung überprüft. Zwölf Prozent der Sendung haben nicht den vereinbarten Qualitätskriterien entsprochen.«

Ilana überflog das handgeschriebene Protokoll, und mit jedem Tabelleneintrag erhöhte sich ihr Puls. Mühsam unterdrückte sie einen Fluch. »Wer weiß davon?«

»Ich und mein Team.«

»Vlado?«

»Ich bin zu alt, um einen Krieg innerhalb der Familie anzuzetteln. Dein Bruder hat keine Ahnung.«

»Vlado ist nicht mein Bruder! Achte auf deine Worte, alter Mann.«

»Wie auch immer. Er hat keine Ahnung. Und damit das so bleibt, solltest du augenblicklich in die Gänge kommen. Du hast drei Stunden, um die Sache geradezubiegen, dann hebt der Flieger ab.«

Es gab keinen Grund, an den Analysen zu zweifeln. Ilana reichte ihrem Besucher das Protokoll zurück.

Sergej schüttelte den Kopf. »Das kannst du behalten. Es ist das einzige Exemplar, es gibt keine Kopie. Mach damit, was du willst.«

»Ich steh in deiner Schuld.«

»Du musst die fehlende Menge auftreiben, Ilana. Sechs Kilo. Um den Kerl, der uns hereinlegen wollte, kannst du dich später kümmern. Bring einfach alles zurück auf den Weg. Vlado wartet nur darauf, dass dir ein solcher Fehler passiert. Das kannst du dir in Anbetracht der Umstände nicht leisten.«

Ilana erhob sich und reichte Sergej zum Dank die Hand. Rya begleitete ihn nach draußen. Nachdem die Eingangstür ins Schloss gefallen war, setzte Ilana sich an ihren Schreibtisch und ließ das Prüfprotokoll in einer Schublade verschwinden.

»In Anbetracht der Umstände«. Der alte Mann hatte auf den Gesundheitszustand ihres Vaters angespielt. Noch hielt sich Baba bedeckt, auch ihr gegenüber. Aber die Zeichen waren nicht mehr zu übersehen. Es ging bergab. Sergej hatte recht, sie durfte jetzt keinen Millimeter nachgeben und musste noch wachsamer sein. Und sie musste ihre Männer sensibilisieren.

Rya stand mit betretenem Gesicht im Türrahmen und wartete auf ihre Anweisungen.

Ilana lehnte sich zurück und kreuzte die Beine unter der Tischplatte. Sie hatte ihre innere Balance wiedergefunden und traf die anstehenden Entscheidungen mit gewohnter Präzision. »Ruf Igor an. Er soll die fehlende Menge aus unserem Depot holen und mit Sergejs Leuten prüfen. Ich will, dass die Lieferung in einer Stunde vollständig und die Sache vom Tisch ist. Und dann finde heraus, wo sich dieser verfluchte Chinese aufhält.«

6

Den halbstündigen Fußmarsch von Mayrs Jagdhütte zur Kapelle hatten sie schweigend zurückgelegt. Dani war verunsichert. Eine völlig neue Erfahrung. Niemals zuvor war ihr der Einstieg in einen Fall so kurios erschienen. Ein leerer Tatort. Ein Lieferwagen, ein Jeep, eine Leiche. Ein Alkoholiker, dessen Aussage mehr Fragen aufwarf, als sie beantwortete.

Nico schien es mit seinen Überlegungen nicht anders zu ergehen. Auch er hatte offensichtlich noch keinen brauchbaren Ansatzpunkt gefunden und kaute wie sie an diesem Rätsel.

Als sie die kleine Lichtung erreichten, packte das Team der Spurensicherung bereits die letzten Ausrüstungsgegenstände in ihre Wagen. Nico sprach kurz mit einem der älteren Beamten und kam dann zu ihr zurück. »Egon ist nach wie vor unten am Tatort. Er hat nach uns gefragt.«

»Es ist also ein Tatort?«

»Definitiv.«

Immer wieder musste Dani an den Fall Pichler denken. April und November. Die beiden Fälle gehörten mit Sicherheit zusammen. Nicht nur weil sie örtlich nahe beieinanderlagen. Beide Opfer waren verschwunden. Musste sie ihre Theorie, dass eine Frau die Täterin war, begraben?

Das rot-weiße Absperrband flatterte leise im Wind. Der Chef der Spurensicherung saß auf einem Baumstumpf. Sein Blick ruhte in der Senke. Außer ihm war niemand mehr hier. Als er sie kommen hörte, stand er auf und schob seine Brille die Nase hoch. »Hallo, Nico. Dani. Kommt, ich muss euch was zeigen.«

Sie kletterten vorsichtig den Hang hinunter und gruppierten sich um den dunklen Fleck am Boden.

Egon ging in die Hocke und zeichnete mit der Hand die Umrisse einer Person nach. »Wer immer hier gelegen hat, er ist direkt an dieser Stelle ermordet worden. Seht ihr diese weißlichen Klümpchen? Das ist Gehirnmasse.«

Rostbraune Flecken auf den Moosen, Wurzeln und Steinen. Schwarze, durchweichte Erde. Dazwischen diese fahlgrauen Batzen. Wie hingerotzt. Dani schauderte. »Bist du sicher?«

Er nickte. »Alles deutet darauf hin, dass hier einem Menschen der Schädel eingeschlagen wurde, und zwar mit ziemlicher Brutalität.«

»Kann es ein Unfall gewesen sein? Ein Sturz?«

»Nein.«

»Hast du eine Tatwaffe gefunden?«

»Ich denke, die Tatwaffe ist der hier.«

Er deutete auf einen Felsbrocken von der Größe eines Fußballs, der etwa zwei Meter entfernt im verdorrten Gras versteckt lag. »Ich wollte ihn euch zeigen, bevor ich ihn einpacke und mitnehme. Es sind unzählige Spuren drauf. Haare, Blut, Gehirn, Knochensplitter. Ich wäre fast geneigt zu sagen, genug, um das halbe Gesicht des Opfers wieder zusammenzubauen.«

Dani hielt sich eine Hand vor den Mund. Sollte sie sich glücklich schätzen, dass sie sich diesen Anblick erspart hatte?

Egon fuhr fort. »Und damit es nicht ganz so einfach wird, Folgendes: Wir haben uns natürlich die gesamte Umgebung genauer angesehen. Aufgrund des feuchten Wetters und des weichen Waldbodens konnten wir überraschend viele Spuren sichern. Also, wir haben tatsächlich Abdrücke von drei verschiedenen Paar Männerschuhen gefunden, einmal Größe zweiundvierzig und zweimal Größe vierundvierzig.«

»Wie Paul Mayr gesagt hat. Es waren drei.«

»Ja, genau. Die beiden Vierundvierziger haben wir auch bei der Lichtung neben den Reifenspuren des Lieferwagens gefunden. Der Zweiundvierziger müsste demnach der Tote sein. Aber ...« Egon machte eine dramaturgische Pause. »Wir haben noch weitere Abdrücke gefunden. Von kleineren Schuhen. Dem Muster und der Form nach zu urteilen Turnschuhe oder Sneakers. Größe siebenunddreißig. Ebenso frisch wie die anderen Spuren. Es war noch jemand hier. Jemand, den der alte Mayr nicht erwähnt hat.«

»Größe siebenunddreißig? Ein Jugendlicher? Oder eine Frau?«

»Der Tiefe der Abdrücke nach eher eine Frau. Oder ein Mädchen.«

Dani richtete sich auf und ließ ihren Blick zwischen den beiden erfahrenen Polizisten hin- und herpendeln. »Wir haben es also mit vier Personen zu tun. Kann man sagen, wer mit wem gekämpft hat?«

Egon hob die Schultern und ließ sie wieder sinken. »Nein. Ich vermute vielmehr, dass es gar keinen Kampf gegeben hat. Das Opfer wurde hinterrücks erschlagen, und diese Schleifspuren hier rühren vom Abtransport her. Jedenfalls führen alle Spuren von der Lichtung mit der Kapelle hierher. Alle vier.«

»Sie sind alle von da oben gekommen.«

»Genau. Aber jetzt geht's erst richtig los. Die beiden Vierundvierziger führen auch wieder nach oben. Die Siebenunddreißiger hingegen als Einzige weiter nach unten. Irgendwann hören sie einfach auf. Da wird der Weg felsig, da findet sich nichts mehr.«

Nico runzelte die Stirn. »Nur die Siebenunddreißiger, sagst du? Keine Spuren von den Männern mehr?«

»Exakt.«

»Und die Zweiundvierziger?«

»Wie gesagt, meiner Meinung nach das Opfer. Seine Spuren führen nur hierher zur Senke, aber nicht mehr weg.«

Nico rieb sich das Kinn. »Interessant. Sonst noch etwas?«

»Neben den Reifenspuren von dem Lieferwagen gibt es tatsächlich noch Spuren von einem weiteren Fahrzeug. Ein großer SUV, vermute ich. Hat neben der Kapelle geparkt.«

»Also noch eine fünfte Person.«

»Ganz genau. Aber eine, die keine Spuren hinterlassen hat.«

»Sie ist gar nicht ausgestiegen?«

»Möglicherweise.«

»Okay, danke. Ich würde sagen, ab ins Labor mit dir. Vergiss den kleinen Stein da nicht. Wir müssen so rasch wie möglich alles über das Blut und das andere Zeug wissen. Vor allem, ob das alles von ein und derselben Person stammt. Und dann seht zu, wie viel ihr noch aus den Schuhabdrücken herauslesen könnt.«

»Wird etwas dauern. Aber geht klar.«

Während Egon die mutmaßliche Tatwaffe sorgfältig verpackte, machten sie sich auf den Rückweg. Dort unten gab es nichts mehr zu tun.

Dani schüttelte den Kopf. »Jedenfalls wissen wir jetzt, dass es kein Tier war.«

»Das können wir ausschließen. Und allem Anschein nach war es auch kein Unfall. Was denkst du?«

Sie kniff die Lippen zusammen und überlegte. »Wenn ich davon ausgehe, dass der alte Mayr alles richtig gesehen hat, und bei all den Indizien … Ich sag mal, die Spur von den Turnschuhen stammt von einem Mädchen oder einer Frau. Der Weg führt zum alten Kloster und damit zum Internat. Könnte eine Schülerin oder Lehrerin gewesen sein.« Sie machte eine kurze Pause, ehe sie fortfuhr. »Ein Mann wurde dort unten erschlagen. Ich frage mich: warum mitten im Wald? Was hat er dort unten gesucht? Vielleicht ist er geflüchtet, und die beiden anderen sind ihm nachgelaufen, haben ihn erwischt und erschlagen.«

»Wenn die beiden Vierundvierziger vorgehabt hätten, den Zweiundvierziger zu töten, wären sie bewaffnet gewesen. Warum also der Felsbrocken?«

Dani strich sich eine Strähne aus der Stirn. »Jemanden mit einem Felsbrocken zu erschlagen, klingt für mich eher nach einem spontanen Entschluss. Nach Notwehr.«

»Guter Gedanke. Was ist mit dem Mädchen?«

»Womöglich ist sie vor den Männern geflüchtet. Aber hätte sie einen der Männer erschlagen und den anderen beiden entkommen können?«

Nico führte ihren Gedanken weiter. »Das Mädchen könnte sich versteckt haben. Und die Männer haben getrennt voneinander nach ihr gesucht.«

»Das klingt plausibler. Sie erschlägt einen ihrer Verfolger aus dem Hinterhalt und flieht.«

»Aber dann ist mir das Verhalten der anderen beiden ein Rätsel. Sie finden die Leiche, schleppen sie zu ihrem Wagen und verschwinden. Wieso?«

»Weil sie selbst Verbrecher sind, die nicht entdeckt werden wollen.«

»Hm.«

»Was ist mit den Autos? Warum war der Lieferwagen zweimal da? Und was war das für ein anderes Fahrzeug?«

»Da fehlt mir momentan jede Idee.«

Sie erreichten die Lichtung. Ein Großteil der Polizeifahrzeuge war inzwischen abgefahren. Dani sperrte ihren Wagen auf, stieg aber nicht ein. Über das Dach hinweg blickte sie sich suchend um. »Wo stecken eigentlich Kresnik und seine illustre Truppe?«

»Du hast nicht wirklich geglaubt, dass er nochmals zurückkommt, oder?«

Sie zog ihre Jacke aus und warf sie auf den Rücksitz. Im Einsteigen sprach sie weiter. »Ich krieg das Puzzle einfach nicht zusammen. Es fehlen zu viele Teile.«

»Ich weiß nicht so recht.«

»Was meinst du? Hast du denn eine Idee?«

»Nun, vielleicht einen Ansatz. Ich denke gerade an deine Pichler-Mord-Theorie.«

Dani verdrehte die Augen. »An die denk ich andauernd. Und daran, dass ich sie in die Tonne treten kann.«

»Nicht so voreilig. Nur mal eine Hypothese: Jemand tötet im April den Pichler und lässt ihn auf Nimmerwiedersehen verschwinden. Das Gleiche ist gestern einem zweiten Opfer passiert. Es wird erschlagen und weggeschafft. Nur dass den Pichler-Abtransport damals niemand mitbekommen hat.«

»Du meinst, die drei Männer haben nicht zusammengehört.«

»Genau. Wäre möglich. Was, wenn die beiden Vierundvierziger und unsere Jugendliche ein Team bilden?«

Dani nickte. »Wir müssen herausfinden, ob in der Umgebung ein Mann abgängig ist!«

»Und das Mädchen –«

Dani unterbrach ihn. »Sie dient als Lockvogel!«

»Das beantwortet zwar nicht alle Fragen, aber für meine Ohren klingt es mal ganz brauchbar. Eine erste Hypothese.«

»Und wenn wir eine Übereinstimmung zwischen dem Pichler und dem neuen Opfer finden, hätten wir womöglich eine Spur!«

Nico schmunzelte und suchte sein Telefon. »Also gut. Ich ruf den Kresnik an. Er soll mit seinen Mannen nachforschen, ob in der Gegend jemand abgängig ist.«

Dani benötigte keine weitere Anweisung. Sie startete den Wagen und setzte zurück. Sie sah Abdrücke in Schuhgröße siebenunddreißig vor ihrem geistigen Auge. Es war an der Zeit, dem Internat einen Besuch abzustatten.

7

Der Speisesaal des Internats versprühte den Charme eines Schwimmbadrestaurants. Ockerfarbene Bodenfliesen, kahle weiße Wände mit billigen Kunstdrucken, abgewetzte Plastikmöbel. Die Rollbalken der Essensausgabe waren heruntergelassen. Der Kiosk hatte hingegen noch geöffnet. Jugendliche und Lehrer gingen ein und aus. Kakao und Krapfen, Wurstsemmeln und Cola wanderten über den Ladentisch. Laute Gespräche, vergnügte Rufe quer durch den Saal, kindisches Gekicher.

Neven hatte seinen Platz bewusst so gewählt, dass er das Hauptportal und die Eingangshalle überblicken konnte. Der Kaffee im Becher war längst kalt. Auf dem Teller welkte ein einsames Salatblatt. Eine gebückte ältere Frau mit Küchenschürze und weißer Papierhaube schichtete neben ihm Tabletts auf einen Rollwagen. Geschirr, Gläser und Besteck schepperten.

Der Dorfpolizist war für eine knappe Stunde in der Schuldirektion untergetaucht und hatte anschließend, schwankend wie ein Betrunkener, das Gebäude verlassen. War ohne erkennbare Eile in seinen Wagen gestiegen und weggefahren. Neven war noch immer irritiert. So schwerfällig und lustlos bewegte sich niemand, der eben erfahren hatte, dass eine Schülerin verschwunden war. Konnte es sein, dass der Beamte von nichts wusste? Aber was hatte ihn hierhergeführt, wenn nicht das verschwundene Mädchen?

Vor Neven auf dem Tisch lag sein Skizzenblock. Er zeichnete aus dem Gedächtnis. Einen Zirkuswohnwagen mit Tonnendach und vorgespannter Plane. Alles stand in Flammen. Rauch stieg auf. Ein stummes, schwarz-weißes Inferno, räumlich und zeitlich weit entfernt und trotzdem allgegenwärtig. Während seine Hand federleicht über das Papier glitt, ließen ihm seine schweren und dunklen Gedanken keine Ruhe.

Maxim hatte vor wenigen Minuten angerufen. »Was hast du für mich, Junge?«

»Nichts.«

»Verarsch mich nicht. Du bist doch im Internat, oder? Besorg mir endlich den Namen.«

»Ich werde den Burschen finden. Aber ich brauche noch etwas Zeit.«

»Nein, Zigeuner. Du hast keine Zeit mehr. Heute Abend ist die Sache vom Tisch.«

»Ich weiß nicht mal, ob er überhaupt von hier ist.«

Zwei Lügen in einem Satz. Er wusste, es war ein Mädchen. Und sie war von hier. Er brachte es nur nicht über die Lippen.

»Jetzt pass mal auf, ich verlier langsam die Geduld. Das war deine verdammte Operation, und sie ist schiefgelaufen. Also biegst du das jetzt gerade, hast du kapiert?«

»Hier sind über dreihundert Jugendliche –«

»Ich will dieses Schwein tot sehen. Bis heute Abend. Deine letzte Chance.«

Die Zeit lief. Es war früher Nachmittag, und Neven hatte noch nichts vorzuweisen. Er klappte seinen Zeichenblock zu und starrte in die Eingangshalle. Vermutlich ergab es keinen Sinn, noch weiter zu warten. Er musste etwas riskieren. Er musste nochmals mit Felix sprechen. Aus ihm herausbekommen, wer das Mädchen mit dem roten Anorak war. Ihm eröffnen, in welcher Gefahr sie schwebte. Und dass Felix dabei helfen konnte, sie zu beschützen.

Mitten in diese Überlegungen hinein ertönten Sirenen, markerschütternd und ohrenbetäubend laut. Das Personal, die Menschen in der Schlange vor dem Büfett, sie alle erstarrten und blickten sich erschrocken um. Neven sah die Verblüffung in den Gesichtern von zwei Lehrerinnen, die ein paar Tische weiter Tee tranken. Die freudige Erregung in den Augen einiger Schüler. Ein Feueralarm?

Es dauerte einige Augenblicke, ehe Bewegung in die Menge kam. Die beiden Lehrerinnen übernahmen pflichtbewusst das Kommando und gaben Anweisungen, lotsten die Kinder und Jugendlichen aus dem Saal. Die Damen vom Büfett verschwanden hastig durch den Hinterausgang.

Neven packte seine Sachen und stand ebenfalls auf. Ein Alarm zum jetzigen Zeitpunkt war kein Zufall und passte irgendwie ins Bild. Maxim ging das alles viel zu langsam, also war er aktiv geworden. Vermutlich hatte einer seiner Männer den Alarm ausgelöst, um alle ins Freie zu locken. Sie hielten Ausschau nach einem Jungen mit rotem Anorak.

Betont ruhig ging auch Neven nach draußen. Den Kaffeebecher in seiner Hand, den Rucksack über der Schulter. Die Menge sammelte sich in der Halle und drängte durch das Hauptportal ins Freie. Neven mischte sich darunter. In dem heillosen Durcheinander schenkte ihm niemand Beachtung. Erst nachdem er den Parkplatz überquert hatte, lehnte er sich an einen Baum und blickte zurück. Wie vermutet war nichts zu sehen. Keine Rauchsäule und natürlich auch kein Feuer. Eindeutig das Werk von Maxim.

Just in diesem Moment kam ein schwarzer Minivan die Straße herauf. Der Wagen verlangsamte und hielt vor der Einfahrt zum Parkplatz.

Zwei Personen stiegen aus. Ein schlanker, großer Mann Mitte fünfzig mit Trenchcoat und losem Schal und eine hübsche Frau Ende zwanzig in schwarzer Lederjacke, die brünetten Haare zu einem Pferdeschwanz zurückgebunden.

Die ernsten Gesichter, die Körperhaltung, diese Präsenz – all das ließ nur einen Schluss zu: Das seltsame Verhalten des Dorfpolizisten brauchte er nicht weiter zu analysieren.

8

»Hörst du mir eigentlich zu, Nico? Was hat Kresnik gesagt?«

»Dass er sofort in sein Büro zurückfährt und alle Hebel in Bewegung setzt.«

»Dann hat er ja nicht viel zu tun. Die Hebel in dem Kaff sollten überschaubar sein. Sogar für einen Dilettanten wie Kresnik.«

»Vergiss nicht, dass in Hohenwarten und den umliegenden Gemeinden über viertausend Menschen leben. So wenige sind das gar nicht.«

Dani strich sich eine Haarsträhne aus der Stirn. »Mag sein. Und wenn ich es mir recht überlege: Die meisten Frauen würden es wahrscheinlich gar nicht melden, wenn ihre Männer abgängig wären. Sie würden die Zeit des Alleinseins einfach voll auskosten.«

»Manchmal bist du echt unmöglich.«

»Ich weiß.«

Die Verunsicherung, die sie nach dem Besuch beim alten Mayr verspürt hatte, war wieder verschwunden. Sie hatte mit Nico gemeinsam eine Idee skizziert. Eine komplexe, aber plausible Theorie. Und einen Punkt gefunden, an dem sie ansetzen konnten. Diese Momente liebte sie über alles. Es war magisch, wenn der Schleier sich widerwillig hob und ein kleines Stück des Geheimnisses offenbarte.

In ihrer wiedergewonnenen Euphorie nahm sie die letzte Kurve betont schwungvoll und ging am Scheitelpunkt abrupt vom Gas. »Oha! Was ist denn hier los?«

Sie reckte den Hals, um das Chaos zu überblicken. Wohin sie auch sah, aus allen Türen des Internats strömten Menschen auf den bereits überfüllten Parkplatz. Sie bremste und parkte am Straßenrand direkt vor der Einfahrt zum Campus. Erst nachdem sie den Motor abgestellt hatte, hörte sie die Sirenen.

»Klingt nach einem Feueralarm.« Nico war ausgestiegen und einige Schritte vorausgegangen, während sie ihre Jacke vom Rücksitz holte. Als sie neben ihn trat, deutete er auf eine Gruppe von Erwachsenen, die direkt beim Haupteingang zusammenstanden. Mitten in dieser Ansammlung fuchtelte ein alter Bekannter wild mit den Armen. »Sieh mal, dein verkappter Verehrer in voller Aktion.«

»Bitte nicht.«

Im Frühjahr hatte sie Friedrich Lienhart und seinen sexistischen Humor wochenlang ertragen müssen. Sein Anblick brachte die verdrängten Erinnerungen zurück und das Gefühl der Abneigung, das sie bei seinen plumpen Annäherungsversuchen empfunden hatte. Seitdem stand der Direktor des Internats für sie auf einer Stufe mit Kresnik. Auf der untersten. Die beiden bestätigten jedes Vorurteil, das ein kultivierter Stadtmensch diesen Hinterwäldlern entgegenbringen konnte.

Lienhart entdeckte sie, als sie nur noch wenige Schritte entfernt waren. Ganz der harte Manager fauchte er noch rasch den Schulwart an: »Und jetzt los! Worauf warten Sie denn noch? Schalten Sie endlich dieses nervtötende Ding ab.« Um sich gleich darauf mit einer überraschend eleganten Drehung ihnen zuzuwenden, beide Arme geöffnet, als begrüße er lange nicht gesehene Freunde. »Chefinspektor Drabek! Was für eine Überraschung. Und Ihre entzückende Kollegin haben Sie auch dabei, eine seltene Freude.«

Dani riss sich zusammen und ergriff die dargebotene Hand. Sie war feucht und weich wie ein Schwamm.

Nico deutete mit dem Kinn Richtung Haupteingang. »Eine Übung?«

»Nun, zumindest keine geplante. Offensichtlich hat sich ein Schüler einen Spaß erlaubt und den Alarm ausgelöst. Oder eine Schülerin, heute muss man ja alles gendern, nicht wahr? Wenn Sie schon mal hier sind: Sie könnten mir gleich helfen, den Täter oder die Täterin auszuforschen.« Dass er dabei Dani ansah und nicht Nico, entlarvte einmal mehr seinen chauvinistischen Charakter.

Nico ignorierte den versuchten Scherz. »Kommt so etwas öfters vor?«

»Ein Fehlalarm? Nein, Gott sei Dank nicht. Das ist das erste Mal, seit ich hier Direktor bin.«

»Und dann passiert es gerade heute, wenn wir hier sind.«

»Was für ein Zufall, nicht wahr?«

Dani wusste, dass Lienhart neben seinem Job als Schulleiter auch in der lokalen Politik mitmischte. Sein Ansehen war schlimm ramponiert worden, nachdem ihn vor zwei Jahren seine Frau verlassen hatte. Zwei uneheliche Kinder waren aufgetaucht. Gemunkelt wurde, dass es womöglich noch ein weiteres gab. Über Wochen war Lienhart in Hohenwarten Stammtischthema Nummer eins gewesen.

Er war stattlich und korpulent und wirkte trotzdem unmännlich. Schwammig, mit heller Haut und schwachen Muskeln. Zahlreiche graue Strähnen durchzogen sein struppiges schwarzes Haar. Die knubbelige Nase war für sein Jungengesicht zu groß und wie seine Wangen leicht gerötet. Exzessiver Alkoholkonsum hatte sichtbare Spuren hinterlassen.

Die Sirenen verstummten.

»Entschuldigen Sie mich einen Augenblick.«

Er sprach kurz mit der versammelten Lehrerschaft, ehe er sich wieder ihnen zuwandte.

»Gut, das hätten wir. Darf ich Sie nun zu mir ins Büro bitten? Ich nehme an, Sie haben den weiten Weg nicht auf sich genommen, um nur mal Hallo zu sagen.«

Als Dani die Gänge des Internats durchschritt und den Geruch des alten Gemäuers in sich aufnahm, hatte sie das Gefühl, als läge ihr letzter Besuch nur wenige Tage zurück. Im April und Mai hatte sie zahlreiche Vernehmungen durchgeführt. Mit nahezu dem gesamten Lehrkörper und vielen Schülerinnen und Schülern. Womöglich war das Mädchen, das gestern Nachmittag im Wald gewesen war und das Tötungsdelikt gesehen oder womöglich sogar begangen hatte, in der Nähe. Hatte Dani vielleicht vor Monaten mit ihr gesprochen und ihre wahre Natur nicht erkannt?

Sie erreichten die großzügigen Räumlichkeiten der Direktion. Dani lehnte wie Nico den angebotenen Kaffee dankend ab. Lienhart nahm hinter seinem Schreibtisch Platz und schien mit einem Mal froh zu sein, eine physische Barriere zwischen sich und den Kriminalbeamten zu haben. Nico setzte sich ihm gegenüber. Dani blieb wie immer im Hintergrund stehen.

Seit ihrem letzten Besuch hatte sich nichts verändert. Das Büro verfügte über eine edle Einrichtung, und der Direktor wirkte mit seinem schlampigen Äußeren wie ein Fremdkörper.

Als er das Wort ergriff, empfand Dani den Klang seiner Stimme um eine Nuance zu hoch. Sie nahm einen hysterischen Unterton wahr.

»Nun, da wir gerade von Zufällen gesprochen haben ... Ich weiß natürlich nicht, welche Umstände Sie diesmal zu mir führen, aber es ist schon ein wenig unheimlich, wenn ich ehrlich sein soll. Ihr Auftauchen, meine ich. Denn ich überlege seit Stunden, ob ich die Polizeiinspektion anrufen und eine Vermisstenanzeige aufgeben soll.«

Dani spürte, wie Nico neben ihr erstarrte. Sie sahen zuerst einander und dann Lienhart fragend an. Nico beugte sich vor. »Was soll das heißen?«

»Dass seit heute Vormittag eine Schülerin vermisst wird. Ihr Name ist Anisa Krizan. Ihre Klassenvorständin, Frau Hartlauer, hat mich gegen zehn Uhr vormittags informiert, dass Anisa heute Morgen nicht zum Unterricht erschienen ist. Auch in ihrem Zimmer im Wohnheim ist sie nicht.«

»Seit heute Vormittag?«

Lienhart lachte kurz und seltsam verzweifelt auf. »Nun, um genau zu sein, da wurde es gemeldet. Sie war auch in der Früh nicht hier, soweit wir wissen.«

Ein Mädchen wurde vermisst? Kein Lehrer? Dani konnte ihre Aufregung nur schwer im Zaum halten. Sie musste sofort an ihren Lockvogel denken.

Aber warum war das Mädchen verschwunden? Hatte sie sich aus dem Staub gemacht? Oder war auch ihr etwas zugestoßen? Dani war inzwischen überzeugt, dass das Tötungsdelikt so nicht geplant gewesen war. Irgendetwas war schiefgegangen.

Nicos Interesse galt vorerst noch dem Verhalten des Direktors. »Wie bitte? Sie überlegen seit Stunden? Was gibt es da zu überlegen?«

»Na ja. Anisa ist kein Kind von Traurigkeit. Ist sie nie gewesen. Sie hat schon öfters mal Stunden geschwänzt, ist aber immer rasch wiederaufgetaucht.«

»Haben Sie ihre Eltern bereits kontaktiert?«

»Ihre Mutter. Unmittelbar vor dem Fehlalarm. Sie weiß auch nicht, wo ihre Tochter ist. Sie ist sehr besorgt.«

»Wann ist sie denn von zu Hause los? Ist sie nach dem Wochenende überhaupt hier angekommen?«

Lienhart stockte. Als wäre ihm in diesem Moment etwas Wesentliches eingefallen. Etwas, das sein Paniklevel nochmals anhob. »Das weiß ich ehrlich gesagt nicht. Ich habe nicht gefragt, ob sie am Sonntag daheim war. Viele Jugendliche, vor allem aus den höheren Klassen, bleiben auch übers Wochenende hier.«

Dani hakte nach. »Dann gibt es mit Sicherheit eine Liste, nicht wahr? Kann ich die mal sehen?«

Seine Augenlider zuckten. »Eine Liste?«

»Eine Anwesenheitsliste. Wenn Sie kontrollieren, ob Ihre Schäfchen alle im Stall sind, müssen Sie doch wissen, wer am Wochenende geplant hier ist und wer nicht. Oder wissen Sie das auswendig?«

»Nein, natürlich nicht. Die Liste kann Ihnen Claudia ausdrucken.«

»Fein. Dann veranlassen Sie das mal. Bitte!«

Lienhart stand auf und ging mit sichtbar weichen Knien nach draußen. Er sprach kurz mit seiner Assistentin und kehrte wieder an seinen Platz zurück.

»Haben Sie versucht, das Mädchen auf ihrem Handy zu kontaktieren?«

»Natürlich. Aber es ist abgeschaltet. Oder der Akku ist leer.«

Fahrige Bewegungen und ständiges Hüsteln. Jede Äußerung des Direktors spiegelte seine Nervosität wider. Im Büro herrschte eine angenehme Temperatur, trotzdem war sein Hemdkragen durchgeschwitzt.

»Ich möchte nicht übertrieben neugierig wirken, aber darf ich vielleicht fragen, warum genau Sie hier sind? Sie können nicht schon von der vermissten Schülerin gewusst haben, oder doch?«

Nico fixierte sein Gegenüber mit eisigem Blick und zögerte mit einer Antwort. Auch Dani ließ den Direktor nicht aus den Augen. In den letzten Minuten war er merkbar blasser geworden. Logisch. Immerhin trug er die Verantwortung für alles, was hier passierte. Und eine vermisste Schülerin war noch dramatischer als ein verschwundener Lehrer.

»Anisa Krizan, sagen Sie? Wer genau ist das?«

»Eine Schülerin der diesjährigen Abschlussklasse. Sie ist achtzehn. Keine Vorzeigeschülerin, aber gehobener Durchschnitt.«

»Österreicherin?«

»Nun, ihre Eltern stammen aus Kroatien, soweit ich weiß. Sie sind aber beide schon ewig hier und österreichische Staatsbürger.«

Die Tür ging auf, und Lienharts Assistentin erschien mit einem Zettel in der Hand.

Dani nahm ihn ihr ab und bedankte sich. »Laut dieser Liste hat Anisa Krizan das Wochenende hier verbracht. Wer hat gestern Abend die Anwesenheit kontrolliert?«

»Das weiß ich auch nicht auswendig.«

»Macht nichts. Dann fragen wir das auch Claudia. Geht vermutlich schneller, wenn ich das gleich selbst erledige.«

Sie steckte den Kopf nach draußen. »Entschuldigung. Aber können Sie uns noch rasch sagen, wer gestern Abend die Anwesenheit im Schülerwohnheim kontrolliert hat?«

Die Assistentin machte ein unglückliches Gesicht. »Ich kann Ihnen nur sagen, wer es hätte tun müssen. Herr Professor Wagner. Allerdings hatte er einen Wasserrohrbruch in seinem Haus und ist gegen sechs Uhr weggefahren. Ich fürchte, gestern Abend hat niemand kontrolliert.«

Dani bedankte sich und schloss die Tür.

Nico hatte die Antwort gehört und schüttelte den Kopf. »Nicht gut. Gar nicht gut. Wir haben also nicht die geringste

Ahnung, seit wann Anisa Krizan verschwunden ist.« Mit einer Hand massierte er sein Kinn. »Sie wollten wissen, aus welchem Grund wir hier sind. Nun, das wird Sie jetzt vielleicht noch ein wenig mehr schockieren, aber es deutet vieles darauf hin, dass gestern Nachmittag in der Nähe der kleinen Waldkapelle ein Verbrechen begangen wurde.«

»Du lieber Himmel, das ist ja schrecklich! Ist Anisa etwas zugestoßen?«

»Keine Ahnung. Wenn wir wüssten, ob sie gestern Abend brav in ihrem Bettchen lag, müssten wir uns weniger Sorgen machen. Aber das wissen wir leider nicht. Wir haben jedenfalls einen Tatort gefunden, aber kein Opfer.«

Dani nahm dem Direktor seine zur Schau gestellte Überraschung nicht ab. »Sie hatten vorhin Besuch von Chefinspektor Kresnik. Hat er Ihnen denn nichts erzählt?«

Lienhart biss sich auf die Unterlippe. »Doch, schon. Aber ich habe nur mit einem Ohr zugehört. Er hat mir so eine verrückte Wildweststory aufgetischt. Von dem alten Säufer vom See, der das Verschleppen einer Leiche gesehen haben will. Einer männlichen. Stimmt das? War's ein Mann?«

Auch Dani ignorierte seine Fragen. Es ärgerte sie, dass Lienhart versuchte, sie für blöd zu verkaufen. »Versteh ich das richtig? Sie vermissen eine Schülerin und hören bei so einer Geschichte nur mit einem Ohr zu? Und sagen kein Sterbenswörtchen zu Kresnik? Tja, soll ich Ihnen verraten, was ich denke? Ich denke, dass ich dieses Verhalten ein wenig seltsam finde. Sie wissen also sehr genau, warum wir hier sind. Das bringt mich zu meiner nächsten Frage. Einen Lehrer vermissen Sie diesmal nicht auch noch, oder?«

Lienhart richtete sich in seinem Sessel auf. Ein Anflug von Ohnmacht entstellte kurzzeitig sein Gesicht. Bestimmt hatte auch er längst eine Verbindung zum Fall Pichler hergestellt. So dämlich war er auch wieder nicht. »Wie meinen Sie das?«

»So wie ich es sage: Vermissen Sie neben dem Mädchen auch einen Lehrer? Ist jemand unentschuldigt der Arbeit ferngeblieben? Etwas in der Art?«

»Nein, nicht dass ich wüsste.«

Nico schlug sich auf die Schenkel und stand auf. »In Ordnung. Dann würden wir uns jetzt gerne das Zimmer der jungen Dame ansehen. Und anschließend mit Frau Hartlauer sprechen. Ist sie da?«

»Mit Frau Hartlauer? Wozu denn das?«

Ihre Blicke genügten. Es bedurfte keiner weiteren Ausführungen. Der Direktor war nun vollends in seiner eigenen Welt gefangen und starrte hilflos ins Leere. Machte keine Anstalten, sich zu erheben. Dani hätte viel dafür gegeben, in diesem Moment seine Gedanken lesen zu können. Irgendetwas verriet ihr, dass er sich weniger um das verschwundene Mädchen als um sich selbst sorgte. Was hatte dieses Ekel zu verbergen?

»Das Zimmer, Herr Lienhart. Können Sie uns hinführen?«

»Was? Ja, natürlich. Ich lasse gleich den Schulwart rufen. Er hat als Einziger einen Generalschlüssel.«

9

Nachdem die beiden Kriminalbeamten mit dem Direktor im Gebäude verschwunden waren, lief Neven über den Campus und hielt Ausschau nach Felix. Die Sirenen waren vor wenigen Minuten verstummt. Der Parkplatz leerte sich allmählich.

Neven hatte lediglich fünf rote Anoraks gezählt. Drei Schülerinnen. Keine von ihnen war das Mädchen, das er gestern Nachmittag vor der Operation gesehen hatte. Und zwei Schüler. Im Alter von vielleicht elf oder zwölf Jahren. Selbst Maxim musste klar sein, dass die beiden nicht als Täter in Frage kamen. Während des Alarms hatte Neven auch nach Männern des Clans Ausschau gehalten, aber keinen einzigen entdecken können. Dass sie trotzdem in der Nähe waren, spürte er mit jeder Faser seines Körpers.

Er passierte das Hauptgebäude und spazierte die Sportanlage entlang. Hinter der Turnhalle erstreckte sich ein alter Obstgarten bis an den Waldrand. Die Bäume hatten ihr gesamtes Laub bereits abgeworfen. Es roch nach faulenden Früchten und frisch geschnittenem Holz. Ein eingeschossiges Haus mit durchhängendem Schindeldach begrenzte das Gelände im Norden. Aus dem Kamin kräuselte sich grauer Rauch. Als Neven näher kam, öffnete sich die Eingangstür, und ein Mann in einem blauen Arbeitsoverall trat ins Freie. Neven erkannte den Schulwart und grüßte ihn freundlich. »Entschuldigung, wissen Sie vielleicht, wo ich Felix finden kann?«

»Hinterm Haus. Bei der kleinen Scheune. Ich habe ihn Holz spalten geschickt.«

Der Schulwart wies mit einer knappen Handbewegung den Weg und eilte davon. Neven umrundete das Haus und entdeckte Felix neben einem riesigen Berg Kaminholz. Eben legte er ein Scheit in die Ablage eines hydraulischen Holzspalters und betätigte den Hebel.

»Hallo, Felix. Darf ich dich kurz stören?«

Der junge Mann sah auf, dann schaltete er die Maschine ab und zog die Arbeitshandschuhe aus. »Neven. Was gibt's?«

»Ich hab eine Spur und brauche deine Hilfe. Gestern Nachmittag gab es bei der kleinen Kapelle, oben beim See, ein Unglück.«

»Was für ein Unglück?«

»Das weiß ich nicht, aber ich bin ziemlich sicher, dass ein Mädchen aus dem Internat gesehen hat, was passiert ist.«

»Ist deshalb die Polizei hier?«

Neven nickte und fuhr fort. »Sie trug eine rote Jacke und eine schwarze Mütze.«

Felix senkte seinen Blick. »Ich fürchte, da kann ich dir nicht helfen.«

»Du weißt, von wem ich rede, ich sehe es dir an.«

»Bist du schuld an diesem Unglück?«

Neven warf einen Blick zum dunkelgrauen Himmel. Mit jeder Antwort zog er Felix tiefer in die Sache hinein. Trotzdem nickte er. »Ich muss jetzt verhindern, dass es noch mehr Unglück gibt. Hast du das Mädchen gesehen?«

Felix machte ein trauriges Gesicht. »Gestern Abend, es war schon dunkel, stolperte sie den Hang herunter, von da oben. Mit einer Platzwunde an der Stirn. Sie hat gesagt, sie wäre gegen einen tief hängenden Ast gelaufen. Ich habe sie zum Schularzt begleitet. Die Wunde hat ein wenig geblutet.«

Neven sah Felix eindringlich an. »Kennst du sie? Du musst mir sagen, wie sie heißt und wo ich sie finde.«

Felix scharrte mit den Füßen und sah schweigend zu Boden.

»Ich meine es ernst, Felix. Sie ist in Gefahr. Du musst mir helfen.«

»Wieso ist sie in Gefahr?«

»Ich muss wissen, wer sie ist. Sofort.«

»Ich glaube, es wäre besser, wenn du –«

»Den Namen, Felix. Ich brauche ihren Namen. Sie schwebt in Lebensgefahr.«

»In Lebens… Wieso? Sie hat doch nichts –«

Neven verlor die Geduld. »Schluss mit der Fragerei. Denkst

du, ich spiele mit dir? Willst du an ihrem Tod schuld sein, du Idiot?«

Felix starrte ihn mit vor Angst geweiteten Augen an, seine Stimmlage zu einem Flüstern gesenkt. »Sandra. Ihr Name ist Sandra Lohmann. Die gestrige Nacht hat sie, soweit ich weiß, auf der Krankenstation verbracht.«

Neven faltete seine Hände vor der Brust und neigte zum Dank seinen Kopf. Dann machte er wortlos kehrt und eilte davon.

Am Boden unterhalb der Garderobe, gleich rechts neben dem Eingang, standen sauber geordnet Stöckelschuhe, Sneakers und ein Paar braune Winterstiefel. Die Reihe war durch mehrere Lücken unterbrochen. Dani nahm einen der Pumps zur Hand und drehte ihn um. Neununddreißig. Wäre auch zu einfach gewesen. Ohne Worte zeigte sie Nico die Sohle. Er nickte stumm. Die Abdrücke im Wald waren definitiv die eines anderen Mädchens. Sie stellte den Schuh zurück an seinen Platz.

Das Zimmer war symmetrisch angelegt und ebenso eingerichtet. Das große Fenster an der Stirnseite blickte auf den Sportplatz. Zwei Betten in den äußeren Ecken, mit Nachtkästchen und Stehlampen. Zwei Schreibtische mit Bürostühlen. Zwei Schränke und Kommoden aus billigen Pressspanplatten. Lediglich der Waschtisch hinter der Eingangstür und die Garderobe gegenüber hoben die spiegelgleiche Möblierung auf.

Die rechte Hälfte des Zimmers wurde genutzt. Sie gehörte einer ordentlichen, vielleicht pedantischen Bewohnerin. Sauber und aufgeräumt. Überaus nüchtern. Kein Kitsch, kein Ramsch, keine Poster an den Wänden. Keine Spur von Mädchenhaftigkeit.

Dani deutete auf die linke Seite des Raumes. »Was ist mit Anisas Zimmerkollegin? Ich dachte, Sie haben hier immer Doppelbelegung.«

Nico lehnte im Türrahmen und verstellte Lienhart die Sicht. Trotzdem antwortete dieser aus dem Hintergrund und wie aus der Pistole geschossen. »Haben wir normalerweise auch. Aber in ihrem Jahrgang gibt es eine ungerade Anzahl von Schülerinnen.«

Und Anisa hatte das Einzellos gezogen? War sie auf irgendeine Art eine Außenseiterin?

Dani lehnte an der Fensterbank und fokussierte sich. Bündelte ihre Aufmerksamkeit in dem Bemühen, jedes noch so kleine Detail in sich aufzunehmen. Ein sauber bezogenes, unbenutztes Bett. Auf dem Nachtkästchen nur ein Taschenbuch. Die Biografie einer Diva. Aretha Franklin. Auf dem Schreibtisch ein Block. Ein Stapel Bücher. Eine Ablage mit Stiften. Ein vereinsamtes Ladekabel, noch in der Steckdose. Kein Handy. Eine leere Dockingstation inklusive angeschlossener Maus. Kein Laptop. Am Fußende des Bettes eine Spiegelreflexkamera, montiert auf einem massiven Stativ. Erst jetzt fiel Dani auf, dass am Fensterrahmen ein schwarzes Rollo montiert war. Das Zimmer konnte komplett abgedunkelt werden.

Sie ging zur Kamera, nahm einen Stift aus ihrer Jacke und schaltete mit der Spitze das Gerät ein. Überprüfte den Speicher. Keine Bilder. Sie zog die Laden des Nachtkästchens und des Schreibtisches auf. Kein Schlüssel. Keine Geldtasche. Kein Ausweis. Die Ablage und das Schränkchen beim Waschtisch waren leer. Keine Toilettenartikel. Kein Schminktäschchen. Keine Zahnbürste im Becher.

Als Nächstes öffnete sie den Kleiderschrank. Wie erwartet herrschte auch hier penible Ordnung. Shirts, Blusen, Hosen, Röcke und Kleider. Ein farblich geordneter Stapel von Pullovern. Am Boden des Schrankes ein kleiner Koffer, ein Weekender und ein Seesack. Fünf Handtaschen. Sie schloss die Türen.

Und für einen Moment die Augen. Nadja tauchte in ihren Gedanken auf. Nadja liebte Handtaschen. Sie hatte sich noch immer nicht gemeldet. Keine Nachricht, kein Anruf. Was war los mit ihrer Schwester? Steckte sie tatsächlich in Schwierigkeiten? Dani fokussierte sich wieder und nickte ihrem Partner unauffällig zu.

Als hätte Nico nur auf dieses Signal gewartet, drehte er sich um. »Also gut, Herr Lienhart. Ich sage Ihnen, was wir nun tun werden. Sie nehmen jetzt augenblicklich Kontakt mit der Polizeiinspektion in Hohenwarten auf und machen eine Vermisstenmeldung. Anschließend rufen Sie mich sofort an und geben mir die Kontaktdaten der Familie des Mädchens durch. Hier auf dieser Karte steht meine Nummer. Alles klar?«

Lienhart reckte sein Kinn hoch. Dani meinte für einen kurzen Moment Widerstand in seinen Augen aufblitzen zu sehen. Der Direktor war es offensichtlich nicht gewohnt, Befehle entgegenzunehmen. Oder irgendetwas anderes in ihm sträubte sich, den Anweisungen Folge zu leisten.

Nico setzte nach. »Das war keine Bitte, Herr Lienhart. Kommen Sie in die Gänge. Und damit wir uns richtig verstehen: Wie ich das sehe, steuern Sie bereits auf eine Menge Schwierigkeiten zu. Sie täten also gut daran, sich nicht noch mehr aufzuhalsen.«

Ohne ein Wort des Aufbegehrens machte Lienhart kehrt und eilte davon.

Nico wandte sich an den Schulwart. »Sie können wieder abschließen, Herr Keller. Lassen Sie bitte niemanden ohne unser Wissen hinein, verstanden? Wer hat noch einen Schlüssel?«

»Niemand außer mir. Und der Bewohnerin natürlich.«

»Sehr gut, vielen Dank. Wir finden uns allein zurecht.«

Dani vergrub die Hände in ihren Jackentaschen und wartete, bis der Schulwart um die Ecke gebogen war. »Egon?«

»Kann nicht schaden, wenn er einen Blick hineinwirft. Er müsste noch in der Nähe sein.«

Der Anruf war rasch erledigt und Egon instruiert. Auf dem Weg zur Direktion brachte Dani ihre Gedanken auf den Punkt. »Das könnte jetzt wirklich ein Zufall sein. Ein geheimer Trip zum Freund, ohne Erlaubnis der Eltern, und dann keinen Bock, das romantische Wochenende zu beenden.«

Nicos Gesichtsausdruck blieb ernst. »Kann sein. Aber mein Bauch akzeptiert diesen Zufall irgendwie nicht. Er sagt leider etwas anderes.«

Die Eingangshalle und die Gänge im Erdgeschoss waren menschenleer. Das Internatsleben spielte sich mittlerweile in den oberen Stockwerken ab. Neven stellte sich vor, wie in den Gemeinschaftsräumen ferngesehen und gespielt, in den Zimmern gelernt und gelesen und Musik gehört wurde. Und heimlich getrunken.

Seit mehr als einer Stunde saß er in einer der steinernen Nischen in der Nähe der Haupttreppe und kritzelte lustlos an einer Zeichnung, die ihm gänzlich misslungen war. Der Platz war unbequem, aber er erfüllte seinen Zweck. Von hier aus konnte er alle Gänge und den gesamten Eingangsbereich im Auge behalten.

Den Großteil des Nachmittags hatte er in der hauseigenen Kirche verbracht und sich an den komplexen Linienführungen des Mittelschiffes abgearbeitet. Niemand war ihm in die Quere gekommen oder hatte ihm unangenehme Fragen gestellt. Vereinzelte Mädchengruppen, die tuschelnd und kichernd mit ihm Augenkontakt aufzunehmen versuchten, hatte er ignoriert. Inzwischen dürfte sich herumgesprochen haben, dass er sich mit Genehmigung der Schulleitung in dem alten Kloster aufhielt, um im Zuge der Restaurierung an einem Kunstprojekt zu arbeiten. Einmal mehr diente ihm sein Zeichentalent als perfekte Tarnung.

Die Kriminalbeamten waren noch immer hier, ihr Wagen stand nach wie vor an der Zufahrtsstraße. Neven hätte zu gerne gewusst, in welche Richtung sie ermittelten. Dass Anisa verschwunden war, war mit Sicherheit bereits bekannt. Aber hatten sie auch mit Sandra Lohmann gesprochen? Wussten sie von der Entführung?

Maxim saß mit Sicherheit auf Nadeln. Aber wenn Neven den Capo jetzt anrief und preisgab, was er wusste, würden sie das Mädchen im Laufe der Nacht verschwinden lassen. Neven musste es irgendwie schaffen, mit der Polizei in Kontakt zu treten, bevor der Clan in Aktion trat.

Hatte er nach dem Gespräch mit Felix tatsächlich für einen winzigen Augenblick mit dem Gedanken gespielt, den Dingen ihren unschönen Lauf zu lassen? Einerseits drängte es ihn, seine Energie ausschließlich auf Anisas Befreiung zu konzentrieren, andererseits konnte er nicht ausschließen, dass die Schicksale der beiden Mädchen miteinander und mit seinem eigenen verknüpft waren.

Er warf einen Blick auf seine Uhr. Schön langsam lief ihm die Zeit davon. Sagatov erwartete ihn in weniger als eineinhalb Stunden bei der Lagerhalle. Selbst wenn Neven die gesamte Strecke lief, benötigte er ungefähr dreißig Minuten bis zum vereinbarten Treffpunkt.

Plötzlich nahm er Schritte wahr. Zwei dunkle Umrisse tauchten im Gang des Südflügels auf. Gedämpfte Stimmen. Ein Mann und eine Frau näherten sich. Die beiden Beamten. Endlich. Das Warten hatte sich gelohnt.

Neven stand auf, klappte die Zeichenmappe zu und ging ihnen entgegen. Instinktiv entschied er sich für die Seite der Frau.

Noch fünfzehn Meter. Eine der Neonröhren an der Decke des Ganges flackerte.

Noch fünf Meter.

Das Gespräch der beiden Polizisten verstummte. Zögernde Schritte, dann standen Neven und die Frau einander gegenüber. Sie war einen Kopf kleiner und baute sich trotzdem vor ihm auf, mit der Körperspannung einer Athletin. Für einen Augenblick machte keiner der beiden Anstalten, auszuweichen.

Diesen Moment hatte Neven herbeigesehnt. Er bündelte all seine aufgestauten Gefühle in einen einzigen, sekundenlangen Blick. Schließlich war es die Polizistin, die zuerst ihre Augen niederschlug, zur Seite trat und Neven passieren ließ.

»Junger Mann?«

Neven blieb stehen und wartete. Die Stimme gehörte ihrem Kollegen. Eine Tonlage mit Suggestionskraft, sonor und mit Nachdruck fordernd. Unverkennbar die Stimme einer erfahrenen Autoritätsperson. Er war der Chef.

Erst als Neven sie knapp hinter sich spürte, drehte er sich langsam um.

»Haben Sie einen Augenblick Zeit?«

Er sah dem großen Mann furchtlos in die Augen. Der Polizist

betrachtete ihn neugierig. Zückte einen Ausweis, den Neven keines Blickes würdigte, und stellte sich und seine Kollegin vor. Chefinspektor Drabek und Gruppeninspektorin Scholz. Kriminalpolizei.

»Arbeiten Sie hier an der Schule?«

»Sie meinen, als Lehrer? Nein.«

»Wie ein Schüler sehen Sie aber auch nicht aus.«

»Ich bin Kunststudent. Ich arbeite an einem Projekt über das Kloster. Mit Genehmigung der Direktion.«

»Verraten Sie uns, wie Sie heißen?«

»Neven Horvath.«

Gruppeninspektorin Scholz deutete auf den Block in seiner Hand. »Darf ich mal einen Blick auf Ihr Werk werfen?«

»Selbstverständlich.«

Sie nahm die Mappe an sich und blätterte durch die losen Seiten. Das alte Kloster und der Kirchturm. Außenansichten und Innenansichten der einzelnen Gebäudeteile. Verschiedene Detailzeichnungen von Säulen und Statuen. Das gesamte Internatsgelände von einem erhöhten Standort aus. Dazwischen der brennende Wohnwagen und Anisas Porträt.

Neven las im Gesicht der Polizistin. Nichts. Kein Erkennen, keine Überraschung, kein verblüffter Augenaufschlag. Nicht die kleinste mimische Reaktion. Sie wusste nicht, wer das gezeichnete Mädchen war. Eigenartig.

Scholz gab ihm die Mappe mit einem unmerklichen Nicken zurück. »Seit wann arbeiten Sie schon an Ihrem Projekt?«

»Seit ein paar Wochen.«

»Und Sie waren immer hier auf dem Internatsgelände?«

»Hier und im Dorf. Ich komme morgens aus Wien und fahre abends zurück. Aber nicht jeden Tag.«

»Und diese Zeichnungen haben Sie alle in den letzten Wochen angefertigt?«

»Die meisten davon in den letzten Tagen. Der Rest liegt zu Hause. Ich habe nicht immer alle Blätter bei mir.«

Den Chefinspektor schienen seine Antworten zufriedenzustellen. »Herr Horvath, wir untersuchen ein paar Vorkommnisse, die gestern Nachmittag in der Umgebung des Internats passiert sind. Waren Sie am Wochenende hier? Ist Ihnen irgendetwas Außergewöhnliches aufgefallen?«

»Gestern habe ich tatsächlich gearbeitet. Also ja, ich war hier. Aber wenn ich zeichne, bekomme ich kaum mit, was um mich herum passiert. Was meinen Sie mit ›außergewöhnlich‹?«

»Zum Beispiel auffällige Fahrzeuge oder Personen, die nicht an die Schule gehören. Etwas in der Art.«

»Das Wetter war schlecht. Nebelig und eiskalt. Niemand hat sich im Freien aufgehalten.«

»Verstehe. Also nein?«

»Ich habe den Schulwart gesehen. Ein paar Jugendliche, die Bier getrunken haben. Und eine Läuferin.«

»Werden Sie noch länger hier zu tun haben?«

»Vermutlich bis Weihnachten.«

Die Polizistin hob ihre Hand. »Eine Frage hätte ich noch. Sind Sie österreichischer Staatsbürger? Sie haben einen slawischen Akzent.«

»Ich bin Bulgare.«

»Darf ich Ihren Ausweis sehen?«

Neven griff in den Rucksack und holte seinen Pass hervor.

Scholz prüfte das Dokument und gab es zurück. »Herr Horvath, würden Sie uns bitte noch Ihre Telefonnummer geben? Es könnte sein, dass wir später noch ein paar Fragen an Sie haben.«

Sie notierte die Ziffernfolge. Drabek reichte ihm einstweilen seine Karte. »Hier sind meine Daten. Sollte Ihnen noch etwas einfallen, wäre es toll, wenn Sie uns informieren würden. Noch einen schönen Abend.«

Neven senkte zur Verabschiedung den Kopf und wandte sich um. Er spürte die Blicke der beiden Kriminalbeamten in seinem Rücken, als er sich Richtung Nebenausgang entfernte.

Das Außenthermometer zeigte null Grad. Der Wagen rollte gemächlich über die dunklen und nassen Landstraßen. Dani hatte ihre Geschwindigkeit den Umständen und Nicos Vorlieben angepasst. »Sehr seltsam, das alles.«

»Warum seltsam?«

»Weil sich nichts zusammenfügt. Im ganzen Bezirk wurde niemand als vermisst gemeldet. Niemand außer Anisa Krizan. Aber sie war nicht die Person am Tatort. Die Fußspuren passen nicht und auch die Blutgruppe nicht.« Sie trommelte mit den Fingern an die Innenseite des Lenkrades. »Anisa ist vielleicht wirklich nur ausgebüxt. Hat sie offensichtlich schon öfters gemacht. Lienhart und die Hartlauer erzählen die gleiche Geschichte.«

»Ich wünsche mir wirklich, dass du recht behältst. Aber eine rätselhafte Bluttat und ein verschwundenes Mädchen am selben Tag. Ich kann bei dieser zeitlichen Übereinstimmung nur schwer an einen Zufall glauben.«

»Sie war aber weder das Opfer noch die Täterin oder der Lockvogel.«

»Ich weiß.«

»Mit wem von unserer Liste haben wir eigentlich noch nicht gesprochen? Können nicht mehr viele sein.«

Nico schaltete die kleine Lampe an und studierte das Blatt Papier in seiner Hand. »Von den Lehrerinnen fehlen nur noch Frau Haslinger und Frau Kretek. Beide groß und übergewichtig. Also kein Thema. Und von den Schülerinnen der oberen Klassen sind es … fünf. Karin Sommer, Alexandra Rumpler, Sandra Lohmann, Elisabeth Karall und Anja Richter.«

»Denkst du immer noch, dass der April und der November etwas miteinander zu tun haben?«

»Ich bin mir nicht mehr so sicher.«

»Es könnte also sein, dass wir völlig danebenliegen.«

»Das habe ich nicht gesagt. Aber uns fehlt zumindest ein wesentlicher Baustein.«

»Warum habe ich nur das Gefühl, dass du nicht alle deine Gedanken mit mir teilst?«

Nico lachte kurz auf, gab aber keine Antwort. Dani sah ihre Vermutung bestätigt. So reagierte er nur, wenn er sich ertappt fühlte. Er wusste also mehr, als er zugab, oder zumindest ahnte er etwas. Und schwieg trotzdem. Das war nicht der Nico, den sie kannte. Seine Verschlossenheit gab ihr zu denken.

Und die unergiebigen Ermittlungen des heutigen Nachmittags nagten an ihrem Stolz. Sie fühlte sich ins Frühjahr zurückversetzt, als sie unzählige Male mit ebendiesem Gefühl nach Hause gefahren war. Nichts erreicht zu haben. Versagt zu haben. »Dieses beschissene Nest ist verflucht.«

»Wahrscheinlich. Vielleicht kommen wir hier nie wieder weg.«

Jetzt musste Dani grinsen. »Hast wohl auch ›Wayward Pines‹ gesehen.« Sie liebte diese Serie, in der ein amerikanischer Secret-Service-Agent das Verschwinden zweier Kollegen untersuchte und in eine Kleinstadt geriet, die er eigenartigerweise nicht mehr verlassen konnte.

Aber Nico schien etwas anderes zu beschäftigen. »Was hältst du von dem Zeichner?«

»Ein eigenartiger Typ. Richtig unheimlich. Vor allem seine Augen. Sie sind braun, aber als er mir gegenübergestanden hat, hatte ich den Eindruck, sie wären tiefschwarz.«

»Künstler umgibt oft eine merkwürdige Aura.«

»Das stimmt. Die Zeichnungen waren jedenfalls top. Fast ein wenig mystisch. Besonders dieser brennende Zirkuswagen … faszinierend.«

»Der Junge hat dir gefallen, nicht wahr?«

Dani runzelte die Stirn. »Was meinst du mit ›gefallen‹?«

»Na, gefallen eben. Du konntest dich kaum von ihm losreißen.«

»So ein Quatsch.«

»Gib's ruhig zu. Groß, schlank, ein wenig wild und geheimnisvoll. Er hat alles, wovon du träumst.«

Dani deutete einen Schlag an. »Dir darf man aber auch wirklich nichts Privates anvertrauen.«

»Wieso? Ich habe nichts verraten. Ich dachte nur, ich mache dich da mal auf etwas aufmerksam, was dir selbst womöglich entgangen ist.« Nico seufzte und wechselte das Thema. »Also, Frau Gruppeninspektorin. Wie machen wir weiter?«

»Du meinst, abgesehen von den offenen Befragungen? Nun, ich fürchte, den Lieferwagen werden wir nur schwer finden.

SE deutet auf ein slowakisches Kennzeichen hin. Das dauert ewig, bis wir den ausfindig gemacht haben, wenn überhaupt. Wir wissen nicht mal die Type oder die Farbe des Wagens. Und die Reifen allein helfen uns kaum weiter.«

»Stimmt. Wenn wir nicht mehr herausfinden, sieht's traurig aus.«

»Der Lienhart war ziemlich nervös.«

»Ist mir auch aufgefallen.«

»Ich hoffe, dass das Mädchen heute Nacht wieder auftaucht. Wenn sie bis morgen früh nicht zurück ist, sollten wir zuallererst mit ihren Eltern sprechen.«

Zum wiederholten Mal blieb Nico eine Antwort schuldig.

Dani sah ihn von der Seite her an. Kein Zweifel. Irgendetwas stimmte nicht mit ihm. »Was ist?«

»Unser Arbeitstag ist noch nicht vorüber. Wir fahren gleich zu ihren Eltern.«

10

Neven hatte den Großteil der Strecke quer durch den Wald im Laufschritt zurückgelegt. Trotz der Dunkelheit. Schon als kleiner Junge war er bei nächtlichen Versteckspielen unschlagbar gewesen. Die anderen Kinder hatten ihn »Luchsauge« genannt. Weil er so sicher und leise wie eine Wildkatze durch den Wald schleichen konnte und nie aus Versehen auf einen verräterischen Ast trat. Und weil er alle anderen verlässlich aufstöberte, egal, wie gut sie sich vor ihm versteckten. Die Nacht war schon immer sein bester Freund gewesen.

Die Lagerhalle befand sich etwa zwei Kilometer außerhalb des Dorfes, am hinteren Rand des Areals einer dem Verfall preisgegebenen Metallwarenfabrik. Die Industrieruine eignete sich hervorragend für die Zwecke des Clans. Sie war schwer einsehbar, bot viele Verstecke und Deckungen und ebenso viele Fluchtwege.

Zehn Minuten vor der vereinbarten Zeit näherte sich Neven dem lang gestreckten Bau. Zwei schwarze Limousinen parkten im Schatten der Halle. Neven gab sich den beiden Männern, die vor dem Eingang postiert waren, zu erkennen. Der Große war Nikolai, ein Mann fürs Grobe, schweigsam und undurchschaubar. Den Kleineren der beiden konnte Neven besser einschätzen. Zvonimir war Sagatovs Laufbursche, ein quirliger Typ mit vorlauter Klappe. Neven fragte ihn nach dem Capo.

Zvonimir deutete mit dem Kopf hinter sich. »Er wartet schon auf dich, Bruder. Du solltest dich besser beeilen.«

Neven warf ihm einen verächtlichen Blick zu. »Ich bin pünktlich, Zvoni, also entspann dich. Und ich bin nicht dein Bruder.«

Die schwere Eisentür war frisch geölt und schwang geräuschlos auf. Neven trat über die Schwelle und fand sich in einem schmalen Gang wieder. Zu beiden Seiten türmten sich unzählige alte Teppichrollen, wie mächtige Baumstämme bis zu drei Meter hoch gestapelt. Die Luft in der Halle roch nach feuchtem Beton.

Am Ende des etwa zehn Meter langen Ganges trat Neven in den Lichtkegel eines einzelnen Scheinwerfers. Um einen leeren Metalltisch in der Mitte der Halle standen vier Männer. Sie unterbrachen ihr Gespräch, als Neven näher kam.

»Das schätze ich an dir. Deine Verlässlichkeit.« Sagatov löste sich aus der Gruppe und legte Neven eine Hand in den Nacken. Mit leichtem Druck führte er ihn außer Hörweite der restlichen Mannschaft. »Und? Hast du etwas herausgefunden?«

Neven erstattete dem Capo in knappen Worten Bericht. Dass die Entführung, wenn überhaupt, nicht von einem Jungen, sondern von einem Mädchen beobachtet worden war.

»Kennst du schon ihren Namen?«

»Die Zeit war zu knapp. Aber ich liefere ihn morgen früh.«

»Maxim wird dir nicht in die Quere kommen. Er muss in Ungarn etwas für mich erledigen. Polizei?«

»Zwei Kriminalbeamte. Ein Chefinspektor und seine Partnerin. Ich weiß nicht, was genau sie untersuchen, aber sie wirkten frustriert.«

»Das Mädchen hat nichts gemeldet?«

»Anscheinend nicht. Deshalb fällt es mir schwer zu glauben, dass sie Vulko erschlagen hat.«

»Nicht ›glauben‹, Neven. *Wissen.* Erledige deinen Job. Wir dürfen kein Risiko eingehen, das weißt du. Und jetzt halte die Augen offen, wie wir es besprochen haben. Oskar und seine verrückte Meute werden jeden Augenblick hier aufkreuzen.«

Wie angekündigt erschienen die Deutschen zu viert. Obwohl Oskar ein schmächtiger Mann war, mit schütterem Haarkranz und dicker Hornbrille, strahlte er Autorität aus. Die drei großen Aluminiumkoffer, die nun aufgeklappt auf dem Metalltisch lagen, bis zum Rand mit ziegelgroßen, in braune Plastikfolie gewickelten Paketen gefüllt, ließ er bei seiner Ankunft links liegen. Ohne Umwege steuerte er auf Sagatov zu und begrüßte ihn wie einen guten alten Freund.

Neven hielt sich wie angeordnet im Hintergrund und beschränkte sich darauf, die Abläufe zu beobachten. Der Deal war offensichtlich reine Routine. Keiner der Männer agierte in irgendeiner Weise nervös, man kannte sich, jeder wusste, was er zu tun hatte. Die Ware wurde stichprobenartig geprüft, die Geldtransaktion mittels Tablets abgewickelt, die Koffer für den Transport wurden sorgfältig verschlossen. In zehn Minuten war alles über die Bühne.

Exakt in dem Moment, als zwei von Oskars Männern nach den Koffern griffen, ertönte in der Nähe des Einganges ein eigenartiges Gejammer. Alle wandten sich in die gleiche Richtung, die eine oder andere Hand glitt unter den Mantel oder an den Rücken zum Hosenbund. Neven glaubte seinen Augen nicht zu trauen, als der Direktor des Internats in den Lichtkreis des Scheinwerfers taumelte. Nikolai hielt ihn am Oberarm gepackt und zerrte ihn quer durch die Halle zu Sagatov. Neven konnte nicht verstehen, was der Capo seinem deutschen Geschäftspartner zuflüsterte. Oskar setzte jedenfalls ein schmutziges Grinsen auf, schob seine Brille die Nase hoch und verabschiedete sich mit einer angedeuteten Verbeugung.

Nachdem die Deutschen mit ihren Aluminiumkoffern die Halle verlassen hatten, trat Neven aus dem Halbschatten an den Metalltisch. Was um alles in der Welt hatte der Direktor hier verloren? Ohne sein Opfer loszulassen, zog Nikolai einen rostigen Stahlrohrsessel heran und drückte Lienhart auf die Sitzfläche.

Zvoni stellte eine Sporttasche vor Sagatov auf den Boden. »Die hatte der Kerl bei sich.«

Sagatov bedeutete seinem Laufburschen mit einer knappen Handbewegung, zu verschwinden. Dann wandte er sich dem Direktor zu. »Friedrich, Friedrich. Was für eine Enttäuschung, dich hier zu sehen.«

Neven senkte die Brauen. Kannten sich die beiden etwa?

Lienhart hob seinen Kopf. Sagatovs Stimme schien ihm tatsächlich vertraut zu sein. Ein Erkennen huschte über sein Gesicht. »Vlado? Vlado! Was bin ich froh, Sie zu se–«

Neven zuckte zusammen. Die Faust des Capos traf den Direktor vollkommen unvorbereitet. Die Wucht des Schlages schleuderte ihn zu Boden, wo er stöhnend liegen blieb. Nikolai packte Lienhart mit beiden Händen am Kragen, zog ihn hoch und setzte ihn wie eine Puppe zurück auf seinen Platz. Sagatov ging in die Knie, zippte die Sporttasche auf und besah sich ihren Inhalt.

Lienhart brauchte eine Minute, bis er wieder halbwegs bei sich war. Sein linkes Auge schwoll zu, Blut lief ihm aus der Nase, und seine Oberlippe war aufgeplatzt. »Warum haben Sie mich –«

Sagatov erhob sich und knackte mit den Fingern. »Nicht sprechen, wenn du nicht gefragt wirst, okay?«

Lienhart nickte folgsam. Neven konnte keinen Funken männlichen Stolzes im Verhalten des Geprügelten erkennen, nicht mal ein Quäntchen Aufbegehren.

Der Capo beugte sich zu Lienhart hinunter. »Was suchst du hier, mein dummer Freund, und was ist das für ein Weiberzeugs in deiner Tasche?«

Lienhart fiel das Reden hörbar schwer. Er war kaum zu verstehen. »Das ist von dem Mädchen, das heute nicht zum Unterricht erschienen ist.«

»Sprich deutlicher. Welches Mädchen?«

»Diese kleine kroatische Göre. Die Sachen gehören ihr.«

»Von welchem Mädchen sprichst du?«

»Von einer Schülerin, vom Internat. Ihr Name ist Krizan, Anisa Krizan.« Lienhart wischte sich die laufende Nase.

»Und warum hast du all diese Sachen bei dir?«

»Ich habe sie aus ihrem Zimmer geholt. Sicherheitshalber. Bevor die Polizei kam. Damit es aussieht, als wäre sie ausgerissen.«

»Versteh ich nicht. Wozu sollte das gut sein?«

»Na ja, wegen des Spiels. Wir hatten so ein Spielchen am Laufen. Nichts Weltbewegendes. Ich wollte einfach sicher sein, dass die Polizei auf keine blöden Ideen kommt. Ich wollte die Sachen hier verstecken.«

»Habe ich mich da verhört? Sagtest du eben, du hattest was laufen mit Anisa Krizan?«

»Nun …«

Lienhart war so mit dem Aufsagen der Wahrheit beschäftigt, dass er gar nicht mitbekam, wie in seinem Gegenüber der Zorn nach und nach hochkochte. Neven trat wieder ein paar Schritte zurück in den Schatten. Auch in ihm brodelte es gewaltig. Sein Herz schlug wie verrückt, und seine Gedanken überschlugen sich. Anisa und der Direktor? Das war unmöglich. Das durfte nicht sein. Tausend Fragen tobten durch sein Gehirn. Er dachte an den Feueralarm heute Nachmittag. Kam die Polizei deshalb nicht vom Fleck mit ihren Ermittlungen, weil Lienhart irgendetwas vertuschen wollte?

Vlado richtete sich auf. »Wie heißen die beiden Polizisten, die bei dir waren?«

Lienhart glotzte ihn verständnislos an.

»Ich will kein zweites Mal fragen müssen. Ich will ihre Namen.«

»Dra… Drabek. Chefinspektor Nico Drabek. Und seine Kollegin, Daniela Scholz.«

»Gib mir dein Handy!«

»Was?«

»Du sollst mir dein Handy geben, du Idiot!«

Am ganzen Körper zitternd, fasste Lienhart in seine Jacke. Sagatov nahm ihm das Smartphone ab und warf es Nikolai zu. »Bring mir diesen Dorfpolizisten, diesen Kresnik. Und dann ruf Viktor an, er soll hierherkommen.«

Neven schloss kurzzeitig seine Augen und presste die Lippen aufeinander. Viktor war ihr Cleaner. Der Mann, der dafür sorgte, dass keine verwertbaren Spuren gefunden wurden.

Lienhart versuchte, sich aufzurichten. »Vlado, wir können uns sicher einigen. Ich habe nichts gesehen, ehrlich, ich –«

Vor allem hatte Lienhart sein Ende nicht kommen sehen. Im nächsten Augenblick explodierte eine Supernova in seinem Gesicht. Knochen krachten, Zähne brachen. Vermutlich war er schon beim zweiten Schlag nicht mehr bei Bewusstsein.

Neven wandte sich ab und schlich durch den Gang nach draußen. Den Rest der Vorstellung ersparte er sich.

11

»Als du vorhin telefoniert hast, bevor wir vom Internat losgefahren sind, war das mit deiner Schwester?«

Dani fand einen Parkplatz direkt vor der Adresse, die der Direktor ihnen durchgegeben hatte. Ein mehrgeschossiger Neubau mit bunten Fensterrahmen und absurd kleinen Balkonen. Schwalbennester. Es war knapp nach zehn Uhr abends. »Nein.«

»Mit deiner Mutter?«

Sie warf einen Blick durch die Windschutzscheibe zum stockdunklen Himmel. »Nein.«

»Wenn du's nicht sagen willst, ist es auch okay.«

Dani konnte sich nicht dazu durchringen auszusteigen. Also blieb auch Nico einfach sitzen und sah einer Ampel beim Gelbblinken zu.

»Ich habe ihre Mitbewohnerin angerufen. Lorena.«

»Hast du was erfahren?«

»Nadja will nicht mit mir reden.«

»Aber es geht ihr gut?«

Dani umklammerte das Lenkrad. »Ihr Freund hat sie verlassen.«

»Oh! Das ist ein triftiger Grund, sich zurückzuziehen. Waren die beiden lange zusammen?«

»Scheiße, das ist es ja! Ich habe keine Ahnung. Ich wusste nicht mal, dass sie einen Freund hatte.«

Sie stieg aus und warf die Tür etwas zu hart ins Schloss. Der Knall hallte von den Häuserwänden wider. Die eisige Luft kühlte ihr überhitztes Gesicht.

Wahrscheinlich war Nadjas Zorn auf ihre Familie mehr als berechtigt. Papa Scholz hatte früh das Weite gesucht und in Schweden eine neue Lebensgefährtin gefunden. Mama Scholz kümmerte sich mit Vorliebe um ihre Karriere und ihr Ansehen in der Ärzteschaft. Und Schwesterchen Dani? Was ihre beruflichen Ambitionen betraf, stand sie ihrer Mutter in nichts nach.

Womöglich war sie sogar noch eine Spur ehrgeiziger. So konnte es nicht weitergehen. Sobald der Fall abgeschlossen war, nein, sobald sie ein wenig Zeit fand, würde sie sich mehr um ihre Familie bemühen. Vor allem um ihre kleine Schwester.

Dani rieb sich ihre müden Augen. Der Tag lastete schwer auf ihren Schultern. Seit der Entdeckung des mysteriösen Tatortes traten Nico und sie in Wahrheit auf der Stelle. Das Internat war womöglich eine Sackgasse. Nico hatte bereits angedeutet, dass sie ihre Ermittlungen unter Umständen auf die Gemeinde und die umliegenden Dörfer würden ausdehnen müssen. Das konnte rasch wieder in eine Sisyphusarbeit ausarten.

Ihr Partner wartete bereits auf sie. Geduldig wie immer. Eine schwache Außenlampe mit der aufgeklebten Nummer 37a erhellte den Gehsteig. Als sie zu Nico trat, läutete er. Eine feste Frauenstimme erklang aus der Gegensprechanlage. »Ja, bitte?«

»Chefinspektor Drabek, Kriminalpolizei. Es geht um Ihre Tochter. Wir hätten da ein paar Fragen. Es wird nicht lange dauern.«

»Ihr ist also etwas zugestoßen?«

Dani starrte ungläubig auf den Lautsprecher. Die Stimme klang nüchtern und kalt. In der Frage hatte keine Spur von mütterlicher Empathie gelegen.

»Wissen wir nicht. Dürfen wir raufkommen?«

Nach einer kurzen Nachdenkpause summte das Schloss. Nico trat ins Treppenhaus, und Dani folgte ihm zum Aufzug. Dritter Stock. Das Licht aus dem Inneren einer Wohnung erhellte den düsteren Gang. Eine Frau, schlank, groß gewachsen und mit ausladendem Busen, stand im Türrahmen.

Nico zeigte seinen Ausweis. »Svetlana Krizan?«

Die Frau nickte und trat zur Seite.

Der Geruch, der ihnen beim Betreten des Vorzimmers entgegenschlug, passte nicht in eine Neubauwohnung. Die Luft war mit Weihrauch geschwängert.

Svetlana war eine attraktive Frau von vielleicht vierzig Jahren. Schwarze Hose, schwarzer Rollkragenpullover, das angegraute Haar hochgebunden.

Dani sah sich um. Überall Heiligenbilder an den Wänden. Kerzen und Blumen. Kreuze und Marienstatuen, mit Rosenkränzen umwickelt. Sie dachte an das nüchterne Zimmer im Internat und an den Eindruck, den sie von dem verschwundenen Mädchen gewonnen hatte. Hier prallten Welten aufeinander.

Im Wohnzimmer nahm Svetlana auf dem abgewohnten Sofa Platz und bot ihren Gästen die beiden Polstersessel an.

Dani blieb wie gewohnt stehen. Selten hatte sie so wenig Lust empfunden, es sich gemütlich zu machen.

Nico übernahm das Gespräch. »Frau Krizan, wir sind hier, weil heute seitens des Internats, das Ihre Tochter besucht, eine Vermisstenmeldung aufgegeben wurde. Anisa ist heute Morgen nicht zum Unterricht erschienen und bislang auch nicht auffindbar. Wissen Sie, wo sich Ihre Tochter aufhält?«

Svetlana ergriff das Holzkreuz, das an einer dünnen Kette um ihren Hals hing, und schüttelte den Kopf. »Ich habe keine Ahnung.«

»Wann haben Sie sie zuletzt gesehen?«

»Vorletztes Wochenende. Da war sie am Sonntagabend kurz hier, um die Schmutzwäsche zu bringen und die frische mitzunehmen. Sie kommt zweimal im Monat.«

»Und seitdem hatten Sie keinen Kontakt mehr?«

»Wir haben telefoniert. Vor drei oder vier Tagen.«

»Worum ging es bei dem Gespräch?«

Svetlana ließ sich mit der Antwort Zeit. »Es geht immer ums Gleiche. Ich versuche seit geraumer Zeit, meine Tochter auf den rechten Weg zurückzubringen.«

»Sie ist doch in einem katholischen Internat. Was passt denn nicht mit ihrem Weg?« Dani baute sich mit verschränkten Armen hinter Nico auf und bemühte sich um einen besonders provokanten Ton. Die Kühle von Anisas Mutter störte sie gewaltig.

»Ich war immer gegen diese Schule gewesen. Nur weil sie in einem ehemaligen Kloster untergebracht ist, ist es noch lange keine gute katholische Schule. Leider war ich nicht hart genug und habe zu früh nachgegeben. Und nun stellt sich heraus, dass ich mit meiner Skepsis recht hatte.«

»Worauf spielen Sie an?«

»Dass eine gut geführte Klosterschule verhindert hätte, dass diese verkommene Welt aus meinem Kind eine Hure macht.«

Nico ließ sich wie üblich nicht beirren. »Das meinen Sie jetzt aber in einem übertragenen Sinn, nicht wahr?«

»Ich meine es genau so, wie ich es sage.«

»Wir benötigen das etwas präziser. Benimmt sich Ihre Tochter in Ihren Augen nur wie eine Hure, oder steckt mehr dahinter?«

Es war offensichtlich, dass Svetlana diese Frage nicht beantworten wollte. Ihr Blick schweifte umher, ohne einen Ort zum Verweilen zu finden. Ihr Mund war zu einem schmalen Strich geworden.

»Sie haben eine Vermutung, wo sich Ihre Tochter aufhalten könnte, nicht wahr?«

Svetlana spielte ununterbrochen mit dem Kreuz vor ihrer Brust. »Sie ist vielleicht bei den Männern dieser Rockband.«

»Welcher Rockband? Sie glauben, Ihre Tochter ist ein Groupie?«

»Sie singt. Ich habe keine Ahnung, seit wann sie mit diesen Teufeln verkehrt, aber sicherlich bereits seit ein oder zwei Jahren. Ich selbst weiß es erst seit Kurzem. Von ihren Freundinnen in der Schule. Bianca und Megan. Die drei kennen sich seit der Unterstufe.«

Nico zog die Liste aus der Tasche und überflog die Namen. »Bianca Sambori und Megan Miller?«

»Genau.«

»Wissen Sie vielleicht, wie diese Band heißt? Haben Sie Namen für uns?«

Svetlana blickte zur Decke. »The Dead Faint. Der Bandleader heißt Richie. Mehr weiß ich nicht.«

»Wir haben sowohl mit Bianca als auch mit Megan heute Nachmittag gesprochen. Keine der beiden hat diese Band erwähnt.«

»Die Freundschaft zwischen den Mädchen ist wegen dieser Gruppe zerbrochen. Früher sind sie zu dritt herumgezogen. Aber dann ist irgendetwas passiert, worüber Bianca und Megan nicht reden wollen.«

»Sie haben gesagt, Ihre Tochter singt in der Band?«

»Dieser Richie hat Anisa gefragt, ob sie nicht mal für einen Song auf die Bühne kommen möchte. Da hat sie Feuer gefangen.«

»Könnte das nicht der Grund sein, warum die Freundschaft der Mädchen in die Brüche gegangen ist? Eifersüchteleien? Weil Anisa gefragt wurde und die anderen beiden nicht?«

»Meine Tochter ist in eine Welt geraten, die ihr nicht guttut. Sie wird daran zugrunde gehen, wenn ich nichts unternehme. Also muss ich sie da herausholen. Mit allen Mitteln. Glauben Sie mir, ich weiß, wovon ich rede. Ich habe dieselben Fehler in meiner Jugend gemacht.«

Danis Abscheu gegen Anisas Mutter ließ ein wenig nach. In die feste Stimme der Frau hatte sich Verzweiflung geschlichen. Svetlana Krizan mochte sehr religiös sein, aber sie zeigte keine Anzeichen einer Fanatikerin. Offensichtlich litt sie an den Entwicklungen, die ihre Tochter gerade durchlebte, und wollte sie beschützen.

»Sie waren auch Sängerin?«

»Ich war Tänzerin.«

»Was ist mit Anisas Vater? Lebt er auch hier?«

»Mirko? Nein. Wir haben uns vor einigen Jahren getrennt. Ich habe keinen Kontakt zu ihm.«

»Hat Anisa Kontakt?«

»Ich glaube schon. Aber sie spricht nicht über ihn.«

»Haben Sie eine Adresse von ihm? Oder eine Telefonnummer?«

Svetlana schüttelte den Kopf. »Wie gesagt, wir haben uns seit Jahren nicht gesehen und auch nicht gesprochen. Ich weiß nicht, wo er ist.«

»Hat Anisa hier ein eigenes Zimmer?«

»Nein. Als wir noch eine Familie waren, haben wir in einer größeren Wohnung gelebt. Ganz in der Nähe von hier. Nach der Scheidung haben wir sie verkauft, und ich bin umgezogen. Anisa hat im letzten Jahr kein einziges Mal hier übernachtet.«

Wen wundert's, dachte Dani. Wer will schon in einer Kapelle schlafen? Auch sie fühlte sich zwischen all dem religiösen Plunder höchst unwohl und war froh, dass sich das Gespräch dem Ende zuneigte.

»Frau Krizan, haben Sie vielleicht ein aktuelles Foto von Anisa, das Sie uns überlassen können?«

Svetlanas Augen glänzten feucht. Sie nickte und griff nach ihrem Mobiltelefon, das auf einem Stapel Zeitschriften lag.

»Senden Sie es mir bitte an diese E-Mail-Adresse.«

Noch während Svetlana auf dem Bildschirm tippte, stand Nico auf. Dani stellte fest, dass er wieder Zuversicht ausstrahlte. So als hätte dieser Besuch einige seiner schlimmeren Befürchtungen zerstreut. Als hätte er Hoffnung geschöpft, Anisa unversehrt zu finden.

Sein Mobiltelefon brummte. Er nahm es zur Hand, öffnete den Anhang der Nachricht und warf einen Blick auf das Foto. Dann reichte er sein Smartphone an Dani weiter. Das Gesicht einer jungen Frau füllte das Display.

Nur mit Mühe konnte Dani einen überraschten Aufschrei unterdrücken. Bilder des heutigen Abends blitzten vor ihrem geistigen Auge auf. Fehlende Puzzleteile erschienen, ließen sich aber nicht zu einem Gesamtbild zusammenfügen.

Sie behielt das Mobiltelefon und starrte ihren Partner an.

Nico verstand. Er wandte sich an Svetlana, die nichts mitbekommen zu haben schien. »Vielen Dank für Ihre Zeit, Frau Krizan.«

Anisas Mutter ergriff nacheinander die zum Abschied gereichten Hände.

»Sobald wir etwas wissen, melden wir uns. Und sollten Sie etwas erfahren, wäre es sehr hilfreich, wenn Sie uns kontaktieren würden.«

Dani schaffte es gerade mal, das Schließen der Aufzugstür abzuwarten. Mit Nicos Mobiltelefon vor dessen Nase wedelnd, sprudelte sie los. »Das ist das Mädchen! Hundertprozentig! Wir müssen diesen Horvath anrufen. Den Zeichner. Sofort! Wo habe ich nur seine Nummer hingesteckt?«

»Wieso den Zeichner? Wovon redest du?«

»Heute Abend. Im Internat. Ich habe seine Mappe durchgesehen, erinnerst du dich? Er hatte alles Mögliche da drin. Das Kloster. Den Kirchturm und diesen brennenden Wohnwagen. Und dann war da ein Porträt einer jungen Frau. Ich bin sicher, das war Anisa. Er hat sie gezeichnet. Er kennt sie!«

»Du bist sicher?«

»Ganz sicher. Ich lass mich da reinstechen, wenn ich mich irre.« Sie bohrte einen Finger in ihren Hals. »Da ist die Nummer. Wir rufen ihn an. Wir müssen sofort zu ihm.«

Für Dani öffnete sich die Aufzugstür viel zu langsam. Wild rüttelte sie am Griff, bis die Sperre endlich nachgab. Wie eine Turnerin schwang sie sich in den Wagen und startete den Motor. Nico zögerte kurz, dann stieg auch er ein und wählte die Nummer. Sein Smartphone verband sich mit dem Lautsprechersystem. Es läutete nur ein einziges Mal, dann ertönte die ruhige, angenehm weiche Stimme des jungen Mannes. »Sie haben lange gebraucht.«

Dani sah Nico fragend an. Er nickte und bedeutete ihr, das Gespräch zu eröffnen.

»Spreche ich mit Neven Horvath?«

»Ja.«

»Guten Abend, Scholz, Kriminalpolizei. Wir haben uns vor ein paar Stunden im Internat getroffen. Was meinen Sie damit, wir hätten lange gebraucht?«

»Sie rufen wegen Anisa Krizan an.«

Bingo! Er kannte das Mädchen tatsächlich.

»Herr Horvath, wo sind Sie gerade? Wir müssen uns unbedingt unterhalten.«

»Wir unterhalten uns bereits.«

»Persönlich, meine ich. Können wir uns treffen?«

»Nein.«

Verblüfft hielt sie einen Augenblick inne. »Nein? Was soll das heißen? Warum nicht? Wo sind Sie?«

»Mich nochmals mit Ihnen zu treffen, ist zu gefährlich für mich.«

»Was ist zu gefährlich? Hören Sie –«

»Nein. Ich denke, es wäre besser, wenn Sie mir zuhören.«

Mit offenem Mund schnappte Dani nach Luft. Nico legte ihr seine Hand beschwichtigend auf den Unterarm und hinderte sie daran, heftig und lautstark zu protestieren.

»Sie haben noch keine Ahnung, was hier vor sich geht, und ich habe leider nicht genug Zeit, um darauf zu warten, bis Sie es herausfinden. Ich spreche nur mit Ihnen, weil ich Ihre Hilfe brauche.«

Was lief denn hier ab? Dani sah zu Nico.

Ihr Partner bedeutete ihr, sich zurückzuhalten, und übernahm das Reden. »Herr Horvath, hier spricht Chefinspektor Drabek. Klären Sie uns auf. Wovon haben wir keine Ahnung?«

»Was Sonntagnachmittag beim See passiert ist. Was mit Anisa passiert ist.«

»Was ist denn passiert? Hören Sie, Sie sagen uns jetzt sofort, wo Sie sind, und wir kommen –«

»Nein. Ich werde mich nicht mit Ihnen treffen. Sie haben mich angerufen, weil Sie das Mädchen auf der Zeichnung wiedererkannt haben. Warum, glauben Sie, habe ich Ihnen das Porträt gezeigt? Sie werden Anisa ohne meine Hilfe nicht finden.«

»Was soll das heißen? Wo ist sie? Ist sie am Leben?«

»Ja, ich denke schon. Aber wenn Sie nicht tun, worum ich Sie gleich bitten werde, wird eine andere junge Frau in Kürze tot sein. Die Einzige, die Ihnen helfen kann, den Mord in dem Waldstück aufzuklären.«

Dani saß stocksteif in ihrem Sitz. Woher wusste dieser Typ das alles?

»Herr Horvath, woher sollen wir –«

»Fahren Sie früh am Morgen wieder nach Hohenwarten. Am besten vor Sonnenaufgang. Nur Sie beide. Verstanden? Nur Sie, sonst niemand. Ich rufe Sie an.«

Die Leitung knackte. Er hatte aufgelegt.

Dani starrte auf die Instrumententafel der Mittelkonsole. Als könnte sie dort die fehlenden Antworten auf die vielen Fragen finden, die in ihrem Kopf herumschwirrten. Nico drückte auf Wahlwiederholung. Der Anschluss war nicht mehr erreichbar. Neven Horvath hatte sein Gerät offensichtlich einfach abgeschaltet.

Dani benötigte nur kurz, um ihre Stimme wiederzufinden. »Na warte, du kleines Arschloch!« Sie fischte ihr eigenes Smartphone hervor und wählte. Brachte ein paar Kollegen auf Trab und hatte Minuten später die Informationen, die sie haben wollte. »Das Handy ist ein Wertkartentelefon. Das können wir vergessen. Aber ich habe seine Wohnadresse.«

»Er wird nicht dort sein, vermute ich.«

»Wir sollten trotzdem hinfahren und –«

»Ich denke, es wäre besser, wir schicken die Kollegen hin.«

»Auch gut. Dann fahren wir beide nach Hohenwarten zurück, um den Kerl –«

Nico hob die Hand, um sie zum Schweigen zu bringen. »Wir fahren zu mir nach Hause.«

»Was? Was meinst du mit ›zu dir nach Hause‹? Wir können nicht zu dir nach Hause. Wir müssen diesen Verrückten sofort –«

»Ich sagte, wir fahren zu mir. Um unseren Bericht zu schreiben. Um nachzudenken. Und dann sollten wir versuchen, ein wenig zu schlafen. Wir müssen früh raus. Du kriegst das Bett, ich nehme die Couch.«

Dani schnaubte vor Fassungslosigkeit. Rücklings schob sie sich aus der Parklücke und fuhr los. »Das ist jetzt ein Scherz, oder?«

Nico ließ sich Zeit, ehe er den Faden wieder aufnahm. »Nein. Wir haben keinen blassen Dunst, wo der Mann sich aufhält. Mit Sicherheit ist er nicht in seiner Wohnung. Und ob er noch in Hohenwarten ist, wissen wir auch nicht. Ich bezweifle es.«

»Und deshalb machen wir einfach nichts?«

»Davon war keine Rede. Wir müssen in Ruhe nachdenken. Er hat gesagt, dass das junge Mädchen, das uns bei dem Mord im Waldstück helfen kann, in Gefahr ist. Wir wissen mit hoher

Wahrscheinlichkeit, dass ein Mann erschlagen wurde. Und wir wissen, dass da ein Mädchen mit Schuhgröße siebenunddreißig und etwa fünfundfünfzig Kilo war. Dieses Mädchen meint er.«

»Und woher will dieser Horvath …?« Dani stockte, ehe sie ihre begonnene Frage selbst beantwortete. »Weil er auch dort war.«

»Ganz richtig. Was, wenn er einer der beiden Männer ist, die die Leiche abtransportiert haben? Das Mädchen weiß, was passiert ist, und sie ist ihnen entkommen. Jetzt soll sie zum Schweigen gebracht werden, weil sie die Täter gesehen hat und identifizieren kann.«

Dani fuhr viel zu schnell. Neunzig im Stadtgebiet. »Du meinst, Horvath hat den Mord an dem Unbekannten begangen und will jetzt einen weiteren verhindern?«

»Keine Ahnung. Er hat gesagt, er braucht unsere Hilfe. Die Frage ist, wobei? Er hat außerdem gesagt, es sei für ihn zu gefährlich, sich mit uns zu treffen.«

»Ja, weil er weiß, dass wir ihn festnehmen würden. Was mich viel mehr interessiert: Was hat das alles mit Anisa zu tun? Woher weiß er, dass sie weg ist? Alles deutet doch in die Richtung, dass sie …« Dani brach auch diesen Satz ab. Eine falsche Fährte. Sie wurden auf eine falsche Fährte gesetzt. Der Zeichner hatte ihr die Mappe gegeben. Sie hatte das Porträt von Anisa betrachtet und überblättert. Das war ein Test gewesen, wie viel sie wussten. Anisas Verschwinden war tatsächlich ein Teil des gesamten Rätsels. Womöglich ein wesentlicher. »Das bedeutet dann wohl …«

Der Lieferwagen. Die Aussage von Paul Mayr. Die Männer. Das Mädchen. Die Spuren im Wald. Ein Tötungsdelikt. Plötzlich griffen einige wenige Teile ineinander. Das Vehikel stotterte gewaltig, aber es drehte sich. Der magische Moment des ersten Erkennens. Gänsehaut lief Danis Arme hoch und den Nacken wieder hinunter. Und dann sprach sie ganz leise, mehr zu sich selbst als zu ihrem Partner.

»Eine Entführung. Das Zimmer ist manipuliert worden. Damit wir glauben, Anisa wär bloß ausgebüxt. Und das Mädchen im Wald hat die Entführung gesehen.«

Nico hielt den Blick nach vorne gerichtet und ergänzte: »Und wir haben noch keine Ahnung, wer sie ist.«

Dani donnerte über die Bundesstraße nach Klosterneuburg. Vielleicht hatte Nico recht. Vielleicht wäre es gut, nachzudenken, bevor sie die nächsten Schritte setzten.

12

Um sechs Uhr morgens saßen sie bereits wieder im Wagen.

Dani hatte das Gefühl, vergangene Nacht nicht eine Minute geschlafen zu haben. Sie war mit einem höchst unangenehmen Gefühl erwacht. Schatten von abstrusen, wirren Träumen quälten sie. Als hätte sie alle relevanten Ereignisse direkt vor Augen und könnte sie trotzdem nicht sehen. Nico hatte recht behalten. Die Wohnung, eine kleine Zweizimmerabsteige im zehnten Bezirk, war leer gewesen. Vollkommen leer. Unbewohnt. Nicht mal ein Fingerabdruck hatte sich dort eingenistet. Die vielversprechende Lockvogel-Theorie war tot. Kein zweiter Johann Pichler. Das Verschwinden des Lehrers und die Entführung von Anisa Krizan hatten nichts miteinander zu tun. Sosehr sie auch versuchte, Anknüpfungspunkte zu finden, da waren keine. Zwei separate Fälle. Zeitlich ein paar Monate voneinander getrennt. Die örtliche Nähe war bloßer Zufall.

Auf halbem Weg wählte Nico erstmals an diesem Tag die Nummer von Neven Horvath, aber dessen Mobiltelefon war nach wie vor abgeschaltet.

Dass sie all ihre schönen Ideen über den Haufen werfen mussten, war verkraftbar. Normale Polizeiarbeit. Doch dass sie die Zügel nicht in der Hand hielten, tat weh. Nicos Verschwiegenheit besorgte den Rest. Seit dem Aufstehen hatte er kaum drei Worte mit ihr gesprochen.

»Warum bist du so still? Sollten wir nicht irgendetwas unternehmen? Proaktiv, meine ich.«

Nico seufzte. Mit beiden Händen massierte er sein Gesicht. »Und was genau sollten wir deiner Meinung nach tun? Hattest du letzte Nacht eine Eingebung?«

»Eine Fahndung einleiten wäre vielleicht nicht schlecht.«

»Ich habe das Gefühl, dass uns das jetzt mehr schaden als helfen würde.«

»Und warum? Wir haben immerhin einen Verdächtigen. Was

heißt *Verdächtigen*? Er hat praktisch zugegeben, einer der Täter zu sein.«

»Nun, zumindest scheint er viel zu wissen. Aber einer der Täter? Das ist bislang höchstens unsere Vermutung. Zugegeben hat er gar nichts. Er könnte auch ein wichtiger Zeuge sein. Und vergiss nicht: Da waren mindestens vier, vielleicht sogar noch mehr Personen involviert.«

»Also keine Fahndung.«

»Nein. Wenn du Kakerlaken fangen willst, musst du die Fallen aufstellen, bevor du das Licht aufdrehst.«

Nun seufzte Dani. Holte tief Luft. Zog die verspannten Schultern nach oben und ließ sie mit einem lauten Ausatmen ruckartig wieder sinken. Sie hatte das Gefühl, gegen eine Gummiwand zu rennen. »Wir könnten ihn trotzdem in die Mangel nehmen.«

»Das würde uns auch nicht weiterbringen.«

»Okay, okay, okay. Du schmetterst alles ab, also übersehe ich da offenbar etwas. Hilf mir bitte auf die Sprünge. Du hast eine neue Theorie, oder?«

»Ja, vielleicht. Gestern dachte ich noch, es wäre eine völlig bescheuerte Idee. Jetzt bin ich mir nicht mehr so sicher.«

»Ist es wenigstens eine gute bescheuerte Idee?«

»Eine, die mir echt Angst macht. Ich denke, wir könnten es hier womöglich mit Organisierter Kriminalität zu tun haben.«

»Du meinst eine Verbrecherbande? Klar. Denke ich auch.«

»Ich meine professionell organisierte Kriminalität.«

Dani musste lachen. »Mafia? In Hohenwarten? Das klingt tatsächlich ziemlich bescheuert!«

»Wie gesagt, es ist bloß eine Idee. Wir glauben mit ziemlicher Sicherheit zu wissen, dass Anisa entführt worden ist, haben aber keine Ahnung, warum. Passiert ist es schon am Sonntagnachmittag. Keine Forderungen der Entführer seither. Ihre Mutter hat nicht die geringste Ahnung. Es gibt keine Spuren. Das ist nicht das Werk von Dilettanten.«

Dani nickte stumm. Hielt den Mund und hörte zu.

»Es liegt nahe, dass Anisa bei der Kapelle verschleppt wurde.

Ich denke da an den Lieferwagen. Und das Mädchen, dessen Fußabdrücke wir gefunden haben, hat die Tat beobachtet und ist geflohen. Einer der Männer hat sie verfolgt, während die anderen beiden das Entführungsopfer wegbrachten.«

Pause.

»Weit können sie mit Anisa nicht gefahren sein, denn sie kamen relativ rasch zurück, um ihren Kollegen zu holen. Das klingt für mich nach einer vorab vereinbarten Übergabe. Und könnte zudem erklären, warum der Lieferwagen zweimal zur Kapelle gefahren ist. Doch ihr eigener Mann ist unterdessen erschlagen worden. Sie finden ihn und schaffen ihn weg.«

Nico verstummte. Vielleicht, weil er ebenso wenig wie sie die Schlussfolgerung akzeptieren wollte. Dass die Zeugin der Entführung ihren Verfolger hinterrücks mit einem Felsbrocken erschlagen hatte.

Dani sprach das Naheliegende aus. »Warum hat sie nicht sofort die Polizei verständigt?«

»Sie ist womöglich traumatisiert. Vielleicht war es gar kein Mädchen aus dem Internat. Vielleicht versteckt sie sich irgendwo. Aus Angst vor den anderen beiden Männern. Vielleicht ist dieser merkwürdige Horvath tatsächlich einer von ihnen. Zum Beispiel der, der den von Mayr beobachteten Geländewagen gefahren hat. Und war deshalb gestern im Internat. Hat herumgeschnüffelt. Hat sie gesucht.«

Dani war jetzt hellwach. Das Mitdenken verdrängte die Müdigkeit. Sie fühlte sich wie eine Ratte in einem Labyrinth. Sie musste weiterlaufen, denn hinter jeder Ecke konnte eine Überraschung lauern. »Dass er sich als Kunststudent ausgibt, ist eine Tarnung. Die Entführung war von langer Hand geplant. Und jetzt instrumentalisiert er uns.«

»Völlig richtig. Die Frage ist nur, mit welchem Ziel. Um das Mädchen zu töten? Um es zu retten? Oder um sich selbst zu retten?«

Wie wahrscheinlich waren diese Alternativen? »Ich versteh sein Motiv nicht. Ich kann mir nicht vorstellen, dass er uns braucht, um sie zu finden.«

»Das glaube ich auch nicht. Aber wofür dann? Warum bindet er uns ein?«

»Was für eine Scheiße!«

»Du sagst es. Aber ich denke trotzdem, dass wir der Wahrheit ziemlich nahe sind. Wenn ich recht habe und wir es mit Profis zu tun haben, ist jetzt nicht nur dieser Horvath hinter dem Mädchen her, sondern eine ganze Meute. Immerhin muss eine Zeugin zum Schweigen gebracht werden. Und womöglich muss, zumindest aus deren Sicht, sogar ein Mord gerächt werden.«

Pause.

»Eins steht jedenfalls fest: Wer immer sie ist, wir müssen sie unbedingt vor denen in die Finger kriegen.«

Sie erreichten die Abzweigung nach Hohenwarten. Noch zehn Minuten bis zum Internat.

»Jetzt verstehe ich, warum du gesagt hast, die Idee mache dir Angst. Zu Ende gedacht bedeutet sie, dass in Hohenwarten mehr zwielichtige Personen herumlaufen als nur dieser Horvath. Ich denke zum Beispiel an das Narbengesicht. Der Unbekannte, der bei Paul Mayr war.«

»Womit wir auch den Grund hätten, warum Horvath sich nicht mit uns treffen kann. Erstens weiß er, dass wir ihn sofort verhaften müssten. Aber das ist wahrscheinlich nicht der Punkt. Falls er das Mädchen tatsächlich retten will, muss er unter allen Umständen vermeiden, dass die anderen mitbekommen, dass er mit uns kommuniziert.«

»Hast du vielleicht auch schon eine Theorie, warum Anisa entführt wurde?«

»Keine Ahnung. Jedenfalls war die Entführung minutiös geplant. Der Zeitpunkt. Der Ort. Wir werden uns wohl intensiv mit ihrer Familie auseinandersetzen müssen. Vielleicht ist der Vater der Schlüssel zu allem.«

»Oder diese Rockband.«

»Eher nicht. Das sind Halbstarke. Aber wer weiß?«

Die letzten Kilometer legten sie schweigend zurück. Als sie das Internat erreichten, waren die meisten Fenster bereits erleuchtet. In einer Stunde würde ein neuer Schultag beginnen.

Dani parkte gleich in der Nähe der Campuseinfahrt, so weit wie möglich von den Gebäuden entfernt. Um halbwegs die Übersicht zu behalten. »Meinst du, wir sind hier richtig? Beim Internat? Er hat gesagt, wir sollen nach Hohenwarten kommen. Hat er vielleicht das Dorf gemeint?«

»Ich denke, wir sind hier so richtig oder falsch wie dort.«

Sie warf einen Blick auf die Außentemperaturanzeige. Dann sah sie nach draußen, in die plötzlich bedrohlich wirkende Dunkelheit. Es lag nicht nur an den Minusgraden, dass sie wenig Lust verspürte, auszusteigen.

Neven konnte sich glücklich schätzen, wenn schon, dann wenigstens einem Lehrer wie Sergej ins Netz gegangen zu sein. Der gebürtige Ukrainer war zwar bis in die Haarspitzen loyal gegenüber der Familie, aber keiner dieser hirnlosen, brutalen Automaten, die Befehle ausführten, ohne sich eigene Gedanken zu machen. Sergej glänzte mit Bildung, Verstand und eigenem Willen. Und er brachte seinen Jungs bei, was sie wissen mussten, um in ihrer Schattenwelt möglichst lange zu überleben. Schlösser zu knacken, zum Beispiel.

Für einen Mann mit Nevens Fähigkeiten bot ein mittelalterliches Kloster zahlreiche perfekte Verstecke. Hier benötigte er keine Tarnkappe. Er konnte sich auch so unsichtbar machen. Doch es gab Situationen, da reichte es nicht, sich einfach nur zu verstecken. Wie ein Schachspieler musste Neven stets mehrere Züge vorausdenken. Wann rede ich mit wem? Wann verstecke ich mich wo? Wann könnte ich eine Fluchtmöglichkeit brauchen, und wie könnte diese aussehen? Er spielte pausenlos mit Alternativen. Ersann Varianten. Plante sie durch. Legte sie ab oder verwarf sie.

Gegen fünf Uhr früh verließ er Anisas Zimmer. In den Gängen des Hauses herrschte noch nächtliche Leere. Wie ein Geist schlich er durch das Gebäude und traf unbeobachtet seine Vorkehrungen. Dann stieg er über eine Nebentreppe ins letzte Geschoss hinauf, und über eine selten benutzte Holzleiter erreichte er den riesigen, verwinkelten Dachboden. Er fand eine geschützte Ecke, setzte sich auf den staubigen Boden und ging alles nochmals durch.

Schließlich breitete er den Inhalt des Rucksackes vor sich aus. Den Zeichenblock und sämtliche Stifte deponierte er in der untersten Lade eines ausgemusterten Schreibtisches. Wenn es sonst kaum Heiliges in seinem Leben gab, seine Bilder waren es. Sollte ihm irgendetwas zustoßen, waren seine Werke hier vermutlich für viele Jahre sicher und würden nicht den falschen Leuten in die Hände fallen. Den Rest seiner Habseligkeiten betrachtete er mit einer Mischung aus Liebe und Abscheu.

Er schloss die Augen und dachte an seine Eltern. An die wertvollen Fertigkeiten, die sie ihn gelehrt hatten. Und an die ewig gültigen Lebensweisheiten, die sie ihm mit auf den Weg gegeben hatten.

In diesem Leben war es nötig, Risiken einzugehen und Opfer zu bringen, um Ziele zu erreichen. Er musste versuchen, die Fäden so lange wie möglich in der Hand zu behalten. Um agieren zu können, statt reagieren zu müssen.

Es dämmerte, als er nach dem ersten Mobiltelefon griff. Die wichtigste Aufgabe zuerst. Er musste sich seine wahren Feinde so lange wie möglich vom Leib halten. Entschlossen wählte er Sagatovs Nummer.

An manchen Tagen war die Welt nur schwarz, grau und trostlos. Seit etwa einer Stunde hatten sie stumpfes Tageslicht. Selbst der Kaffee, den Dani aus der Kantine der Schule besorgt hatte, war ekelhaft gewesen.

Das Mobiltelefon schwieg beharrlich. Neven Horvaths Nummer war weiterhin nicht erreichbar. Dani schüttelte den Kopf. »Er hält uns zum Narren.«

»Er wird sich melden.«

»Ich habe aber keine Lust, hier den ganzen Tag herumzusitzen und mir den Hintern abzufrieren.«

»Ist aber Teil unseres Jobs.«

»Darf ich wenigstens ein bisschen heizen?«

Nico grinste. »Dani Scholz. Nichts kann ihr etwas anhaben. Außer der Winter.«

Dani startete den Motor und stellte sämtliche Düsen in ihre Richtung. »Ich kann es dir ansehen. Du glaubst diesem Horvath. Dass er unsere Hilfe braucht. Aber was macht dich so sicher?«

»Ich hab's in seinen Augen gesehen.«

»In seinen Augen?«

»Gestern Abend, im Internat. Er hat nur dich angesehen, aber du warst irgendwie auf eine andere Frequenz eingestellt. Ich habe ihn genau beobachtet. Diesen Blick kenne ich. Das war ein Hilferuf.«

»Ein Hilferuf?«

»Gestern konnte ich es noch nicht richtig einordnen. Da haben uns noch zu viele Informationen gefehlt. Ich glaub ihm jedenfalls. Und ich denke, es dauert nicht mehr lange, bis sich etwas tut.«

Auf eine andere Frequenz eingestellt. Ließ man sein restliches Gerede weg, hieß das: Dir ist etwas Wesentliches entgangen. Eine wichtige Botschaft hat dich nicht erreicht, weil du im entscheidenden Moment nicht präsent warst.

Dani schloss die Augen. Allmählich dämmerte ihr, dass sie erstmals an einer Sache arbeitete, die ihre Fähigkeiten ausreizte. Oder besser gesagt, bei der ihr ihre bisherigen Erfahrungen wenig nützten. Die erste Aufgabe, an der sie wirklich wachsen konnte, wenn sie dranblieb.

Das war kein normaler Kriminalfall mit einem Täter, einem Motiv und einem Opfer. Das hier war komplex. Vielschichtig. Und auf reizvolle Weise abenteuerlich. Sie musste zugeben, dass Nicos Kopf vollkommen anders arbeitete als ihrer. Er stellte sich viel rascher auf neue Konstellationen ein. Fand viel rascher neue Ansätze. Kombinierte zielsicher und logisch. Routiniert. Ihr Kopf hingegen? Chaos pur. Panisches Hin- und Hergeschiebe von Fakten und Indizien. Armselige Versuche, Teile mit Gewalt zusammenzustecken, die nicht passten.

Als das Telefon über die Lautsprecheranlage klingelte, zuckte sie erschrocken zusammen. Nico kontrollierte die Nummer und warf ihr einen vielsagenden Blick zu.

»Drabek hier. Guten Morgen.«

»Schön, dass Sie es geschafft haben.«

»Wir sind am Parkplatz des Internats. Wo sind Sie, Neven?«

Er sprach ihn mit Vornamen an. Um sein Vertrauen zu gewinnen. Um ihm zu zeigen, dass sie ihm glaubten, dass sie mit ihm zusammenarbeiten wollten.

Neven ignorierte die Frage. »Wir haben wenig Zeit. Heute Nacht ist die Lage eskaliert. Lienhart und Kresnik sind tot.«

Danis Atmung war einfach stehen geblieben. Grundlos fixierte sie die Kirchturmuhr und vermisste einen Sekundenzeiger. Sie vergaß die schlaflose Nacht. Das Hungergefühl, das sie eben noch gequält hatte. Die beißende Kälte. Ihre Selbstzweifel. *Zwei weitere Tote?*

Nico war nicht so leicht aus der Fassung zu bringen. »Ich glaube Ihnen kein Wort.«

»Ihre Entscheidung. Sie werden es in Kürze ohnehin selbst herausfinden.«

»Vergessen wir die beiden für einen Augenblick. Was ist mit der Zeugin? Ihretwegen sind wir doch hier, oder?«

»Sie heißt Sandra Lohmann. Kennen Sie sie?«

Danis Kopf funktionierte noch. Sandra Lohmann stand auf ihrer Liste. Laut gestriger Aussage von Frau Hartlauer lag das Mädchen mit einer leichten Gehirnerschütterung im Bett. Der Schularzt hatte ihr zwei Tage Ruhe verordnet. Ein Missgeschick beim Spazierengehen, nichts Tragisches.

Sie hatten das Mädchen schon im Frühjahr befragt. Nachdem Johann Pichler verschwunden war. Ein zierliches graues Mäuschen. Schüchtern und zurückhaltend. Vielleicht eins fünfundsechzig groß. Schlank. Schuhgröße siebenunddreißig könnte passen.

»Ich glaube, dass Sandra Lohmann Anisas Entführung beobachtet hat und weiß, was danach im Wald passiert ist.«

Eine Entführung. Sie hatten richtige Schlussfolgerungen gezogen.

»Sie ›glauben‹? Waren Sie denn nicht dabei?«

»Nein, war ich nicht.«

»Dann gehen wir jetzt in die Schule und sprechen mit ihr.«

»Da ist sie nicht.«

»Ach, das wissen Sie? Und wo ist sie?«

»Sie ist vor einer halben Stunde zum See gegangen.«

»Zum See?«

»Ich weiß, wie unlogisch das klingt. Ich kann es mir auch nicht erklären. Aber es ist die Wahrheit. Ich habe … eine verlässliche Quelle.«

»Auch gut. Dann fahren wir eben zum See und holen sie ab.«

Schweres Atmen am anderen Ende der Leitung. Bei den nächsten Worten klang Nevens Stimme erstmals weniger souverän. »Zwei Männer haben vor Kurzem den Auftrag erhalten, Sandra Lohmann zum Schweigen zu bringen. Die beiden sind bereits unterwegs. Sie müssen sich beeilen, wenn Sie das Mädchen retten wollen.«

»Woher sollen wir wissen, ob Sie die Wahrheit sagen?«

»Es ist mir egal, was Sie glauben oder nicht. Bislang gibt es drei Tote. Jetzt steht Sandras Leben auf dem Spiel. Wenn Sie nicht eingreifen, gibt es in einer Stunde eine vierte Leiche.«

Ein Klicken in der Leitung.

»Hallo? Neven? Scheiße, er ist weg.«

Dani fühlte sich entsetzlich. Sie flüsterte. »Lienhart und Kresnik sind tot?«

Nico rieb sich die Stirn. »Ich kann mir keinen Grund vorstellen, warum uns dieser Neven anlügen sollte. Das läuft nicht gut. Gar nicht gut.«

»Und was machen wir jetzt?«

»Ich denke, wir haben keine Wahl. Wir müssen ihm vertrauen. Irgendetwas sagt mir, dass wir das tatsächlich können.«

»Und wenn es eine teuflische Falle ist? Die haben Lienhart und Kresnik –«

»Das wäre unlogisch, oder? Warum sollten sie es auf uns abgesehen haben? Zumindest in dem Punkt hat Horvath recht: Ohne ihn wüssten wir gar nichts. Sie könnten alles erledigen, bevor wir auch nur einen Funken Klarheit erlangt hätten. Würde es also Sinn ergeben, uns jetzt auszuschalten? Noch dazu so umständlich? Nein. Wir sollten eher davon ausgehen, dass er ein starkes Motiv hat, uns einzubinden, und dass er die Wahrheit sagt.«

»Aber die beiden –«

»Waren womöglich auf irgendeine Weise in diese Scheiße verstrickt. Und wir haben's nicht geschnallt.«

Dani dachte an den Feueralarm. An Anisas Zimmer. An den schwitzenden, hektischen Lienhart. An Kresnik, der sich auffallend zurückgehalten hatte.

Ohne Vorwarnung schob Nico seine Hand unter die Jacke und zog seine Waffe. Prüfte das Magazin und drückte es zurück in den Griff. Dani schloss die Augen und fühlte das Gewicht ihrer eigenen Glock 19 an der Seite. Spürte die Riemen des Holsters unter ihren Achseln. Nie zuvor hatte sie ihre Pistole außerhalb eines Schießstandes gezogen, geschweige denn benutzt.

Als Nico seine Hand auf ihren Unterarm legte, öffnete sie die Lider und sah ihn wild entschlossen an.

»Bist du bereit?«

Sie nickte, ohne zu zögern. »Worauf du dich verlassen kannst.«

»Sehr gut. Dann los.«

Neven hatte ein erhöhtes Versteck zwischen Felsen und niedrigen Büschen gewählt, das sich hervorragend als Basis eignete. Die Wahrscheinlichkeit, dass hier jemand zufällig vorbeikam, war nahezu gleich null. Und ihm selbst boten sich zahlreiche interessante Möglichkeiten, in Aktion zu treten.

In Rufweite von ihm entfernt begrüßte der alte Mann das junge Mädchen. Wie ein Großvater, der sich über den Besuch seiner Enkelin freute. Eine deutlich sichtbare Vertrautheit herrschte zwischen den beiden. Sie kannten einander gut. Sie plauderten. Im Gehen legte er seinen Arm zärtlich um ihre Schulter. Sie schmiegte ihren Kopf an seine Seite.

Felix hatte Sandra am Sonntagabend aus dem Wald kommen sehen. Mit einer Kopfverletzung. Aber hatte sie wirklich die Entführung beobachtet? Nein. Das passte nicht. Ein Mädchen, das am Sonntag die Entführung einer Mitschülerin beobachtet und anschließend ihren Verfolger erschlagen hatte, spazierte nicht zwei Tage später allein denselben Weg entlang und besuchte ihren Großvater.

Die Tür des Blockhauses fiel ins Schloss. Neven ließ seinen Blick über den stillen See gleiten. Donko und Stojan waren in unmittelbarer Nähe. Chefinspektor Drabek und seine Partnerin Scholz ebenfalls. Neven zog die Jacke aus und deponierte sie neben seinem Rucksack. Streifte eine schwarze Sturmhaube über. Prüfte mit routinierten Handgriffen den Sitz der Waffen. Alles an seinem Platz.

Er war bereit.

Während der kurzen Fahrt hatte Nico pausenlos Anrufe getätigt. Rosenberger informiert und den gesamten Apparat in Bewegung gesetzt. In vollem Bewusstsein, dass die Verstärkung höchstwahrscheinlich nicht rechtzeitig eintreffen würde. Sie waren vorerst auf sich allein gestellt.

Dani bog von der Hauptstraße in den Hohlweg ein. Aufmerksam hielt sie nach einem anderen Fahrzeug Ausschau. Ein sanfter Flaum fiel vom Himmel und schmolz auf der Windschutzscheibe. »Verdammt, jetzt fängt es auch noch an zu schneien.« Nach nur zweihundert Metern entdeckte sie am linken Wegrand einen dunklen Kombi. Einen alten Škoda mit slowakischem Kennzeichen. Dani blieb stehen. Der Wagen war leer. »Scheiße, die sind schon da. Ich hoffe, wir kommen nicht zu spät. Weiterfahren oder zu Fuß?«

»Besser, wir laufen. Ich will nicht im Auto überrascht werden. Fahr da drüben rein, zwischen die Bäume.«

Dani setzte ihren Wagen rückwärts in die besagte Lücke. Sie stiegen aus und schlossen die Türen so leise wie möglich. Vereinzelt schafften es die ersten Schneeflocken des Winters bis zum Boden. Windstille. Kein Laut war zu hören.

Dani lief zu dem fremden Wagen und legte eine Hand auf die Motorhaube. »Noch warm. Sie haben nicht viel Vorsprung.«

»Dann beeilen wir uns.«

»Warte kurz.« Sie kniete sich hin. Schob ihr rechtes Hosenbein nach oben und zog ein Messer. Zwei Vorderreifen, zwei kraftvolle Stiche. Wer immer diese Arschlöcher waren: Sollten sie fliehen, würden sie laufen müssen.

»Du hast ein Messer da unten?«

»Natürlich.«

Sie steckte das Messer zurück in die Scheide. Es bereitete ihr Vergnügen, Nico immer wieder überraschen zu können. Leider war gerade keine Zeit, das Gefühl auch gebührend auszukosten. »Worauf warten wir?«

Mit schussbereiten Waffen in den Händen liefen sie los.

Neven blickte auf seine Uhr. Vier, vielleicht fünf verhängnisvolle Minuten hatten die Männer Vorsprung. Ein Wimpernschlag. Und doch eine grausame Ewigkeit, wenn es um Leben und Tod ging. Als der Chefinspektor und seine Partnerin am Ostufer auftauchten, hatten Donko und Stojan die Blockhütte beinahe erreicht. Zwar entdeckten die beiden Beamten die dunkel gekleideten Gestalten in der Sekunde, aber sie waren viel zu weit entfernt, um wirkungsvoll eingreifen zu können. In der jungen Polizistin hatte sich Neven jedenfalls nicht getäuscht. Sie sprintete augenblicklich los. Eine Kämpferin. Mutig. Ihr Partner mühte sich erfolglos, einigermaßen mit ihr Schritt zu halten.

Die Zielstrebigkeit, mit der sich Donko und Stojan bewegten, ließ nur einen Schluss zu: Sie hatten das Mädchen mit dem alten Mann ins Haus gehen sehen. Etwa zwanzig Meter vor den Stufen deutete Donko mit dem Kopf nach links. Während er selbst mit der Waffe im Anschlag Richtung Eingangstür ging, umrundete Stojan in gebückter Haltung die Blockhütte und erklomm die Veranda lautlos an der Seite.

Neven hatte seine Prioritäten längst abgesteckt. Unter keinen Umständen würde er die Erreichung seines eigentlichen

Zieles gefährden. So wenig es sich auch mit seinem Gewissen vereinbaren ließ, so schwer es ihm auch fiel. Er war nicht hier, um Sandra Lohmann oder Paul Mayr das Leben zu retten.

Donko drückte die Türschnalle und drang in derselben Sekunde mit vorgehaltener Pistole in die Blockhütte ein.

Ein dumpfer Knall zerriss die winterliche Stille. Vögel flatterten empört auf. Die Felswand schleuderte ein mehrfaches Echo zurück.

Dani sprang vom Weg ins Unterholz und lehnte sich mit dem Rücken an den erstbesten Baum. Den Lauf ihrer Waffe zu Boden gerichtet. Ihr Herz schlug wie verrückt, und die eiskalte Luft brannte in ihren pumpenden Lungen. Sie benötigte ein paar Sekunden, um die aufsteigende Übelkeit zu unterdrücken. Der Schuss hatte definitiv nicht ihr gegolten. Dem Klang nach war er in der Hütte abgegeben worden. Nur einen Steinwurf von ihrem Standort entfernt. Vorsichtig schob sie den Kopf vor, um einen Blick zu riskieren. Die Tür stand offen. Die Veranda war leer.

Dani ging in die Hocke und sah sich um. Kein Nico. Er hatte ihr Tempo nicht halten können. Sie war noch allein. Sie musste warten.

Rechter Hand entdeckte sie einen hüfthohen Felsbrocken, etwa zwei Meter entfernt. Sie ließ sich zu Boden gleiten und rollte hinüber. Durch ockerfarbene, kniehohe Grasbüschel hatte sie einigermaßen gute Sicht. Im Liegen zielte sie auf die Eingangstür.

Der Schneefall wurde dichter, die Flocken waren nun größer. Zarte weiße Inseln bildeten sich an jenen Stellen, wo der Boden kalt genug war. Danis Atem hatte sich inzwischen beruhigt. Sie war wieder in der Lage, auf die Geräusche der Umgebung zu hören. Wo zum Teufel blieb Nico? Natürlich hatte auch er den Schuss gehört und würde sich entsprechend vorsichtig nähern.

Plötzlich meinte sie eine Stimme zu hören. Eine raue männliche Stimme. Sie drang aus dem Inneren der Hütte zu ihr heraus. Wurde lauter. Jemand schrie. Wütend. In einer fremden Sprache.

Ein kräftig gebauter Mann mit geschorenem Schädel erschien im Türrahmen. Breite Schultern, offene Lederjacke. Gleich dahinter ein zweiter Kerl, nur unwesentlich kleiner, dafür bulliger, mit kurzen grauen Haaren.

»Stehen bleiben! Polizei! Lassen Sie die Waffen fallen!«

Nicos wuchtige Stimme übertönte das giftige Fluchen des Kahlkopfes. Ihr Partner befand sich in der Nähe des Ufers. In Deckung hinter dem mächtigen Stamm eines kahlen Laubbaumes. Die Waffe im Anschlag.

Als Dani ihn entdeckt hatte, keimte kurz ein Gefühl der Erleichterung auf. Das sofort wieder verflog und blankem Entsetzen wich. Denn anstatt sich zu ergeben, hoben die beiden Männer nahezu synchron ihren rechten Arm und zielten in jene Richtung, aus der sie Nicos Stimme vernommen hatten.

Unmittelbar darauf krachten Schüsse. Drei, vier, fünf.

Instinktiv zog Dani den Kopf ein und kniff für einen Moment die Augen zusammen. Ein weiterer Knall. Und noch einer. Ein Fenster zerbarst. Nico hatte das Feuer erwidert.

Die Männer sprangen von der Veranda. Riefen einander unverständliche Worte zu. Der bullige Kerl lief nach rechts, um gleich neben der Hütte, am Fuße der Felswand, Deckung zu suchen. Der Kahlkopf schoss wild um sich und hastete in die entgegengesetzte Richtung. Verschwand im Wald.

Es gelang Dani, Blickkontakt mit Nico aufzunehmen. Er kniete am Boden und zeigte ihr einen erhobenen Daumen. Sie erwiderte das Zeichen. Alles in Ordnung. Nichts passiert. Zum Glück.

Die Welt um sie herum explodierte. Nicos Deckung wurde mehrmals getroffen. Rinde und Holzteilchen schwirrten wie wild gewordene Insekten durch die Luft. Dani hatte keine Ahnung, ob beide Killer schossen oder bloß einer. Aber ihr war in dem Augenblick bewusst, dass Nico und sie sterben würden, sollten sie den Kampf nicht augenblicklich annehmen.

Nico schien ähnliche Gedanken zu haben. Er bedeutete ihr,

sich um die linke Flanke zu kümmern. Aus der Bauchlage katapultierte sie sich in die Hocke. Mit festem Griff umklammerte sie ihre Pistole. Den Finger am Abzug.

Im Wald vor ihr war keine Bewegung auszumachen. Dafür nahm sie aus den Augenwinkeln etwas wahr, weit rechts, am Rand ihres Gesichtsfeldes. Sie wandte den Kopf. Nico hatte sich ein wenig aus der Deckung gewagt und suchte den Uferbereich vor der Felswand ab. Dabei übersah er, was Dani förmlich ins Gesicht sprang. Hinter einem großen Brocken, vielleicht zwei Meter rechts von der Hütte, stand der Bullige und zielte, Arm und Schulter abgestützt, auf Nico.

Ohne nachzudenken, sprang Dani auf, riss ihre Waffe hoch, zielte und drückte ab.

Der Mann kippte zur Seite. Es blieb der Felsen. Die mächtige Wand. Die Hütte. Sonst nichts. Hatte sie ihn getroffen? Oder war er in Deckung gegangen? Ihr hektischer Blick galt Nico, der sie mit riesigen Augen und offenem Mund anstarrte.

Ein verräterisches Geräusch zu ihrer Linken. Das Knacken eines dürren Astes. Das Knirschen von steifem Leder. Als sie den Kopf drehte, schaute sie direkt in den Lauf einer Waffe. Der Kahlkopf stand in unmittelbarer Nähe und visierte sie ausdruckslos an.

Mit einem Mal war Dani in Stille gehüllt. Interessant, dachte sie, wie scharf der Blick wird, wenn man dem eigenen Tod ins Auge sieht. Und wie alles andere ausgeblendet wird. Wie langsam die Zeit vergeht. Ob sie den Mündungsblitz noch bewusst wahrnehmen würde?

Der Mann war einfach viel zu nahe. Auf diese geringe Entfernung konnte niemand danebenschießen. Aber er schoss nicht. Stattdessen platzte sein Hals. Völlig lautlos. Ein eigenartig geformtes Stück Metall brach durch seine Haut. Durchtrennte die Hauptschlagader unterhalb des Kiefers. Blutfontänen spritzten. Sein Gesicht zeigte Verblüffung. Der Arm mit der Waffe sank nach unten, während der Mann mit der freien Hand vergeblich versuchte, nach oben zu greifen. Dunkelrot sprudelte es aus der Wunde. Er taumelte. Verlor das Gleichgewicht. Kippte nach hinten. Die Pistole entglitt ihm. Seine Gliedmaßen zuckten, keinem bewussten Willen mehr unterworfen.

Dani beobachtete die Szene wie in Trance. Der Mann verblutete. Nicht sie. Er erstickte. Nicht sie. Er starb. Nicht sie.

Plötzlich war eine Hand an ihrer Schulter und riss sie unsanft zu Boden. »Runter, Dani! Runter!«

Eine ihr wohlbekannte Stimme. Am Boden liegend, blickte sie in ein vertrautes und besorgtes Gesicht. Nico war bei ihr. »Alles klar? Bist du in Ordnung?«

Sie war hier. Unverletzt, wie es schien. Sie lebte, aber war die Gefahr vorüber? Ihre Sinne übernahmen die ihnen zugedachten Aufgaben nur unwillig.

»Der andere ist womöglich noch in der Nähe!«

Der andere? Dani erinnerte sich an ihren Schuss. Flüsternd wandte sie sich an ihren Partner. »Habe ich ihn getroffen? Hast du was gesehen?«

»Er ist gestürzt, aber mehr habe ich nicht erkennen können.«

Nico drehte sich ein wenig und starrte auf die mit Matsch verklebten Schuhsohlen des Mannes neben ihnen. »Gib mir Deckung. Ich sehe mal nach, ob der da noch lebt.«

Er robbte zu dem reglosen Körper. Tastete nach dem Puls. Ohne die Hütte und die nähere Umgebung aus den Augen zu lassen, stellte Dani die eine Frage. »Ist er tot?«

Nico zögerte kurz mit seiner Antwort, dann nickte er. »Wie hast du das gemacht? Ich meine, wie konntest du so schnell …?«

»Ich … Ich war das nicht.«

»Aber das Messer …«

»Das … Das ist nicht meins. Ich habe überhaupt nicht reagiert.«

Dani schluckte. Sie starrten beide auf den Toten. Auf das Messer. Auf den kunstvoll gearbeiteten Schaft, der aus dem Hals ragte. Das Blut floss zäh und langsam und versickerte zwischen den Steinen in die Erde. Ein grauenvoller Anblick. Doch jetzt war nicht der richtige Zeitpunkt, um das Rätsel zu lösen.

»Wer immer es war, er ist offensichtlich nicht gegen uns. Also sollten wir uns zuerst vergewissern, wo der zweite Kerl abgeblieben ist.« Nico drehte sich wieder Richtung Hütte. Er orientierte sich kurz und traf dann seine Entscheidung. »Okay. Wir gehen folgendermaßen vor. Du nimmst den Weg rechts. Am Ufer entlang. Da gibt es jede Menge Deckungsmöglichkeiten. Ich gebe dir Feuerschutz. Wenn du den letzten Felsen da vorne – vor dem Weg zum Steg – erreicht hast und das Zeichen gibst, gehe ich los. Durch den Wald links. Und dann von hinten um die Hütte. Alles klar? Dann los!«

Dani war froh, sich von der Leiche fortbewegen zu können. Laufen. Deckung. Warten. Laufen. Deckung. Warten.

In weniger als einer Minute war sie am Ziel. Sie gab Nico das vereinbarte Signal und nahm die Stelle, an der der Bullige abgetaucht war, ins Visier. Nico verschwand im Wald.

Dani versuchte, sich auf ihre Aufgabe zu konzentrieren. Doch ihr Geist sprang wie ein wild gewordener Affe in ihrem Kopf herum. Sie hätte früher reagieren müssen, hätte auf den Kahlkopf und den anderen Kerl schießen müssen, als sie von der Veranda sprangen. Sie war zu langsam gewesen. Viel zu langsam.

»Dani?« Nico erschien neben der Veranda und winkte. »Alles okay. Du kannst herkommen.«

Sie steckte ihre Pistole weg und lief zu ihm. Gemeinsam umrundeten sie die Blockhütte. Vorbei am Kräutergarten. Zur Rückwand, an der das Feuerholz mannshoch aufgeschichtet lagerte. Der etwa vier Meter breite Bereich zwischen dem Blockhaus und der Felswand war mit einer Holzpergola überdacht.

Der Mann lag mit dem Gesicht nach unten auf der festgetretenen, mit Spänen übersäten Erde. In dem schmalen Gang zwischen dem Hackstock und einem losen Haufen frisch gespaltener Scheite. Vielleicht fünf oder sechs Meter von der Stelle entfernt, von der aus er auf Nico gezielt hatte. Überall war Blut.

Dani biss sich auf die Unterlippe und steckte die Hände in ihre Lederjacke.

Wir haben gewonnen.

Doch sie verspürte keine Genugtuung. In der Hütte war ein Schuss gefallen. Waren sie zu spät gekommen? Und noch eine andere Empfindung kroch langsam und behäbig in ihr Bewusstsein. Erst stieg Hitze auf, und ihr Gesicht brannte. Dann diese unfassbare Kälte im Nacken. Ein eisiges Kribbeln an den Armen und Beinen.

Sie wäre beinahe erschossen worden. Ein Unbekannter – sie ahnte, wer – hatte ihr im letzten Moment das Leben gerettet. Mit einem Wurfmesser.

Sie selbst hatte den anderen Killer abgeknallt. Mit einem einzigen, gezielten Schuss. Bevor der Nico hätte ausschalten können.

Die Erkenntnis setzte sich fest. Ihre Beine drohten plötzlich nachzugeben. Schwindel erfasste sie. Sie hatte einen Verbrecher erschossen.

Einen Menschen getötet.

13

»Dani?«

Sie wusste nichts über diesen verfluchten Scheißkerl. Weder seinen Namen noch, woher er kam. Weder sein Alter noch für wen er arbeitete. Nur dass er ein gewissenloser Verbrecher gewesen war, der auf ihren Partner gezielt hatte. Mit der eindeutigen Absicht, ihn zu töten. Doch sie war schneller gewesen. Um den Bruchteil einer Sekunde schneller.

»Dani?«

Sie starrte auf die Leiche und die Blutspur. Er musste sich von seiner Deckung bis hierhergeschleppt haben, war also nicht gleich tot gewesen. Hatte gelitten und sein Ende langsam näher kommen sehen. Hatte schließlich gewusst, dass er sterben würde.

»Wir müssen nachsehen, was in der Hütte passiert ist.«

Gerechtfertigt. Das war das entscheidende Wort, das pausenlos durch ihre Gedanken geisterte. Gerechtfertigt. Der Einsatz ihrer Waffe war gerechtfertigt gewesen.

»Wir müssen das Mädchen finden.«

Jemand berührte leicht ihren Arm. Holte sie vorsichtig und mit Gefühl aus ihrem tranceähnlichen Zustand.

»Was?«

»Die Hütte. Wir müssen in die Hütte und nach dem Mädchen suchen.«

Es fühlte sich an wie Aufwachen nach einem langen, erholsamen Schlaf. Ruhiger Herzschlag, ruhige Atmung, klarer Kopf. Als ob sich eine Blockade gelöst hätte. Die Welt war noch dieselbe, aber sie selbst war stärker, irgendwie kompakter geworden. Alles hatte scharfe Konturen bekommen. Jeder Baum, jeder Stein, jeder Gegenstand. Jeder Gedanke.

Das Mädchen.

»Sie lebt.«

Nico hob erstaunt die Augenbrauen und ermunterte sie weiterzusprechen.

»Es gab nur einen einzigen Schuss in der Hütte. Der hat mit Sicherheit Paul Mayr gegolten. Ein wenig später kamen die beiden Killer heraus, lauthals fluchend. Weil sie sie nicht gefunden haben. Entweder sie versteckt sich noch da drin, oder sie ist ihnen entwischt.« Entschlossen zog Dani ihre Waffe. »Und außerdem ist dieser Horvath noch in der Nähe. Ich will diesen Kerl endlich in die Finger kriegen.«

Das wird nicht geschehen.

Neven lag bewegungslos auf dem Dach der Pergola und lauschte dem Gespräch der sich entfernenden Kriminalbeamten. Als ihn das leise Knarren der Verandastufen erreichte, schwang er sich hinunter und landete lautlos wie eine Katze neben Stojans Leiche. Es war höchste Zeit zu verschwinden. Sobald sie die Situation in der Hütte geklärt hatten, würden sie sich auf die Suche nach ihm machen. Womöglich mit Hunden seine Spur aufnehmen. In weiter Ferne meinte er bereits Sirenen zu hören. Die Verstärkung rückte an. Es galt, sich einen uneinholbaren Vorsprung zu verschaffen.

Aber vorher musste er noch etwas erledigen. Darauf bedacht, möglichst nur felsigen Untergrund zu berühren, um im frischen Schnee keine Spuren zu hinterlassen, lief er los und stattete Donko einen letzten Besuch ab. Zurück bei seiner Ausgangsbasis, zog er die Sturmhaube vom Kopf, schlüpfte in seine Jacke und schnappte sich den Rucksack.

Die Polizistin hatte richtig kombiniert. Das Mädchen war Donko und Stojan entwischt, und ihr Entkommen war der Grund für Donkos lautstarkes Fluchen gewesen.

Ein kurzer Blick auf die Uhr. Er kannte den Weg, den er nehmen wollte, bis ins kleinste Detail.

Die gespenstische Stille im Inneren der Blockhütte verhieß nichts Gutes.

Danis suchender Blick fiel beim Eintreten sofort auf den leblosen Körper, der mitten im Raum lag. Vorsichtig näherte sie sich. Wie vermutet handelte es sich um Paul Mayr. Man musste kein Rechtsmediziner sein, um zu erkennen, woran der alte Mann gestorben war. Eine Eintrittswunde an der linken Schläfe. Einer der Killer hatte ihm aus nächster Nähe in den Kopf geschossen. Es war eine Hinrichtung gewesen.

»Sandra? Sandra Lohmann? Ich bin Polizistin. Die Gefahr ist vorüber.« Keine Antwort. Dani sah sich um.

Der schwere Holztisch war auffallend hübsch dekoriert. Weihnachtlich. Ein kleiner Adventskranz mit roten Kerzen. Zwei Tassen und zwei Teller mit halb gegessenem Kuchen. Unbenutzte Servietten mit Tannenbäumen. Sie wusste, dass Nico ihr den Rücken freihielt, während sie versuchte, die letzten Minuten im Leben von Paul Mayr zu rekonstruieren. Hatte tatsächlich Sandra Lohmann mit dem Alten an diesem Tisch gesessen? Die Zeugin der Entführung, die von den Killern gejagt wurde?

»Was meinst du, Nico? Enkelin und Opa?«

Ihr Partner schien unschlüssig. »Möglich. Dann wäre sie die Schwester oder Cousine von Fabian. Das finden wir also schnell heraus. Aber würdest du mit deinem Opa hier in aller Ruhe Kuchen essen, wenn du zwei Tage zuvor einen Kilometer entfernt die Entführung einer Mitschülerin beobachtet oder gar einen Mann erschlagen hättest?«

Er hatte recht. Da war irgendetwas faul. Wieder so ein verhextes Puzzleteil, das sich nicht nahtlos in die Geschichte einfügen lassen wollte.

Dani umrundete den Kachelofen und spähte in den Flur, der zum hinteren Teil der Blockhütte führte. Alle vier Türen standen offen. Sie lauschte. Kein Ton war zu hören. Rechter Hand der erste Raum. Ein kleines Badezimmer. Eine Badewanne. Ein Waschtisch und ein WC. Ein niedriges Bambusregal mit Hygieneartikeln und Handtüchern. Ein völlig ungeeigneter Ort, um sich zu verstecken. Die Abstellkammer gegenüber platzte aus allen Nähten. Vollgestopfte Regale und Unmengen Gerümpel. Selbst eine Katze hätte Mühe gehabt, sich hier zu verkriechen. Also weiter. Das dritte Zimmer, rechts hinten. Ein kühler Schlafraum. Mit großem, selbst gebautem Doppelbett.

Eine wurmstichige Truhe am Fußende. Ein alter Bauernschrank. Auf einer Kommode stand neben einer hässlichen Vase das Foto einer alten Frau.

»Sandra? Bist du hier?«

Die Schranktüren standen offen. Der Geruch von Mottenkugeln hing in den Hosen, Hemden, Pullovern und dem Anorak. Ansonsten war der Schrank leer. Dani klappte die Truhe auf. Ein Stapel muffiger Decken. Ein Blick unter das Bett. Fehlanzeige. Der letzte Raum verströmte mehr Gemütlichkeit als alle anderen Zimmer zusammen. Es war ein Kabinett mit einem durchgesessenen, aber bequem wirkenden Sofa, darauf eine kuschelige Decke und dicke Polster. Daneben eine altmodische Stehlampe. Ein gut gefülltes Bücherregal beanspruchte die gesamte linke Wand für sich. Das einzige Fenster maß vielleicht siebzig mal siebzig Zentimeter. Und es stand offen.

Vorsichtig streckte Dani den Kopf hinaus. Feuchter Schnee lag auf der weichen Erde des Gemüsegartens und den wenigen winterharten Kräutern. Keine Spuren waren zu sehen. Kein einziger verräterischer Abdruck. Hätte sie die drei Meter über das Beet bis zum Weg springen können? Wohl kaum.

Nico lehnte am Türrahmen, den Vorraum nach wie vor aufmerksam im Visier. »Und?«

»Durch dieses Fenster ist sie nicht raus. Sie hätte Spuren hinterlassen müssen.«

»Dann übersehen wir etwas.«

»So viel steht fest. Aber was?«

Irgendwo musste es eine geheime Tür oder eine versteckte Nische geben. Sie blickte nach oben. Oder gar ein Dachgeschoss?

Quadratzentimeter für Quadratzentimeter überprüfte sie alle Wände. Den Fußboden. Die Decke. Nichts.

Über dem Sofa hing eine alte Landkarte. Der Plan wirkte handgezeichnet. Eine Jahreszahl zierte die untere rechte Ecke: 1889. Sämtliche Ortsbezeichnungen waren in Altdeutsch geschrieben. Waldfelsen. Kloster Hohenwarten. Marienkapelle. Die Karte zeigte den See und seine unmittelbare Umgebung.

Dani suchte die Hütte. An der entsprechenden Stelle, wo die Höhenlinien eng zusammenrückten, war ein kleiner Bogen eingezeichnet. An der Innenseite winzige schwarze Dreiecke. Daneben ein Schriftzug: »W. F. Schluckloch«.

»Nico? Hast du hinter der Hütte den Eingang zu einer Höhle gesehen?«

»Nein. Wieso?«

»Sieh mal, die alte Karte da. An der Stelle, wo heute die Hütte steht, ist das Symbol für eine Höhle eingezeichnet.«

Nico trat näher, schob seine Brille die Stirn hoch und folgte Danis Finger. »Ja, das ist eine Höhle.«

»Kann es sein, dass die Hütte über einem Höhleneingang errichtet wurde?«

»Möglich ist alles. Aber mir ist keine Falltür oder etwas Ähnliches aufgefallen.«

Dani kaute an ihren Wangen. Das Schlafzimmer lag der Felswand am nächsten. Und hatte als einziger Raum einen Teppich. Sie steckte ihre Pistole weg, zog sich Latexhandschuhe über und durchquerte den Flur.

Der weinrote Läufer zwischen dem Doppelbett und dem Bauernschrank sah aus, als läge er seit Jahrzehnten hier. Sie griff nach einer Ecke des Bettvorlegers und scheiterte bei dem Versuch, ihn wegzuziehen.

Sie ließ sich auf die Knie sinken. Mit den Fingern tastete sie über die flach getretenen Wollfäden und entdeckte eine kleine Erhebung. Kratzte ein wenig herum und legte den Kopf einer Messingschraube frei. »Keine schlechte Idee«, murmelte sie.

Sie stieg auf die andere Seite und zog mit Kraft. Ein leises Quietschen ertönte. Mit dem Teppich hob sie auch ein Stück des Bodens ab. Ein quadratisches Loch wurde sichtbar. Kühle Luft strömte aus der dunklen Öffnung.

Nicos Augen weiteten sich. »Was haben wir denn da?«

»Den verborgenen Eingang zur gesuchten Höhle, würde ich sagen.«

An der Innenseite der Falltür war ein Griff montiert. Stieg man hinab und zog die Klappe hinter sich zu, legte sich der angeschraubte Teppich automatisch über den Eingang und verbarg die verräterischen Fugen.

Dani hatte ihre kleine Stablampe bereits in der Hand und leuchtete neugierig in die Dunkelheit hinab. »Du oder ich?«

Nico gab keine Antwort. Stattdessen fixierte er die Öffnung im Boden.

»Was ist?«

»Ich … Ich kann da nicht runter.«

»Nicht? Wieso nicht? Du bist doch nicht etwa klaustrophobisch?«

Er zuckte kaum merklich mit den Schultern. »Ein bisschen vielleicht.«

»Okay, dann gehe eben ich runter und sehe mich um.«

»Du weißt, dass ich dich nicht allein gehen lassen kann.«

»Wir müssen nach dem Mädchen suchen. Sie ist vermutlich da unten und steht Todesängste durch.«

Nico schüttelte den Kopf.

Immer diese Vorschriften! Dani eilte aus dem Schlafraum und in die Abstellkammer. Durchsuchte die vollgestopften Regale und wurde fündig. Lief zurück.

»Hier!« Sie drückte Nico ein Knäuel in die Hand. »Ich nehme das Ende der Schnur hier mit, und du gibst sie nach und hältst sie gespannt. So kommunizieren wir. Zieh einmal, und ich gebe dir Antwort. Einmal ziehen heißt, es ist alles okay. Zweimal ziehen, die Scheiße ist am Dampfen. Und dreimal ziehen, ich habe sie gefunden. Einverstanden?«

Nico zögerte immer noch. Trat dann einen Schritt zur Seite und gab den Weg frei. »Aber pass verdammt noch mal auf.«

Nach zwölf Sprossen einer Metallleiter erreichte sie den Boden. Nackter, trockener Fels. Es war eindeutig kein gegrabener Keller, sondern eine natürliche Höhle.

»Sandra? Bist du hier? Ich bin Polizistin. Ich will dir helfen.«

An den stellenweise mit Beton begradigten Wänden standen massive Metallregale, gefüllt mit verschraubten Gläsern, Konserven, Flaschen und Plastikboxen. Alles leicht verstaubt, aber nicht verdreckt. Etwas anderes kam Dani seltsam vor. Sie ließ ihre Sinne spielen und fand den Grund. Die Luft. Sie war weder abgestanden noch muffig, sondern frisch und in Bewegung. Die Kammer musste einen zweiten Ausgang haben. Sie schwenkte den Lichtkegel. Hinter der Leiter, zwischen zwei Regalen, befand sich ein schwarzes Loch in der Felswand. Groß genug, um aufrecht hindurchgehen zu können.

»Nico? Hier unten hat Mayr seine Vorräte aufbewahrt. Und es gibt einen kleinen Tunnel, der noch weiterführt. Ich gehe da jetzt rein. Er führt zu einem anderen Ausgang.«

»Ich habe gar kein gutes Gefühl.«

Dani behielt ihr eigenes Unbehagen für sich. »Bin gleich wieder da.«

Sie trat an die Öffnung heran und leuchtete hinein. Der Boden fiel moderat ab. Hier tropfte Wasser von den Wänden, sammelte sich in kleinen Kanälen und gluckerte ins Dunkel. Nach nur zehn Schritten öffnete sich der kurze Gang zu einer weiteren Kammer. Gleich groß wie die erste, aber vollkommen leer. An ihrem gegenüberliegenden Ende erfasste der Lichtkegel zwei weitere Tunnel. Dani durchquerte die Höhle und leuchtete in den linken. Der Gang wand sich gegen den Uhrzeigersinn ein wenig nach oben und endete nach drei oder vier Metern. Aus dem anderen Gang wehte frische Luft.

Dani atmete tief ein und ging zurück in den Vorratsraum.

»Es gibt noch eine zweite, vollkommen leere Kammer und einen weiteren Tunnel, der mit Sicherheit zu einem zweiten Ausgang führt. Da kommt Frischluft herein. Ich kann es riechen. Ich werde nachsehen, wohin der Tunnel führt.«

»Okay.«

Sie schlüpfte wieder in die zweite Kammer und blieb etwa in deren Mitte stehen. Mehr einer Eingebung denn einer bewussten Idee folgend, schaltete sie ihre Taschenlampe aus. Seelenloses Schwarz hüllte sie ein. Sie spitzte die Ohren. Neben dem Tropfen und dem Gluckern des Wassers hörte sie lediglich das leise Pfeifen der strömenden Luft. Es dauerte eine Weile, bis sich ihre Augen an die Dunkelheit gewöhnt hatten. Waren da zarte Lichtreflexe auf dem nassen Boden des rechten Tunnels? Sie schaltete ihre Lampe wieder ein und steuerte direkt auf ihn zu. Er war niedrig. Sie musste in die Knie gehen und den Kopf einziehen. Ein sanfter Schwenk nach rechts. Eine natürliche Stufe nach unten. Ein kleiner Bogen nach links.

Plötzlich öffneten sich die Felswände zu einer riesigen Halle, und ein märchenhafter Anblick entfaltete sich. Staunend stand Dani am Ufer eines kleinen unterirdischen Sees, der von unten beleuchtet zu werden schien und in mattem Graugrün schimmerte.

Nico zog an der Schnur. Dani gab Antwort. Alles okay.

»Sandra? Ich bin Polizistin. Du brauchst keine Angst zu haben.«

Über ihrem Kopf wölbte sich die zerklüftete Felsdecke in eine Höhe von drei bis vier Metern. Auch von oben drang diffuses Tageslicht durch zahlreiche mehr oder minder schmale Kamine und Spalten. Wie Glasperlen platschten Tausende Tropfen auf die gekräuselte Wasserfläche.

»Sandra?«

Ein erster Blick nach rechts. Die Anomalie im Halbdunkel sprang ihr förmlich ins Auge. Sie richtete ihre Stablampe und den Lauf ihrer Waffe auf den seltsamen Fleck. Hockte da ein Mensch? Rotes Licht wurde reflektiert. Darüber das Gesicht einer jungen Frau, die sich mit den Händen vor dem Licht schützte. Augenblicklich drehte Dani den Lichtstrahl von dem Mädchen weg und ließ auch die Pistole hinter ihrem Rücken verschwinden. Langsam ging sie in die Hocke und sprach mit sanfter Stimme.

»Sandra, du brauchst keine Angst mehr zu haben. Es ist alles okay.«

Sie zog dreimal an der Schnur. Nico antwortete. Der Abstand zwischen ihr und dem zitternden Geschöpf betrug keine zwei Meter.

»Tut dir etwas weh?«

Soweit sie erkennen konnte, war die Schülerin unversehrt.

Dani hielt den Lichtstrahl weiterhin zu Boden gerichtet und ließ dem Mädchen Zeit.

»In der Hütte wartet mein Kollege auf uns. Ein enger Freund, du wirst sehen. Es besteht keine Gefahr mehr. Sobald du möchtest, können wir wieder nach oben gehen.«

Sandras Atmung beruhigte sich ein wenig.

»Erinnerst du dich noch an mich? Wir haben uns im April kennengelernt. Vor ein paar Monaten. In der Schule. Ich erinnere mich gut an dich.«

Dani überlegte kurz, die Taschenlampe komplett auszuschalten. Das natürliche Licht würde vielleicht reichen, um sich zu orientieren. Sie entschied sich dagegen.

»Was meinst du? Wollen wir nach oben gehen?«

Sandra schluckte. Ein dünnes Flüstern erreichte Danis Ohren. »Sind sie weg?«

Dani nickte bestimmt. »Ja. Und sie kommen auch nicht wieder.«

Den Zweifel in den Augen des Mädchens konnte Dani mit ihren Worten nicht wegzaubern. Also versuchte sie, sich selbst möglichst entspannt und überzeugt zu geben. »Die Gefahr ist vorbei. Versprochen.«

Um dem Gesagten auch die entsprechende Wirkung zu verleihen, stand Dani gemächlich auf und streckte ihren verspannten Körper durch. Die dramatischen Ereignisse der letzten Stunde hatten deutliche Spuren hinterlassen. Jeder Muskel tat weh, und sie war müde.

Zumindest das Mädchen hatte sie unversehrt gefunden. Ein Teilerfolg, der sie mit Sicherheit weiterbringen würde. Sie dachte an Nico. Sie mussten zurück.

Sie zog einmal an der Schnur. Noch einen Moment. Dann würde sie erneut versuchen, Sandra zum Aufstehen zu bewegen. Inzwischen ließ Dani ihren Blick über den mystisch anmutenden unterirdischen Pool und zum anderen Uferbereich gleiten. Wirklich ein zauberhafter Ort. Unter Wasser musste es eine breite Öffnung zum See geben, die das Tageslicht hereinließ. Wie die Höhle wohl funkelte, wenn draußen die Sonne schien?

Während sich an ihrem Standort die Felsdecke wie die Kuppel einer Kirche nach oben wölbte, fiel sie auf der anderen Seite des Ufers bis zum Boden hin flach ab und formte enge Nischen und dunkle Spalten. Und seltsame ...

Sie kniff die Augen zusammen. Spielten ihre Sinne verrückt, oder war dort hinten auch etwas Farbiges zu sehen? Ihr Puls beschleunigte sich wieder. Zwischen den Felsbrocken und der Höhlendecke lag ein eigenartig geformtes Bündel. Als hätte jemand etwas Sperriges in eine Nische gestopft.

Zum wiederholten Mal am heutigen Tag zog sie ihre Waffe. Vorsichtig, als schleiche sie über lockeren Treibsand, tastete sie sich vorwärts. Der Kegel ihre Lampe kroch zitternd über den unebenen Boden. Ein zusammengerollter grüner Teppich, dachte sie. Noch fünf Meter. Oder bloß eine dicke Decke? Noch drei Meter. Der Lichtkreis erfasste einen Gegenstand. Einen braunen Herrenschuh. Darüber grauer Stoff. Steckte da ...?

Ein eiskalter Blitz fuhr Dani durch die Knochen. Die Muskeln ihres gesamten Körpers verkrampften sich.

»Scheiße.«

Der Schein ihrer Lampe ruhte auf einem bleichen Totenkopf. Mit ihrer Waffe zielte sie auf leere Augenhöhlen. Blanke Zähne grinsten sie an. Dunkle Hautfetzen und ein Knäuel Haare waren auf einem blanken Schädel zu erkennen. Eine Leiche. Eine stark verweste Leiche. Noch umhüllt von ihren Kleidern und notdürftig in eine Decke gerollt.

Dani zitterte. Ohne sich von dem eingewickelten Skelett abwenden zu können, stolperte sie Schritt für Schritt rückwärts.

»Sandra? Wir müssen jetzt los. Komm. Bitte. Steh auf.«

Das zierliche Mädchen kam langsam auf die Beine. Signalisierte beginnendes Vertrauen. »Was ist denn da drüben?«

»Nichts. Ein alter Teppich. Nur ein alter Teppich. Für einen Moment habe ich mich erschrocken, aber es ist nichts.«

Dani reichte Sandra die Hand und führte das Mädchen so rasch wie möglich aus der großen Höhle. Gemeinsam durchquerten sie die mittlere Kammer und erreichten wohlbehalten Paul Mayrs unterirdischen Vorratsschrank.

»Nico?«

Das besorgte Gesicht ihres Partners tauchte in der Öffnung auf. »Ich bin hier. Alles in Ordnung?«

»Ich habe Sandra bei mir. Sie scheint unverletzt, ist aber bestimmt ein wenig unterkühlt. Wir kommen jetzt raus.«

Sandra griff nur zögernd nach der Leiter.

»Keine Angst. Das ist Nico, mein Partner. Er ist auch Polizist.«

Sprosse für Sprosse stieg das Mädchen nach oben. Dani folgte ihr unmittelbar. Tageslicht und angenehm trockene Wärme erwarteten sie. Für einen stillen Augenblick genoss sie das Gefühl von Geborgenheit und Sicherheit. Nico reichte ihr eine Decke. Eine zweite hatte er Sandra bereits um die Schultern gelegt.

Im Hintergrund war das Brummen eines sich nähernden Außenbordmotors zu hören. Nico beantwortete Danis unausgesprochene Frage. »Die Kollegen sind inzwischen eingetroffen. Egons Team hat bereits mit der Arbeit begonnen. Sie haben ein Boot mitgebracht.«

»Sehr gut. Sind auch Rettungskräfte dabei? Die sollen sich gleich um Sandra kümmern. Was ist mit Horvath?«

»Wir riegeln Hohenwarten komplett ab und suchen ihn mit Hunden. Wir werden ihn finden.«

Dani nickte und legte ihren Arm um Sandra. Führte sie aus dem Schlafraum ins Nebenzimmer und setzte sich mit ihr auf das Sofa.

Nico schloss die Falltür. »Ich gehe kurz nach draußen und weise die neu ankommenden Kollegen ein. Und schicke das Ärzteteam herein.«

»Einen Moment noch.« Dani bedeutete Nico zu warten und wandte sich mit gesenkter Stimme an Sandra. »Keine Sorge, ich bin gleich wieder bei dir.« Sie schob Nico aus dem Zimmer und ein Stück den Flur entlang.

»Was ist?«

Dani hielt sich die Hand vor den Mund und starrte ihn mit angehaltenem Atem an. Nico legte den Kopf schief. »Was ist los? Was hast du entdeckt?«

Sie suchte fieberhaft nach den richtigen Worten. Die Bilder der verwesten Leiche blitzten wie die Szene eines Horrorfilms immer wieder auf. »Sandra war nicht die Einzige da unten, Nico. Das ist keine normale Höhle, das ist ein Grab! Ich denke, ich habe Johann Pichler gefunden.«

14

Sie standen am Steg und schlürften heißen Filterkaffee aus Styroporbechern. Es hatte aufgehört zu schneien, und die Temperatur war über den Gefrierpunkt geklettert. Dennoch knabberte die frühwinterliche Kälte unbarmherzig an Danis Ohren und Nasenspitze.

Sandra befand sich nach wie vor im hinteren Teil der Hütte, in Obhut einer erfahrenen Ärztin, die Nico sehr schätzte. Vor einer Minute hatte Klaus Ebner von der lokalen Polizeiinspektion angerufen und Neven Horvaths Behauptung mehr oder weniger bestätigt. Chefinspektor Frank Kresnik war seit gestern Nacht verschwunden. Seine Frau hatte ausgesagt, er habe spätabends beim Fernsehen eine Nachricht erhalten und sei daraufhin ohne weiteren Kommentar weggefahren. Und bisher nicht wieder aufgetaucht. Friedrich Lienhart wurde ebenfalls vermisst. Laut seiner Sekretärin war er bislang nicht im Büro erschienen. Fabian Mayr hatte Lienharts Wagen verlassen auf dem Hauptplatz von Hohenwarten entdeckt. Die Mobiltelefone der beiden Vermissten waren nicht erreichbar.

Nach den dramatischen Ereignissen heute Morgen bezweifelte Dani den Wahrheitsgehalt von Nevens Aussage nicht mehr. Sie fasste ihre dunklen Gedanken in einem einzigen Satz zusammen. »Sie sind beide tot, und wir wissen nicht mal, wo wir sie suchen sollen.«

»Und es ist mir ein Rätsel, was ausgerechnet die beiden schrägen Vögel mit der Mafia zu schaffen hatten.«

»Wir müssen unbedingt diesen Neven finden. Er kann uns als Einziger weiterhelfen.«

»Du nennst ihn jetzt beim Vornamen?«

Dani sah betreten auf die verwitterten Planken des Steges. »Er ist in die Sache verwickelt, klar. Aber ohne ihn stünde ich jetzt wohl nicht mehr hier.«

Sie blickte hinüber zu den Frauen und Männern der Spurensicherung, die mit nüchterner Routine ihrem Job nachgingen. In weiße, uniforme Overalls gekleidet, errichteten sie ein Zelt über der Leiche des Kahlkopfes. Die Vorstellung, dass sie selbst jetzt dort liegen könnte, um Schicht für Schicht ausgezogen und untersucht zu werden, ließ Dani schaudern.

»Dann ist jetzt wohl der exakt richtige Zeitpunkt, um auch dir Danke zu sagen.«

Ohne den Blick von ihren Kollegen zu wenden, winkte Dani ab. »Danke wofür?«

»Das ist jetzt nicht dein Ernst, oder?«

Sie wandte sich um. »Was meinst du? Dass ich in die Höhle geklettert bin?«

»Ich meine unser kleines Feuergefecht! Du hast mir vorhin mit deiner Reaktion vermutlich ebenfalls das Leben gerettet!«

»Ich …«

Aus Nicos Perspektive hatte sie die Sache noch gar nicht betrachtet. Ein Leben genommen, ein Leben geschenkt. Sie war so sehr damit beschäftigt gewesen, ihren todbringenden Schuss vor sich selbst zu rechtfertigen, dass sie sich mit seinen weiteren Auswirkungen nicht bewusst auseinandergesetzt hatte. »Ich war zum Glück schnell genug.«

»Das warst du. Genau wie Neven. Schnell und präzise.« Die nächsten Worte schien er mit Bedacht zu wählen. »Dass ich dir das nie vergessen werde, brauche ich wohl nicht extra zu betonen.«

Er machte eine kurze Pause, ehe er fortfuhr. »Du weißt, dass es eine Untersuchung geben wird. Sie werden uns unangenehme Fragen stellen. Aber ich verspreche dir, es wird alles glattgehen. Wir kommen unbeschadet und gestärkt aus dieser Sache raus.«

Dani seufzte. Eigentlich war es mehr ein Schluchzen. Tränen stiegen ihr in die Augen, und sie hatte keine Chance, sie zu unterdrücken. Sie musste ein paarmal schlucken, brachte aber kein Wort mehr heraus. Seine Hand auf ihrer Schulter tat so gut.

»Nico? Dani?«

Rasch drehte sie sich weg und trocknete mit dem Handrücken ihre Wangen. Egon, der Leiter der Spurensicherung, näherte sich mit Riesenschritten. Nico ging ihm entgegen, und Dani folgte, ohne zu zögern.

»Hallo, Egon! Was gibt's?«

»Eine Menge. Ich weiß gar nicht, wo ich anfangen soll. Vielleicht bei der Glatze da drüben.«

Er deutete mit dem Daumen über seine Schulter. »Nico, du hast gesagt, der Typ sei vermutlich von diesem Horvath mit einem Wurfmesser erledigt worden. Richtig?«

»Ja, genau.«

»Ich habe mir das genauer angesehen. Die Lage der Wunde deutet darauf hin, dass die Halsschlagader durchtrennt wurde. Er ist also verblutet, genauer gesagt: an seinem eigenen Blut erstickt. Die Tatwaffe aber, also dieses Messer, das ist weg.«

»Weg? Was heißt ›weg‹? Wir haben doch selbst –« Nico stockte, als Egon beschwichtigend beide Hände hob.

»Ich glaub dir schon, keine Sorge. Aber ich denke, während ihr in der Hütte nach dem Mädchen gesucht habt, hat sich euer Kampfgefährte sein tödliches Spielzeug zurückgeholt und mitgenommen.«

»Unfassbar!«

»Und was den anderen Typen hinter der Hütte betrifft …« Egon wandte sich an Dani. »Das war ein genialer Schuss, meine Liebe. Genial, aber höchstwahrscheinlich nicht tödlich. Die Kugel ist knapp unterhalb des linken Schlüsselbeines eingedrungen, hat aber sein Herz und die wichtigsten Gefäße um einige Zentimeter verfehlt. Gestorben ist er daran jedenfalls nicht.«

Dani starrte ihn entgeistert an. »Nicht? Aber er ist –«

»Tot. Ja, ist er. Aber er wurde ebenfalls erstochen. Vermutlich mit demselben Messer. An exakt der gleichen Stelle wie die Glatze. Saubere Durchtrennung der Schlagader.« Egon deutete mit seinem Zeigefinger einen Schnitt an der Seite seines Halses an.

»Bedeutet das, dass ich ihn –«

»Nicht erschossen habe, ja, das bedeutet es. Ich denke mal, das ist in Anbetracht der Umstände keine allzu schlechte Nachricht.«

Dani schloss für einen Moment die Augen. Egons Worte hatten innerhalb eines einzigen Wimpernschlages eine große Last von ihren Schultern gehoben. Erleichterung überkam sie. Sie hatte den bulligen Kerl lediglich außer Gefecht gesetzt. Seinen Tod verschuldete jemand anders. Sein Tod ging auf das Konto ihres Lebensretters.

Ihr Blick traf sich mit jenem ihres Partners. Nico lächelte verhalten. Sie sah ihm an, dass er sie gerne in den Arm genommen hätte. Auch er war sichtlich erleichtert. Dani ließ die Schultern fallen und seufzte. Erst jetzt bemerkte sie, unter welch extremer Anspannung sie gestanden hatte.

Ich habe ihn angeschossen. Angeschossen, aber nicht getötet.

Egon klatschte in die Hände. »Gut. So weit mal das Wichtigste. Ich mache mich wieder an die Arbeit. Das werden wohl ein paar Überstunden werden. Wo bleiben eigentlich meine verdammten Scheinwerfer?« Als er den letzten Satz sagte, war er bereits auf dem Weg zurück zur Hütte.

Dani sah ihm mit einer Mischung aus Erleichterung und Verwirrung nach, dann wandte sie sich wieder ihrem Partner zu.

Nico schüttelte den Kopf. »Was hat dieser Neven bloß vor? Was beabsichtigt er mit alldem? Und warum tötet er seine eigenen Leute?«

Beim Hören seiner Worte kam Dani ein Gedanke. Ohne lange zu überlegen, spuckte sie ihn aus. »Rache.«

»Rache?«

Sie folgte ihrer vagen Idee, indem sie einfach weitersprach. »Neven steht auf der Seite der Bösen. Zumindest aus unserer Sicht. Aber er verfolgt offensichtlich eigene Ziele. Warum hat er mit uns Kontakt aufgenommen? Warum hat er uns verraten, dass das Mädchen getötet werden soll? Warum hat er uns verraten, dass Lienhart und Kresnik tot sind? Und warum hat er eigenhändig eingegriffen, als es für uns beide richtig eng wurde? Er begibt sich damit doch selbst in größte Gefahr.«

»Du glaubst also auch, dass er unsere Hilfe braucht?«

»Ich denke, all die Informationen, die schlussendlich zu

Sandra Lohmanns Rettung geführt haben, dienen in Wahrheit nur einem einzigen Zweck. Er will, dass wir ihm Vertrauen schenken. Schlussfolgerung: Er wird sich wieder melden, denn unser Fall ist noch nicht abgeschlossen.«

»Aber warum Rache?«

»Weil sie ihm etwas weggenommen haben, das ihm sehr wichtig ist. Es geht ihm um Anisa. Ich glaube, er will uns verraten, wo sie ist. Damit wir sie für ihn befreien können.«

Dani versuchte, in Gedanken alle Fäden zusammenzuführen. Sechs Tote. Sieben, wenn man das Skelett in der Höhle hinzuzählte. Aber nur vier Leichen. Dazu eine entführte Schülerin. Und der sich laufend erhärtende Verdacht, es mit Organisierter Kriminalität zu tun zu haben. Das alles in einen Topf geworfen und gut vermischt ergab: »Eine Sonderkommission?«

Nico hob seinen Daumen. »Darauf kannst du Gift nehmen.«

»Wow! Dass ich an deiner Seite berühmt werden könnte, habe ich insgeheim erhofft. Aber dass es so schnell gehen würde, kommt schon überraschend.«

Egon machte sich derweilen mit seinen Scheinwerfern auf den Weg in die Unterwelt. Unübersehbar zog die Leiche in der Höhle den altgedienten Spurenleser magisch an. Seine Augen leuchteten wie die eines Kindes vor dem Weihnachtsbaum.

»Wir müssen Sandra befragen, Nico. Am besten sofort. Wenn Neven sich meldet, haben wir womöglich nicht mehr genug Zeit. Wir müssen wissen, was sie vor zwei Tagen beobachtet hat.«

»Ich weiß, ich weiß. Ich habe die Ärztin vorhin gebeten, uns sofort Bescheid zu geben, sobald wir mit ihr sprechen können.«

»Chefinspektor Drabek?«

»Na bitte. Wenn man von der Sonne spricht …«

Die Medizinerin war eine kleine, pummelige Frau mit bildhübschem Gesicht. Ihren portugiesischen Wurzeln verdankte sie eine beneidenswert schöne, olivfarbene Haut und seidig glänzendes, schwarzes Haar. Mit ernstem, aber zufriedenem

Blick stieg sie die Stufen der Veranda herab. »Sie können loslegen. Dem Mädchen fehlt nichts. Aber überfordern Sie sie nicht.«

Man sah ihr an, wie verwirrt sie war und wie verletzlich sie sich fühlte. Als Dani und Nico das Kabinett betraten, zog Sandra ihren Kopf zwischen die Schultern und blickte ihnen eingeschüchtert entgegen. Vor ihr auf dem Beistelltisch stand ein voller Becher Tee. Eine Decke verhüllte ihre Beine. Den Anorak hatte sie zur Hälfte geöffnet.

Dani und Nico nahmen ihr gegenüber auf zwei Stühlen Platz, die sie aus dem Wohnraum mit hereingebracht hatten.

»Hallo, Sandra. Ich bin Nico Drabek, und das ist meine Kollegin Dani Scholz.«

Sandra nickte ihnen wortlos zu.

»Wie geht es dir? Die Ärztin hat gesagt, du bist so weit wohlauf.«

»Es geht.«

»Wir müssen dir ein paar Fragen stellen. Ist das okay?«

Sandra sah verunsichert von Nico zu Dani. Ihr fein gezeichnetes Puppengesicht ließ das beinahe erwachsene Mädchen wesentlich jünger erscheinen, als sie tatsächlich war. Dani erinnerte sich an ihr erstes Zusammentreffen. Auch damals hatte sie das Gefühl gehabt, mit einer Vierzehnjährigen zu sprechen.

Nico beugte sich vor. »Kannst du uns erzählen, was aus deiner Sicht heute Morgen alles passiert ist? Seit du aufgestanden bist?«

Sandra richtete sich ein wenig auf, die Finger beider Hände ineinander verschränkt. »Heute ist Dienstag. Da haben wir morgens zwei Stunden Sport. Ich war mit den anderen frühstücken, und dann bin ich spazieren gegangen, weil ich noch vom Unterricht befreit bin. Wegen meines kleinen Missgeschicks.« Sie fasste sich vorsichtig an den Kopf. Über dem rechten Auge wölbte sich eine blaugrüne Beule mit einer frisch verkrusteten Abschürfung. »Der Arzt hat gesagt, ich habe eine leichte Gehirnerschütterung erlitten. Gestern war mir noch schlecht, aber heute geht es wieder.«

»Woher hast du denn die Wunde?«

Sie machte ein unglückliches Gesicht und zuckte mit den Schultern. »Das klingt sicher eigenartig für Sie, aber ich kann mich nicht erinnern. Ich vermute, ich bin im Wald gegen einen Ast gelaufen.«

»Und wann war das genau?«

»Am Sonntagabend. Vor zwei Tagen. Es war schon dunkel.«

»Warst du am Sonntag auch spazieren?«

Sie zögerte und antwortete mit leiser werdender Stimme. »Ich bin mir nicht sicher. Kann sein.«

Dani warf Nico einen zweifelnden Blick zu. Ihr Instinkt sagte, dass Sandra Lohmann nicht log, aber verschwieg sie vielleicht etwas? Aus Angst? Dani sah, dass auch Nico nicht wirklich wusste, wie er mit dieser Situation umgehen sollte.

Nico ließ den Sonntag fürs Erste links liegen. »Verstehe. Kommen wir zurück zum heutigen Morgen. Du bist also gleich nach dem Frühstück losmarschiert. Hattest du ein bestimmtes Ziel?«

»Nein. Aber am liebsten gehe ich in den Wald. Ich mag die Stille dort.«

»Kommst du bei deinen Streifzügen auch oft hierher? An den See?«

Diesmal nickte sie bestimmt. »Ich liebe dieses dunkle Wasser. Für mich ist der See der schönste Ort auf der Welt.«

»Und als du heute Morgen den See erreicht hast, bist du da direkt hierher zur Hütte gegangen?«

Das Gesicht des Mädchens nahm einen nachdenklichen Ausdruck an. So als wüsste sie nicht, was die Frage bedeuten sollte. Sie verschränkte ihre Arme vor dem Bauch und drückte sie fest an sich. Ihr Blick ging an Dani und Nico vorbei ins Leere. »Bin ich zur Hütte gegangen? Zu Paul? Ja. Paul stand am Ufer und hat mir gewinkt.«

»Du kennst Paul Mayr.«

»Ja, natürlich.«

»Bist du mit ihm verwandt?«

»Nein. Ich kenne ihn von hier. Vom See.«

»Seit wann?«

Wieder machte Sandra eine Pause. Diesmal eine längere. Ihr Verhalten erweckte bei Dani den Eindruck, als denke sie zwischendurch an etwas komplett anderes.

»Seit ich hier zur Schule gehe. Das sind jetzt ... drei Jahre?«

»Und wie habt ihr euch kennengelernt?«

»Über Elfriede. Seine Frau. Sie ist leider gestorben. Letzten Frühling.«

Nico lenkte das Gespräch wieder auf den heutigen Tag zurück. »Du bist also zu Paul gegangen, nachdem er dir zugewinkt hatte.«

Sie nickte. »Er hat mich auf einen Tee eingeladen. Ich hatte Zeit.«

»Und was ist dann passiert? Als ihr bei Tee und Kuchen gesessen seid?«

Nun schlich sich deutlich erkennbar Verzweiflung in Sandras unsteten Blick. Sie schaute ruckartig zur Decke hoch, nach links, nach rechts. Sie spielte mit ihren Fingern, drückte sich die Nägel in die Fingerkuppen. »Das ist schwierig zu erklären. Paul hat aus dem Fenster gesehen und war plötzlich sehr ernst. Er hat gesagt, ich soll mich sofort verstecken. Ich habe nicht gewusst, was er meint.«

Sie wandte den Kopf nach links, zum Schlafzimmer.

»Hat Paul dir gesagt, dass du dich in der Höhle verstecken sollst? Hat er dir den Eingang gezeigt?«

»Nein. Ich weiß schon lange von der Höhle. Elfriede hat sie mir gezeigt.«

»Verstehe. Und was ist dann passiert?«

Sandra kniff die Augen zusammen und schlang die Arme um ihre Schultern. »Ich weiß nicht mehr genau. Da war ein fremder Mann.« Sie zitterte, und ihre Stimme verlor an Kraft. »Ich hatte die Falltür geschlossen, da hörte ich einen Knall.«

Woher hatte der alte Mayr gewusst, dass Gefahr für Sandra drohte? Dani versuchte, die Situation vor ihrem geistigen Auge ablaufen zu lassen. Hatte er die beiden Männer mit ihren Waffen in den Händen auf die Hütte zukommen sehen? Womöglich hatte er sie wiedererkannt.

»Was ist mit Paul? Wo ist er?« Sandra wusste es noch nicht. Niemand hatte ihr etwas gesagt. Dani sah zu Nico, und Sandra folgte ihrem Blick. »Geht es ihm gut?«

Nicos Zögern und seine ernste Miene ließen das junge Mädchen augenblicklich kalkweiß werden.

»Nein.« Immer wieder flüsterte sie dieses eine Wort. »Nein. Nein. Nein.«

Dani reagierte, stand auf und setzte sich neben sie. Ein Versuch, durch Nähe Sicherheit und Trost zu vermitteln. »Sandra, wer waren diese Männer?«

Ihr Entsetzen war nun beinahe zu greifen. Sie ignorierte Danis Frage. »Ist er tot?«

Nico nahm seine Brille ab und rieb sich den Nasenrücken. Rang sich zu einer Antwort durch. »Ja.« Als er die Brille wieder aufsetzte, hatte er sich offensichtlich dafür entscheiden, die Vernehmung trotz des Verlaufes noch nicht abzubrechen. Er stellte Danis letzte Frage nochmals. Eindringlicher. »Weißt du, wer diese Männer waren? Hast du vielleicht ihre Stimmen wiedererkannt?«

Mit weit aufgerissenen Augen schüttelte das Mädchen den Kopf.

»Warst du vor zwei Tagen vielleicht auch hier am See? Am Sonntagnachmittag?«

Ihr Atemrhythmus beschleunigte sich jetzt deutlich. Dani bemerkte, wie hart das Mädchen ihre Fingernägel in ihre Handballen drückte. Ihre Stimme war zu einem heiseren Flüstern verkommen. »Ich weiß nicht. Vielleicht. Könnte sein.«

»Was ist am Sonntag passiert? Kannst du dich an irgendetwas erinnern?«

Sandra starrte mit zusammengepressten Lippen aus dem Fenster und schwieg. Als Dani schon damit rechnete, keine Antwort mehr zu erhalten, hauchte das Mädchen scheinbar zusammenhanglose Worte. »Ich … Ich weiß nicht … Ich bin gelaufen … Da war Nebel … und zwei Männer … oder nein, nur ein Mann … und noch jemand … Ich kenne sie …«

Dani fröstelte plötzlich. Sandras letzte Worte legten nahe,

dass sie vor zwei Tagen dabei gewesen war. Sie hatte etwas gesehen, aber ihre Erinnerungen an die Geschehnisse waren verschüttet. Sie hatte sie verdrängt, wusste nicht, was ihr Unterbewusstsein vor ihr verbarg.

Ein Beben erschütterte Sandras Körper. Sie blickte hektisch hin und her, als suche sie verzweifelt nach einer Fluchtmöglichkeit.

Dani gab ihrer Stimme einen weichen, beruhigenden Ton. »Es ist alles in Ordnung, Sandra.«

»Nein, ist es nicht. Ich kann ... Ich kann mich nicht ...« Tränen liefen ihre Wangen hinab. »Ich kann mich beim besten Willen nicht erinnern. Ich weiß nicht, ob Sie das verstehen. Oder ob Sie das kennen. Aber da sind Lücken ... in meiner Erinnerung. Ich weiß, da ist irgendwas, aber ich kann es nicht greifen.«

Dani legte ihren Arm um die Schultern des Mädchens. »Wir verstehen das sehr gut. Du darfst dir keine Vorwürfe machen. Dich trifft keine Schuld. Wir sprechen ein andermal weiter, okay?«

Sandra entspannte sich und richtete ihren Blick zu Boden. »Okay.«

Nico erhob sich aus seinem Sessel. »Vielen Dank, Sandra. Mach dir keine Sorgen, du hast uns sehr geholfen. Ich hole jetzt die Ärztin, sie wird sich um dich kümmern.«

15

In Nevens Welt waren vierundvierzig Stunden eine Ewigkeit. Er musste sich zwingen, jeden Gedanken an Anisa und ihr ungewisses Schicksal zu verdrängen. Wollte er sie jemals wiedersehen, blieb ihm nichts anderes übrig, als sich auf die Dinge zu konzentrieren, die er tun konnte. Staub aufwirbeln. Vlados Truppe nicht zur Ruhe kommen lassen. Dafür sorgen, dass in den nächsten Stunden die richtigen Menschen auf den Plan traten, und hoffen, dass diese am Ende als Sieger vom Platz gingen.

Sich in den Kampf bei der Hütte einzumischen, war richtig gewesen. Die Polizistin und ihr Partner hätten Vlados Männer nicht besiegt. Die beiden Figuren aus dem Spiel zu nehmen, war konsequent und logisch. Auf diese Weise konnte er zumindest einen Bruchteil seiner Schuld zurückzahlen. Keiner der beiden würde je wieder seinem schmutzigen Geschäft nachgehen können, würde je wieder einem anderen Menschen wehtun. Es fühlte sich gut an.

Nachdem er seine am frühen Morgen auf dem Dachboden versteckten Utensilien wieder an sich genommen hatte, schlenderte er, für alle anderen scheinbar ziellos, durch das Internatsgebäude. Niemand behelligte ihn. Niemand stellte ihm Fragen. Schließlich gab es nichts Unauffälligeres als einen Kunststudenten, der sich wie selbstverständlich und ohne Hektik einer Aufgabe widmete. Eine ungekannte Leichtigkeit durchströmte Neven. Eine belebende Zuversicht, seinem Ziel ein Stück näher gerückt zu sein.

Schließlich verließ er das Gebäude durch einen Nebenausgang im Nordflügel und wandte sich nach rechts. Unter einem freitragenden Dach standen in etwa ein Dutzend Fahrräder. Vier von ihnen waren nur mehr scheinbar mit Schlössern am Stahlrahmen der Überdachung befestigt. Neven hatte seine Hausaufgaben gemacht. Er verstaute den Block, schulterte seinen Rucksack und sah sich um. Niemand war zu sehen. Er griff nach seinem

Favoriten und schwang sich in den Sattel. Alle Wanderwege abzusperren und zu überwachen, war für die Polizei praktisch unmöglich. Und Hunde konnten der Spur eines Radfahrers nicht folgen. Seine Chancen standen demnach gut.

Er trat kraftvoll in die Pedale und verschwand im Wald. Sein Ziel, ein kleiner Gasthof mit wenigen Fremdenzimmern, lag etwa fünf Kilometer südwestlich von Hohenwarten. Wenn er ihn erreichte, war er fürs Erste in Sicherheit.

Kurz nach Mittag gab die Ärztin das Zeichen zum Aufbruch. »Wir bringen Sandra vorerst in die psychiatrische Universitätsklinik nach Wien. Für genauere Untersuchungen. Dann sehen wir weiter.«

Nico hatte mit zwei erfahrenen Kollegen das weitere Vorgehen in allen Einzelheiten besprochen. Dani hatte nur dabeigestanden. Wortlos. Mit ihren eigenen Gedanken beschäftigt.

Sandra Lohmann war traumatisiert. Offensichtlich funktionierte ihr Verdrängungsmechanismus so gut, dass nur Bruchstücke des Erlebten in ihr Bewusstsein gelangten, wie Sequenzen aus einem Alptraum. Ein perfekter Schutzmantel.

Das Mädchen galt einerseits als mutmaßliche Zeugin der Entführung von Anisa Krizan, andererseits als Verdächtige in zumindest einem von zwei ungeklärten Mordfällen. Dass sie sich an die Ereignisse nicht erinnern konnte, mussten sie als Polizisten ausblenden. Dennoch plädierte Nico dafür, in der Angelegenheit behutsam vorzugehen. Die beiden Beamten bekamen lediglich die Aufgabe, die junge Frau nicht eine Sekunde aus den Augen zu lassen.

Die Fahrt mit dem Festrumpfschlauchboot zum anderen Ufer dauerte keine zwei Minuten. Als sie wieder festen Boden unter den Füßen hatten, trennten sich ihre Wege. Der Rettungswagen fuhr mit Blaulicht ab, und Dani marschierte mit Nico an der Seite zu ihrem Wagen.

Nachdenklich spielte sie mit dem Autoschlüssel. »Kann es wirklich sein, dass ein Mensch negative Erlebnisse so komplett verdrängt, dass er sich an nichts mehr erinnert?«

Nico zuckte mit den Schultern. »Das war jedenfalls keine Schauspielerei. Es quält sie, sich nicht erinnern zu können. Wir müssen unbedingt Sandras Umfeld näher durchleuchten. Mit den Eltern reden. Mit Freunden und Freundinnen. Mit den Ärzten und dem Lehrkörper. Vielleicht finden wir einen Auslöser für dieses Verhalten in ihrer Lebensgeschichte.«

»Und wer zum Teufel hat den Pichler auf dem Gewissen? Paul Mayr?«

»Wenn er es getan hat, findet Egon mit Sicherheit irgendwelche Spuren. Aber frag mich jetzt nicht nach einem Motiv.«

»Und dann haben wir noch den verschwundenen toten Entführer. Wieder Paul Mayr? Oder diesmal Sandra?«

Nico kratzte sich hinter dem Ohr. »Ich fürchte, in diesem Fall hatte das Mädchen ihre Hände im Spiel.«

Dani gab sich vorerst mit dem Stand ihres Wissens zufrieden. Ihre Einschätzungen deckten sich mit denen Nicos. Das war beruhigend. Als sie den Wagen erreichten, hatte sie das erste Mal seit Langem das Gefühl, trotz der vielen ungeklärten Fragen einen halbwegs schlüssigen Überblick gewonnen zu haben.

Aus Rücksicht auf Nico bemühte sich Dani, das jeweilige Tempolimit weitestgehend einzuhalten. Sie waren seit zwanzig Minuten unterwegs und hatten in der Zeit kein einziges Wort mehr miteinander gewechselt. Jeder hing seinen eigenen Gedanken nach.

Schließlich brach Dani das Schweigen. »Was unternehmen wir wegen Neven? Er ist uns durch die Lappen gegangen, oder?«

»Er ist uns zumindest einen Schritt voraus.«

»Ich fürchte fast, ich habe mich geirrt, und er ruft doch nicht mehr –«

In dem Moment läutete es. Als Dani die eingeblendete Nummer erkannte, brachte sie den Wagen augenblicklich am Straßenrand zum Stehen. Drückte die Warnblinkanlage und blickte erwartungsvoll zu ihrem Partner. Erst als Nico das Zeichen gab, stellte sie die Verbindung her. Das Reden übernahm er. »Ich habe Ihren Anruf schon erwartet.«

»Es ist noch nicht vorbei.«

»Das ist uns bewusst. Darum habe ich einen Vorschlag. Lassen Sie uns über eine Zusammenarbeit reden. Wir haben Möglichkeiten.«

»Nein, danke. Nutzen wir die Zeit lieber sinnvoll.«

»Ich glaube, Sie machen da einen Fehler. Aber gut. Wie Sie wollen. Reden wir später.«

»Der Tod unserer beiden Männer wird Konsequenzen nach sich ziehen. Sie und Ihre Kollegin müssen abtauchen.«

Dani hielt den Atem an. Ihre Nerven waren zum Zerreißen gespannt. Nicos Stimme hingegen klang so gelassen wie immer. »*Sie* haben diese Männer umgebracht, Neven. Nicht wir.«

»Der Clan hat aber Sie im Visier. Alle wissen, dass Sie beide dort waren. Ich bin offiziell schon längst über alle Berge.«

»Wer ist ›alle‹? Und woher hat der ›Clan‹, wie Sie ihn nennen, seine Informationen? Haben Sie denen unsere Namen gegeben?«

»Nein. Das war Lienhart. Kurz bevor er starb.«

Dieses Arschloch. Sogar über seinen Tod hinaus macht der Typ Probleme.

Neven wiederholte seine Warnung. »Ich meine es ernst. Sie sind beide in großer Gefahr.«

»Das ist uns bewusst. Aber wir können gut auf uns selbst aufpassen.«

»Nein. Ich fürchte, das können Sie nicht.«

Danis Blick kreuzte sich mit dem ihres Partners. Sie sah ihm an, dass er ebenfalls an den heutigen Morgen dachte. Den sie ohne Neven wahrscheinlich nicht überlebt hätten.

Nico lenkte das Gespräch auf den Kern. »Was ist mit Anisa, Neven? Wo befindet sich das Mädchen?«

»Deshalb rufe ich an. Sie ist in einer Villa in Neuwaldegg. Sie werden ein hervorragendes Team brauchen. Wenn Sie da reingehen, gibt es Tote.«

»Kennen Sie das Anwesen?«

»Ich war dort.«

Dani notierte die Adresse, die Neven durchgab.

»Wieso wurde sie entführt? Welches Motiv steckt dahinter?«

»Das kann ich Ihnen nicht sagen.«

»Können Sie nicht, oder wollen Sie nicht?«

»Ich führe Befehle aus, Herr Chefinspektor. Ich frage nicht nach dem Warum.«

»Okay. Was können Sie uns sonst noch sagen? Was erwartet uns in dieser Villa? Wie viele Männer sind dort?«

»Mindestens sechs. Vielleicht acht. Bewaffnet.«

»Mit wem haben wir es zu tun? Sie sprachen von einem Clan.«

Neven machte eine Pause. Das Klicken der Warnblinkanlage war für einige Sekunden das einzige Geräusch, das zu hören war.

»Mit Vladimir Sagatov. Er ist der Capo.«

»Russische Mafia?«

»Nein. Bulgaren.«

»Neven, wir sollten –«

»Nehmen Sie meinen Rat ernst. Lassen Sie andere diesen Job erledigen und verschwinden Sie für einige Zeit.«

»Das können wir nicht tun.«

»Dann tut es mir leid. Ich habe Sie gewarnt.«

Nico sparte sich weitere Worte. Neven hatte aufgelegt. Dani ließ ihren Kopf gegen die Nackenstütze fallen und blies lautstark aus. »Das ist so was von krank. Glauben wir ihm?«

»Ich würde gerne Nein sagen. Aber ich sehe keinen Grund, ihm nicht zu glauben.«

»Und was machen wir jetzt?«

Nico hielt seinen Blick geradeaus gerichtet. Sein Atem ging ruhig und gleichmäßig, fast so, als meditiere er. »Ich denke, er wollte uns wirklich warnen. Wir sind ins Fadenkreuz einer sehr gefährlichen Gruppe geraten. Mit denen können wir nicht verhandeln, aber wir können uns auch nicht verkriechen. Wir müssen das Mädchen da herausholen.«

16

Dani hatte den Nachmittag in einem altmodisch möblierten Büro des Landeskriminalamtes Wien verbracht und konzentriert ihren Bericht verfasst.

Sich jedes Detail der vergangenen beiden Tage ins Gedächtnis zu rufen, war ein Kinderspiel. Wie die Szenen eines Films konnte sie die Ereignisse immer und immer wieder vor ihrem inneren Auge ablaufen lassen. Erst als sie mit dem Ergebnis einigermaßen zufrieden war, widmete sie sich der nächsten Aufgabe. Ein routinierter Zeichner erstellte mit ihrer Hilfe ein Phantombild von Neven Horvath.

Die Sonne war bereits untergegangen, als Nico sie zu sich rufen ließ. Er saß allein in einem kleinen, leeren Besprechungszimmer und jonglierte gedankenverloren eine halb volle Plastikflasche auf seinem Handrücken. Als Dani eintrat, sah er auf. »Möchtest du auch ein Wasser?«

»Ein Bier wäre mir lieber.«

Nico lächelte müde. »Damit kann ich dir leider nicht dienen. Setz dich.«

Das Licht im Raum wirkte eigenartig düster, wie gedimmt. Dani blickte zur Decke. Eine der beiden Neonröhren war ausgefallen.

»Gibt's was Neues aus Hohenwarten?«

Der Tonfall, mit dem er seine Frage stellte, machte Dani augenblicklich hellhörig. Sie kannte ihn. Wie die Kollegen in dem Nest am Ende der Welt vorankamen, interessierte ihn momentan, wenn überhaupt, nur am Rande. Er hatte bloß einen passenden Einstieg in ihre bevorstehende Unterhaltung gesucht. Das wichtige Thema musste noch warten.

Dani behielt ihre Beobachtung vorerst für sich und spielte mit. »Ja. Ich habe mit Egon gesprochen.«

Sie holte ihren kleinen Notizblock hervor.

»Paul Mayr wurde mit jener Waffe erschossen, die neben

dem Kahlkopf sichergestellt wurde. Die Waffen der beiden Killer haben unterschiedliche Kaliber. Keiner der beiden Männer konnte bislang identifiziert werden. Beim Mörder von Paul Mayr wurde ein Handy gefunden. Simples Gerät, mit Wertkarte. Es hat mit nur zwei unterschiedlichen Nummern kommuniziert. Keines der beiden anderen Geräte ist erreichbar. Nevens Nummer ist nicht darunter. Zumindest nicht die, die wir kennen. Eine Sackgasse. Die Überprüfung des Wagens läuft.«

Nächste Seite.

»Die Leiche in der Höhle ist mit hoher Wahrscheinlichkeit Johann Pichler. Dem Zustand der Verwesung zufolge liegt sie seit mehr als einem halben Jahr da unten. Das passt in etwa mit dem Datum seines Verschwindens im April zusammen. Auch die Körpergröße passt. Wie er gestorben ist, kann Egon noch nicht sagen. Das wird noch dauern.«

Ein letzter Eintrag auf der dritten Seite.

»Die Ärztin hat mich angerufen. Sie hält es für möglich, dass Sandra an einer dissoziativen Persönlichkeitsstörung leidet. Zwei Identitäten in einem Körper. Die eine könnte einen Mord verübt haben, um die andere, die von nichts weiß, zu schützen.«

Mit Schwung klappte sie den Block zu und steckte ihn ein.

Nico drehte die kleine Plastikflasche und betrachtete nachdenklich das Etikett.

»Und bei dir? Was gibt's für Neuigkeiten aus dem Chefbüro?«

»Wir haben eine Sonderkommission gegründet. ›Soko Hohenwarten‹. Nicht sehr kreativ, ich weiß. Die Leitung hat Hauptmann Norbert Legenstein vom BKA, Büro für Organisierte Kriminalität. Ich bin sein Stellvertreter.«

»Großartig. Gratuliere. Und wie geht's jetzt weiter? Was machen wir als Nächstes?«

Nico mied es immer noch, ihr in die Augen zu sehen. Stattdessen starrte er weiterhin auf die Flasche. Der Grund für seine Zurückhaltung lag auf der Hand.

Und war vollkommen inakzeptabel!

Dani schüttelte wild entschlossen den Kopf und klopfte mit beiden Fäusten hart auf die Tischplatte. »Nico! Bitte! Ich *muss* dabei sein. Das ist auch *mein* Fall.«

»Ich weiß. Aber nein. Du hast vorerst mehr als genug geleistet.«

»Mag sein. Aber wir sind noch nicht am Ziel.«

»Unterschätze nicht, was die beiden letzten Tage mit dir angestellt haben. Das ganze Auf und Ab. Der wenige Schlaf. Das Feuergefecht. Es ist mehr als genug.«

»Es geht mir gut, Nico.«

»Du machst eine Pause.«

Sie breitete ihre Arme aus. »Einen Scheiß mach ich. Ich bin voll da. Du musst mir eine Rolle geben. Bitte! Irgendwas!«

»Nein. Legenstein und Rosenberger teilen meine Ansicht. Sie haben mir die Entscheidung überlassen. Ich will dich aus der Schusslinie haben. Basta. Und ich spreche noch nicht einmal an, wovor Neven uns gewarnt hat.«

Wutentbrannt sprang Dani auf. Ihr Stuhl kippte nach hinten und knallte mit voller Wucht auf den Boden. Ohne ihn aufzuheben, wandte sie sich ab. Stützte sich mit den Händen ans Fensterbrett und starrte hinaus, die Kiefer zusammengepresst. Der Abendverkehr rollte zäh vorbei.

»Scheiß auch darauf, was Neven gesagt hat. Ich bin deine Partnerin. Schon vergessen?« Mit Schwung machte sie kehrt und beugte sich über den Tisch. »Du … Du kannst mich nicht einfach abgeben wie ein Kleinkind im Kindergarten. Ich war von Anfang an dabei. Wir haben das gemeinsam begonnen, und ich will – nein, ich *muss* eine Rolle im Finale kriegen!« Mit dem Zeigefinger klopfte sie dabei mehrmals auf die grüne Resopalplatte.

»Dani, bitte, du –«

»Nein, Nico! Nein! Ich schwör dir, ich rede nie wieder ein Wort mit dir, wenn du mich jetzt komplett ausschließt. Gib mir irgendwas. Lass mich deinen verfluchten Notizblock halten oder sonst einen sinnlosen Scheiß tun. Aber nimm mich gottverdammt noch mal in dieses Team auf!«

Nico lehnte sich zurück und schaute zur Decke hoch. Die Verzweiflung stand ihm ins Gesicht geschrieben. »Die Geschichte ist vermutlich weit größer, als wir dachten. Die Kollegen in Wien und Sankt Pölten wissen von vier weiteren Mädchen, die in den letzten sechs Monaten spurlos verschwunden sind. Zwei in Wien, eins in Baden, eins in Krems. Zwei Österreicherinnen, eine gebürtige Iranerin und eine Serbin. Alle zwischen fünfzehn und achtzehn Jahren alt, aus normalen, unauffälligen familiären Verhältnissen. Was sie verbindet: Sie sind alle bildhübsch. Es gibt keine Spuren, keine Lösegeldforderungen, keine Verdächtigen. Sie sind einfach weg. Anisa passt genau in dieses Schema. Sie ist die Nummer fünf.«

»Und? Was haben die Kollegen bisher erreicht? Nichts, vermute ich. Richtig? Wir waren es, die das Glück und den Verstand hatten, eine Spur zu finden. Du und ich.«

»Es gibt nur vage Vermutungen, wer dahinterstecken könnte. Legenstein meint, dass eine komplett neue, bislang unbekannte Bande aktiv ist. Menschenhandel. Der Name Vladimir Sagatov sagt ihm nichts. Aber der Hinweis auf eine Gruppe der bulgarischen Mafia hat ihn hellhörig gemacht. In der Wiener Unterwelt rumort es seit einiger Zeit. Es gibt neue Spieler, wird gemunkelt. Brutale Spieler. Drogen. Keiner kennt sie. Sie arrangieren sich nicht mit der Szene. Es könnte passen.«

»Und weiter?«

»Das könnte ein richtig dicker Fisch sein, Dani. Wir werden heute Nacht da reingehen. In diese Villa. In einer Stunde treffen sich die Besten der Besten zur Einsatzbesprechung.«

»Und das willst du mir vorenthalten? Ernsthaft? Das kann nicht sein. Bring mich da rein, Nico! Bitte! Irgendwie. Stell mich in die letzte Reihe. Ganz nach hinten. Zur Absicherung. Teil mich irgendeinem erfahrenen Kollegen zu, dem du vertraust. Aber schick mich bitte nicht nach Hause!«

Nico sah Dani todernst in die Augen. »Das bereue ich wahrscheinlich noch. Aber gut, es soll so sein. Du gibst ohnehin keine Ruhe.«

Ihr Herz machte einen Sprung. Sie war dabei.

Nico deutete auf den am Boden liegenden Stuhl. »Es gibt noch etwas, das du wissen musst.«

Dani schnappte sich den Stuhl und setzte sich rittlings auf ihn, die Lehne vor sich. Spitzte die Ohren.

»Mit Legenstein und Rosenberger ist abgesprochen, dass wir von Neven vorerst die Finger lassen. Unsere Zusammenarbeit mit ihm bleibt geheim, auch vor den anderen Kollegen. Verstanden? Wir wollen in weiterer Folge versuchen, ihn als Informanten für uns zu gewinnen.«

Dani nickte. Neven als Vertrauensmann aufbauen. Ihn als Maulwurf im Clan belassen. Ihn von außen unterstützen, um den gesamten Laden auszuleuchten. Das ergab Sinn. Nico hatte bereits früh die Richtung angedeutet. Und sie hatte sich keinen rechten Reim darauf machen können. Hatte sogar eine Fahndung einleiten wollen. Wieder eine ihrer vielen Kurzsichtigkeiten. Sie hatte noch viel zu lernen.

»Von Neven und seiner Rolle in der Geschichte wissen nur Legenstein, Rosenberger und wir beide. Klar? Ich möchte, dass du das Phantombild unserem Bericht beilegst und den gesamten Akt mit der entsprechenden Geheimhaltungsstufe versiehst.« Er stand auf und warf seine Wasserflasche in die Luft, fing sie wieder auf und deutete damit direkt auf ihre Brust. »Und zum Abschluss: Du stehst in der letzten Reihe. In der allerletzten Reihe, kapiert? Mit einem routinierten Kollegen, den ich auswähle. In einer Stunde im ersten Untergeschoss, großer Saal.«

Dani konnte sich ein Grinsen nicht verkneifen und stand stramm. »Aye, aye. Ich werde da sein.«

Sie kannte niemanden. Niemanden außer Nico und ihren Boss Ewald Rosenberger. In Summe fanden sich bis kurz vor sieben über fünfzig Personen in dem nüchternen und kahlen Saal ein. Erfahren wirkende Männer saßen kreuz und quer auf billigen Plastikstühlen und in losen Gruppen beieinander. Muskelbepackte Kerle und drahtige Haudegen lehnten an den Wänden und tauschten sich aus. Kantige, harte Gesichter, denen sie ungerne allein im Dunkeln begegnen würde. Kommandanten und ihre Stellvertreter. Kollegen der Einsatzplanung, des BKA, des LKA Wien, des LKA Niederösterreich. Kampferprobte Teams der Sondereinheit WEGA und des Einsatzkommandos Cobra.

Außer ihr war nur eine einzige Frau im Raum. Staatsanwältin Katrin Tauber saß seitlich vor dem kleinen Tisch, an dem Nico und Legenstein miteinander sprachen, und studierte ihre Unterlagen.

Dani wurde von Kollegen begrüßt, die sie noch nie in ihrem Leben gesehen hatte. Jeder Händedruck fühlte sich härter an als der vorherige. Sie spürte vorbehaltlose Anerkennung, so als wüssten alle, wer sie war und was sie seit Montagmorgen erlebt hatte. Nicht ein respektloser Blick war darunter. Nicht eine verletzende Bemerkung erreichte ihre Ohren. Ein Haufen abgebrühter Profis, die genau wussten, welcher Gefahr sich jeder, der heute Abend hier im Raum saß, tagtäglich stellen musste. Ein wenig eingeschüchtert nahm Dani in der letzten Reihe Platz.

Hauptmann Legenstein ergriff das Wort und bat um Ruhe. Mit kräftiger Stimme begrüßte er die Gruppe und stellte sich und seinen Stellvertreter vor. Zu den Fällen eins bis vier gab es nur dürftige Informationen.

Nico berichtete im Anschluss detailliert über den aktuellen Ermittlungsstand im Fall fünf. Startete mit der Entdeckung des rätselhaften Tatortes im Wald. Berichtete dann vom Auftauchen eines Informanten, dessen Identität noch nicht überprüft werden konnte, dessen Hinweise bislang jedoch sehr hilfreich gewesen seien. Schilderte das Verschwinden des Schuldirektors und des lokalen Polizeichefs. Schloss mit dem Feuergefecht bei der Hütte. Anschließend zeigte er Porträts der fünf verschwundenen Mädchen. Dann Bilder der beiden toten Killer vom See.

Aus dem Auditorium kamen laufend Fragen, die Nico bewundernswert präzise beantwortete. Es dauerte nahezu eine Stunde, bis alle den gleichen Wissensstand hatten.

Legenstein wartete, bis die letzte Stimme verstummt war. Dann drückte er wieder eine Taste auf dem Laptop vor sich. Ein unscharfes Passfoto erschien auf der Leinwand. Es zeigte das kantige Gesicht eines attraktiven Mannes mit hoher Stirn und slawischen Zügen. Das dunkle Haar militärisch kurz geschnitten. Schmale Lippen. Eisgraue Augen.

»Weiter im Text. Vladimir Sagatov. Bulgare. Vermutlich Mitte dreißig. Das Foto haben wir vor wenigen Minuten aus Sofia erhalten. Der gute Vladimir scheint ein völlig unbeschriebenes Blatt zu sein. Keine Vita verfügbar, keine Vorstrafen. Von meiner fünfundneunzigjährigen Mutter finden sich mehr Informationen im Internet als über diesen Typen.«

Ein weiterer Tastendruck. Das Bild eines Bürogebäudes im Stil der achtziger Jahre.

»Wir wissen, dass Sagatov Geschäftsführer eines Teppichgroßhandels ist. Mit Sitz in Bratislava. In diesem Gebäude hier findet sich das Büro der Firma. Alles völlig legal.«

Nächstes Bild. Das Foto einer alten Fabrik mit gemauertem Schornstein. Dahinter dunkler Wald.

»Eine alte Lagerhalle im Areal einer stillgelegten Metallwarenfabrik. Knapp außerhalb von Hohenwarten. Mitten im Wienerwald. Besitzerin ist eine gewisse Kerstin Lienhart. Hat das Anwesen von ihrem Vater geerbt. Die Lagerhalle da ist bis unter die Decke vollgestopft mit … Na? Wer errät's? Richtig. Mit Teppichen.«

Legenstein machte eine kleine Pause, ehe er weiterschaltete.

»Friedrich Lienhart. Ehemann von Kerstin. Ein selbstverliebter Kotzbrocken. Zumindest behauptet das seine Frau.«

Leises Gelächter.

»Wir haben uns umgehört. Lienhart hält sich für den ungekrönten König der Gemeinde. Er ist in Hohenwarten aufgewachsen und hat in Wien studiert. Zu seinen besten Freunden zählen der Bürgermeister von Hohenwarten, der lokale Polizeichef, der Pfarrer und – laut dem redseligen Kirchenwirt – ein dubioser Unternehmer namens Vlado.«

Legenstein ließ die Information sickern, ehe er fortfuhr.

»Lienharts Familie ist in der Holzwirtschaft reich geworden. Er ist Vater von vier Kindern. Ein Sohn, drei Töchter. Mit drei verschiedenen Frauen. Seine Ehe liegt in Scherben. Er bewohnt das Haus seiner Familie in Hohenwarten allein. Seine Noch-Frau Kerstin ist vor einem Jahr ausgezogen.«

Legenstein machte eine weitere Kunstpause.

»Frau Lienhart hatte keine Ahnung, dass die Lagerhalle genutzt wird. Und dementsprechend auch nicht, von wem. Es liegt nahe, dass ihr Angetrauter das Geschäft unter der Hand gemacht hat. Und so wie es aussieht, mit einem ziemlich gefährlichen Zeitgenossen.«

Auch das nächste speckwangige Gesicht kannte Dani gut.

»Chefinspektor Frank Kresnik. Knapp vor der Pensionierung. Wie Lienhart vergangene Nacht spurlos verschwunden. Kresniks Wagen haben wir am Fabrikgelände gefunden und so auch die Lagerhalle entdeckt.«

Bei der nächsten Projektion riss Dani die Augen auf.

»Dieses Foto und noch ein paar Dutzend ähnliche haben wir auf Lienharts Computer gefunden. Mangelhaft versteckt und unverschlüsselt.«

Eine schöne junge Frau in schwarzer Unterwäsche, mit laszivem Blick und blutrotem Kussmund. Dani verzog ihre Mundwinkel, als im Saal unterschwelliges Gemurmel anhob. Männer!

»Ganz ruhig, meine Herren. Das ist Anisa Krizan, unsere Nummer fünf. Achtzehn Jahre alt und seit Sonntagnachmittag verschwunden. Sie hat Lienhart seit September wöchentlich mit Fotos dieser Art beliefert. Ob sie dafür eine Gegenleistung erhielt, wissen wir nicht. Die Fotos hat sie allesamt in ihrem Zimmer im Internat aufgenommen.«

Dani erinnerte sich an die teure Kamera am Fußende des Bettes. An die leere Speicherkarte, die sie kontrolliert hatte. An den fehlenden Laptop und den hypernervösen Lienhart. Hatte der Schuldirektor selbst den Feueralarm ausgelöst, um nach Anisas Verschwinden deren Zimmer zu säubern?

Ein Satellitenfoto erschien auf der Leinwand und ließ Dani keine Zeit, den Gedanken weiterzuverfolgen.

»Laut unseren Informationen befindet sie sich derzeit in dieser Villa in Neuwaldegg.«

Auf den ersten Blick fühlte sich Dani an Disneys Märchenschloss erinnert. Hohe Türen und Fenster, Erker und Türmchen, Verzierungen und Bewuchs von immergrünen Schlingpflanzen.

»Sie gehörte einem Architektenehepaar. Beide waren weit über achtzig, als sie vor vier Jahren in Kenia bei einem Autounfall das Zeitliche gesegnet haben. Das Haus wurde von den Erben an eine Immobiliengruppe verkauft. BSAP Immo GmbH. Geschäftsführer ist ein gewisser Pavel Stojkovic. Mehr wissen wir noch nicht.«

Hintereinander wurden genaue Baupläne der Villa gezeigt. Jedes einzelne Stockwerk. Der parkähnliche Garten. Die gesamte Umgebung. Aktuelle Fotos, die alle heute Nachmittag aus großer Entfernung und von verschiedenen Positionen aus geschossen worden waren, ergänzten die Pläne.

»Und damit sind wir zum Kern unserer geselligen Abendveranstaltung vorgestoßen, werte Kolleginnen und Kollegen. Wir sind zu dem Schluss gekommen, dass alle Informationen, die uns vorliegen, ausreichen, um hier nach dem Rechten zu sehen. Wir werden dieses Refugium morgen in aller Herrgottsfrüh von eventuellem Ungeziefer säubern.«

Im Folgenden unterstrich Legenstein mit Nachdruck die Risiken des bevorstehenden Einsatzes. Er nahm seinen Block zur Hand und las laut vor. Das Taktikteam. Strategieerarbeitung und Planung. Die drei Einsatzkommandos. Die Teams zur Absicherung. Dani schrieb mit. Wollte sich zumindest die Namen der Männer der benachbarten Teams merken. Irgendwann gegen Ende fiel auch ihr Name. Team zwölf: Kontrollinspektor Klemens Raider und Gruppeninspektorin Daniela Scholz. Die Wohnhausanlage an der Rückseite des Grundstückes, neben dem Parkplatz des Supermarktes.

Gegen zehn Uhr knallte Hauptmann Legenstein den Block auf den Schreibtisch und klatschte in die Hände.

»Wenn's keine weiteren Fragen mehr gibt, legen wir los. Jeder weiß, was zu tun ist. Machen wir unseren Job, und räuchern wir diese Brut aus. Viel Glück.«

Dani lag hellwach und vollständig bekleidet auf einem Feldbett und studierte die von den Straßenlaternen verursachten Lichtspiele an der Decke. In der letzten halben Stunde hatte sie gefühlt hundertmal auf die Uhr gesehen. Zuletzt vor wenigen Sekunden. Es war drei Uhr einundzwanzig. Immer noch. In vier Minuten würde sie aufstehen, ihre Einsatztasche schnappen und mit sieben anderen Polizisten in einen der bereitstehenden VW-Transporter steigen. Team neun bis zwölf. Wagen drei.

Als Schlafstätte war ihr ein kahles Schulungszimmer zugeteilt worden. Auf den Luxus eines eigenen Raumes zu verzichten, wäre ihr nicht schwergefallen, aber so waren nun mal die Regeln. Wie in der Schule: da die Mädchen, dort die Jungs.

Drei Uhr zweiundzwanzig.

Was soll's.

Sie schwang die Beine aus dem Bett und setzte sich auf. Scheiterte bei dem Versuch, tief durchzuatmen. Ein unsichtbares Band schnürte ihr den Brustkorb zusammen. Der Knoten im Bauch war riesig.

Sie horchte tiefer in sich hinein. Verspürte sie Angst? Wäre es vielleicht besser gewesen, Nicos Ratschlag zu folgen? War sie tatsächlich noch nicht so weit, einen Tag wie den gestrigen so mir nichts, dir nichts wegzustecken? Andererseits: Könnte sie je wieder in den Spiegel schauen, wenn sie im letzten Moment abspringen würde?

Nach der Einsatzbesprechung hatte sie sich ausführlich mit ihrem frisch zugeteilten Partner unterhalten. Klemens Raider arbeitete seit fünf Jahren in der Abteilung für Menschenhandel und Schlepperei des LKA Wien. In seiner Funktion war er unter anderem mit dem spurlosen Verschwinden der beiden Wiener Mädchen befasst gewesen. Er hatte Dani gebeten, ihm den Fall Anisa Krizan nochmals aus ihrer Perspektive zu schildern. Nachdem sie mit ihren Ausführungen fertig gewesen war, hatten seine Augen wild gefunkelt. Dass sie nun endlich eine heiße Spur hatten und somit auch Bewegung in seine beiden ungelösten Fälle kam, erfüllte ihn offensichtlich mit ungeheurer

Motivation. Dani war mehr als nur zufrieden. Nico hatte eine gute Wahl getroffen.

Nein. Es war alles richtig, so wie es war. Sie musste bei diesem Einsatz dabei sein und ihren Beitrag leisten. Und es war gut, sich der Angst zu stellen.

Draußen erhoben sich erste Geräusche. Türen wurden geöffnet. Stimmen waren zu hören. Schritte. Es ging los.

Ein letztes Mal kniff Dani die Augen zusammen und ballte ihre Fäuste. Dann schnellte sie hoch und griff nach ihrer Tasche.

Alles wird gut gehen. Mit Sicherheit wird alles gut gehen.

17

Dani kauerte im Schatten einer Plakatwand und versuchte vergeblich, einen Blick auf das Zielobjekt zu erhaschen. Neben einer gut zwei Meter hohen Mauer, die das gesamte Gelände umgab, versperrten zahlreiche turmhohe Nadelbäume die Sicht. Wie ein schwerer, dunkler Vorhang, der die gesamte Theaterbühne vor unerwünschten Beobachtern verbarg.

Klemens und sie waren an der Nordseite des riesigen Grundstücks in Stellung gegangen. Etwa hundertfünfzig Meter Luftlinie von der Villa entfernt. Linker Hand erstreckte sich der leere Parkplatz eines Supermarktes bis zur nächsten Kreuzung, die von Team elf überwacht wurde. Hinter ihnen befand sich das eigentliche Objekt ihrer Verantwortung. Eine fünfstöckige Wohnhausanlage mit vier Stiegen. Ihr Auftrag: Kein Mensch, kein Hund, nicht mal eine Ratte durfte das Gebäude verlassen, solange der Einsatz andauerte.

Dani hauchte eine Atemwolke aus. Es war bitterkalt. Hochnebel hing wie ein eisiger Baldachin über dem schlafenden Viertel. Die Fensterscheiben der vor ihr auf der Gasse geparkten Autos waren mit einer dünnen Eisschicht überzogen. Selbst das Laub auf den Gehsteigen schien am Boden festgefroren zu sein. Nicht die kleinste Bewegung war auszumachen. Und es war mucksmäuschenstill.

Bis der winzige Lautsprecher in Danis Ohr zum Leben erwachte. Die Einsatzleitung nahm Kontakt mit den Zugriffteams der Cobra auf und verlangte einen Statusbericht, den sie postwendend erhielt.

»Team A bereit.«

»Team B bereit.«

»Team C bereit.«

Es folgte der Angriffsbefehl. Emotionslos.

Dani umfasste den Griff ihrer Waffe ein wenig fester. Plötzlich wünschte sie, dass sie sich alle irrten, dass Neven sie an der

Nase herumgeführt hatte. Oder selbst einer Täuschung zum Opfer gefallen war. Womöglich stand das Haus leer, und die Täter waren mit dem Mädchen längst über alle Berge.

Eine halbe Minute lang passierte rein gar nichts. Die Stille und die Spannung erschienen Dani unerträglich. Vor ihrem geistigen Auge sah sie drei Gruppen zu je sechs bis an die Zähne bewaffneten Anti-Terror-Spezialisten das Gelände betreten und sich der Villa nähern.

»Team A. Alles ruhig.«

»Team B. Auch hier alles ruhig.«

»Team C. Sind in Position.«

»Okay. Wir gehen jetzt rein.«

Eine Sekunde später rief Klemens leise ihren Namen. Dani wandte den Kopf, und ihr Blick folgte dem ausgestreckten Arm ihres Partners. Im Stiegenhaus C war das Licht angegangen. Sie erhob sich aus der Hocke und machte sich auf den Weg.

»Gesichert.«

Kaum hatte dieses eine Wort aus dem Ohrstöpsel ihr Bewusstsein erreicht, erschütterte eine leichte Detonation die gesamte Umgebung. Im Funk brach augenblicklich die Hölle los. Statusmeldungen und Befehle wurden wild durcheinandergeschrien. Im Hintergrund waren Schüsse zu hören. Für einen Moment hielt Dani erschrocken inne und stieß einen derben Fluch aus.

Sie hatten es befürchtet. Nein, eigentlich hatten sie es gewusst. Dass es zu einem Gefecht kommen würde. Dass sie in ein Hornissennest stechen würden.

»Dani! Sieh zu, dass keiner das Haus verlässt!«

Sie lief weiter. Mit der kugelsicheren Weste unter der dicken Jacke und dem Helm fühlte sie sich so behäbig wie eine lahme Schildkröte.

»Team zehn. Im ersten Stock ist jemand aus dem Fenster gesprungen!«

Dani registrierte diesen Satz als eine der wenigen verständlichen Informationen, die kreuz und quer durch den Äther flogen. Sie hatte das beleuchtete Stiegenhaus beinahe erreicht. Ein

Schatten tauchte hinter der Glasscheibe auf. Die Tür öffnete sich einen Spaltbreit, und die Schnauze eines schwarzen Pudels tauchte auf.

Die alte Frau im Morgenrock, die die Leine hielt, erschrak zu Tode, als Dani ihr die Türklinke aus der Hand riss.

»Polizei! Bitte bleiben Sie im Gebäude!« Die Proteste der Alten ignorierend, drückte Dani die Eingangstür vor deren Nase wieder ins Schloss.

»Hier Team zwölf. Da ist jemand an der Mauer!«

Team zwölf? An der Mauer? Das war die Stimme ihres Partners gewesen!

Dani wirbelte herum. Und nahm drei Dinge gleichzeitig wahr. Zum einen hatte sie von ihrem neuen Standpunkt aus zwei Fenster im ersten Stock der Villa im Blickfeld. Rote Laserstrahlen huschten über die Glasscheiben. Mündungsfeuer blitzte auf. Zum anderen sprang eine schwarz gekleidete Gestalt von der Mauer, landete federleicht auf dem Gehsteig und nahm augenblicklich Tempo auf. Und dann war da noch Klemens. In Lauerstellung hinter der Plakatwand. Die schwarze Gestalt rannte direkt auf ihn zu.

»Stehen bleiben! Polizei!«

Seine Stimme kam nicht aus dem Funkknopf. Sie hallte lautstark durch die Nacht. Dani war gut fünfzig Meter entfernt. Ohne nachzudenken, sprintete sie los. Im Laufen sah sie, wie ihr Partner hochschnellte und sich dem Flüchtenden mit der Waffe im Anschlag entgegenstellte.

Bilder des gestrigen Tages blitzten auf. Auf der einen Seite Nico, in Deckung hinter diesem Baum. Auf der anderen die beiden Killer. Wie sie aus der Hütte gekommen waren und nicht im Traum daran gedacht hatten, sich zu ergeben, bloß weil eine lächerliche Pistole auf sie gerichtet worden war.

Verfluchte Ausrüstung! Mit dem ganzen Zeug am Körper war sie so unglaublich langsam! Wie in einem Alptraum kam sie kaum vorwärts. Als müsste sie sich durch ein unsichtbares, zähflüssiges Medium kämpfen.

Wie vermutet ignorierte der Flüchtende den gerufenen Befehl. Stattdessen schlug er einige blitzschnelle Haken und hechtete über die Motorhaube eines abgestellten Fahrzeugs.

Schieß endlich, flehte Dani.

Klemens schoss. Und verfehlte sein flinkes Ziel. Ehe er ein zweites Mal abdrücken konnte, hatte ihn die schwarze Gestalt erreicht und mit Macht umgerannt. Eng ineinander verschlungen rollten die beiden Kontrahenten über den nebelfeuchten Parkplatz. Dani war unfähig zu erkennen, wer wer war.

Sie beschleunigte noch einmal und passierte endlich die Plakatwand. Noch ein paar Meter.

Klemens lag auf dem Rücken, und sein Gegner war obenauf. Mit einem Hechtsprung stürzte sich Dani auf den Angreifer und riss ihn mit aller Kraft von ihrem Partner weg. Dabei überschlug sie sich und knallte mit der Hüfte hart auf den Boden. Etwas Metallisches schlitterte über den Asphalt. Ihre Waffe?

Verfluchte Scheiße!

Mühsam rappelte sie sich auf die Knie und versuchte, ihre verloren gegangene Orientierung zurückzuerlangen. Wo war das – zu spät! Ein Schatten. Ein Tritt gegen den Kopf.

Sie knallte auf den Asphalt. Und sah nichts mehr. Alles war schwarz und grell zugleich. Laut und unfassbar schmerzhaft. Verzweifelt riss sie die Augen auf.

Wo war ihr Gegner? Abermals nahm sie seinen Schatten wahr, und im nächsten Augenblick wurde ihr die Luft brutal aus den Lungen gepresst. Bitterer Schleim füllte ihre Mundhöhle. Sie spuckte und hustete, um nicht zu ersticken.

»Wen haben wir denn da?«

Eine unbekannte Stimme. Heiser und rauchig. Mit osteuropäischem Akzent. Dani wollte sich bewegen, aber ihre Arme waren links und rechts von ihrem Körper fixiert. Wie mit Stahlmanschetten festgeschraubt.

Ihr Blick klärte sich ein klein wenig. Ein heller Fleck erschien. Gewann Konturen. Ein Gesicht zeichnete sich ab. Eine grinsende Fratze mit gelben Zähnen und tiefschwarzen Augen. Ein tätowierter Totenkopf am Wangenknochen. Diamantohrringe. Eine schwarze, hochgerollte Wollmütze.

Ein Mann saß auf ihr. Kniete auf ihren Armen, schnitt ihr das Blut ab. »Na, wenn das nicht die kleine Möchtegernpolizistin ist! Scholz, richtig?«

Wie? Woher kannte dieses Scheusal ihren Namen? Dani versuchte, sich wegzudrehen. Und rang plötzlich nach Luft. Eine kalte Hand, rau wie Schleifpapier, drückte ihr kraftvoll den Hals zu.

»Schade, dass ich gerade keine Zeit für dich habe. Aber wir sehen uns bald wieder. Versprochen. Und dann haben wir mit Sicherheit mehr Zeit zum Spielen.«

Ein blutverschmiertes Messer kreuzte jäh ihr Blickfeld. Ein brennender Schmerz legte sich quer über ihre linke Gesichtshälfte und trieb ihr Tränen in die Augen. Sie wollte sich wehren, wollte schreien, brachte aber nur ein dumpfes Röcheln zustande. Schwindel erfasste sie.

War's das?

Im nächsten Augenblick hob sich das Gewicht von ihrem Bauch. Einfach so. Und auch ihre Kehle war auf einmal wieder frei. Frische Luft strömte ungehindert in ihre gequetschten Lungen.

Da traf sie der nächste brutale Tritt. Diesmal in den Unterleib, knapp oberhalb des Schambeins. Sie schrie auf und sackte in sich zusammen. Ihre Atmung versagte abermals, Übelkeit schoss in ihr hoch. Sie drehte sich zur Seite und würgte erbärmlich. Dunkles Blut tropfte über ihr Kinn in den ausgekotzten Brei.

Im Hintergrund mischten sich laute Rufe mit trampelnden Schritten, näher kommenden und sich entfernenden. Dani mühte sich auf die Ellenbogen und dachte nur an eines: Verfolgung! Doch da war keine Kraft mehr. Sie musste nachgeben und legte sich wieder ausgestreckt auf den Rücken. Schloss kurz die Augen. Nur ein paarmal durchatmen. Es würde gleich wieder gehen.

Von überall liefen Menschen heran. Dani öffnete ihre Lider und blickte in den milchigen Nachthimmel. Das Schwindelgefühl hatte etwas nachgelassen. Die Wunde in ihrem Gesicht pochte dafür umso heftiger. Etwas Warmes lief ihren Hals hinab.

Sie drehte sich nach links. »Klemens?« Ihre Stimme war nicht mehr als ein heiseres Krächzen. Sie erinnerte sich an den Kampf der beiden Männer und daran, was sie gesehen hatte. Panik erfasste sie. »Klemens? Kannst du mich hören? Ist alles in Ordnung?«

Keine Reaktion. Dani stemmte sich auf ihre Ellenbogen. Da war eine große schwarze Lache. Klemens lag auf dem Rücken, in einer gottverdammten schwarzen Lache!

»Klemens? Scheiße, was ist los? Antworte doch! Bitte! Klemens!«

Das war Blut. Da war überall Blut!

Nein, das konnte nicht sein! Er war sicher nur verletzt. So wie sie. Eine lächerliche Wunde im Gesicht. Eine Schnittverletzung. Nichts weiter Tragisches.

Zwei Kollegen stürzten an ihr vorbei und knieten sich neben ihren Partner. Einer der beiden hob sofort die Hand und schrie nach hinten. »Schnell! Einen Notarzt! Wir brauchen sofort einen Notarzt! Er verblutet!«

Noch immer wollte sie nicht wahrhaben, was sie gesehen hatte. Im letzten Moment, ehe sie mit dem Wahnsinnigen zusammengekracht war. Tränen schossen ihr in die Augen. Ein weiterer Kollege tauchte neben ihr auf. Fasste sie am Oberarm und half ihr auf die Beine.

»Wo ist dieses beschissene Arschloch hin? Hat ihn wer gesehen? Wo ist er hin?« Vergeblich versuchte sie, sich langzumachen, um irgendetwas zu erkennen. Einen flüchtenden Schatten vielleicht!

»Team neun und zehn verfolgen ihn, Dani! Sie sind knapp hinter ihm! Sie werden ihn erwischen!« Es war Markus, der sie stützte. Abteilungsinspektor Markus Knoll vom Team elf.

Sie schnappte nach Luft. Ihr Kollege lockerte nach und nach seinen Griff und ließ sie schließlich vollends los. Mühevoll richtete sie sich auf. Dehnte ihren geschundenen Körper in alle

Richtungen. Ihre Hüfte schmerzte fürchterlich. Ebenso ihre Taille. Und ihr Kopf dröhnte wie eine angeschlagene Kirchenglocke. Sie erinnerte sich an die brutalen Tritte.

»Lass mal sehen. Du blutest stark.«

Blaulicht raste heran. Ein Notarztwagen quetschte sich brutal knapp neben ihnen vorbei. Dicht dahinter folgte ein Rettungswagen, aus dem drei Sanitäter sprangen. Markus winkte. Einer der Männer lief auf sie zu.

»Hier! Ihr Gesicht! Sie hat eine tiefe Schnittwunde!«

»Kommen Sie! Ich brauche etwas Licht! Kommen Sie hierher zum Wagen!«

Plötzlich war Dani bloß noch Statistin. Ein filmreifes Szenario entwickelte sich vor ihren tränennassen Augen. Zahlreiche Menschen liefen umher. Autos. Polizeikräfte. Rettungsfahrzeuge. Unmengen an Blaulicht. In den umliegenden Häusern gingen die Lichter an. Menschen beugten sich aus den Fenstern. Neugierige strömten auf die Straße. Die Kollegen drängten Schaulustige ab. An jeden Pfosten, an jeden Baum knoteten sie Absperrbänder und spannten diese rund um den Parkplatz. Ein riesiges, blitzendes, hektisches Chaos. Im Detail unüberblickbar und trotzdem einer inneren Logik folgend.

»Halten Sie still! Ich muss die Wunde reinigen.«

Der junge Arzt kippte ein Fläschchen Desinfektionsmittel über die Wunde. Danis linke Wange ging in Flammen auf. Sie biss die Zähne zusammen. Kurze Zeit später war der Schnitt mit sieben Klammern geschlossen.

»Fertig? Kann ich aufstehen?«

Ohne die Antwort abzuwarten, drückte sich Dani hoch und wandte sich sofort jener Stelle zu, an der die Ärzte um das Leben ihres Partners kämpften. »Markus?«

Ihr Kollege stand mit dem Rücken zu ihr.

»Was ist mit ihm?«

Ein halbes Dutzend Personen beugten sich über die Stelle, wo Klemens lag. In ihren Bewegungen lag keine Hektik mehr.

»Er hat's nicht geschafft.«

»Nein, das kann nicht sein!«

»Der Scheißkerl hat ihm den Hals aufgeschlitzt. Er hat ihn einfach aufgeschlitzt.«

Der Schock ließ sie augenblicklich alles andere vergessen. Die eigenen Schmerzen. Die bittere Kälte. Die Gefahr, in der sie sich selbst befunden hatte. Fassungslos hielt sie sich eine Hand vor den Mund und schüttelte ohne Unterbrechung den Kopf. Es war ihr unmöglich, einen klaren Gedanken zu fassen.

Schließlich riss Markus sie aus ihrem tranceartigen Zustand. Er deutete auf den Funkknopf in seinem Ohr. »Wir müssen zurück, Dani. Befehl der Einsatzleitung. Sammeln bei der Villa.«

Markus hatte ihr ihre Waffe zurückgegeben. Mit dem Helm in der Hand schleppte sie sich mühsam die Gasse entlang. Bei jedem zweiten Schritt knickte sie ein wenig ein. Dennoch gestand sie sich nicht das Recht zu, sich ihre Schmerzen anmerken zu lassen. Geschweige denn, darüber zu jammern. Ihr Partner hatte den Einsatz mit seinem Leben bezahlt. Was waren dagegen ein paar blaue Flecken und eine Schnittwunde?

Das hässliche Gesicht des Mörders hatte sich in ihr Gedächtnis eingebrannt. Die protzigen Ohrringe. Der münzgroße Totenkopf unter dem rechten Auge. Ein Irrer. Sie versuchte sich die Worte, mit denen er ihr gedroht hatte, ins Gedächtnis zurückzurufen. Schon bald würden sie einander wiedersehen, hatte er gesagt. Und dann hätten sie mehr Zeit zum Spielen.

Das klang so abgefahren. So unwirklich. Sie blieb einen Moment stehen und hob ihren Kopf. Unzählige Fahrzeuge – Rettung, Polizei, Zivil – blockierten die Straße. Rechter Hand wuchs das verwunschene Märchenschloss in den Himmel. Humpelnd passierte sie die Einfahrt zur Tiefgarage. Das breite Gartentor stand offen. Sanitätskräfte schoben eine Reihe von Fahrtragen den Kiesweg nach oben.

Dani entdeckte Nico auf einer Steinbrüstung sitzend, in der Nähe des Eingangsportals. Allein und in Gedanken versunken, folgte er dem hektischen Treiben. Erst als sie ihn beinahe erreicht hatte, wurde er auf sie aufmerksam und erhob sich.

Sein sorgenvolles Gesicht schien um Jahre gealtert. »Ich kann gar nicht sagen, wie froh ich bin, dass dir nichts Schlimmeres passiert ist. Wie geht's dir?«

»Beschissen.«

»Warst du …? Hast du gesehen, was mit Klemens passiert ist?«

Dani begnügte sich mit einem trostlosen Nicken. Nico setzte sich wieder auf die Brüstung und fuhr sich mit den Händen durchs schüttere Haar. Sie ließ sich kraftlos neben ihm nieder. Mit einer knappen Geste deutete sie auf die Villa. »War sie da drin?«

Nico senkte den Blick und hauchte seine Antwort mehr, als dass er sie aussprach. »Anisa? Nein.«

»Die anderen vier?«

»Nicht eine.«

»Für wen sind die Tragen?«

Nico holte tief Luft und blies aus. »Die haben sie einfach erschossen. Eine nach der anderen hingerichtet.«

»Was? Wen? Wer hat wen erschossen?«

»Die Mädchen. Im Keller waren drei fremde Mädchen. Sie sind alle tot.«

Dani schloss die Augen und vergrub ihr Gesicht in den zitternden Händen. Sie waren in einem Alptraum gefangen, aus dem es keinen Ausweg zu geben schien.

»Noch bevor die Cobra drinnen war, sind diese Schweine nach unten und haben die Mädchen umgebracht.«

»Und unsere Männer?«

»Zwei Verletzte. Ein Toter. Und die Gangster sind auch alle tot.«

»Sagatov?«

»Soweit wir die Lage überblicken, ist er nicht dabei.«

Dani schluckte heftig und schnappte nach Luft. Sie musste noch etwas loswerden. »Er wusste, wie ich heiße.«

Nico sah sie verwirrt an. »Wer? Wen meinst du?«

»Der Typ, der Klemens erstochen hat. Er hatte auch mich überwältigt. Aber nachdem er mich erkannt hatte …« Es schnürte ihr den Hals zu. Vorsichtig tastete sie nach ihrer Schnittwunde.

Nico musste keine weitere Frage stellen, er wusste auch so, was sie meinte. »Keine Ahnung, was das bedeuten soll. Aber eines weiß ich: Wir sind da jetzt raus, Dani. Wir beide sind da raus.«

»Wir geben auf?«

»Nein, davon kann keine Rede sein. Wir werden niemals aufgeben, das verspreche ich dir. Wir finden das Mädchen. Aber wir beide verschwinden für einige Zeit von der Bildfläche. Wir werden im Hintergrund agieren. Wir dürfen keine Zielscheiben abgeben und müssen diese Verrückten zu fassen kriegen. Und zwar alle. Ohne Ausnahme.«

»Scheiße, Nico. Wir wissen doch nicht mal, wer die sind.«

Hauptmann Legenstein erschien in der Eingangstür der Villa. Drängte sich zwischen den Ärzten und Sanitätskräften vorbei ins Freie und reckte den Hals. Auch er sah mitgenommen aus, als er Nico zu sich rief.

Wie ein alter Mann, dessen Kraft gerade noch reichte, um ohne Hilfe aufzustehen, stützte sich Nico auf seinen Knien ab. Er machte zwei Schritte, hielt dann inne und drehte sich noch einmal zu ihr um. »Geh zurück zu den anderen, Dani. Wir sehen uns später. Bei der Nachbesprechung.«

Ein akzentuierter Knall, ähnlich einem Peitschenschlag. Ein Vibrieren und Zischen, als ob eine Weidenrute kraftvoll und direkt neben ihrem Ohr durch die Luft geschlagen worden wäre. Ein sattes Klatschen. Dani schreckte auf.

Nicos Kopf hing unnatürlich verdreht und seltsam kraftlos zwischen seinen Schultern. Ein letzter kurzer Moment der Stabilität, dann klappte sein Körper einfach in sich zusammen. Wie eine Marionette, der man die Fäden durchgeschnitten hatte.

»Nein!« Danis Stimme überschlug sich.

Ihr Lehrer, ihr Partner, ihr Freund schlug leblos auf dem Kiesweg auf. Blut färbte die kleinen weißen Steine. Sie wollte nach Nico greifen, aber jemand hielt sie zurück. Zog sie in den

Schatten hoher Büsche. Männer mit Waffen im Anschlag gingen in Deckung und versuchten, den gesamten Bereich vor der Villa abzusichern.

Als Dani begriff, was eben passiert war, zerriss ein gleißender Blitz ihr Gehirn. Sie sah nichts mehr. Hörte nichts mehr. Empfand nichts mehr.

Sie wankte und fiel. Fiel in ein tiefes, trostloses Schwarz.

18

Ilana missfiel es zutiefst, in der Öffentlichkeit angestarrt zu werden. Vor allem, wenn sie so wütend war wie jetzt. Ungeachtet der Höhe ihrer Absätze durchmaß sie die großzügige Lobby des Grand Hotel Sofia mit raumgreifenden Schritten. Aus den Augenwinkeln nahm sie vereinzelt Personen wahr, die dezent ihren Blick senkten. Andere wandten sich irritiert ab oder versteckten sich hinter einer der marmornen Säulen. Gut so. Den kläglichen, gaffenden Rest hätte sie im Vorbeigehen am liebsten erschossen.

Als sie den ungepflegten Kerl hinter dem Pult der Rezeption entdeckte, senkte sie für einen Moment angewidert ihren Blick. Fettiges Haar, Schuppen auf den hängenden Schultern, ein dämliches Grinsen im Gesicht. Gab es in diesem Haus keine ästhetischen Standards mehr? Der Typ bettelte förmlich um eine Kugel.

Ilana wusste ihre beiden Leibwächter hinter sich. Zlatan hatte sie angewiesen, neben dem Eingang Position zu beziehen. Igor würde sie begleiten. Es war elf Uhr vormittags.

Am Pult angelangt, zupfte Ilana an ihren purpurnen Lederhandschuhen und kam unverzüglich zur Sache. »Wo finde ich den Chinesen?«

Der junge Hotelangestellte trat einen winzigen Schritt zurück und sah sich hilflos um, ehe er mit dünner Stimme ein paar Worte aneinanderreihte. »Es … Sie wissen doch … Es kann mich meinen Job kosten, wenn ich Ihnen das verrate.«

Hatte sie diesen Schwachsinn soeben tatsächlich gehört? Noch eine solche Antwort, und der Kerl würde den heutigen Nachmittag mit Sicherheit nicht erleben. »Wie heißt du, mein seltsamer Freund?«

»Kiril.«

»Weißt du, wer ich bin, Kiril?«

»Sie sind Ilana, die Tochter von Ba… von Stojan Balabanov.«

Gerade noch. Die Zungenspitze von hinten an die Schneidezähne gedrückt, betrachtete sie ihre eisblau lackierten Fingernägel. »Korrekt. Ich bin Babas Tochter. Und was sagt dir das? Dir muss doch klar sein, dass es dich einen, nein vielleicht sogar zwei Finger kostet, wenn du mir nicht augenblicklich verrätst, was ich wissen will. Fragen?«

Kirils Mundwinkel sanken nach unten, und er büßte den kargen Rest seiner Gesichtsfarbe ein. Seine Hände verschränkte er schützend hinter dem Rücken. »Keine Fragen. Zimmer 1230. Eine Junior-Suite im letzten Stock.«

Ilana schenkte ihm ein Lächeln. »Na bitte. Geht doch. Und jetzt gibst du mir noch eine passende Zutrittskarte, und dann vergisst du ganz schnell wieder, dass ich hier war. Schaffst du das? Oder soll mein Mitarbeiter dir dabei helfen?«

Kiril kam augenblicklich in die Gänge. Eine knappe Minute später ließ Ilana, eine frisch programmierte Magnetkarte in der Hand, den Burschen wortlos stehen und wandte sich zu den Aufzügen. »Wir gehen kein Risiko ein, Igor. Verstanden? Es gibt nichts zu verhandeln.«

Nervige Loungemusik begleitete sie in die zwölfte Etage. Der dicke Teppichboden des Ganges schluckte die Geräusche ihrer Schritte. Eine weiße Tür. Vier vergoldete Ziffern. 1230. Igor lud seine Waffe durch. Ilana steckte die Karte in den Schlitz. Die Tür schwang lautlos nach innen, und Igor stürmte an ihr vorbei ins Zimmer.

Kein Schuss, kein Handgemenge, kein Fluchen. Ilana folgte ihrem Leibwächter und blieb, kaum dass sie an ihm vorbeisah, verblüfft stehen.

Direkt vor ihnen, mitten im Raum, saß der Chinese nackt auf einem schmucklosen Stahlrohrsessel, die Hände hinter dem Rücken fixiert, die Fußgelenke mit weißen Nylonseilen an die Sesselbeine gebunden. In seinem Mund steckte ein Knebel in Form eines kleinen schwarzen Balles. Ein ebenfalls nacktes Mädchen, eine zierliche Asiatin, war in die rechte hintere Ecke des Raumes geflüchtet.

Ein spitzes Auflachen entfuhr Ilanas Kehle. Was für ein absurder Anblick! Mit einer knappen Handbewegung gab sie Igor zu verstehen, an der Eingangstür zu warten. Dass es so einfach werden würde, damit hatte sie nicht gerechnet. Immer noch amüsiert blickte sie sich um.

Ein weiter, heller Raum mit pseudoluxuriöser Möblierung, altmodischen Stofftapeten und einer großzügigen Fensterfront. Hochnebel hing wie eine dichte Glocke aus Smog über dem monochromen Häusermeer. Sofia im Herbst war eine farblose, eine zutiefst deprimierende Stadt. Der Anblick erinnerte sie an ihren letzten Besuch bei Chen in Peking. Und daran, warum sie eigentlich hier war. Um ihm die Lösung eines lästig gewordenen Problems abzunehmen. »Hallo, Gaofeng! Was für eine gelungene Überraschung. Freust du dich, mich zu sehen?«

Der Chinese stieß plötzlich unmenschliche Laute aus und zerrte wild an den Fesseln. Seine Zähne gruben sich in den harten Kunststoffball, und Speichel tropfte in langen Fäden von seinen Lippen.

Ilana ignorierte das Toben. Sie inspizierte stattdessen ungerührt die auf dem Bett verteilten Spielsachen und entdeckte ein für ihre Zwecke brauchbares Utensil. Einen transparenten Plastikbeutel mit dunkelblauem Zugband. »Wofür ist denn das?« Sie nahm den Beutel zur Hand und prüfte seine Qualität. »Atemreduktion? Bringt dich das etwa auf Touren?«

Gaofeng schenkte ihrer Frage keine Aufmerksamkeit. Er war mit der völlig sinnlosen Aufgabe beschäftigt, mitsamt seinem Sessel möglichst weit von Ilana wegzurücken.

»Ich muss sagen, ich bin ein wenig enttäuscht. Ich war immer der festen Überzeugung, gerade du würdest den dominanten Part bevorzugen.«

Mit einer blitzschnellen Bewegung stülpte sie den Plastikbeutel über den Kopf des Chinesen und zog das Band um seinen Hals eng zusammen. Sein zwischenzeitliches Brüllen wandelte sich schlagartig in ein helles Quieken. Beim Versuch einzuatmen, saugte er das Plastik an den Ball und an seine Nase. In Panik bäumte er sich auf.

In diesem Augenblick ertönte ein gedämpftes Summen. Ilana öffnete ohne Hast ihre Handtasche und zog ein altmodisches Mobiltelefon heraus. Ein kurzer Blick auf den Bildschirm, dann nahm sie das Gespräch entgegen. »Petar? Was gibt's? Ich bin beschäftigt.«

»Das bist du immer, meine Liebe, darauf kann ich leider keine Rücksicht nehmen. Wir haben vereinbart, dass ich dich anrufen soll, bevor ich nächste Schritte setze. Kurz gesagt, jetzt ist es so weit.«

»Lass hören.«

»Zuerst die gute Nachricht. Ich habe mit Oskar gesprochen. Das Geschäft mit den Deutschen ist planmäßig gelaufen. Sie sind zufrieden mit der Ware, und alle Zahlungen sind eingetroffen, in voller Höhe.«

Ilana formte einen Kussmund und bedeutete Gaofeng mit einem auf die Lippen gelegten Zeigefinger, er möge doch bitte etwas ruhiger um sein Leben kämpfen. Das Mädchen in der Ecke hockte wimmernd am Boden.

»Und die schlechte Nachricht?«

»In Wien hat es heute Morgen eine Razzia gegeben. Aus heiterem Himmel. Die Villa ist von Spezialeinheiten der Polizei komplett auseinandergenommen worden.«

»Die Villa? Warum denn die Villa? Die steht seit Monaten leer.«

»Stand sie nicht. Vlado hat sie ohne unser Wissen und Einverständnis genutzt. Seine Männer haben Widerstand geleistet.«

Ilanas Kinnmuskeln traten hervor. Das war tatsächlich eine Hiobsbotschaft. Ihr Blick wanderte über die Dächer ihrer Geburtsstadt. »Haben sie ihn erwischt?«

»Nein. Sergej sagt, er war zum Zeitpunkt des Zugriffs nicht mehr da.«

»So ein verfluchter Idiot. Und wo ist er jetzt?«

»Wissen wir nicht.«

»Und was wissen wir?«

»Wenig. Es herrscht eine komplette Nachrichtensperre. Die

Medien spekulieren nur. Jedenfalls scheint es mehrere Tote zu geben. Es sollen auch Beamte darunter sein. Ob die Polizei einen oder mehrere seiner Männer festnehmen konnte – keine Ahnung.«

Hinter ihrem Rücken polterte etwas zu Boden.

»Was ist das für ein Lärm? Bist du nicht allein?«

Ilana drehte sich um. Gaofeng war mitsamt seinem Sessel umgestürzt. Sein Brustkorb hob und senkte sich so rasch wie bei einem hechelnden Welpen.

»Nein. Mister Xi ist bei mir. Aber sprich ruhig weiter. Er kann uns nicht hören.«

Petar holte hörbar Luft. »Ich denke, die Zeit ist reif. Vlado ist außer Kontrolle. Ich werde mit Baba reden. Möchtest du dabei sein?«

Ilanas Augen verengten sich zu Schlitzen, und ihre Nasenflügel vibrierten. »Natürlich will ich dabei sein. Wann willst du ihn treffen?«

»Heute Abend. Ich nehme den Flug um sieben.«

»Ich werde da sein.«

Sie beendete das Gespräch und steckte das Mobiltelefon zurück an seinen Platz.

Im Zimmer herrschte gespenstische Ruhe. Ilana drehte den Kopf und blickte zu Boden. Gaofeng Xi hatte den Kampf mit dem Plastikbeutel verloren. Das nackte Mädchen starrte entsetzt auf den toten Chinesen und schien wie dieser das Atmen eingestellt zu haben.

»Komm. Steh auf.« Ilana hielt der jungen Asiatin eine Hand entgegen. »Nun mach schon. Es ist sinnlos, Angst zu haben. Es ist ohnehin vorbei. Los jetzt.«

Das Mädchen zitterte am ganzen Körper. Mühsam richtete sie sich auf, ohne die dargebotene Hilfe in Anspruch zu nehmen. Tränen liefen über ihre Wangen. Ilana betrachtete die Hure ein letztes Mal von Kopf bis Fuß und winkte Igor herbei.

»Wir müssen zurück, Igor, es ist wichtig. Kümmere du dich um die beiden. Und dann ruf Mladen an. Er soll hier aufräumen.

Ich fahr mit deinem Bruder voraus. Wir treffen uns am Flughafen.«

Als Ilana das Zimmer verließ, hörte sie als Letztes ein lautes, hässliches Knacken. Dann schnappte die Tür hinter ihr sanft ins Schloss.

19

Dani hatte das Gefühl, aus einer langen, traumlosen Ohnmacht zu erwachen. Ihr Mund war vollkommen ausgetrocknet. Sie versuchte, etwas Speichel zu sammeln und mit ihrer pelzigen Zunge zu verteilen. Das Schlucken tat weh. Mühsam öffnete sie die Augenlider und zwang sich zu blinzeln.

Wo zum Teufel bin ich?

Sie lag auf dem Rücken in einem warmen, weichen Bett, das eindeutig nicht das ihre war. Umgeben von beunruhigend vollkommener Stille. Nur ihr eigener Atem war zu hören. Es roch nach Desinfektionsmittel. Schlaftrunken sah sie sich um.

Sie befand sich in einem dämmrigen Raum mit nackten weißen Wänden und einem milchig grauen Fenster. War es früher Morgen oder später Nachmittag? Blasse Erinnerungsfragmente tauchten auf. Der Einsatz. Richtig. Nach dem Einsatz war sie zu einem Rettungswagen gebracht und mit Blaulicht in ein Krankenhaus gefahren worden. In der Ambulanz hatte sie widerspruchslos ihrer Aufnahme zugestimmt. Und nun war sie hier. In einem aufgeräumten Krankenhauszimmer, während draußen ihre Welt in Trümmern lag.

Neben ihrem Bett entdeckte sie ein metallenes Gestell. Eine Infusion baumelte an einem Haken. Die zugehörige Kanüle steckte in ihrer Armbeuge.

Das Brummen im Schädel und das Ziehen im Nacken waren einigermaßen erträglich, aber ihr Gesicht tat höllisch weh. Vorsichtig tastete sie ihren Kiefer ab. Der Schnitt war frisch versorgt und abgeklebt worden. Ihr Kinn pochte trotzdem wie verrückt und fühlte sich stark geschwollen an.

Der Schlaf hatte jedenfalls nicht geholfen. Sie fühlte sich kein bisschen besser. Es war alles noch da. Die Schmerzen. Die Erinnerungen. Und vor allem das Entsetzen.

Ihre Gedanken kreisten um einen Punkt, den sie nicht wahrhaben wollte. Nico war tot. Er war erschossen worden. Aus dem

Hinterhalt. Von einem Scharfschützen. Sie hatte diesen Schuss nicht nur gehört. Sie hatte die Kugel gespürt. Ganz knapp neben sich.

Irgendwo da war ihr Film gerissen. Alles um sie herum war wie ein Kartenhaus in sich zusammengestürzt. Sie war in ein schwarzes Loch gefallen und hatte Raum und Zeit vergessen.

Auch Klemens war tot. Innerhalb einer halben Stunde hatte sie zwei Kollegen verloren. Zwei Partner. Beide Male war sie in unmittelbarer Nähe gewesen. Und beide Male war sie verschont worden.

Warum hatten die beiden Männer sterben müssen, und sie lag hier, in einem sauberen Bett, gut versorgt und mit vergleichsweise lächerlichen Verletzungen?

Warum lebe ich noch?

Es fühlte sich so ungerecht an. Tränen stiegen in ihr hoch.

Als sich die Tür öffnete, zuckte Dani zusammen. Ihr erster Gedanke galt ihrer Pistole und dem Umstand, dass sie keine Ahnung hatte, wo das verdammte Ding steckte.

»Sie sind wach. Ausgezeichnet. Wie geht es Ihnen?«

Eine hagere Frau mit struppigem, rot gefärbtem Haar und blassen Wangen betrat das Zimmer. Ihr weißer Mantel war zumindest eine Nummer zu groß. Eine Krankenschwester.

»Beschissen. Ich fühle mich schrecklich.« Danis Stimme klang, als wären Unmengen Whiskey durch ihre Kehle geflossen.

»Kein Wunder. Sie haben eine heftige Gehirnerschütterung erlitten. Dazu ein paar schlimme blaue Flecken und eine tiefe Schnittwunde im Gesicht. Da sind ein paar Nerven ordentlich beleidigt worden. Aber halb so wild. Das kriegen wir wieder hin. Da bleibt nicht viel zurück.«

Halb so wild?

Dani schluckte eine Erwiderung hinunter. Die Krankenschwester griff nach dem Schalter. »Vorsicht. Ich mache jetzt das Licht an.«

Mit einer Hand ihre Augen schützend, drehte Dani den Kopf zur Seite.

Was ist denn das?

Auf dem Nachtkästchen lehnte ein unbeschriftetes Kuvert an einer schlanken, leeren Vase. Die Krankenschwester folgte ihrem Blick und nickte wissend. »Ein junger Mann hat den Brief für Sie abgegeben.«

»Es war jemand hier?«

»Ja. Aber er ist gleich wieder gegangen, um Sie nicht zu wecken. Ihr Freund?«

Dani ignorierte die Frage und stemmte sich mühsam auf. Sie hatte keinen Freund. Außer Nico vielleicht, aber der war tot. Ermordet.

Mit zitternder Hand griff sie nach dem Umschlag und öffnete ihn. Das Blatt darin war zweimal gefaltet.

Es war eine Zeichnung des Klosters Hohenwarten. Eine Zeichnung, die sie bereits einmal gesehen hatte. Der mächtige Vierkanter. Der Turm. Hinter dem Gebäudekomplex die bewaldeten Hügel. Ein Ort. Die Zeiger der Kirchturmuhr. Die zugehörige Zeit. Es war eine Botschaft. Eine wortlose Einladung, die nur sie richtig einordnen konnte.

Schlagartig war sie hellwach.

Neven hatte sie in einem öffentlichen Krankenhaus problemlos aufgespürt und war bis zu ihr ins Zimmer vorgedrungen. Ihr graute vor ihrer eigenen Naivität.

Du blöde Kuh, wach endlich auf! Was muss denn noch alles passieren? Das ist kein Spiel! Ist es nie gewesen!

Dass sie noch am Leben war, erschien ihr plötzlich wie ein Wunder. Im Grunde gab es nichts mehr zu überlegen. Keine Alternative. Sie musste sofort von hier verschwinden. Musste für den Clan ebenso unsichtbar werden, wie Neven für sie selbst unsichtbar war.

Wild entschlossen schlug sie die Decke zurück und schwang ihre Beine aus dem Bett. Schwindel erfasste sie. »Ich muss los. Können Sie mich bitte hiervon befreien?«

Die Krankenschwester, die sich eben zum Gehen gewandt hatte, machte große Augen. »Das ist keine gute Idee, Frau Scholz. Wirklich nicht. Sie brauchen ein paar Tage Ruhe.«

»Dafür habe ich leider keine Zeit. Also nehmen Sie mir bitte dieses Ding raus, sonst mach ich es selbst.«

Zwanzig Minuten später unterschrieb Dani die notwendigen Formulare. Dann war sie auf eigene Verantwortung entlassen.

Im Schrank fand sie ihre blutbefleckte Kleidung. Den Helm. Die Stiefel. Und die prall gefüllte Einsatztasche. Fluchend wuchtete Dani sie ins Bett und zippte sie auf. Da waren ihre geliebte Lederjacke und der Sack mit der Ersatzkleidung. T-Shirt, Unterwäsche, Socken. Und direkt darunter lag ihre Pistole. Geladen und gesichert. Mit zitternden Händen wühlte sie sich durch das restliche Zeug und atmete schließlich erleichtert auf. Nichts war verloren gegangen.

Sie mahnte sich zur Eile. Anziehen. Alles wieder einpacken. Und los!

Die Tasche geschultert, den Helm wie einen Ball unter den Arm geklemmt, öffnete sie die Tür und trat auf den Gang. Soweit sie es überblicken konnte, herrschte auf der Station normale Betriebsamkeit. Keine verdächtigen Gesichter. Keine auffälligen Gestalten.

Sie orientierte sich kurz und ging los. Die ersten Schritte schmerzten höllisch. Ihr Kopf brummte, und die Schnittwunde pochte wie verrückt. Sie biss die Zähne zusammen und fand langsam ihren Rhythmus. Und mit ihm Ansätze jener Klarheit, die sich schon am See, nach ihrem ersten Feuergefecht, so unerwartet eingestellt hatte. Als sie kurzzeitig der festen Überzeugung gewesen war, ein Menschenleben auf dem Gewissen zu haben.

Und wie gestern wusste sie auch jetzt haargenau, was zu tun war. Sah den nächsten und den übernächsten Schritt klar und deutlich vor sich. Ihre Denkprozesse liefen wieder geradlinig und strukturiert. Ganz so, als hätte sie in ihrem Kopf gründlich ausgemistet.

Sie mied das Erdgeschoss. Mit dem Aufzug fuhr sie ohne Zwischenstopp in die Tiefgarage. Der Geruch von Reifengummi und Benzin rief leichte Übelkeit in ihr hervor. Sie presste die

Luft aus ihren Lungen. Geduckt lief sie die Reihen der geparkten Autos entlang und erreichte über eine steile Fahrrampe, vorbei an der Schranke, unbehelligt die Oberfläche.

Die frühabendliche Dunkelheit kam ihr entgegen. Dani zog sich in den Schatten einer nahe gelegenen Hauseinfahrt zurück. Kramte ihr Mobiltelefon hervor und scrollte durch die Anrufprotokolle. Rosenberger. Er hob nach nur einem Läuten ab. »Scholz? Sie sind hoffentlich noch im Krankenhaus.«

»Nein, bin ich nicht.«

»Das habe ich befürchtet. Wie geht es Ihnen? Wo sind Sie?«

»Ich bin so weit okay. Haben wir den Schützen gefasst?«

Vielleicht war er auch überrascht, dass sie so mit der Tür ins Haus fiel, aber sein Zögern sagte alles. »Nein. Um ehrlich zu sein, wir tappen nach wie vor im Dunkeln. Wir wissen nur, von wo der Schuss abgegeben worden ist. Aus der Küche einer Mietwohnung im sechsten Stock eines Wohnhauses. Knapp zweihundert Meter von der Villa entfernt. Wir haben Dutzende Fingerabdrücke gefunden. Haare, Hautschuppen, alles Mögliche. Aber wir haben keine Ahnung, von wem die vielen Spuren stammen. Und auch keinen blassen Dunst, welche davon zu unserem Schützen gehören. Das ganze Material wird derzeit analysiert und mit den internationalen Datenbanken abgeglichen, aber das dauert. Bisher haben wir noch keinen einzigen Treffer. Diese Typen haben die Wohnung wahrscheinlich als Beobachtungsstelle genutzt. Um die Villa von außen zu bewachen, nehmen wir an.«

»Und der andere? Derjenige, der Kontrollinspektor Raider umgebracht hat?«

»Ist ebenfalls entkommen.«

Dani biss sich auf die Unterlippe. Das war eine riesige Enttäuschung. Sie hatte die Hoffnung gehabt, dass ihnen wenigstens einer der beiden Killer ins Netz gegangen war.

»Wenn Sie schon auf den Beinen sind, kommen Sie am besten, so schnell es geht, hierher. Ich bin bei Legenstein, am LKA. Schreiben Sie Ihren Bericht und reden Sie mit den Kollegen. Wir haben schon eine erste Zeichnung von dem Kerl machen lassen, die sollten Sie sich unbedingt ansehen. Aber dann ... Ich denke, es wäre vielleicht klug ...« Er stockte und schien nachzudenken, wie er den begonnenen Satz beenden sollte, ohne sie zu kränken.

Dani ahnte, worauf er hinauswollte, und half ihm über das Hindernis. »Ich komme zurecht. Ich brauch keine psychologische Betreuung.«

»Schaden kann es aber auch nicht. Sie sollten es zumindest mal in Erwägung ziehen.«

»Okay. Ich überleg es mir. Ich mach erst meine Arbeit, und dann sehen wir weiter.«

»In Ordnung. Ich bin ohnehin rund um die Uhr hier. Melden Sie sich, sobald Sie mit allem fertig sind.«

Dani hatte die U-Bahn genommen, war, so gut es ging, mit der anonymen Menschenmenge verschmolzen und hatte sich dennoch nicht sicher gefühlt. Sie hasste öffentliche Verkehrsmittel. Im Sommer war es in den engen Metallkästen stickig und heiß und stank nach dem sauren Schweiß der Fahrgäste. Und im Winter war es muffig und feucht und stank haargenau so.

Als sie aus der Station wieder ins Freie getreten war, hatte sie die kalte Abendluft wie einen guten alten Bekannten begrüßt. Das beruhigte sie.

Ihr Bericht war eine knappe Stunde später im System gespeichert. Die Phantomzeichnung von Klemens' Mörder zu verfeinern, hatte eine weitere halbe Stunde in Anspruch genommen.

Die psychologische Betreuerin war kaum älter als Dani. Ihre mit Rosenberger abgesprochene Empfehlung lautete: mindestens zwei Wochen Krankenstand. Ein paar Tage, in denen sich niemand um sie kümmerte, waren genau das, was sie jetzt brauchte. Dani hatte wortlos zugestimmt.

Beim abschließenden Treffen mit Rosenberger hatte sie ihren Wissensstand vervollständigt. Keines der fünf gesuchten Entführungsopfer hatte sich in der Villa befunden. Bei den drei weiblichen Leichen handelte es sich höchstwahrscheinlich um

Mädchen aus Osteuropa. Weder sie noch einer der inzwischen acht toten Verbrecher hatten bislang identifiziert werden können. Zudem gab es keine Spur von diesem Sagatov. Und auch keine von Neven Horvath.

Die Lagerhalle der alten Fabrik in Hohenwarten war heute Morgen bis auf die Grundmauern abgebrannt. Massiver Einsatz von Brandbeschleunigern. Hier hatte jemand gründlich aufgeräumt. Die Spurensicherung war in stärkster Besetzung vor Ort. Die Teams suchten in den rauchenden Trümmern unter anderem nach Überresten von Lienhart und Kresnik.

Der Fall schlug mittlerweile die denkbar höchsten Wellen. Der Druck auf die Polizei war gewaltig. Im Innenministerium und im Justizministerium rotierte der gesamte Apparat. Und die Medien übertrumpften sich gegenseitig mit ihren Spekulationen und Mutmaßungen. Es war ein einziges Chaos.

»Und noch etwas, Scholz, bevor Sie gehen«, hatte Rosenberger gesagt. »Wenn sich dieser Horvath bei Ihnen meldet, geben Sie mir bitte sofort persönlich Bescheid. Haben Sie verstanden?«

Er konnte nichts wissen, aber er war ein erfahrener Polizist. Rosenbergers suggestiven Abschiedsworten war ein fester Händedruck gefolgt. Dani hatte ihm in die Augen gesehen, ohne auch nur die kleinste Miene zu verziehen. »Natürlich.«

Es war kurz vor neun, als sie das LKA an der Rossauer Lände verließ. Sie nahm die U-Bahn nach Heiligenstadt und den Zug nach Klosterneuburg. In ihrem Spind im Büro fand sie Wechselwäsche und Toilettensachen. Sie nahm eine heiße Dusche, zog ein frisches T-Shirt über, saubere Jeans und einen dunklen Kapuzensweater. Darüber ihre Lederjacke. Einen Augenblick dachte sie tatsächlich daran, ihre Waffe ordnungsgemäß wegzusperren. Aber nur einen kurzen Augenblick. Dann steckte sie sie wieder ein.

In ihrem privaten Wagen fuhr sie zurück nach Wien, mietete ein Zimmer in einem kleinen Hotel am Stadtrand, dessen Besitzerin sie gut kannte, und schloss sich ein. Kraftlos ließ sie sich ins Bett fallen, ohne die Schuhe auszuziehen.

Die vermeintlich handfesten Fakten und ihre persönlichen Vermutungen und Thesen auseinanderzuhalten, war ein nahezu unmögliches Unterfangen. Auf wen genau waren sie bei der Razzia gestoßen? Hatten sie nur die Soldaten erwischt oder auch den einen oder anderen der Bosse? Sagatov war, sollte er sich überhaupt je in dieser Villa befunden haben, rechtzeitig verschwunden. Und mit ihm Anisa. Ein Zufall? Vielleicht.

Wer war dieser Scharfschütze? Sagatov? Eher nicht. Vermutlich einer seiner Männer. Aber warum hatte dieser Unbekannte Nico so zielsicher ins Visier genommen und nicht sie oder irgendeinen anderen? Wieder ein Zufall? Vielleicht. Und dieser hässliche Kerl, der ihren Einsatzpartner auf dem Gewissen, sie aber bloß verletzt hatte? Warum war er über die Mauer geflohen und hatte nicht wie die anderen Gangster in der Villa gekämpft?

Fragen über Fragen. Keine einzige schlüssige Antwort. Nur Nicos eindringliche Worte, die sie in Gedanken gebetsmühlenartig wiederholte.

Wir werden nicht aufgeben, Dani. Wir werden dieses Mädchen finden.

Dani sah ihre Mission klar vor sich. Nicht nur dieses Mädchen. Nicht nur Anisa.

Ich werde alle fünf Entführungsopfer finden. Und deinen Mörder. Aber als Ersten knöpfe ich mir unseren Informanten vor.

Wollte sie eine heiße Spur aufnehmen, war der sofortige Kontakt mit Neven wohl ihre beste, womöglich sogar ihre einzige Chance. Wenn sie dafür Regeln brechen musste, dann würde sie eben Regeln brechen. Über das Risiko des Treffens nachzudenken, war sinnlos. Es gab ohnehin keine Alternativen. Nichts, womit sie auf lange Sicht klarkäme. Sie musste jetzt handeln, und sie musste es allein tun. Denn Neven würde, davon war sie felsenfest überzeugt, nur mit ihr reden oder für immer verschwinden.

Irgendwann am späten Abend ließ ihre Konzentration schließlich nach. Die Schnittwunde am Kinn pulsierte ohne

Unterlass, und die Fratze des Mannes, der sie verletzt hatte, geisterte ruhelos durch ihren Kopf. Erst als die Müdigkeit sie schließlich überwältigte, begannen die lange zurückgehaltenen Tränen ungehindert zu fließen. Tränen unendlicher Trauer und Wut.

Kurz vor Mitternacht schlief sie trotz der brennenden Schmerzen erschöpft ein.

20

Vierzehn Stunden lag die von ihm initiierte Polizeiaktion inzwischen zurück. Vierzehn endlos lange Stunden, in denen es ihm trotz intensiver Bemühungen nicht gelungen war, das Ergebnis des Zugriffs in Erfahrung zu bringen. Neven stand nach wie vor mit leeren Händen da. Die fehlende Gewissheit nagte an ihm. Sie trieb ihn zur Eile und trübte auf gefährliche Weise sein logisches Denken. Er fürchtete, leichtsinnige Entscheidungen zu treffen oder wichtige Aspekte zu übersehen.

Nachdem in den Medien um sieben Uhr früh erstmals von einer spektakulären Razzia im Westen Wiens berichtet worden war, hatte er eine Stunde lang versucht, Chefinspektor Drabek auf seinem Mobiltelefon zu erreichen. Vergebens. Gegen acht hatte er dann einen Anruf direkt in der Polizeiinspektion Klosterneuburg gewagt. Er gab sich als Lehrer des Internats Hohenwarten aus, aber der diensthabende Beamte erklärte ihm forsch, dass weder Drabek noch seine Partnerin Scholz augenblicklich zu sprechen seien.

Neven hatte aufgelegt, ohne sich weiter zu erklären.

Eine live im Fernsehen übertragene Pressekonferenz war ebenso unergiebig gewesen. Mit ernsten Gesichtern hatten die verantwortlichen Beamten von einem massiven Schlag gegen das organisierte Verbrechen berichtet. Sie sprachen von Drogen- und Menschenhandel. Von Verletzten. Und von Toten, die zu beklagen waren. Aber es fiel kein Wort über ein befreites Entführungsopfer. Kein Wort über Anisa.

Neven füllte seine Lungen mit eiskalter Luft und trat, die Hände tief in den Taschen seiner Jacke vergraben, aus dem Schatten der mächtigen Felswand.

Hatte er endlich alle Fesseln abgestreift? War er frei? Konnte er seine eigenen Entscheidungen treffen? Seine eigenen Schritte setzen?

Warum bin ich wieder hier? Hier, an diesem Ort?

Es gab dafür keine logische Erklärung. Da war etwas, das ihn magisch anzog. War es die Hoffnung, hier, in unmittelbarer Nähe des Ausgangspunktes dieser schrecklichen Geschichte, die Lösungen für all seine Probleme finden zu können?

Strenger Frost hatte die Umgebung des Waldfelsensees in eine märchenhafte Winterlandschaft verzaubert, obwohl den ganzen Tag über keine einzige Schneeflocke vom Himmel gefallen war. Das Dach von Mayrs Jagdhütte schimmerte silbern im Licht des Mondes. Als Neven an die Kante des steilen Abbruchs trat, knirschten die mit dickem Reif überzogenen Gräser unter seinen Sohlen. Minutenlang starrte er ratlos in die Tiefe.

Sich von der Villa fernzuhalten, war ihm gestern Abend grundvernünftig erschienen. Der Gefahr, den Einsatzkräften der Polizei oder, schlimmer, seinen eigenen Leuten über den Weg zu laufen, hatte er sich unter keinen Umständen aussetzen wollen. Nun sah er sich mit den unangenehmen Folgen dieser Entscheidung konfrontiert.

Am späten Vormittag hatte er die Versuche, Drabek oder Scholz telefonisch zu erreichen, schließlich aufgegeben. Die Idee, seine Nachforschungen über ihren Verbleib in den Spitälern der Hauptstadt fortzusetzen, war ihm erfolgversprechender erschienen als die permanenten sinnlosen Anrufe.

Von Drabek hatte er nicht die geringste Spur entdecken können. Aber eine Daniela Scholz war am frühen Morgen im Allgemeinen Krankenhaus der Stadt Wien stationär aufgenommen worden. Er hatte sich als Lebensgefährte ausgegeben und mit einer Oberschwester gesprochen. Frau Scholz sei so weit wohlauf, hatte diese bereitwillig erzählt, aber sie habe starke Schmerzmittel bekommen und schlafe tief und fest. Neven hatte nur einen kurzen Blick ins Krankenzimmer geworfen, um sich davon zu überzeugen, die richtige Frau Scholz gefunden zu haben. Seiner Bitte, das Kuvert seiner Freundin nach dem Aufwachen auszuhändigen, war die Schwester bereitwillig nachgekommen.

Nevens Blick wanderte über den See. All seine Hoffnungen ruhten momentan auf der jungen Polizistin. Dass sie seine Nachricht richtig interpretierte und folglich auch den richtigen Schritt setzte. Ihn zu kontaktieren.

Plötzlich riss ihn das Summen des Mobiltelefons aus seinen Überlegungen. Die Nummer am Bildschirm war die einzige, die sich nicht regelmäßig änderte.

»Wo bist du, Neven?« Was immer in der Villa geschehen war, Sagatov hatte es jedenfalls nicht erwischt. Er klang extrem gereizt.

Das Gespräch mit einer Lüge zu beginnen, kostete Neven enorme Überwindung. »Ich habe mich nach Tirol abgesetzt, wie gestern abgesprochen.«

»Planänderung. Hör mir jetzt genau zu. Du setzt deinen Arsch sofort Richtung Győr in Bewegung. Noch heute Nacht. Hast du verstanden? Ich brauche einen fähigen Mann, auf den ich mich verlassen kann. Maxim wird sich morgen mit dir in Verbindung setzen. Du wirst ihm helfen, sein Problem zu lösen. Alles klar?«

»Alles klar.«

»Gut. Melde dich bei mir, sobald alles erledigt ist.«

Neven wartete, bis Sagatov die Verbindung von sich aus beendete.

Ein Treffen mit Maxim in Győr? Ihm helfen, sein Problem zu lösen? Natürlich. Sandra Lohmann war noch am Leben und Maxim vermutlich am Durchdrehen.

Das Bedürfnis, sich diesem Marschbefehl zu widersetzen, war nahezu übermächtig. Neven holte aus und visierte eine eisfreie Stelle nahe der Klippe an, um das Mobiltelefon in hohem Bogen in den See zu schleudern. Erst im letzten Moment besann er sich eines Besseren und hielt inne. Widerwillig steckte er das Gerät zurück an seinen Platz.

Es war so einfach zu durchschauen. All die eigenartigen Zufälle der letzten Tage verlangten nach einer Erklärung. Der Capo und vielleicht auch Maxim wollten offensichtlich seine bedingungslose Loyalität auf die Probe stellen. Neven schüttelte den Kopf. Er musste sie enttäuschen. Seine Entscheidung war gefallen. Er war nicht mehr bereit, sich dem Willen dieser Männer zu beugen. Er verfolgte jetzt seine eigenen Ziele.

Er warf einen letzten Blick in den klaren Sternenhimmel, dann machte er kehrt. Ein paar Stunden Schlaf würden ihm jetzt guttun. Morgen war ein wichtiger Tag. Ein entscheidender Tag.

Er würde all seine Kräfte benötigen, um ihn zu überleben.

21

Es gab nur zwei Wege, in Stojan Balabanovs Arbeitszimmer zu gelangen. Den versteckten Aufzug, der vom Eingangsbereich der Residenz direkt ins Dachgeschoss fuhr, und die breite Außentreppe, die sich an der in den Hang gebauten Poolanlage vorbei bis ganz nach oben zur Aussichtsterrasse schwang. Es war seit Stunden dunkel, und der Wind vom Meer blies mit unangenehmer Heftigkeit. Ilana und ihr Onkel nahmen den Aufzug.

Petar war eben erst vom Flughafen Warna kommend eingetroffen und trug seinen Mantel und seinen Schal in der Armbeuge. Der Flug hatte aufgrund der Wetterlage Verspätung gehabt. Sichtlich müde starrte er auf den Boden zu seinen Füßen. Als die Kabine anruckte, sprach er Ilanas Gedanken aus. »Wir werden ihm nichts Neues erzählen.«

Sie antwortete mit einem Achselzucken. Vielleicht. Vielleicht auch nicht. Es war egal. Sie käme mit beiden Möglichkeiten nicht klar. Wenn ihr Vater über Vlados geheime Aktivitäten Bescheid wusste und sie nicht mit ins Boot genommen hatte, war das ein Problem. Aber das galt auch für den Fall, dass er selbst im Dunkeln saß und zuließ, wie sein Ziehsohn die Familie wissentlich hinterging. So oder so, ein massiver Konflikt war unausweichlich, und je früher er ausgetragen wurde, umso besser.

Vierte Etage. Die Kabinentür glitt geräuschlos zur Seite. Ihren Onkel im Schlepptau, betrat Ilana den gedämpft beleuchteten Raum. Die großzügigen Glasflächen, die tagsüber eine grandiose Aussicht auf das Meer boten, wirkten jetzt wie schwarze, auf Hochglanz polierte Steinplatten.

Die weitläufige, mit zementgrauem Leder bezogene Wohnlandschaft, die einen großen Bereich des Arbeitszimmers einnahm, diente der Familie als eine Art Forum. Hier wurden Ideen diskutiert und Entscheidungen getroffen. Wo investiert werden sollte. Mit wem sie zusammenarbeiten wollten. Wer am Leben bleiben durfte und wer sterben musste.

Petar warf seinen Mantel und den Schal achtlos über die Lehne, mixte sich an der reich bestückten Bar einen Drink und nahm, das Glas in der Hand, Platz. Ilana zog es vor, stehen zu bleiben. Es kostete sie einige Mühen, ihre nagende Ungeduld im Zaum zu halten.

Zwei Männer saßen an der gegenüberliegenden Seite des Raumes an einem mit rubinrotem Samt bezogenen Tisch. Ihre volle Konzentration war auf ein Spielbrett gerichtet. Ilana verabscheute Spiele. Ihr Vater hatte ihr halb den Rücken zugewandt. Ihm gegenüber saß Heinrich Steinkreutz, ein Ex-Stasioffizier und seit Menschengedenken Babas engster Freund und Vertrauter. Mit ernstem Gesicht setzte der Deutsche einen weißen Stein. Einen entscheidenden, wie es schien, denn Baba knickte unmerklich ein. Seit Jahren versuchte ihr Vater, eine Partie des japanischen Strategiespieles Go gegen den übermächtigen Heinrich für sich zu entscheiden. Bisher vergebens. Eigentlich ein Wunder, dass das Fossil aus Ostdeutschland noch unversehrt und am Leben war, denn zu verlieren war für Baba normalerweise keine Option.

Nach einer endlosen Nachdenkminute schüttelte ihr Vater den Kopf und murmelte ein paar unverständliche Worte, die offensichtlich nur seinem ergeben nickenden Gegenüber galten. Dann stand er betont energisch auf.

Stojan Balabanov war ein Hüne. Weder sein Alter noch seine Krankheit hatten daran etwas ändern können. Während er den Raum durchquerte und zu ihnen herüberkam, zupfte er nicht vorhandene Fussel von seinem dunklen Maßanzug. Ilana stutzte. *Er vermeidet es, uns in die Augen zu sehen.* Mit betont gelangweiltem Seufzen ließ er sich in seinem Sessel am Kopfende des Glastisches nieder.

Ilana hatte schon sehr früh gelernt, auf Details zu achten. Babas Gang wirkte eindeutig müde, seine Selbstsicherheit war gespielt, und sein Bariton klang ein klein wenig heiser, ganz so, als wäre er leicht verkühlt. »Ich habe euch schon früher erwartet.«

Das überhebliche Getue war seiner völlig unwürdig und fütterte Ilanas Zorn. Sie konterte mit einladend ausgebreiteten Armen. »Das finde ich großartig. Dann weißt du offensichtlich über alles bestens Bescheid und kannst uns ganz genau erklären, was da in Wien abgelaufen ist, nicht wahr?«

»Natürlich. Es hat eine Razzia gegeben.«

Mit einer ärgerlichen Handbewegung wischte Ilana die flapsige Antwort ihres Vaters beiseite. »Was für eine Erkenntnis. Das steht in jeder Zeitung, Baba. Wir wollen den Grund für dieses Desaster wissen. Warum die Villa? Was war da los?«

Baba begegnete ihrer Aggressivität mit offener Geringschätzung. Anstatt auf ihre Frage einzugehen, wandte er sich demonstrativ seinem jüngeren Bruder zu. »Euer Aufgabengebiet liegt östlich von hier, soweit ich mich erinnere. Zwischen Sofia und Peking gibt es wahrlich genug zu tun.«

Petar zuckte mit keiner Wimper. »Unsere chinesischen Freunde betreut deine Tochter, Baba, nicht ich. Ich habe die Aufgabe, überall nach dem Rechten zu sehen. Im Osten wie im Westen und auch hier. Also tu nicht so, als hätten wir beide uns gegen dich verschworen. Was hatte Vlado mit seiner Söldnertruppe in der Villa verloren?«

Nur widerwillig akzeptierte Ilana, dass Petar ihr die Gesprächsführung abnahm und sie in die Rolle der Zuhörerin drängte.

Baba faltete seine riesigen Hände. »Wir sind verraten worden.«

Das war nicht die Art der Kommunikation, die Baba sie gelehrt hatte. Petar fiel sein Ausweichen sicherlich ebenfalls auf, trotzdem musste er an dieser Stelle nachhaken. Alles, was mit der Sicherheit der Familie zu tun hatte, fiel in seinen Zuständigkeitsbereich. »Verraten? Bist du sicher? Von wem?«

»Vlado sagt, von einem Insider. Es gibt angeblich einen Maulwurf in seinem Team. Er sagt, er kümmert sich persönlich um den Kerl.«

Ein verächtliches Schnauben entfuhr Petars Nase. »Einen Verräter aus unseren Reihen zu entfernen, ist mein Job, Baba, nicht Vlados. Ich habe allmählich ein ernsthaftes Problem mit deinem Vorstadtknaben.«

Er genoss es sichtlich, den Finger in eine offene Wunde legen zu können. Und er ließ nicht locker, Babas versteinertem Gesicht zum Trotz. »Aber zurück zum Thema. Ein Verräter erklärt vielleicht, warum es eine überraschende Razzia gegeben hat, aber nicht, warum die Villa in Wien das Ziel der Polizei war. Zumal wir gemeinsam beschlossen hatten, sie bis auf Weiteres nicht zu nutzen.«

»Ich habe Vlado die Erlaubnis dazu gegeben.«

»Und du hältst es nicht für der Mühe wert, mich darüber zu informieren?«

»Ich kann mich nicht erinnern, dir die Führung der Familie übertragen zu haben.«

Petar hob abwehrend beide Hände. »Bleib bei der Sache. Ich bin für die Sicherheit aller Familienmitglieder zuständig, und deshalb muss ich wissen, wer sich wo aufhält. Dank deiner Entscheidung gilt das auch für deinen Ziehsohn. Er sollte meines Wissens in Bratislava sitzen, nicht in Wien. Also nochmals: Was verschweigst du uns? Was ist in der Villa gelaufen?«

»Das sagte ich bereits. Eine Drogenrazzia.«

Die nächste offen zutage tretende Schwäche. Ihr Vater wiederholte sich sonst nie. Ilana nutzte die eisige Pause zwischen den Brüdern, um das Gespräch wieder an sich zu reißen. »Das ist alles vollkommen unlogisch, Baba! Vlados Männer sind keine Amateure. Keiner von denen. Wenn uns einer hätte auffliegen lassen wollen, dann bei der Übergabe der Lieferung an die Deutschen. Aber die fand woanders statt, nicht in der Villa. Onkel Petar hat das überprüft.«

Baba fühlte sich sichtlich in die Enge getrieben. Er atmete betont ruhig, aber in ihm schien ein Vulkan zu brodeln. »Sei vorsichtig, Ilana. Vlado hat seine Geschäfte im Griff, was ich von dir nicht behaupten kann. Unsere Leute sind immer noch damit beschäftigt, deinen Mist aus Sofia zu entsorgen.«

Ilana unterdrückte nur mit Mühe den Impuls, ihren Vater zu beschimpfen. Petar sprang ein und verhinderte die anstehende

Eskalation im letzten Moment. »Du schweifst schon wieder ab, Baba. Dass die Chinesen bei unseren steigenden Umsätzen ein wenig übermütig werden, war zu erwarten. Das kriegt Ilana in den Griff. Sie und Chen machen das ausgezeichnet. Darüber brauchst du dir nicht den Kopf zu zerbrechen.«

Er stellte sein inzwischen leeres Glas auf den Tisch und beugte sich vor, die Ellenbogen auf die Knie gestützt. »Und jetzt: Ende des Geschwafels, Stojan. Reden wir endlich Klartext. Warum forciert Vlado das Prostitutionsgeschäft im Westen, wo wir doch beschlossen haben, aus dieser Scheiße auszusteigen?«

Für einen winzigen Moment zeigte sich Überraschung in Babas Gesicht, und Ilana traute weder ihren Augen noch ihren Ohren. Prostitution? Wie um alles in der Welt kam er auf Prostitution?

Baba erwiderte die Frage mit einem Kopfschütteln. »Keine Prostitution. Es ging um Drogen.«

Petar schlug mit der flachen Hand auf den Tisch. Wut glomm in seinen Augen. »Scheiße, nein, ging es nicht! Ich weiß, dass die Polizei aus dem Keller der Villa drei weibliche Leichen geborgen hat. Junge Frauen. Russinnen oder Ukrainerinnen. Von Vlados Männern kompromisslos exekutiert, bevor sie vernommen werden konnten.«

Baba hob die rechte Hand. Seine Stimme donnerte durch den Raum. »Sind das deine Beweise für Vlados angebliche Verfehlungen? Ein paar tote Nutten?«

Petar ließ sich in sein Sitzkissen sinken. »Die Nutten sind mir egal, und das weißt du. Aber Vlado arbeitet in die eigene Tasche, Baba, davon bin ich überzeugt. Die entscheidende Frage ist nur: Tut er es mit oder ohne dein Wissen?«

»Du misstraust mir?«

»Ich denke, niemand ist unfehlbar, auch du nicht. Wenn er es mit deiner Erlaubnis tut, haben wir beide ein ernsthaftes Problem. Tut er es ohne sie, hat Vlado ein noch viel größeres. So oder so, er stellt inzwischen eine immense Gefahr dar, weil er intrigiert.«

»Er kommuniziert mit mir! Schon mal daran gedacht, dass es an dir liegen könnte? Warum wohl findest du keinen Draht zu ihm?« Baba richtete sich auf und ballte die Hände zu Fäusten. »Sonst noch irgendwelche haltlosen Anschuldigungen?«

»Dutzende Indizien. Ich weiß gar nicht, wo ich anfangen soll. Und ein untrügliches Bauchgefühl.«

»Verschone mich mit Gefühlen. Vlado zeigt Initiative, öffnet neue Kanäle, macht Gewinne. Ich vertraue ihm, und das solltest du auch tun. Er sichert unsere Zukunft, verdammt noch mal. Er gefährdet sie nicht!«

»Er ist unberechenbar.«

»Natürlich ist er unberechenbar. Und das ist großartig! Das ist seine Stärke!«

Ilana hatte genug. Genug gesehen und genug gehört. Wortlos wandte sie sich ab und ging raschen Schrittes zum Aufzug. Unbeachtet von ihrem Vater und ihrem Onkel, die ihr Streitgespräch unbeirrt fortsetzten.

Zurück in ihren privaten Räumlichkeiten griff Ilana sofort zum Telefon. Der erste Anruf ging an die Küche. Sie hatte den ganzen Tag noch keinen Bissen zu sich genommen, und ihr Kreislauf drohte zu versagen. Der zweite galt ihrem Masseur. In zwanzig Minuten würde Bratan hier eintreffen und dafür sorgen, dass sie sich zumindest ein wenig entspannen konnte.

Sie war wütend. So unglaublich wütend und maßlos enttäuscht. Mit Adrenalin gesättigtes Blut pochte in ihren Schläfen. Dass Vlado an der Familie vorbei irgendein hinterhältiges Geschäft betrieb, war offensichtlich. Er hatte etwas zu verbergen. Ihr Vater schien die Sache entweder zu decken, oder er hatte tatsächlich keine Ahnung, was vor sich ging. Und ihr Onkel schien wiederum mehr herausgefunden zu haben, als er ihr gegenüber zugeben wollte.

Einige Teile der Wiener Geschichte passten nicht zusammen, also konnte sie auch in ihrer Gesamtheit nicht stimmen. Besonders die toten Frauen im Keller der Villa irritierten Ilana. Sie kannte Vlado. Die drei Mädchen waren keine für den Markt bestimmten Prostituierten gewesen. Sie hatten zum Inventar seiner Truppe gehört. Ihre Aufgabe war es gewesen, seine Männer bei Laune zu halten. Petar wusste das genauso gut wie sie.

Welches Wissen hatten die Mädchen wegen Vlado mit ins Grab nehmen müssen? Warum konfrontierte Petar ihren Vater mit der Behauptung, Vlado forciere gegen die Entscheidung der Familie das Prostitutionsgeschäft?

Für Ilana stand außer Zweifel, dass der nächtliche Polizeieinsatz in Wien nicht dazu gedient hatte, diese Mädchen zu befreien oder Drogen sicherzustellen. Mochte ja sein, dass sich in Vlados Reihen tatsächlich ein Verräter befand, aber was hatte er mit seinem Verrat bezwecken wollen? Weder Vlado noch Maxim waren zum Zeitpunkt des Zugriffs in der Villa gewesen. Das ergab alles keinen Sinn. Die Sache stank zum Himmel.

Ein junges dunkelhäutiges Mädchen servierte eine Schüssel mit gemischtem Salat und zog sich umgehend und wortlos wieder zurück. Ilana aß ohne Appetit.

Aus dem klassischen Prostitutionsgeschäft war die Familie vor über drei Jahren ausgestiegen. Die Umsätze hatten nicht mehr gepasst. Der Markt war von zu vielen Spielern bedient worden. Sie drehte sich im Kreis. Die entscheidende Frage war: Was hatte die österreichische Polizei veranlasst, die Villa zu stürmen? Egal wie, sie musste unbedingt herausfinden, was da im Hintergrund lief. Sie knallte die Gabel auf den Tisch. Es ging nicht nur darum, die Machenschaften ihres Pseudobruders aufzudecken. Es ging um viel mehr. Es ging um Babas Nachfolge, und dabei stand sie selbst derzeit in der zweiten Reihe. Im Kampf um die zukünftige Führung des Clans hatte sie die mit Abstand schlechtesten Karten. Die Mannschaft, die hinter ihr stand, war zahlenmäßig klein und konnte sich weder mit den Teams von Babas Brüdern noch mit den völlig durchgeknallten Typen messen, die Vlado um sich geschart hatte. Ihr Trumpf war immer ihr Vater gewesen. Ihre direkte Abstammung. Zumindest hatte sie sich darauf verlassen. Zu sehr, wie sich nun herausstellte. Auf seine Unterstützung zu vertrauen, war womöglich ein schwerwiegender Fehler gewesen.

Als Bratan mit einem freundlichen Gruß ihre Wohnung betrat, durchbrach er damit Ilanas Gedankenstrom. Er stellte den Massagetisch und seine Sporttasche mitten im Raum ab, ging auf Ilana zu und legte ihr von hinten seine warmen Hände in den Nacken. Seine nahe an ihrem Ohr geflüsterten Worte jagten angenehme Schauer durch ihren Körper.

22

Am nächsten Morgen verspürte Dani weder Schmerzen noch Hunger oder Durst. All diese banalen Empfindungen wurden von quälender Einsamkeit überlagert. Mehrmals blickte sie während der Fahrt auf den leeren Beifahrersitz. Hier sollte Nico sitzen. Neben ihr. In seinem zerknitterten Mantel, mit wachem Verstand und voller inspirierender Ideen.

Kurz vor halb acht traf sie beim Internat ein. Sie hielt an der Einfahrt zum Campus, etwa hundertfünfzig Meter vom alten Kloster entfernt. Stieg aus und sah sich um. Wohin sie auch blickte, überall begegnete ihr alltägliche Normalität. Dunkle Wolken. Friedliche Wälder. Beleuchtete Fenster und parkende Autos. Sie selbst hingegen war in eine absurde Parallelwelt gestolpert. Nichts an ihrer Realität war noch normal. Nico war von einem Scharfschützen exekutiert worden.

In Summe hatten zweiundzwanzig Menschen ihr Leben verloren oder waren verschwunden. Was für ein abscheulicher Alptraum. Und alle Fäden liefen bei einer Person zusammen.

Neven. Er hatte sie hierhergebeten. Der Gedanke an ihn erhöhte augenblicklich ihren Puls. *Welche Rolle spielt er in dieser Geschichte? Welche Ziele verfolgt er?* Sie mied es, sich auf all diese Fragen eine vorschnelle Antwort zu geben. Zu oft hatte sie sich in den letzten Tagen mit ihren Mutmaßungen geirrt.

Ein leichter Wind kühlte ihr Gesicht und linderte das Brennen der Wunde. Sie hatte sich das alles ganz anders vorgestellt, als sie am vergangenen Montag hergekommen war, um ein paar mysteriöse Blutstropfen vor einer kleinen Kapelle zu untersuchen. Ihre Karriere. Ihren Werdegang an Nicos Seite. In den letzten Monaten war Nico für sie zu einem wahren Freund geworden, zu jemandem, dem sie rückhaltlos vertrauen wollte. Und nun war er ihr genommen worden. Mit einem simplen Fingerschnippen am Abzug eines Scharfschützengewehres. Nie zuvor hatte sie sich so verlassen und verloren gefühlt.

Neven. Konnte er ihr helfen, den Fall zu Ende zu bringen und aus diesem Alptraum zu erwachen?

Alles um sie herum erschien so harmonisch und geordnet und war doch so trügerisch. Sich in Lebensgefahr zu befinden, schärfte die Sinne ungemein. Minutenlang beobachtete sie den menschenleeren Campus. Genoss die kalte Luft in ihrem Brustkorb und auf ihrer geschwollenen Wange. Spürte den harten Asphalt unter ihren Sohlen und die wilde Entschlossenheit in ihrem Innern. Dachte klar und strukturiert.

Nevens Zeichnung. Das Gebäude war jedenfalls nicht der Ort, an dem er sich mit ihr zu treffen gedachte. Er wollte sicher sein können, dass sie allein gekommen war. Er wollte die gesamte Umgebung überblicken können und Fluchtwege im Rücken haben. Und er kannte sich hier bestens aus. Sie musste die Stelle finden, von wo aus er das alte Kloster gezeichnet hatte.

Dani hob den Kopf und reckte ihre Nase in den Wind. Sie witterte Neven. Fühlte seine Präsenz bis in die letzten Haarspitzen. Langsam drehte sie sich nach rechts. Hier irgendwo musste er sein. Oben am Hang, etwa zweihundert Meter Luftlinie entfernt. Eine dunkle Gestalt saß auf einer Bank, nahezu unsichtbar im Schatten unter einer großen Eiche. Dani konnte nicht erkennen, wer es war. Aber wer sollte es schon sein? Bei dem miserablen Wetter? Bei der Kälte und um diese Uhrzeit?

Sie zippte ihre Lederjacke zu und suchte einen Weg den Hügel hinauf. Selbstbewusst setzte sie ihre Schritte. Dunkle Hose, schwarze Stiefel. Dunkler Anorak, schwarze Mütze. Ein Rucksack oder eine Tasche lag neben der Gestalt auf der Bank. Im Näherkommen erkannte sie sein Profil. Er war es. In seinen Händen hielt er einen blitzenden Gegenstand.

Neven ignorierte sie. Sein Blick war stur nach vorne gerichtet, auf den Waldabschnitt oberhalb des Sportplatzes. Irgendwo dahinter musste der See liegen. Und die Kapelle.

Dani trat unter die weit ausladenden Äste der Eiche und blieb neben der Bank stehen. Das Ding in seinen Händen war ein Wurfmesser. Sie erkannte es wieder. Die Form des Griffes hatte sich für immer in ihr Gedächtnis gebrannt. Eigenartigerweise verspürte sie keine Angst. Sie atmete ruhig und wartete geduldig.

Neven blickte weiterhin an ihr vorbei in die Ferne, ganz so, als suche er etwas. Als hätte er sie noch gar nicht wahrgenommen. Stumm stand sie seitlich vor ihm. Als er schließlich zu sprechen begann, klang seine Stimme krank und heiser. »Habt ihr sie gefunden?«

Dani schüttelte den Kopf. »Nein. Da waren drei unbekannte tote Mädchen im Keller. Aber Anisa war nicht dabei.«

Nevens Blick sank zu Boden. Dani konnte nicht entschlüsseln, welche Bedeutung diese Nachricht für ihn hatte. War er erleichtert oder enttäuscht? Das Messer in seiner Hand rotierte. Den blitzschnellen Bewegungen seiner Finger zu folgen, war unmöglich.

Dani holte tief Luft und verschränkte ihre Arme vor der Brust. »Mein Partner ist tot.«

»Ich habe euch gewarnt.«

»Wer war das, Neven? Wer hat Nico erschossen?«

Er ignorierte ihre Frage. Das Messer lag plötzlich ruhig in seiner rechten Hand. Einen Wimpernschlag später stand er auf. Sein Blick blieb an ihrer verletzten Wange hängen, aber er sagte nichts.

Dani unterdrückte den Impuls, das Pflaster über der Schnittwunde zu berühren, und trat einen Schritt zurück. Sie hatte Neven nicht so groß, so beeindruckend in Erinnerung. Er überragte sie um einen Kopf. Sie folgte seinen fließenden Bewegungen. Wie er nach seinem Rucksack griff und ihn mit Schwung schulterte.

»Danke, dass du hergekommen bist.«

»Danke? Hast du sie noch alle? Du wolltest von mir nur wissen, ob wir Anisa befreit haben?«

Er nickte.

»Und du denkst, ich lass dich jetzt einfach gehen?«

Er legte den Kopf ein wenig schief und verengte seine Augen zu Schlitzen. »Warum nicht? Du kannst mir bei meiner weiteren Suche nicht mehr helfen.«

Dani starrte ihn entgeistert an. »Das kann nicht dein Ernst sein. ›Nicht mehr helfen‹?«

Als hätte er ihre ungläubige Reaktion gar nicht wahrgenommen, wandte er sich wortlos ab. Dani zog ihre Waffe. »Bleib sofort stehen! Du gehst nirgendwohin!«

Er stoppte tatsächlich. Drehte sich um und blickte gelangweilt auf die Pistole, die auf seine Brust zielte. Als wäre es die normalste Sache der Welt, mit einer entsicherten Schusswaffe bedroht zu werden. Danis Herz begann wie verrückt zu klopfen, als er langsam auf sie zukam und sich genau vor sie stellte.

»Hast du denn in den letzten Tagen nichts gelernt?« Mit der Spitze seines Messers hob er den Lauf ihrer Waffe langsam so weit an, bis dieser genau auf sein Gesicht gerichtet war. »Wenn du deine Waffe auf ein Mitglied des Clans richtest, musst du bereit sein, augenblicklich abzudrücken. Sonst bist du im nächsten Moment tot.«

Er sah nach unten, und Dani folgte seinem Blick. In seiner anderen Hand hielt Neven jetzt ebenfalls ein Messer, dessen Klinge direkt auf ihre Leistengegend zielte. Exakt dorthin, wo die Hauptschlagader verlief.

»Du bist mutig, Daniela Scholz, das weiß ich. Das habe ich gesehen. Aber deine Entschlossenheit und dein Mut reichen nicht. Du bist zu langsam und zu schwach, um in meiner Welt zu überleben. Deshalb kannst du mir nicht helfen.« Mit der Klinge schob er ihre Pistole sanft zur Seite. Metall schabte über Metall. »Lass es gut sein. Verschwinde einfach. Wenn du untertauchst und dich nicht mehr einmischst, hast du vielleicht eine kleine Chance, dass sie dich nicht finden und dich irgendwann vergessen.«

Er wandte sich erneut ab und ließ mit routinierten Bewegungen beide Messer im Inneren seiner Jacke verschwinden. Seine Worte sickerten nur langsam in Danis Bewusstsein. Sie startete einen neuen Versuch. »Was, dachtest du, passiert, wenn wir Anisa finden? Dass wir uns damit zufriedengeben und dich laufen lassen?«

»Darüber denke ich nicht nach. Ihr habt sie nicht gefunden. Also muss ich es selbst tun.«

»Warum ist dir dieses Mädchen so wichtig?«

»Das geht dich nichts an.«

Dani fasste den Griff ihrer Waffe ein wenig fester. »Dann eben nicht. Mich interessiert ohnehin nur, wer meinen Partner erschossen hat.«

Neven zögerte, als kämpfe er innerlich um eine wichtige Entscheidung. Seine Frage überraschte sie. »Wie ist es passiert?«

»Es war ein Scharfschütze.«

Neven nickte. »Sein Name hilft dir nicht weiter.«

»Sein Name ist aber der einzige Grund, warum ich hierhergekommen bin. Also. Wer, Neven?«

Er seufzte. »Also gut. Der Mann heißt Maxim. Seinen Nachnamen kenne ich nicht. Ich weiß nicht mal, ob Maxim sein richtiger Vorname ist. Er war Scharfschütze in der Roten Armee. Ein Tschetschenien-Veteran. Heute ist er Sagatovs rechte Hand.«

Ein Russe. Doch nicht etwa der blasse Glatzkopf, der mit dem alten Einsiedler am frühen Morgen eine Flasche Wodka getrunken hatte? »Der Kerl mit den vielen Narben im Gesicht?«

Neven nickte. »Spuren einer Handgranate. Dann kennst du ihn bereits.«

»Aber warum musste ausgerechnet Nico sterben? Wegen der Geschichte am See? Geht es hier nur um Rache? Auge um Auge?«

Der böig auffrischende Wind trug einen feinen Sprühregen heran und spielte mit den schwarzen Locken, die unter Nevens Mütze hervorschauten. Wieder erhielt Dani auf eine ihrer Fragen keine Antwort. »Neven, lassen wir doch die Spielchen. Ich muss wissen, warum das alles passiert, und du musst mir sagen, wo ich diesen Maxim finden kann.«

»Nein. Muss ich nicht.« Er machte eine Pause. »Aber eines kann ich dir versprechen: Wenn du nicht sofort verschwindest, bist auch du in Kürze tot. Wie dein Partner.« Er deutete auf ihre Wange. »Reicht dir das noch nicht als Warnung?«

Als er sich diesmal abwandte, war Dani klar, dass er nun nicht mehr stehen bleiben würde. Er entfernte sich.

Fünf Meter. Sechs. Sieben.

Unschlüssig hob sie ihre Waffe an. Und ließ sie wieder sinken. Er wusste, dass sie nicht abdrücken würde. Oder es war ihm tatsächlich egal. Dani starrte hilfesuchend in die dunklen Wolken. Dicke Tropfen klatschten ihr ins Gesicht und durchweichten langsam das Pflaster. Vorboten des angekündigten großen Regens.

Zehn Meter. Elf. Zwölf.

Sie konnte unmöglich auf einen Mann schießen, der sie nicht bedrohte. Sie konnte ihn aber auch nicht gehen lassen. Ein Warnschuss? Zwecklos. Sie steckte ihre Pistole weg. Sie musste einen anderen Weg nehmen, auch wenn sich alles in ihr gegen eine Bitte sträubte. »Bleib hier, Neven! Ich brauch deine Hilfe.« Trotzdem keine Reaktion. Sie folgte ihm zaghaft. Drei, vier Schritte.

Fünfzehn Meter.

Sie rief nochmals. Lauter diesmal und eindringlicher. »Du willst doch aussteigen, nicht wahr? Oder warum sonst hast du uns auf die Fährte deiner eigenen Leute gesetzt?« Nichts. Sie lief ihm nach. Holte ein wenig auf. »Bleib stehen, Neven. Bitte. Wir könnten zusammenarbeiten. Nur du und ich. Hilf mir, diese Bande auszuheben, und ich verspreche, ich werde umgekehrt auch dir helfen, Anisa zu finden.«

Treffer. Irgendwie hatte sie einen Zufallstreffer gelandet. Neven drehte sich blitzschnell um und kam mit Riesenschritten auf sie zu. In seinen Augen loderte ein gefährliches Feuer. Sein Gesicht war von ihrem nur noch wenige Zentimeter entfernt. Er flüsterte eindringlich: »Du hast keine Chance. Du wirst sterben!«

Mit beiden Armen stieß Dani ihn kraftvoll von sich. »Das ist mir scheißegal!« Ihr plötzliches Brüllen und die Wucht ihres Stoßes überraschten Neven sichtlich. »Ich muss das tun. Kapierst du das nicht? Ich kann anders nicht mehr weiterleben, weil ich …« Ihre Stimme überschlug sich. Und versagte. Lief aus wie eine Welle am flachen Strand. Das Gefühl, das nun in ihr aufstieg, tat richtig weh. Nur mit Mühe konnte sie weitere

Tränen unterdrücken. »Weil ich schuld an Nicos Tod bin. Er … Er wollte auf dich hören und im Hintergrund bleiben. Wollte mich bei dem Einsatz gar nicht dabeihaben. Aber ich habe ihn überredet, mich in das Team aufzunehmen. Wäre ich nicht so hartnäckig gewesen, vielleicht wäre er dann gar nicht bei der Villa …« Es schnürte ihr den Hals zu.

»Der Tod deines Partners ist nicht deine Schuld.« Seine Stimme hatte einen unerwartet weichen, tröstenden Klang angenommen.

Dani schloss ihre feuchten Augen. Sie drückte die Knöchel ihrer Fäuste so fest gegen die Stirn, dass es wehtat. »Wie auch immer. Hilf mir einfach, diesen Maxim und den anderen Typen zu finden. Oder gib mir wenigstens einen brauchbaren Tipp. Dann sehen wir weiter.«

Neven runzelte die Stirn. »Welchen anderen Typen? Von wem sprichst du?«

»Von dem Kerl, der einem Kollegen bei der Villa den Hals aufgeschlitzt hat. Von dem mit dem tätowierten Totenkopf unter –«

»Ein tätowierter Totenkopf?«

Dani nickte und zeigte auf ihre rechte Wange. »Ja. Hier, unter dem Auge.«

Neven strich über sein Kinn. »Die Wunde da. Hat er sie dir zugefügt?«

»Ja. Warum fragst du? Wer ist dieser Kerl?«

»Als er dich geschnitten hat, hat er da etwas zu dir gesagt?«

Dani blickte ihn ein wenig verwundert an. »Woher weißt du das? Er hat gesagt, dass wir uns bald wiedersehen werden.«

»Er wusste also, wer du bist.«

Das war keine Frage. Das war eine Feststellung.

»Er kannte sogar meinen Namen.«

Nevens Fokus richtete sich nach innen. Seine nächsten Worte waren klar nicht für sie bestimmt. »Die Bestie ist bei ihm.«

»Die Bestie? Du kennst diesen Typen?«

Er nickte grimmig. »Ich kenne ihn als Ivan.«

Der zweite Name. Dani fühlte sich plötzlich unglaublich

schwach und erschöpft. Ihre Knie zitterten. Vorsichtig horchte sie in sich hinein. Versuchte zu ergründen, ob sie vielleicht ein wenig Erleichterung empfand. Immerhin hatte sie ein wichtiges Teilziel erreicht, oder nicht? Neven hatte ihr beide Namen verraten, und sie kannte die zugehörigen Gesichter. Selbst wenn es bloß Decknamen oder Spitznamen waren, damit sollte sich doch etwas anfangen lassen. Aber warum wollte sich keine Genugtuung einstellen? Warum fiel die enorme Anspannung nicht von ihr ab?

Sie hob den Kopf und unterdrückte wiederholt den Impuls, an ihre Wange zu fassen. Die Intensität, mit der Neven sie anstarrte, war ihr höchst unangenehm. »Was ist?«

»Du wirst nicht aufgeben, oder?«

Der eiskalte Regen nahm stetig zu. Mit den Handflächen wischte sie sich die Wassertropfen von der Stirn und aus dem Gesicht. »Sicher nicht. Auch wenn du vielleicht recht hast und ich der Aufgabe wirklich nicht gewachsen bin. Aber ich kann nicht anders. Ich werde so lange suchen, bis ich die beiden gefunden habe.«

Neven nickte. »Also gut. Nur du und ich. Ich werde dir helfen.«

Sein plötzlicher Sinneswandel ließ Danis Alarmglocken schrillen. Eben noch hatte er wortlos abhauen wollen, und jetzt bot er ihr seine Hilfe an? »Moment. Was soll das, Neven? Was läuft hier?«

Er faltete die Hände vor seinem Mund und nickte verständnisvoll. »Eine gute Frage. Ich bin mir selbst nicht sicher. Aber ich verspreche, ich werde versuchen, sie dir zu beantworten. Aber nicht hier. Nicht jetzt. Lass uns verschwinden. Irgendwohin, wo es trocken ist und wo wir in Ruhe reden können.«

23

Seit einer Stunde lenkte Dani ihren Wagen beständig in südliche Richtung. Die Gipfel der nahen Berge waren weiß, die Täler dazwischen düster und von schmutzigem Grau. Regen und Schnee fielen zu gleichen Teilen vom bedeckten Himmel. Die Scheibenwischer verrichteten verlässlich ihre Arbeit. Der Rückspiegel war die meiste Zeit über leer. Niemand folgte ihnen.

Neven saß ruhig und seltsam teilnahmslos neben ihr, die Finger ineinander verschränkt, in seine eigene Gedankenwelt versunken. Ein in sich ruhender junger Mann, der den Eindruck erweckte, er könne keiner Fliege etwas zuleide tun. Dani wusste es besser. Er war einer von den Bösen.

Kurven. Wälder und Wiesen. Bauernhöfe und Pferdekoppeln und noch mehr Kurven. Dann endlich tauchte die seit Kindheitstagen vertraute Silhouette eines kleinen Dorfes am Fuß einer dunklen Bergkette auf. Ehe sie das Ortsschild erreichten, bog Dani nach links in einen schmalen Hohlweg ab. Ein grünes Schild wies den Weg zu einem namenlosen Gasthof. Sie passierten ein kurzes Waldstück, nahmen drei Serpentinen nach oben und erreichten am Ende der Forststraße einen kleinen, geschotterten Parkplatz.

»Die Hütte wird von einem Bruder meines Großvaters bewirtschaftet. Hier können wir in Ruhe reden.«

Neven stieg aus und blickte sich aufmerksam um, ehe er Dani zum Eingang folgte. Als sie die überheizte, nach Holz und frischem Brot duftende Gaststube betraten, genoss Dani für einen Moment das Gefühl, sich hier nicht nur örtlich, sondern auch in der Zeit verstecken zu können. Hier waren sie sicher. Im vergangenen Jahrhundert würde sie niemand suchen.

Der Bruder ihres Großvaters war nicht da, und Dani fragte nicht nach ihm. Sie wählte den kleinen Ecktisch im Hinterzimmer, neben dem Kachelofen, und setzte sich auf die Bank, mit dem Rücken zur Blockwand. Neven nahm ihr gegenüber auf einem Sessel Platz.

In den tiefen Fensternischen drängten sich Adventsgestecke und Kerzen aus Honigwaben. Kitschige Engel spiegelten sich in losen Christbaumkugeln. An den Wänden hingen ausgestopfte Vögel und reihenweise Geweihe, dazwischen silberne und goldene Girlanden. Weihnachten stand vor der Tür. Dani schluckte schwer. Weihnachten, wie sie es kannte und liebte, würde heuer ausfallen.

Eine alte Frau brachte den bestellten Tee und schloss, nachdem sie die Gaststube grußlos wieder verlassen hatte, die quietschende Tür. Ihre schleppenden Schritte entfernten sich.

Sie waren allein und ungestört. Als Dani das Wort ergriff, bemühte sie sich, ihre Unsicherheit hinter einer festen Stimme zu verbergen. »Also gut, Neven. Warum sitzen wir beide hier? Warum bist du vorhin nicht einfach über alle Berge, so wie du es geplant hattest? Warum bist du geblieben und hast plötzlich aus heiterem Himmel meiner Bitte um Hilfe nachgegeben? Ich verstehe das alles nicht.«

Statt einer Antwort öffnete Neven seinen Rucksack und entnahm ihm einen Zeichenblock. Dani runzelte ihre Stirn. »Was soll das? Was machst du da?«

Er schlug den Block auf und kippte ihn an der Kante des Tisches. »Lass dich davon nicht stören.«

»Was schreibst du dir auf?«

»Nichts. Ich werde zeichnen.« Er hob den Blick und sah sie aufmerksam an. »Das hilft mir, mich zu konzentrieren.«

Dani zuckte mit den Schultern. »Okay, von mir aus. Aber vergiss nicht, du hast versprochen, meine Fragen zu beantworten.«

Neven nickte und fischte einen kurzen Kohlestift aus einem Seitenfach. »Das habe ich. Aber zuerst möchte ich dir sagen, dass du recht hattest. Ich will da tatsächlich raus. Ich weiß nur noch nicht, wie.«

Dani musterte ihn aufmerksam. Mit Sicherheit war er ein paar Jahre jünger als sie. Unter dem schwarzen Langarmshirt zeichnete sich ein sehniger, muskulöser Körper ab. Kein Gramm Fett. »Verstehe. Aber so weitermachen wie bisher kannst du auch nicht.«

Er blies kräftig aus. Seine Nasenflügel blähten sich. »Stimmt. Es geht nicht mehr.«

»Dann stell dich. Wir handeln einen Deal aus. Wir fahren gemeinsam zurück und –«

Mit einer wegwerfenden Handbewegung unterbrach er sie. »Vergiss es. Ich habe mir geschworen, Anisa zu befreien. Ich weiß nur noch nicht, wo sie ist.«

»Und wie willst du sie finden?«

Er zuckte wieder kurz mit den Schultern und führte den Kohlestift schwungvoll über das Papier. »Keine Ahnung. Hast du sonst keine Fragen?«

Sie hatte unzählige Fragen, aber keinen Plan. Wieder einmal musste sie sich auf ihre Intuition verlassen. »Wer hat den Männern in der Villa verraten, dass wir kommen? Warst du das?«

»Nein.«

»Sie haben uns aber erwartet.«

»Haben sie nicht. Niemand wusste von dem Zugriff. Sie reagieren nur extrem schnell auf Bedrohungen.«

»Und mit ›sie‹ meinst du die Männer deines Clans?«

»Es ist nicht *mein* Clan.«

Dani biss sich auf die Unterlippe und ging auf seine Spitzfindigkeit nicht weiter ein. »Was ist mit dieser Wohnung? War das ein Beobachtungsposten?«

Neven runzelte die Stirn, ohne seinen Blick vom Papier abzuwenden. Seine Hand dirigierte den Stift mit eleganter Leichtigkeit. »Welche Wohnung?«

»Der Scharfschütze, dieser Maxim, hat von dort geschossen.«

»Ich weiß nichts von einer Wohnung.«

Wenn Menschen im Zuge von Vernehmungen etwas verschwiegen oder gar logen, schlugen Danis Instinkte für gewöhnlich sofort Alarm. Nicht so bei Neven. Ihre ansonsten so verlässliche Sensorik schwieg. Sie rief sich in Erinnerung, dass sie keinem Amateur gegenübersaß. Entweder war Neven ein genialer

Lügner, oder er sagte schlicht die Wahrheit. »Lass uns von vorne anfangen. Erzähl mir mal, wer du überhaupt bist. Oder sollte ich besser fragen, welche Rolle du in der Geschichte spielst?«

Diese an sich simple Frage schien ihn zu fordern. Er überlegte lange, ehe er antwortete. »Ich bin ein Scout.«

Dani sah ihn verwundert an. »Ein Pfadfinder? Wie soll ich das verstehen?«

Neven hielt inne und erwiderte ihren Blick. »Du weißt, ich arbeite für die bulgarische Mafia. Für Sagatov.«

»Ja, das weiß ich. Wie groß ist Sagatovs Gruppe? Wie viele Männer umfasst sie?«

Erneutes Schulterzucken. »Vielleicht vierzig? Oder fünfzig? Sagatov gehört zum Balabanov-Clan. Und der ist riesig.«

»Balabanov? Nie gehört. Wer ist das?«

»So heißt die Familie.«

Dani überlegte, ob sie sich Notizen machen sollte, und entschied sich dagegen. Vielleicht war es besser, wenn es keine Aufzeichnungen zu diesem Gespräch gab. »Okay. Du bist also ein Scout. Und was genau macht ein Scout?«

Neven blickte an ihr vorbei aus dem Fenster. Oder ins Leere. »Die Balabanovs besitzen ein riesiges Logistikunternehmen. Ländereien, Hotels, Wohnhäuser, auch einen Verlag. Alles legal. Aber sie handeln auch mit Waffen und Drogen und …«

Dani gewöhnte sich langsam an die langen Pausen zwischen seinen Sätzen. Auch jetzt wirkte er wieder seltsam abwesend. Bilder aus der Vergangenheit schienen vor seinem inneren Auge vorbeizuziehen.

»Und mit Menschen. Wir entführen Mädchen und junge Frauen und verkaufen sie.«

Dani holte tief Luft. Es hatte die ganze Zeit auf der Hand gelegen, sie hatte es nur nicht gesehen. Oder nicht sehen wollen. »Anisa wurde entführt, um sie zu verkaufen? An wen?«

»Ich weiß es nicht. Normalerweise läuft es anders. Normalerweise suche ich die Mädchen aus.«

»Was meinst du mit ›aussuchen‹? Sprich nicht ständig in Rätseln!«

Neven kämpfte um die passenden Worte. Mit grimmigem Gesicht starrte er auf seinen Teebecher. Wie Dani hatte auch er noch keinen einzigen Schluck getrunken. »Als Scout ist es meine Aufgabe, außergewöhnlich hübsche Mädchen zu finden. Mädchen, die das Begehren von zahlungskräftigen Kunden erregen, die ansonsten alles haben. Und die sich nicht selbst die Finger schmutzig machen wollen, um etwas zum Spielen in die Hände zu kriegen.«

In Danis Kopf klickte es. Sie lehnte sich zurück und verschränkte die Arme vor der Brust. Wollte nicht glauben, was sie da eben gehört hatte. »Hast du ›zum Spielen‹ gesagt?«

Neven nickte. Vorsichtig tastete Dani nach der Wunde an ihrem Kinn. *Zum Spielen.* Die Bestie, dieser Ivan, hatte dieselbe Phrase benutzt. *Dann haben wir mehr Zeit zum Spielen.* »Weiter.«

»Ich nutze bei meiner Suche das Internet. Social Media. Tinder. Instagram. Chats. Ich bin aber auch viel unterwegs. Meist in größeren Städten. Habe ich ein passendes Mädchen entdeckt, lege ich ein Dossier an. Mache Fotos. Durchleuchte das Umfeld des Mädchens. Die familiären Verhältnisse, in denen sie lebt. Die Verwandtschaft. Ihren Freundeskreis. Einfach alles.«

»Wozu?«

»Sagatov will möglichst wenig Aufsehen erregen. Keine Promitöchter. Keine Freundinnen von Promis. Wenn ich fertig bin, sende ich das Dossier verschlüsselt an eine anonyme E-Mail-Adresse. Pro Monat muss ich zumindest zwei solcher Dossiers liefern. Das ist mein Job.«

»Und was passiert dann?«

»Die Mädchen werden ausgewählt. Ich erhalte eine Nachricht und werde mit der Planung der Entführung beauftragt. Die Planung ist meine Aufgabe, die eigentliche Operation erledigt ein eingespieltes Team. Damit habe ich nichts mehr zu tun.«

Dani dachte an das Briefing vor dem Einsatz. Vier ungeklärte Entführungen junger Frauen in den letzten Monaten. Niemand hatte etwas gesehen. Es gab keine brauchbaren Spuren. Keine Lösegeldforderungen. Die Mädchen waren von einem

Augenblick zum nächsten verschwunden. Einfach weg. »Die Entführungen in Wien, Baden und Krems. Gehen die auf deine Kappe?«

Neven nickte stumm und begann wieder zu zeichnen.

»Scheiße, ich glaub das einfach nicht. Wie kannst du da nur mitmachen?« Sie erwartete keine Antwort auf diese Frage, und sie erhielt auch keine. »Erzähl mir mal, wer genau dieser Sagatov ist.«

»Vladimir Sagatov führt die Geschäfte der Balabanovs im Westen. Das ist sein alleiniges Revier.«

»Sagatov ist demnach nicht der Kopf des Clans.«

»Nein, das ist Stojan Balabanov. Sagatov ist sein Ziehsohn.«

Dani versuchte, alle Informationen sauber in ihrem Kopf abzulegen. »Zurück zu Anisa. Sie passt nicht ins Schema, finde ich. Sie ist kein Püppchen wie die anderen Opfer. Sie ist vielmehr eine erwachsene Frau und sieht älter aus, als sie ist.«

»Wie gesagt, ich habe sie nicht ausgesucht, sondern Sagatov.«

»Der Befehl zur Entführung kam direkt von deinem Boss?«

Schweigen.

»Will Sagatov mit irgendwem eine Rechnung begleichen?«

»Jedenfalls nicht mit den Krizans oder deren Verwandtschaft. Die sind völlig harmlos.«

»Warum dann? Hast du einen Verdacht?«

Wieder keine Antwort.

»Woher kannte er Anisa überhaupt? Sie geht in Hohenwarten ins Internat. Nicht gerade eine Gegend, wo sich ein Mafiapate normalerweise herumtreibt, oder?«

»Kennst du das alte Fabrikgelände? Wenn du vom Internat kommst und ins Dorf fährst, auf der linken Seite?«

»Die alte Metallfabrik, ja. Das ist eine Ruine. Letzte Nacht ist die Lagerhalle abgefackelt worden.«

Neven nickte. »Diese Lagerhalle war der ideale Platz, um diverse Geschäfte abzuwickeln. In der Nähe der Hauptstadt. Dennoch abgelegen. Nicht einsehbar. Das Gelände gehört der Familie des Schuldirektors.«

»Genauer gesagt, seiner Frau. Ich weiß.«

»Lienhart hat die Hallen unter der Hand an Sagatov vermietet. Die beiden kannten sich. Wahrscheinlich hat Sagatov Anisa bei einem Besuch bei Lienhart im Internat getroffen.«

Lienhart. Die Fotos, die der Direktor von Anisa auf seiner Festplatte gespeichert hatte. Ein paar Puzzleteile fügten sich ins Bild. Hatte der Scheißkerl das Mädchen Sagatov womöglich vorgestellt?

»Wusste Lienhart, mit wem er es da zu tun hatte?«

»Ich glaube nicht. Sagatovs Tarnung ist ein Teppichgroßhandel mit Sitz in Bratislava. Völlig legal. Lienhart hat sicher geglaubt, die Halle an einen Händler zu vermieten.«

Dani war inzwischen überzeugt, dass Neven durchgehend die Wahrheit sprach. Seine Informationen deckten sich hundertprozentig mit ihrem Wissensstand und ergänzten diesen, ohne Widersprüche zu hinterlassen. »Also gut. Und was passierte dann? Nachdem du den Auftrag von Sagatov erhalten hast?«

»Ich habe mich an die Arbeit gemacht. Nach vier Wochen war das Dossier fertig. Aber ich wollte es nicht abgeben.«

»Und warum nicht?«

Obwohl Dani längst ahnte, worauf die Geschichte hinauslief, stellte sie weiterhin ihre Fragen. Sie wollte ihre Vermutungen aus Nevens Mund bestätigt bekommen. Er atmete schwer. Seine Hände spielten mit dem Kohlestift. Es dauerte eine Weile, ehe er sich zum nächsten Satz durchringen konnte. »Es ist mir untersagt worden, bei meinen Recherchen mit den Zielpersonen direkt in Kontakt zu treten.«

»Du hast Anisa angesprochen?«

»Nein. Sie hat mich angesprochen. Ich war unaufmerksam, während ich sie in einem Café gezeichnet habe. Da stand sie plötzlich neben mir.«

»Und dann?«

Es war offensichtlich, dass er darüber nicht reden wollte.

»Du hast dich in sie verliebt, nicht wahr?«

Sein beharrliches Schweigen war deutlicher als jedes Ja. Dani fasste nach. »Ich verstehe. Aber du musstest trotzdem weitermachen. Du hattest keine Wahl.«

»In Sagatovs Truppe führst du Befehle aus, oder du bist schneller tot, als du denken kannst.«

Nicos blutige Leiche tauchte vor ihrem geistigen Auge auf. Sie schauderte. »Also hast du nach einem anderen Weg gesucht, um sie zu retten.«

»Ich sah nur eine einzige Möglichkeit. Da ich die Entführung planen musste, wusste ich genau, wann was passieren würde. Ich beschloss, so rasch es ging, die Polizei auf die richtige Spur zu setzen. Ohne von Sagatov oder seinen Männern als Drahtzieher des Verrats entdeckt und getötet zu werden.«

Weitere Puzzleteile. Nico hatte mit vielen seiner Vermutungen richtiggelegen. Und sie selbst war weit, weit weg gewesen von der Wahrheit. »Wann hast du das Dossier abgeschickt?«

»Irgendwann Anfang November. Kurz danach habe ich den Auftrag erhalten, die Entführung zu planen.«

»Diese Dossiers – wer bekommt die? Und was macht derjenige mit ihnen?«

Neven griff nach seiner Tasse und trank etwas Tee. Seinen ersten Schluck. »Ich weiß es nicht sicher, aber ich habe eine Vermutung. Ich glaube, alle Dossiers gehen an meinen Kontaktmann. Also auch die der anderen Scouts. Sie werden von ihm zusammengefasst.«

Danis Augen weiteten sich. »Moment. Was sagst du da? Es gibt noch mehr Scouts?«

»Sechs in Europa. Inklusive mir.«

Sie ballte ihre Hände zu Fäusten. Sechs Scouts über ganz Europa verteilt. Wenn jeder pro Monat zwei Dossiers liefern musste, machte das zumindest hundertvierundvierzig pro Jahr. Und hinter jedem steckte ein junges, außergewöhnlich hübsches Mädchen. »Was heißt ›zusammengefasst‹? In einem Bericht?«

»So was Ähnliches. Sie nennen es das ›Dark Book‹. Es ist eine Art Verzeichnis. Die Kunden wählen die Mädchen aus diesem Katalog aus. Wie Kinder zu Weihnachten ihre Spielsachen.«

»Und wer bekommt diesen Katalog?«

»Den bekommt man nicht. Der befindet sich im Darknet.

Die Adresse ändert sich immer wieder. Sie besteht aus einer komplexen Buchstaben- und Ziffernkombination. Du musst wissen, wie du über wen an den Link kommen kannst. Anders gibt es praktisch keine Möglichkeit, das Dark Book zu finden.«

Danis Wissen über das Darknet war bescheiden. Eigentlich wusste sie bloß, dass es als gewaltiges Paralleluniversum neben dem klassischen, viel kleineren Internet existierte. Dass es ein komplett verschlüsselter Bereich war, in dem man sich vollkommen anonym bewegen konnte. Wenn man wusste, wie.

Sie schloss für einen Moment die Augen und verspürte eine leichte Übelkeit. »Und du hast keine Ahnung, wer Anisa aus diesem Katalog gewählt hat, nicht wahr?«

Neven schüttelte den Kopf. »Ich bin überzeugt, ihr Dossier ist nie im Dark Book gelandet. Sagatov hat uns diesmal für sich selbst arbeiten lassen. Ich habe es in seinen Augen gesehen. Er wollte Anisa für sich.«

Dani sah ihn ungläubig an. »Für sich? Wie kommst du denn auf die Idee?«

»Weil die Pakete von einem Transporter immer direkt zum Zielkunden gebracht werden. Transporter sind Kuriere. Unabhängige, externe Profis.«

Die Pakete. Er entpersonifizierte die Opfer. Waren ihm die Mädchen egal, oder versuchte er, auf diese Weise mit seinen Taten einigermaßen klarzukommen?

»Und woher wusstest du, wohin dieser Transporter Anisa gebracht hat? Ich dachte, du spielst keine Rolle bei der Entführung.«

»Ich habe die Übergabe heimlich beobachtet. Sie fand bei der alten Lagerhalle statt. Dann bin ich dem Transporter gefolgt, bis zur Villa nach Neuwaldegg. Transporter liefern immer an den Kunden, und die Villa gehört der Familie. Und damit Sagatov.«

»Und dann? Was hast du dann gemacht?«

»Ich bin nach Hause gefahren und hab überlegt, wie ich die Polizei über die Vorgänge in Hohenwarten in Kenntnis setzen kann.« Er machte wieder eine kurze Pause. »Ich hatte mir einen wirklich guten Plan zurechtgelegt. Aber dann ist alles ganz anders gekommen. Die Operation war aus dem Ruder gelaufen, ohne dass ich es mitbekommen hatte.«

Dani nickte. »Du meinst Sandra Lohmann.«

»Der unplanbare Zufall. Sie hat die Entführung beobachtet und konnte flüchten. Einer der Männer ist ihr nach. Er hatte den Auftrag, sie zu stellen und zum Schweigen zu bringen. Die anderen beiden mussten unterdessen das Paket abliefern. Alles war minutiös geplant, es durfte keine Verzögerungen geben. Also haben sie ihren Mann zurückgelassen und wollten ihn und Sandras Leiche später holen.«

»Stattdessen hat Sandra ihren Verfolger erschlagen und konnte entkommen.«

Neven starrte wortlos an die Decke. Dani griff nach ihrer Tasse. Das Puzzle war beinahe komplett.

Vor den Fenstern dimmte wirres Schneetreiben das ohnehin schon magere Tageslicht. Der stürmische Wind fing sich in den Ecken und Ritzen des alten Hauses und sorgte für gespenstische Zwischentöne, während Neven still und konzentriert an seiner Zeichnung arbeitete.

Danis Gedanken hatten sich derweil zu einer düsteren, dystopisch anmutenden Welt verwoben. Und sie selbst war zu einem Teil dieser Dystopie geworden. Durch Neven hatte sie Einblick erhalten, und sie spielte darin eine Rolle, ob sie wollte oder nicht. In kleinen Schlucken trank sie den inzwischen kaum mehr lauwarmen Tee. Langsam wurde sie sich der gefährlichen Illusion bewusst, der sie immer noch anhing. Dass die Guten am Ende immer siegten. Die Protagonisten in Nevens abartiger Welt scherten sich einen Dreck um Gesetze. Und Neven selbst war der Gute in dieser bösen Welt. Welche Bedeutung hatten Gut und Böse ohne die richtige Verortung?

»Mal ehrlich, Neven: Warum stehen Nico und ich auf eurer Liste? Weil Sagatov glaubt, wir hätten die beiden Männer am See umgebracht?«

»Das hat nichts mit Sagatov zu tun. Es geht einzig um Maxims

Rache. Der Mann, den Sandra Lohmann im Wald erschlagen hat, hieß Vulko. Er war Maxims Sohn.«

»Ach du Scheiße.«

Dani faltete die Hände vor ihrem Gesicht. Rache für den toten Sohn. Dieses Motiv ergab auch in ihrer Welt Sinn. Nachdem der Anschlag auf die »Mörderin« seines Sohnes kläglich gescheitert war, hatte Maxim auch die Personen, die seine Pläne durchkreuzt hatten, auf seine persönliche Liste gesetzt. Nico war ihm schlichtweg als Erster vors Zielfernrohr gelaufen, und Maxim hatte keine Sekunde verloren. Sie hatte also einen Feind im Nacken sitzen, der alle eiskalt beseitigte, die sich seinem Ziel in den Weg stellten. Er kannte keine Skrupel und hatte ein starkes Motiv.

Neven verfolgte sein Ziel ebenso konsequent. Er wollte der jungen Frau, die er liebte, das Leben, das ihr Sagatov genommen hatte, zurückgeben. Danis Ziele ließen sich hingegen nicht so einfach zusammenfassen. Was wollte sie? Die Mörder ihrer beiden Partner finden und verhaften? Sagatov stellen und seine Organisation ein für alle Mal zerschlagen? Und an welcher Stelle stand für sie die Rettung der entführten Mädchen? Tanzte sie auf zu vielen Hochzeiten?

Organisierter Menschenhandel im Darknet. Es ging einzig und allein ums Geld. Da war ein lukrativer Markt voller kranker Psychopathen, und dieser Markt wurde routiniert bedient. Von einer Gruppe der bulgarischen Mafia. Womöglich weltweit und seit Jahren. Über eine virtuelle Handelsplattform, die »Dark Book« genannt wurde. Wenn Neven recht hatte und Anisas Dossier nie auf diesem Marktplatz gelandet war, gab es vielleicht tatsächlich eine Chance, sie zu finden. Aber war die Schlussfolgerung richtig, Sagatov hätte persönlich Interesse an Anisa, bloß weil sie nach der Entführung in die Villa der Familie gebracht worden war?

Je länger Dani darüber nachdachte, umso mehr wuchsen ihre Zweifel. Nevens Theorie war alles andere als wasserdicht. Es bestand die Möglichkeit, dass er sich irrte. Er hatte sich in das Mädchen verliebt und beurteilte die Lage nicht objektiv.

Es stand ihres Erachtens keinesfalls fest, dass sich Anisa nach wie vor in Sagatovs Obhut befand. Hinter ihrer Entführung konnte zum Beispiel sehr wohl ein profanes finanzielles Interesse stecken. Vielleicht war sie als Geschenk für einen besonderen Geschäftspartner gedacht gewesen. Wie auch immer. Sagatov und seine Männer agierten geradlinig, selbst wenn mal etwas schiefging. Sie leisteten sich keine Nachlässigkeiten. Sie reagierten äußerst empfindlich auf eigene Verluste und ließen keine Zeugen frei herumlaufen.

Plötzlich lief Dani ein Schauer über den Rücken. »Es ist unlogisch. Warum hat mich die Bestie am Leben gelassen?«

Neven erstarrte mitten in der Bewegung. Seine Reaktion löste in Dani das Gefühl aus, dass sie die Wahrheit nicht sehen konnte, obwohl die ihr direkt ins Gesicht starrte. Plötzlich wurde ihr wieder schmerzhaft bewusst, dass sie trotz der vielen inzwischen gelösten Rätsel nach wie vor keine Erleichterung empfand. Dass noch immer eine tonnenschwere Last auf ihren Schultern zu ruhen schien.

»Warum sitzen wir hier und reden, Neven? Anstatt Maxim und diese Bestie zu suchen? Was verschweigst du mir?«

Neven klappte den Block zu und legte den Kohlestift auf den Tisch neben seine Tasse. »Weil wir warten, dass Maxim sich bei mir meldet.«

»Du weißt, dass er das tun wird?«

»Gestern Abend habe ich einen neuen Auftrag erhalten. Sagatov möchte, dass ich Maxim helfe.«

Dani richtete sich auf. »Wobei?«

»Ich weiß es nicht. Ich muss auf Maxims Anruf warten.«

»Lüg mich nicht an, Neven. Ich kann es sehen, wenn du lügst.«

Neven senkte den Kopf. Er wartete einen Augenblick, dann nickte er. »Also gut. Ich soll Maxim helfen, sein Problem zu lösen. Sagatov hat es nicht ausgesprochen, aber es liegt auf der Hand, dass es um Sandra Lohmann geht.«

»Sandra ist traumatisiert und hat Erinnerungslücken. Womöglich leidet sie an einer schweren psychischen Krankheit. Einer Persönlichkeitsstörung. Sie weiß nicht, was sie getan hat.«

»Das ist Maxim egal.«

»Zudem steht sie unter Zeugenschutz und ist an einem geheimen Ort untergebracht.«

»Genau das ist wahrscheinlich das Problem.«

»Natürlich ist das ein Problem für euch. Sandra ist in Sicherheit, ihr könnt sie nicht finden. Perfekt.« Sie machte eine kleine Pause. »Aber was hat das alles mit mir zu tun?«

Neven rieb sich die Nasenwurzel mit beiden Zeigefingern. »Ich bin nicht sicher. Aber ich denke, Ivan durfte dich nicht umbringen, weil Maxim hofft, von dir Sandras Aufenthaltsort erfahren zu können.«

Dani schüttelte den Kopf. »Wie kommt er denn auf die Idee? Ich habe keine Ahnung, wo sie ist. Und ich könnte es nicht mal in Erfahrung bringen, wenn ich wollte. Ich befinde mich am unteren Ende der Hierarchie. Ich bin das letzte Glied in einer endlos langen Kette.«

Neven ließ resignierend den Kopf hängen. Dani fühlte sich wie eine begriffsstutzige Schülerin. »Was jetzt? Was kapier ich nicht?«

Plötzlich unterbrach ein dumpfes Summen ihre Unterhaltung. Neven zippte eine Seitentasche seines Rucksacks auf und zog sein Mobiltelefon heraus. Nach einem kurzen Blick auf den Bildschirm wandte er sich Dani zu. Legte seinen Zeigefinger an die Lippen. Dani nickte.

»Da?«

Danis Englisch war passabel, und ihr Schulfranzösisch reichte, um sich zur Not über Wasser zu halten. Aber Russisch verstand sie kein Wort.

Neven beschränkte sich auf simple Antworten und einige wenige kurze Fragen. Nach einer knappen Minute drückte er die Verbindung weg.

Dani beugte sich über die Tischplatte. »War er das?«

Neven nickte, dann tippte er auf den Bildschirm und drehte das Gerät in ihre Richtung. »Kannst du mir sagen, wer das ist?«

Ein eisiger Schock jagte durch ihre Gliedmaßen. Ihr Magen krampfte sich schmerzhaft zusammen. Ein Vorhang öffnete sich, und plötzlich konnte sie die Kulisse dahinter sehen. Sie erhaschte gleichsam einen kurzen Blick ins Innere des Clans. Was er tat. Wie er arbeitete. Wie er seine Ziele erreichte. Ihre nächsten Worte waren ein leises Flüstern. »Woher hast du das Foto?«

»Maxim hat es mir eben geschickt. Wer ist das?«

So ähnlich musste es sich anfühlen, wenn man von einer Kugel in den Bauch getroffen wurde. War sie so naiv gewesen? Mit jeder Faser ihres Körpers verstand Dani und hätte am liebsten losgeschrien.

Neven wiederholte seine Frage. »Wessen Foto hat mir Maxim da geschickt?«

»Das ist meine Schwester, Neven! Das ist meine kleine Schwester!«

Ihr wurde eiskalt. Mit zitternden Fingern zog sie ihr Mobiltelefon aus ihrer Jacke.

»Du solltest jetzt keinesfalls mit irgendjemandem telefonieren.«

»Aber ich muss sie vor euch Verrückten beschützen! Ich muss sie verdammt noch mal beschützen!« Ihre Stimme überschlug sich.

»Steck das Telefon ein.«

»Ich warne euch, Neven. Lasst eure Finger von Nadja.«

»Es ist zu spät. Ich habe das nicht in der Hand.«

»Was meinst du mit ›zu spät‹?«

»Ich meine damit, dass die Sache schon gelaufen ist. Deine Schwester ist bereits in Maxims Gewalt.«

Ihre Haut begann zu kribbeln, als wäre sie in einen Ameisenhaufen gestürzt. »Ich krieg keine Luft mehr, Neven. Ich muss hier weg. Ich muss hier sofort weg.«

Sie wollte aufspringen, aber Neven hielt sie fest. »Nein. Du bleibst hier und beruhigst dich. Und wenn du dich beruhigt hast, überlegen wir, was wir tun. Wir beide lösen dieses Problem, okay? Wir werden diese Sache ein für alle Mal aus der Welt schaffen.«

Während der Rückfahrt nach Wien musste Dani pausenlos an Nico denken. Was hätte er in dieser Situation getan? Was hätte er ihr geraten? Sie fand keine passenden Antworten.

Nico war ein Kopfmensch gewesen. Ein Philosoph und Stratege. Er hatte sie unter seine Fittiche genommen, weil sie anders war als er. Weil sie ihn optimal ergänzte. Sie war eine Kämpferin. Eine Soldatin. Er hatte an sie geglaubt, sie gefördert und ihr eine große Zukunft prophezeit. Jetzt stand sie vor einer riesigen Prüfung. Ihn zu enttäuschen, war keine Option.

Dani hatte seine Stimme im Ohr, als säße er neben ihr. *Deine Hartnäckigkeit gefällt mir. Du gibst niemals auf.*

Mit hoher Geschwindigkeit pflügte sie durch den knöchelhohen Schneematsch. Als sie das lange Schweigen brach, hatte ihre Stimme wieder merklich an Festigkeit gewonnen. »Wohin genau soll ich fahren?«

»Ich zeige dir den Weg. Wir müssen ein paar Sachen holen. Ausrüstung.«

Das klang gut. Ausrüstung klang nach Kämpfen.

»Und du bist sicher, dass sie in dem Landhaus sind?«

»Sagatov hat gesagt, ich soll nach Győr fahren. Ein Versteck liegt ganz in der Nähe von Győr. Ich war mal dort.«

»Und wie viele Männer, denkst du, sind bei ihm?«

»Maxim ist wie Ivan ein Einzelgänger. Ich vermute, sie sind allein. Vielleicht ist ein Dritter bei ihnen, aber nicht mehr.«

Eine halbe Stunde später überquerten sie die Donau im Norden Wiens. Auf der Autobahn stadtauswärts nahmen sie die erste Ausfahrt. Bahnten sich ihren Weg durch ein Industriegebiet und hielten schließlich an der Einfahrt zu einem riesigen, eingezäunten Grundstück. Neven reichte Dani einen Chip und deutete auf den elektronischen Schalter, der auf einer Metallsäule in Höhe des Fahrerfensters montiert war. Am Sensor sprang ein Lämpchen von Rot auf Grün, und das massive Tor setzte sich in Bewegung. Es war ein großes Lager. Dutzende Hallen. Gesäumt von alten, mit Vorhängeschlössern gesicherten Holzbaracken. Neven lotste sie durch das Labyrinth der Gebäude in den hinteren Teil des Areals, wo neben einem Autofriedhof zahlreiche Stahlcontainer vor sich hinrosteten. »Wir sind da.«

Dani stellte den Motor ab, stieg aus und folgte Neven. Vor einem der metallenen Riesenkästen, die alle auf dicken Holzbalken ruhten, ging er in die Knie und schob seine rechte Hand in den Spalt unter dem Container. Nach kurzem Tasten fischte er einen kleinen Schlüssel hervor, steckte ihn in das Vorhängeschloss und hantierte an der Verriegelung. Im nächsten Augenblick schwangen die Türen überraschend geräuscharm auf.

Der Container maß zwei mal drei Meter und war nahezu leer. Auf der rechten Seite stand ein Motorrad ohne Nummerntafel. Neven ignorierte das Fahrzeug und griff nach einer schwarzen Sporttasche, die an der linken Seitenwand an einem Haken hing.

Dani blickte skeptisch drein. »Das ist alles?«

»Ja. Mehr brauchen wir nicht.«

Neven stellte die Tasche auf den Boden und zog eine Holzschachtel heraus. »Die ist für dich.«

Dani nahm die Kiste entgegen und öffnete den Deckel. Eine Beretta 92 mit zwei vollständig bestückten Zusatzmagazinen.

Nevens Blick sprach Bände. »Deine Dienstwaffe lassen wir besser hier.«

24

Dani saß an der Kante des Doppelbettes und starrte aus dem Fenster. Tiefe, schiefergraue Wolken zogen am Himmel dahin, über brachliegende Felder, die bis zum Horizont reichten. Heftige Böen fauchten durch den nahen Windschutzgürtel und bogen die Äste Richtung Osten. Ganz so, als wollten sie ihr den Weg weisen. Die österreichisch-ungarische Grenze verlief nur einen Steinwurf von dem Gasthof entfernt, der ihnen bis zum Abend als Unterschlupf dienen sollte.

Ein unerwarteter, aber naheliegender Gedanke zuckte durch ihr Gehirn. Sie verbrachte den vielleicht letzten Nachmittag ihres Lebens mit einem jungen Mann in einem Hotelzimmer, ohne ihn auch nur ein einziges Mal zu berühren. Ohne von ihm berührt zu werden. *Was stimmt nicht mit mir?* Im nächsten Augenblick war der Gedanke wieder verschwunden.

»Woher hast du die Beretta?«

Die fremde, perfekt gepflegte Waffe wog um ein Drittel mehr als ihre Glock. Gleiches Kaliber, aber weniger Patronen im Magazin. Sie war massiv und für kräftige Männerhände gebaut. Vertrauen signalisierend.

Aus dem Bad erhielt Dani eine Gegenfrage. »Hast du die Gravur an der Unterseite des Griffes gesehen?«

Sie stellte die Waffe auf den Kopf. Das Symbol bestand aus einem Kreis, einer ihn umschließenden Sichel und einem darüberliegenden Zeichen, das entfernt an ein »F« erinnerte. »Ja. Wofür steht das?«

»›Jobbik‹. Sie gehörte einem Rechtsextremen. Einem Ungarn.«

»Einem Nazi? Hat sie eine Geschichte?«

»Keine besonders glorreiche, fürchte ich.«

Dani zielte ohne das geringste Zittern auf den Fenstergriff. Es reizte sie, einfach abzudrücken und irgendetwas zu zerstören. Fortan und vielleicht für den Rest ihres Lebens würde sie immer eine Waffe in Griffweite haben.

Die letzten Stunden hatten sie gemeinsam unterschiedliche Szenarien durchgespielt. Aktionen und Reaktionen. Mit Wahrscheinlichkeiten jongliert. Je intensiver sie gearbeitet hatten, umso mehr war Danis Zuversicht gewachsen. Trotzdem wusste sie, dass sie der Aufgabe allein in keiner Weise gewachsen war. Und selbst wenn es ihr gelingen sollte, Nadja aus der Gewalt dieser Männer zu befreien, würde ihr Leben danach nicht mehr dasselbe sein. Sie würde danach nicht mehr dieselbe sein. Wenn sie heute Nacht starb, was würde man über sie sagen? Würde man ihr Leichtsinn oder Selbstüberschätzung vorwerfen? Oder Verständnis aufbringen für ihre einsamen Entscheidungen? Ihr gemeinsamer Plan baute darauf auf, dass Neven den Russen richtig einschätzte. Behielt er recht, hatten sie eine Chance. Wenn nicht …

Mit einer ärgerlichen Handbewegung schob Dani ihre Zweifel beiseite. Natürlich war es riskant. Natürlich konnte vieles schiefgehen. Aber noch war sie nicht übergeschnappt. Noch funktionierte ihr Gehirn tadellos, und der Plan war schlüssig. Auch Neven schien mit dem Ergebnis ihrer Arbeit zufrieden zu sein. Er lächelte sogar ein wenig, als er aus dem Badezimmer kam. »Wir haben noch etwas Zeit. Zieh dich an. Machen wir einen Spaziergang.«

Dani zuckte unwillkürlich zusammen. Spazieren. Nie wieder würde sie mit Nico frühmorgens den Weidlingbach entlangspazieren, um anstehende Fälle zu diskutieren. Das letzte Mal schien eine Ewigkeit zurückzuliegen. Während Neven die Notizzettel, die im ganzen Zimmer verstreut herumlagen, einsammelte und in seinen Rucksack stopfte, schlüpfte Dani in ihre Jacke und band ihre Schuhe.

Sentimentalität half ihr nicht weiter. Sie musste lernen, mit Endgültigkeiten zu leben.

Nebel umhüllte die Welt der Dinge. Konturen und Flächen waren nur als Schemen zu erkennen und liefen wie Wasserfarben ineinander. Vereinzelt schwebten Schneeflocken vom monochromen Himmel. Sie gingen, ihre Köpfe zwischen die

Schultern gezogen, einen einsamen Feldweg entlang. Ohne einander anzusehen. Ohne ein Wort miteinander zu wechseln.

Dani dachte an ihre Berufung. An den Eid, den sie geschworen hatte. Das Verbrechen zu bekämpfen, um die Welt ein Stückchen sicherer und damit für alle lebenswerter zu gestalten. Den Gesetzen folgend hätte sie Neven Horvath längst aus dem Verkehr ziehen und ins Gefängnis stecken müssen. Stattdessen hinterging sie ihre Vorgesetzten und Kollegen. Hatte eigenmächtig entschieden, mit dem Feind zusammenzuarbeiten. Sich mit ihm verbündet. Und war wild entschlossen, wenn nötig dasselbe zu tun wie er. Zu töten. Er tat es, um seine verschwundene Liebe zu retten. Sie würde es für ihre entführte Schwester tun. Und womöglich auch für ihre ermordeten Partner.

Ihr war plötzlich schmerzlich bewusst, dass sie nicht mehr in der Lage war, in ihren alten Kategorien zu denken. Seit Nicos Tod zweifelte sie an ihrem Weltbild. Seit Nadjas Entführung stimmte das Gesamtgefüge nicht mehr. Es löste sich zusehends auf. Zerfiel vor ihren Augen zu wertlosem geistigem Staub. *Prinzipien sind scheiße. Wenn ich überleben will, muss ich sie alle über den Haufen werfen.* Ins Schweigen hinein stellte sie eine der Fragen, die sie am meisten quälten. »Glaubst du an Gerechtigkeit?«

»Nein. Es gibt keine Gerechtigkeit.«

»Ich denke die ganze Zeit nur an Rache. An Rache für Nico. Und an Rache für das, was sie Nadja antun.«

Neven nickte. »Ich verstehe, was du meinst. Sich zu rächen, bringt nur nichts. Es fühlt sich kurzzeitig an wie Gerechtigkeit. Ist aber keine. Leider kapierst du das erst nachher. Vorher willst du davon nichts hören.«

»Das klingt, als ob du das alles schon einige Male durchgemacht hättest.«

»Hast du schon mal jemanden umgebracht?«

»Nein.«

»Normalerweise würde ich dir raten, es sein zu lassen. Man gewöhnt sich zu schnell daran.«

»Normalerweise?«

»Leider hast du keine Wahl.«

Neven blieb stehen und sah sich um. Der Nebel verdichtete sich, und der Schneefall nahm zu. Weit und breit war keine Menschenseele zu sehen oder zu hören. Er ließ sich auf ein Knie sinken und holte die dicht beschriebenen Zettel aus seinem Rucksack. Zerknüllte jeden einzelnen und warf sie alle in eine kleine Mulde am Wegrand. Ein Streichholz flammte auf. Dani beobachtete, wie das Feuer das Papier vollständig auffraß. Kleine Funken stiegen auf und verglühten rasch. Der Wind nahm die Ascheteilchen mit ins Nirgendwo.

Vergiss nie, sämtliche Motive einer Handlung zu ergründen. Nur so hast du eine reale Chance, der Wahrheit nahezukommen.

Nico war wieder in ihrem Kopf. Er würde für immer dort sein.

»Hast du eine Familie?«

Mit einem Ast stocherte Neven in der erlöschenden Glut und überzeugte sich, dass alles restlos verbrannt war. »Nein.«

»Was ist passiert?«

»Darüber will ich nicht sprechen.«

»Ich würde aber gerne mehr über den Menschen wissen, der mir das Leben gerettet hat.«

»Ich habe Donko und Stojan ausgeschaltet, damit ihr Anisa befreien könnt.«

Dani schob ihre Hände tief in ihre Jackentaschen. »Ich weiß. Mir ist schon klar, dass du die beiden nicht aus Liebe zu mir über den Jordan geschickt hast.«

»Sie haben es verdient zu sterben.«

Dani hob ihr Gesicht zum Himmel und spürte die schmelzenden Schneeflocken auf ihrer Haut, die lindernde Kühle auf ihrer geschwollenen Wange. »Was ist mit dir passiert, dass du so geworden bist?«

»Ich möchte meine Geschichte für mich behalten. Es ist besser so.«

»Manchmal tut es aber gut, über sich selbst zu sprechen. Ich nehme an, du hast nicht viele Freunde.«

Schweigen.

»Mir geht es ähnlich. Ich habe auch nicht viele. Mein Vater hat uns verlassen, als ich gerade zwölf geworden war. Ein tolles Geburtstagsgeschenk.«

Schweigen.

»Woher kommst du? Warum kannst du so gut mit diesen Wurfmessern umgehen?«

Dani beobachtete ihn aus den Augenwinkeln. Der frische Schnee knirschte unter ihren Sohlen.

»Der brennende Zirkuswagen, nicht wahr? Deine Zeichnung. War das dein Zuhause?«

Da sie auch diesmal mit keiner Reaktion rechnete, kam seine plötzliche Antwort umso überraschender.

»Mein Vater hat es mir beigebracht.«

Dani sah auf. »Das Messerwerfen?«

Neven nickte.

»Stammst du aus einer Zirkusfamilie?«

Wieder ein Nicken.

»Was ist passiert? Was hat es mit der Zeichnung auf sich?«

»Sie sind im Feuer umgekommen.«

»Deine Eltern? Waren sie in dem Wohnwagen?«

Neven blieb stehen und sah sie mit seinen traurigen dunklen Augen an. Wassertropfen hingen in seinen Brauen und Wimpern. »Sie sind tot. Alle. Mehr musst du nicht wissen.«

Dani ließ ihren Blick wandern. Der Weg vor ihnen führte ins Nichts. Eine dünne Schneeschicht bedeckte inzwischen die Wiesen und Felder.

»Wie ist Anisas Entführung eigentlich abgelaufen? Wieso war sie bei der Kapelle? Hast du sie dorthin gelockt?«

»Nein. Sie hat trainiert. Fünfmal die Woche ist sie die Runde vom Internat zum See und zurück gelaufen. Jeden Tag außer Dienstag und Freitag. Auch am Wochenende. Immer um die gleiche Uhrzeit.«

Dani rief sich die örtlichen Gegebenheiten in Erinnerung. »Die Männer konnten sich bei der Kapelle gut verstecken, nicht wahr?«

»Ja. Und der letzte Anstieg zur Lichtung ist steil. Sie war immer ziemlich außer Atem, wenn sie oben ankam.«

Jede Kleinigkeit war berücksichtigt und ausgenutzt worden. Dani hatte wenig Mühe, die Szenerie vor ihrem geistigen Auge ablaufen zu lassen. Sie blieb stehen. »Drehen wir um. Ich habe keine Lust mehr weiterzugehen.«

Ohne Widerrede machte Neven kehrt. Dani stieg beim Rückweg in ihre eigenen Spuren. Wie sie es als Kind schon immer getan hatte. »Was hat es mit diesem Ivan auf sich? Wieso wird er die ›Bestie‹ genannt? Woher hat er diesen Namen?«

»Woher schon? Er ist ein Ungeheuer.«

»Das seid ihr alle.«

»Ich weiß, wozu er imstande ist.«

»Vielleicht fällt es mir leichter, ihn abzuknallen, wenn ich es auch weiß.«

Hab ich das eben wirklich gesagt?

Neven ließ sich Zeit. Es schien, als führte er einen permanenten inneren Kampf, welche Informationen er preisgeben sollte und welche nicht. »Vor etwa einem Jahr haben sie mir eine Nachricht geschickt. Ich sollte nach Bratislava kommen. In ein Hostel am Stadtrand. Sie haben alle Scouts zusammengerufen. Wir waren zu sechst. Mit einem Kleinbus sind wir dann zu einer alten Fabrikhalle gebracht worden. Dort habe ich Ivan kennengelernt.«

»Was ist passiert?«

»Ein junger Scout, sein Name war Enrico, hatte versucht abzuhauen. Sie haben ihn geschnappt und vor unseren Augen zu Tode gefoltert. Auf dass wir nie vergessen, für wen wir arbeiten.«

»Gefoltert? Was meinst du damit?«

Nevens Stimme wurde immer leiser. Waren es die Erinnerungen, die ihn zwangen, die Augen zu schließen? »Ivan hat dem Jungen die Haut abgezogen. Streifen für Streifen. Bis er starb.«

Dani blieb stehen. »Ihr musstet das mit ansehen?«

»Seit dieser Nacht habe ich mit dem Tod meinen Frieden geschlossen. Der Tod verheißt Erlösung. Aber das Sterben, das jagt mir Angst ein.« Neven atmete hörbar ein. »Die Bestie taucht nur auf, wenn es Arbeit für sie gibt.«

»Arbeit? Du meinst doch nicht etwa Nadjas Entführung?«

»Nadja. Sandra. Dich. Ich weiß nicht, warum er plötzlich wieder aufgetaucht ist. Ich habe seit der Geschichte in Bratislava nichts mehr von ihm gehört.« Er richtete sich auf und hielt sein Gesicht in den eiskalten Wind. »Ich werde dir jedenfalls helfen, deine Schwester da rauszuholen.«

Dani wiegte ihren Kopf. »Und dafür bin ich dir wirklich dankbar. Aber verstehen kann ich es nicht. Warum tust du das? Warum hilfst du mir?«

»Ich verstehe selbst nicht, was mit mir passiert ist. Du hast es jedenfalls nicht verdient, dass du da so tief hineingezogen worden bist. Es wäre falsch, dir nicht zu helfen. Und feige.« Er rieb sich den Nacken. »Außerdem glaube ich, dass Maxim weiß, wo sich Sagatov aufhält. Schnappen wir Maxim, finde ich Sagatov. Und so werde ich auch Anisa finden.«

25

Zuerst wusste Dani nicht, was sie mit dem handgeschriebenen Brief an ihre Mutter machen sollte. Sie steckte ihn in die Innentasche ihrer Jacke und holte ihn im nächsten Moment wieder heraus. Ihn bei sich zu tragen, fühlte sich falsch an. Ihn im Gasthof zurückzulassen, ebenfalls. Schließlich nahm sie ihn mit in ihren Wagen. Schob ihn ins Handschuhfach und schloss die Klappe. Perfekt. Dieser Platz fühlte sich richtig an. Sollte ihr etwas zustoßen, würde man früher oder später ihren Wagen finden und die Tragödie aufklären können. Wenn nicht, würde sie das Schreiben bei ihrer Rückkehr vernichten.

Neven, der sie geduldig beobachtet hatte, stieg ein, ohne eine Frage zu stellen. Dani startete den Motor und legte den Rückwärtsgang ein. Neven lehnte sich entspannt zurück und faltete seine Hände.

Schwere Wolken lasteten auf der kahlen Landschaft, als sie den Gasthof in östlicher Richtung verließen. An der Staatsgrenze wurden sie weder von den österreichischen noch von den ungarischen Beamten eines Blickes gewürdigt. Ihr erstes Ziel war das Zentrum von Győr. Sie benutzten nur Landstraßen, um den Kameras zu entgehen.

Es war bereits dunkel, als Dani ihren Wagen im letzten Winkel einer spärlich beleuchteten Tiefgarage parkte. Den Kilometer zurück zum Hauptbahnhof, wo sie Neven zwanzig Minuten zuvor abgesetzt hatte, ging sie zu Fuß. Sie drückte sich in die Schatten der Hauswände, die Kapuze ihres Sweaters tief ins Gesicht gezogen. Als sie den vereinbarten Treffpunkt erreichte, wartete Neven bereits auf sie.

Dani musterte den mächtigen SUV, den Neven zwischenzeitlich unter falschem Namen angemietet hatte, mit einer Mischung aus Argwohn und Respekt. »Nicht gerade unauffällig, dieser Panzer.«

Neven lächelte ihr übers Dach hinweg zu. »Vielleicht brauchen wir etwas mit Durchschlagskraft. Vergiss die Handschuhe nicht, bevor du einsteigst.«

Zielsicher lenkte er den Wagen mit ausgeschalteten Scheinwerfern eine sanft ansteigende Forststraße entlang. Es kostete Neven einige Mühen, nicht ständig daran zu denken, was sie am Ende dieser Sackgasse erwartete. Ein Kampf auf Leben und Tod. Kugeln, Klingen und Blut. Er konnte nicht verhindern, dass weitere Menschen sterben würden. Die Frage war nur, auf welcher Seite und wie viele.

Die verzweifelte Polizistin, die in Hohenwarten weder ein noch aus gewusst hatte, war zum Glück verschwunden. Die Frau, die jetzt neben ihm saß und abwechselnd durch die Windschutzscheibe und auf den kleinen, hellen Bildschirm auf ihren Knien sah, strahlte Kampfbereitschaft aus. Mit dem Kinn deutete sie nach vorne. »Der Karte zufolge sind wir gleich da. Hinter dieser Erhebung muss es sein. Fünfhundert Meter.«

Neven reagierte augenblicklich. Er trat die Kupplung, ließ den Wagen nahezu lautlos ausrollen und parkte ihn mit Hilfe der Schwerkraft rücklings am Straßenrand ein. Keine Bremslichter. Kein Rückfahrscheinwerfer. Kaum Geräusche. Der leise Motor verstummte, und der Bildschirm am Armaturenbrett erlosch.

Dani schaltete das Mobiltelefon aus und nickte anerkennend. »Respekt. Wo hast du so zu fahren gelernt?«

»Gehört zur Grundausbildung.«

Er zog den elektronischen Schlüssel ab und reichte ihn ihr. »Bist du bereit?«

Sie seufzte. »Keine Ahnung. Ich hatte viel Glück in den letzten Tagen. Hoffentlich ist noch etwas davon übrig.«

Ihre zweifelnden Worte ließen ihn mitten in der Bewegung innehalten. Es kam nicht oft vor, dass er das Gefühl hatte, etwas sagen zu müssen. »Ob du überlebst oder nicht, hat wenig mit Glück zu tun. Sie haben mich gelehrt, dass du um dein Leben kämpfen musst. Es ist ganz einfach. Nur wenn du kämpfst, hast du eine Chance, es zu behalten.« Er stopfte seine Haare unter die Mütze und zog am Türgriff. »Die Löwin reißt nicht die

Antilope, die am wenigsten Glück hat. Sie reißt das schwächste Tier in der Herde.«

Damit stieg er aus, ohne auf eine Reaktion von ihr zu warten. Es kam auch keine. Sie folgte ihm.

Das Wetter stand auf ihrer Seite. Es hatte aufgeklart, und das blasse Mondlicht erleichterte die Orientierung. Ein schwacher Wind wehte konstant von vorne. Kein Nachteil, sollten Maxim oder Ivan Hunde dabeihaben.

Seite an Seite näherten sie sich der Anhöhe. Als sie die Kuppe erreichten, öffnete sich vor ihnen das Land. Hügel reihten sich in dunkler werdenden Abstufungen bis zum Horizont. Schwarze, bewaldete Flächen wechselten mit helleren, leicht beschneiten Wiesen und Feldern. Nahezu synchron gingen sie in die Hocke, mitten ins strohige Gras. Es roch nach harzigen Nadelbäumen und brennendem Holz.

Direkt unter ihnen, etwa zweihundert Meter Luftlinie entfernt, schmiegte sich ein eingeschossiges Holzhaus an den Rand des dichten Waldes. Neven erkannte den einfachen Riegelbau mit dem Blechdach sofort wieder. Seit er mit Sergej hier gewesen war, hatte sich augenscheinlich nichts verändert. Und nach wie vor gab es weder einen Zaun noch sonst eine sichtbare Begrenzung des Grundstücks. Die Forststraße zog unterhalb des Gebäudes eine kleine Schleife um eine Senke und endete direkt vor der Terrasse, über die man den Hauseingang erreichen konnte.

Neven deutete auf den Sportwagen, der neben einem protzigen Pick-up in der Zufahrt parkte. »Den Porsche kenne ich. Der gehört Maxim.«

Durch die Fenster an der Vorderseite des Hauses fiel stumpfes Licht. Aus dem Schornstein kräuselte sich feiner Rauch.

Neven lenkte Danis Aufmerksamkeit nach links. »Wir gehen durch dieses kleine Waldstück. Du versteckst dich wie besprochen hinter der Mauer, die den Gastank umgibt. Siehst du den Tank?«

Sie nickte.

»Die Mauer ist etwa einen Meter hoch und bietet gute Deckung. Du kannst von nahezu jeder Stelle den Eingangsbereich überblicken. Ich umrunde das Haus und beziehe Position rechts vom Eingang, hinter dem Holzstoß.«

»Gibt es Überwachungskameras?«

»Als ich zuletzt hier war, gab es keine.«

»Und wann war das?«

»Vor zwei Jahren.«

Neven prüfte ein letztes Mal den Sitz seiner Ausrüstung. Dani tastete nach ihrer Waffe und nickte. »Fertig.«

»Dann los. Holen wir deine Schwester da raus.«

Bis zuletzt hatte Dani die Hoffnung gehegt, einen eleganten, gewaltfreien Weg aus dieser haarsträubenden Situation zu finden. Einen Nico-Weg. Einen genialen Zaubertrick, mit dem sie Neven und sich selbst hätte verblüffen können. Aber ihr war nichts eingefallen. Absolut nichts. Es schien tatsächlich keine Alternative zu geben.

Neven hatte sie mit traumwandlerischer Sicherheit durch das finstere Waldstück bis zu besagter Mauer geleitet und war dann allein weitergelaufen. Kaum dass er aus ihren Augenwinkeln in die Nacht verschwunden war, zog Dani die Beretta und entsicherte sie. Das Gewicht der Waffe fühlte sich mittlerweile vertraut an. Sie lag satt, kompakt und einsatzbereit in ihrer Hand.

Noch einmal rief sie sich den kapitalen Fehler in Erinnerung, den sie vor zwei Tagen bei der Hütte am See begangen hatte. Als sie ihren flüchtenden Gegner aus den Augen verloren hatte und dieser plötzlich direkt neben ihr wieder aufgetaucht war. Ein Fehler, der sie um ein Haar das Leben gekostet hätte. Diesmal durfte es kein solches Versagen geben. Kein überflüssiges Abwägen oder Zögern. Kein schlechtes Gewissen, das ihr zum Nachteil gereichen würde. Sie hatten das Überraschungsmoment auf ihrer Seite. Es galt, diesen unschätzbaren Vorteil ohne falsche Rücksichtnahme zu nutzen.

Trotz des Schlafmangels diese Woche waren alle ihre Sinne hellwach. Sie hockte hinter der hüfthohen Mauer, beobachtete aufmerksam das Haus und die nähere Umgebung und wartete geduldig, dass Neven in Aktion trat.

Es war die Kälte, die ihm Sorge bereitete. Seine Treffsicherheit hing im Wesentlichen von der geschmeidigen Zusammenarbeit seiner Muskeln ab. Er musste unbedingt verhindern, dass er auskühlte, durfte also keine Zeit vergeuden.

Neven schätzte den Abstand von seinem Versteck zur Eingangstür auf sieben bis acht Meter. Fünf bis zu den Autos. Auf diese Entfernung traf er üblicherweise verlässlich ins Schwarze.

Der Mond schien jetzt von einem sternenklaren Himmel. Die Lichtverhältnisse waren den Umständen entsprechend ideal. Der Wind blies schwach und konnte vernachlässigt werden. Neven positionierte den golfballgroßen Stein, den er vorhin im Wald aufgelesen hatte, zwischen Daumen und Mittelfinger, visierte das Ziel an und warf. Der Stein schlug an den Schornstein, knallte auf das Blechdach, kullerte lautstark abwärts und sprang über die Regenrinne. Eine Fliese knackte, als er auf der Terrasse aufkam.

Unmöglich, dass dieser Krach im Inneren des Hauses unbemerkt geblieben war. Neven hielt den Atem an und fixierte die Eingangstür. Das erste seiner vier Messer ruhte in seiner Wurfhand.

Es dauerte etwa zwanzig Sekunden, bis sich die Klinke bewegte. Ein Mann erschien im Türrahmen. Neven hatte ihn nie zuvor gesehen. Er war groß und schlank, mit breiten Schultern und schütterem Haar. Er blickte sich vorsichtig um. In der rechten Hand hielt er deutlich sichtbar eine Pistole. Mit dem ersten Schritt über die Schwelle trat er in den Wirkungsbereich eines Bewegungsmelders. Ein starker LED-Strahler flammte auf und tauchte die Terrasse und die Autos in grelles Licht.

Der Mann ließ seinen Blick schweifen. Sah hinauf zum Dach und lauschte in die Nacht. Aber außer dem Rauschen des Windes in den Tannen und Fichten war nichts zu hören. Eine gute Minute stand er still da, wandte den Kopf mal hierin, mal dahin. Aufmerksam und konzentriert. Als das raue Krächzen eines

Vogels zu hören war, entspannte er sich und steckte die Pistole hinten in seinen Hosenbund. Kopfschüttelnd stieg er die drei Stufen von der Terrasse zum Vorplatz hinunter. Ein Griff in seine Jackentasche brachte eine Packung Zigaretten zum Vorschein.

Neven ging in Position.

Der Mann steckte sich eine Zigarette in den Mundwinkel. Knipste sein Feuerzeug an und tat den ersten Zug.

Anvisieren.

Für einige Sekunden blähte er genüsslich seine Backen. Dann hob er sein Gesicht. Öffnete den Mund, und der Rauch stieg wie kondensierender Atem langsam auf. Sein nackter weißer Hals bot ein perfektes Ziel für Nevens Messer.

Zuerst fiel das Feuerzeug zu Boden. Gleich darauf folgte die glimmende Zigarette. Und einen Wimpernschlag später verlor der kantige Kerl ohne sichtbaren Grund das Gleichgewicht. Als würde die Erde unter seinen Füßen weich werden und nachgeben wie Treibsand. Ohne den kleinsten Mucks von sich zu geben, sackte er kraftlos in sich zusammen. Es war ein kurzer, aussichtsloser Kampf gegen das Unvermeidliche, ehe er einen letzten Atemzug tat und an seinem eigenen Blut erstickte.

Zehn Sekunden später erlosch der Strahler, und Dunkelheit legte sich wie eine samtene Decke über den Vorplatz, die Fahrzeuge und die im Staub liegende, langsam ausblutende Leiche.

Dani, die den Kopf des Kerls die ganze Zeit über im Visier gehabt hatte, nahm dessen geräuschlosen Tod emotionslos zur Kenntnis. Geistig strich sie den ersten Punkt von Nevens Plan und verließ ihr Versteck. Tief geduckt legte sie die fünf Meter bis zur Hauswand in weniger als einer Sekunde zurück und ging sofort wieder in die Hocke. Ihr Blick wanderte zum Holzstoß. Von Neven war nichts zu sehen. *Worauf wartest du?* Sie kauerte nun direkt unter dem linken der beiden beleuchteten Fenster. Ihr Herz schlug bis zum Hals. Vorsichtig streckte sie ihre Beine. Die Scheiben waren stark verschmutzt. Sie musste eine geeignete Stelle suchen, um einen Blick ins Innere werfen zu können. Etwas weiter oben vielleicht. Sie stellte sich auf die Zehenspitzen.

Rechts im Hintergrund saß ein blasser Mann mit vernarbtem Gesicht an einem Tisch. Vor ihm stand ein aufgeklappter Laptop. Plötzlich tauchte von links ein Schatten auf. Dani erschrak, erkannte aber im nächsten Moment, dass sich bloß die Silhouette einer anderen Person vor das Licht einer Stehlampe geschoben hatte. Sie sah sie zwar nur von hinten, aber der Statur nach war es ebenfalls ein Mann. Kurz blitzte etwas an der Seite seines Kopfes auf. Ein Ohrring?

Dani drehte ihren Kopf zur Seite und bemühte sich, ihre Atmung wieder einigermaßen unter Kontrolle zu bekommen. Die aufsteigende Euphorie zu bändigen. Sie hatte sie gefunden: den kleinen, gelbhaarigen Russen, Maxim, und den Wahnsinnigen mit den Diamantohrringen und dem Totenkopf unter dem Auge, Ivan. Wenn die beiden hier waren, dann musste Nadja ebenfalls hier sein.

Dani umklammerte den Griff ihrer Waffe mit beiden Händen und sah noch einmal durchs Fenster. Diesmal suchte sie eine noch bessere Stelle und fand ein Stück weiter rechts einen kleinen, waagrecht verlaufenden Streifen.

Es war tatsächlich Ivan. Er drehte irgendetwas zwischen seinen Fingern. Hielt den Gegenstand hoch, vor sein Gesicht, als wollte er ihn genau untersuchen.

Danis Perspektive war nun eine andere. Links von Ivan konnte sie ein Bett erkennen. Da lag jemand. Eine Frau. Die Arme um den Kopf geschlungen, den schlanken Körper unnatürlich verdreht, die nackten Beine verkrampft angewinkelt.

Der Gegenstand in Ivans Händen war klein. Dani versuchte, ihre Augen auf die passende Entfernung scharf zu stellen. Es war ein längliches, zylindrisches Ding. Durchsichtig. Es sah aus wie ein Reagenzglas. Wie eine ... Spritze?

Als Dani die Nadel im Licht der Stehlampe aufblitzen sah, sprintete sie los.

Kaum dass Neven seine Angriffsvorbereitungen abgeschlossen hatte, vernahm er zwei, drei, vier rasch hintereinander gesetzte Schritte. Alarmiert spitzte er die Ohren. Laufschritte. Weiche Sohlen, die sich kraftvoll in den erdigen Untergrund gruben. Sand und Steinchen knirschten und flogen davon. Plötzlich flammte das Licht wieder auf. Als er seinen Hals reckte, um über den Rand des Holzstoßes zu spähen, hatte Dani die Terrasse bereits erreicht.

Neven reagierte, ohne nachzudenken. Ab sofort entschied jede Zehntelsekunde. Mit einem kraftvollen Sprung aus dem Stand überwand er seine Deckung und folgte Dani, die eben mit vorgehaltener Waffe die Eingangstür öffnete und zielstrebig das Haus betrat.

Im nächsten Moment knallte der erste Schuss.

Neven nahm alle Stufen auf einmal. Als er Sekundenbruchteile später die Tür erreichte, zerrissen zwei weitere, unmittelbar nacheinander abgefeuerte Schüsse die Nacht. Neven wusste, es gab keinen separaten Eingangsbereich. Mit dem ersten Schritt über die Türschwelle stand er mitten im Wohnraum. Danis Rücken nahm ihm die Sicht auf die rechte Seite des Zimmers, also wandte sich Neven automatisch nach links.

Da lag ein Mann am Boden. Er versuchte, sich mühsam über die Ellenbogen aufzurichten. Eine Hand presste er an eine blutende Wunde am Bauch, in der anderen hielt er eine Pistole und zielte unsicher in Danis Richtung. Aber sein zu einer wütenden Grimasse verzerrtes Gesicht war Neven zugewandt.

Ivan. Neven erkannte ihn sofort.

Die Bestie zögerte einen winzigen Augenblick zu lang. Ehe er sein neues Ziel anvisieren und seinen Finger um den Abzug krümmen konnte, war Neven über ihm und stieß die zwölf Zentimeter lange Klinge durch Ivans rechtes Auge tief in sein Gehirn. Die Pistole polterte zu Boden. Ivan kippte langsam nach hinten und war tot, bevor sein Kopf auf den Steinfliesen aufschlug.

Exakt in dem Moment stieß Dani einen schrillen Schrei aus. Neven, der eben sein nächstes Messer aus dem Holster zog, drehte sich ruckartig um. Irgendetwas stimmte nicht mit der Beretta. Anstatt ein drittes Mal auf Maxim zu feuern, schleuderte Dani die Waffe auf den am Boden liegenden Russen und stürzte sich auf ihn. Im Fallen griff sie mit ihrer rechten Hand nach dem dünnen Ladekabel des Computers, der auf dem Tisch stand, und riss es aus der Buchse. Der Laptop rutschte über die Kante und krachte auf den Boden. Der Bildschirm zersplitterte mit einem Knall.

Neven stand bewegungslos da. Er hatte keine freie Sicht auf sein Ziel.

Dani landete mit voller Wucht auf Maxim, der, dem vielen Blut zufolge, zwar getroffen worden war, aber trotzdem noch über genug Kraftreserven verfügte, um sich dem wütenden Angriff entgegenzustemmen. Seine hochgehaltene Faust traf die Angreiferin mitten ins Gesicht, aber Dani ignorierte den Treffer. Sie war nicht nur stärker als ihr Gegner, sie war auch schneller. Mit einer blitzartigen Bewegung wickelte sie Maxim den weißen Draht um den Hals. Einmal. Zweimal. Als sie mit aller Kraft an beiden Enden zog, hatte der Russe das winzige Zeitfenster bereits verpasst, das es ihm eventuell gestattet hätte, seine Finger zwischen das Kabel und seinen Hals zu schieben. Als er es schließlich doch noch verzweifelt versuchte, war es längst zu spät. Seine Finger fanden keine Lücke. Die Schlinge zog sich unbarmherzig zu. Dani schrie und warf sich mit vollem Gewicht nach hinten. Selbst als die Haut am Hals ihres Opfers riss und das Kabel tief ins Fleisch schnitt, gab sie keinen Millimeter nach. Und noch als der Körper des Russen bereits schlaff und leblos unter ihr lag, schien sie ihren Sieg noch immer nicht wahrzunehmen.

Neven steckte das Messer weg und beugte sich zu ihr. Grub seine Finger, so fest es ging, in ihre harten Schultern und versuchte mit sanfter Stimme, zu ihr durchzudringen. »Lass los, Dani. Es ist vorbei. Er ist tot.«

Es dauerte eine gefühlte Ewigkeit, bis sie in der Lage war nachzugeben. Ihr Schreien hatte sich zu einem verzweifelten Schluchzen gewandelt, als sie ihre verkrampften Arme endlich lockern konnte. Blut lief aus einer Platzwunde über ihrem linken Auge und mischte sich auf den Wangen mit Tränen. Kraftlos kippte sie schließlich nach hinten in seine Arme, das Kabel noch immer um ihre Hände gewickelt.

Neven drückte ihren Kopf fest an seine Brust.

Die Umgebung nahm langsam wieder Konturen an. Linien und Flächen schälten sich aus dem verschwommenen Einerlei. Gewannen Klarheit und Farbe und verbanden sich zu vertrauten Formen. Raum und Zeit kehrten zurück. Und Dani konnte wieder atmen, konnte sehen und Einzelheiten erkennen, konnte fühlen, wie fürchterlich übel ihr war. Ihr Magen rumorte und krampfte schmerzhaft. Mit einer abrupten Drehung entwand sie sich Nevens festem Griff und würgte mehrmals, aber es gab nichts zu erbrechen. Sie spuckte bloß grünen Schleim und Galle. Es schmeckte wie Gift. Als der Brechreiz nachließ, hob Dani ihren Kopf und versuchte, sich zu sammeln.

Jetzt war es also passiert. Diesmal gab es keinen Zweifel. Sie hatte gezielt auf Menschen geschossen. Und als die verfluchte Waffe ihren Dienst verweigert hatte, hatte sie die Aufgabe mit ihren eigenen Händen vollendet. Ohne Fragen zu stellen. Ohne zu zögern. Sie hatte nicht einmal im Traum daran gedacht, die Männer zu verschonen. Sie war bloß ihren Instinkten gefolgt. Sie hatte nur – gehandelt.

Getötet.

Sie saß am Boden und spürte warmes Blut ihr Gesicht hinablaufen. Über den Nasenrücken. Über die linke Wange. Sie betrachtete ihre Hände. Vorsichtig wickelte sie das Kabel ab und zog die Handschuhe aus. Tiefe rote Striemen liefen quer über ihre Handflächen.

Neven kniete neben ihr. Scheinbar aus dem Nichts hatte er einen großen Verbandskasten herbeigezaubert. Mit einem Finger hob er ihr Kinn und lenkte ihr Gesicht. Das Desinfektionsmittel brannte fürchterlich, aber Dani verzog keine Miene. Mit feuchten Tüchern reinigte er ihr Gesicht. »Ich muss die Wunde klammern. Halt still.«

Dani schloss die Augen. Es folgten ein Klacken und ein Stich. Ein zweites Klacken und ein zweiter Stich. Sie blinzelte und versuchte, sich zu orientieren. »Nadja?«

»Sie ist da drüben. Hinter dir. Keine Sorge, sie lebt. Halte noch einen Moment still, du kannst gleich zu ihr.«

Aber Dani konnte nicht länger warten. Sie wischte Nevens Arm zur Seite und bemühte sich, auf die Beine zu kommen.

Neven fasste unter ihre Ellenbogen und half ihr auf. »Wenn du mir den Autoschlüssel gibst, hole ich den Wagen, während du dich um deine Schwester kümmerst.«

Dani ignorierte seine Aufforderung. Sie hatte im selben Moment die Spritze entdeckt, die mitten im Raum am Boden lag. Auf Nevens Unterarm gestützt, ging sie langsam auf sie zu. »Was ist da drin, Neven? Was haben ihr die Schweine gespritzt?«

Neven bückte sich. Im Injektionsbehälter befand sich eine farblose, klare Flüssigkeit. »Ich nehme an, ein starkes Beruhigungsmittel.« Er sah sich um. Auf dem Beistelltisch neben der Stehlampe, am Kopfende des Bettes, lagen eine kleine Ampulle und eine offene Medikamentenschachtel. Neven ließ Dani los, stieg über Ivans Leiche und nahm das winzige Glasbehältnis an sich. »Dormicum.« Er legte die Spritze und die Ampulle zurück auf den Tisch. »Das Medikament verwenden sie oft. Deine Schwester ist vollkommen weggetreten, aber ansonsten wohlauf. Du musst dir keine Sorgen machen.«

»Keine Drogen?«

»Nein. Keine Drogen.«

Dani richtete sich auf und holte tief Luft. »Okay. Dann lass uns abhauen. Du holst den Wagen?«

Neven nickte und hielt ihr eine Hand entgegen. Dani fasste in ihre Hosentasche und gab ihm den Schlüssel. Ohne ein weiteres Wort wandte sich Neven um und verließ das Haus. Dani blieb mit ihrer Schwester und den Leichen der beiden Männer zurück. Die Übelkeit hatte mittlerweile deutlich nachgelassen, dafür drängten nun die körperlichen Schmerzen in den Vordergrund. Ihr Gesicht brannte, ihre Finger waren taub, und ihr Körper fühlte sich an, als hätte sie mehrere Runden gegen einen übermächtigen Gegner geboxt. An die permanenten Kopfschmerzen hatte sie sich mittlerweile beinahe gewöhnt.

Dani schüttelte sich. Mit ihren eigenen Blessuren würde sie sich später beschäftigen. Nun musste ihre volle Aufmerksamkeit ihrer Schwester gelten.

»Nadja?«

Zögerlich trat Dani an das Bett heran. Für einen winzigen Moment fürchtete sie, eine fremde Frau vor sich zu haben. Sie berührte sie am Oberarm und drehte sie vorsichtig auf den Rücken. Der Schock des Erkennens war zugleich eine Erlösung. Es war ihre Schwester. Sie hatte sie tatsächlich gefunden. Und sie lebte.

»Nadja! Ich bin's, Dani. Kannst du mich hören?«

Vorsichtig nahm sie Nadjas Gesicht in die Hände. Ihre Wangen fühlten sich kühl und klebrig an, als hätte sie vor Kurzem stark geschwitzt. Sie war bei Bewusstsein, aber ihre suchenden Augen schienen eine andere Wirklichkeit zu sehen. Sanft legte Dani zwei Finger an den Hals ihrer Schwester. Sie fühlte einen schwachen, aber gleichmäßigen Puls.

Sie mussten schleunigst von hier verschwinden. Unter dem Fenstersims, links neben dem Bett, stand ein Sessel. Auf der Sitzfläche lagen Jeans und ein dicker Pullover. Über der Lehne hing eine dunkelblaue Steppjacke. Ohne Zweifel Nadjas Kleidung. Dani zog die dünne Bettdecke zurück und musste sich zum wiederholten Male zwingen, die schreckliche Ahnung, ihre kleine Schwester könnte vergewaltigt worden sein, beiseitezudrängen.

Dani schnappte sich die Hose und zog sie über Nadjas schlaffe Beine. Es ging rascher und einfacher, als sie befürchtet hatte. Sie gewann sogar den Eindruck, als helfe Nadja nach Kräften mit, obwohl sie nach wie vor keine selbstständigen Bewegungen vollführte. Aber sie atmete nun tiefer, und hier und da ließ sie ein schwaches Piepsen oder Räuspern hören.

»Alles wird wieder gut, meine Kleine. Ich bring dich jetzt nach Hause.«

Als Nächstes zog Dani ihre Schwester in eine sitzende Position. Drehte sie an die Bettkante, sodass ihre Beine nach unten hingen, und streifte ihr den Pullover über. Es folgten Socken, Schuhe und schließlich die Jacke. Vollständig angekleidet blieb Nadja tatsächlich ohne Stütze sitzen, auch wenn ihr Kopf seltsam willenlos nach vorne sank, wie bei einer Betrunkenen.

»Nicht umfallen, okay? Du kannst das. Und wach bleiben. Nicht einschlafen.«

Hinter dem Sessel fand Dani einen kleinen Rucksack aus schwarzem Leder. Sie sah den Inhalt durch und fischte eine Geldbörse hervor. Unter den zahlreichen Karten fand sie Nadjas Personalausweis. An der Grenze würde es keine Probleme geben, selbst wenn sie kontrolliert werden sollten.

Durch die schmutzigen Fensterscheiben fiel das Scheinwerferlicht eines sich nähernden Wagens.

»Keine Angst. Ich bin gleich wieder da. Es kann dir nichts mehr passieren.«

Dani deponierte den Rucksack neben ihrer Schwester, stieg über Ivans Leiche und lief auf die Terrasse. Neven kam eben die Treppen herauf. Der Motor des Wagens lief.

Neven gab Dani den Schlüssel. »Fahr, so rasch es geht, zurück nach Győr und hol dein Auto. Den Mietwagen lässt du im Parkhaus stehen. Sperr ihn ab und leg den Schlüssel von innen in die Felge eines Vorderreifens. Verstanden?«

Dani nickte.

»Dann fahr so schnell wie möglich nach Hause und bring deine Schwester zu einem Arzt. Zu einem, dem du vertraust. Keinesfalls in ein Krankenhaus. Kennst du jemanden?«

»Unsere Mutter ist Ärztin.«

»Perfekt.«

Dani war klar, was Neven ihr zu sagen versuchte. Dass sie Nadja aus Eigenschutz nicht in ein Krankenhaus bringen sollte. Die Ärzte wären gezwungen, sofort Anzeige zu erstatten, und die Folgen wären für Dani unmöglich beherrschbar. Wenn es keine andere Möglichkeit gab, würde sie eben alles gestehen und mit den Folgen leben, wie immer diese auch aussehen würden.

Aber fürs Erste hatte sie ohnehin vor, zu ihrer Mutter zu fahren und sie einzuweihen. Alles Weitere würde sich ergeben.

»Mach die Beifahrertür auf. Ich hole deine Schwester.«

Mit zwei raschen Schritten verschwand Neven im Haus.

Dani lief um den Wagen herum und öffnete die Tür. Sekunden später tauchte er mit Nadja auf den Armen auf. Nachdem er sie auf den Beifahrersitz gesetzt und angeschnallt hatte, warf er die Tür zu und trat einen Schritt zurück. Dani sah ihn fragend an. »Was ist? Kommst du nicht mit?«

»Ich mach mich auf die Suche nach Anisa, nachdem ich hier ein wenig aufgeräumt habe.«

Dani trat vorsichtig einen kleinen Schritt auf ihn zu. »Du solltest das nicht allein durchziehen.«

»Im Gegenteil. Ich *muss* das allein tun.«

»Aber ich habe versprochen, auch dir zu helfen.«

»Ich weiß. Aber deine Aufgabe sitzt da drinnen.« Er deutete auf den Wagen. »Bring deine Schwester nach Hause. Vielleicht kannst du deiner Mutter alles erklären. Niemand weiß, dass du hier warst. Und ich sorge dafür, dass es auch niemand herausfinden wird.«

Dani wischte seine Worte mit einer ärgerlichen Handbewegung beiseite. »Ich kann das nicht zulassen, Neven. Nicht nach allem, was passiert ist. Komm mit mir zurück. Ich verspreche dir, wir finden eine Lösung für dich. Und mit deiner Hilfe werden wir Anisa garantiert finden.«

»Nein. Allein habe ich die beste Chance, sie zu finden.«

Dani wusste, dass er recht hatte. Sie war ihm keine Hilfe. Und sie wusste auch, dass der Versuch, ihn umzustimmen, zwecklos war. Trotzdem gab sie sich nur widerwillig geschlagen. »Versprich mir wenigstens, dass du dich meldest, wenn du herausgefunden hast, wo Anisa ist. Und wenn du Hilfe brauchst, kannst du auf mich zählen.«

»Ich verspreche, dass ich dich anrufe.«

Dani kramte umständlich in ihrer Börse nach einer Karte und gab sie ihm. »Die Nummer da, das ist meine Privatnummer. Du kannst mich Tag und Nacht erreichen.«

Vollkommen unerwartet verspürte sie den plötzlichen Wunsch, ihn zu küssen. Sie sah zu ihm auf, breitete ihre Arme ein wenig aus und trat einen winzigen Schritt auf ihn zu. Neven erwiderte zwar ihren Blick, machte aber keine Anstalten, sich zu ihr zu beugen. Stattdessen umarmte er sie. Drückte sie fest an sich. Und Dani beließ es dabei. Erwiderte seinen Druck. »Pass auf dich auf. Und gib mir Bescheid. Vergiss nicht, du hast es versprochen.«

»Du musst jetzt los.«

Mit einem Ruck löste sie sich aus seiner Umarmung. Diesen ernüchternden Moment, in dem sich ihre Gefühlswelt wieder in die Realität einklinkte, kannte sie zur Genüge. Ohne sich ein weiteres Mal umzudrehen, stieg sie in den Wagen, setzte zurück und fuhr los. Sie wollte nur weg. Im Rückspiegel sah sie seine Silhouette im Licht des Terrassenstrahlers. Bewegungslos sah er ihnen nach. Kein Winken. Keine Geste des Abschieds. Die Straße machte eine Kurve, und das Haus verschwand aus ihrem Blickfeld. Und mit ihm Neven.

Tränen stiegen in ihr auf. Waren es Tränen des Zorns? Der Verzweiflung? Des Selbstmitleids? Dani war überzeugt, Neven soeben das letzte Mal gesehen zu haben. Den Mann, dem sie ihr Leben verdankte. Dem sie das Leben ihrer Schwester verdankte. Und für den sie, so schien es, im Augenblick nicht das Geringste tun konnte.

Dani wischte sich über die Augen und gab Gas.

Neven wartete, bis der Wagen verschwunden war. Danach ging er strukturiert vor, exakt so, wie sie es ihm beigebracht hatten. Er wusste, was zu tun war, und er wusste, worauf es ankam.

Zuerst nahm er sich die Waffen vor. Er sammelte seine beiden Messer ein und reinigte sie sorgfältig in der Spüle. Die Beretta, die Dani benutzt hatte, zerlegte er und verstreute die Einzelteile im ganzen Haus. Als Nächstes durchsuchte er die Leichen der drei Männer. Alles Geld nahm er an sich. Den Schlüssel des Pick-ups entdeckte er in der Hosentasche des Mannes, den er auf dem Vorplatz umgebracht hatte. Die Papiere des Wagens hinter der Sonnenblende. Die Ausweise, Pässe und Kreditkarten landeten in der Küchenspüle. Aus den Mobiltelefonen entfernte er die SIM-Karten und die Datenkarten und warf sie ebenfalls ins Becken. Zuletzt kontrollierte er auch den alten Gastank. Er war leer und stellte keine besondere Gefahr dar.

Neven schleppte die Leichen in den Keller.

Hinter dem Haus brach er einen versperrten Gitterschrank auf und entnahm ihm die Grundausstattung eines jeden Unterschlupfs des Clans. Zwei Kanister mit konzentrierter Salzsäure, fünf Kanister mit hochwertigem Brennspiritus. Er übergoss das Durcheinander in der Spüle mit der Säure und tränkte die Leichen, Möbel, Teppiche und das Innere des Sportwagens mit dem Brandbeschleuniger.

Fertig. In Gedanken ging er alle Punkte nochmals durch. Als er sicher war, nichts vergessen zu haben, stieg er ein letztes Mal in den Keller hinunter. Riss ein Streichholz an und warf es auf Maxims Leiche. Die Kleidung fing sofort Feuer.

Ohne Eile verließ er das Haus und fuhr los. Auf einem Hügel, einige hundert Meter entfernt, hielt er nochmals an und sah zurück. Es tat seltsam weh, wieder allein zu sein. Er saß auf der Motorhaube des Pick-ups und nahm einen Schluck aus der Wasserflasche, die er im Wagen hinter dem Fahrersitz gefunden hatte. Der Mond stand im Begriff, hinter der Hügelkette im Westen unterzugehen. Es war knapp vor Mitternacht.

Sein Platz auf dem Hügel bot eine gute Übersicht. Er betrachtete das Feuer, das gut dreihundert Meter Luftlinie von ihm entfernt loderte. Der geheime Unterschlupf stand ebenso wie Maxims Porsche in Flammen. Der Feuerschein war weithin zu sehen und erinnerte Neven an die riesigen Osterfeuer seiner Kindheit. Bislang schien niemand den Brand bemerkt zu haben. Ein Dachbalken stürzte in die Glut. Flammen züngelten, und Millionen Funken stoben auf.

Der Sieg über Maxim und Ivan und die Befreiung von Danis Schwester hatten ihm eine tiefe Befriedigung verschafft. Er war seinem Traum, ein freies, unabhängiges Leben zu führen, einen bedeutenden Schritt näher gekommen. Aber noch hatte er sein Ziel nicht erreicht. Noch lag die wichtigste Aufgabe vor ihm.

Da Maxim tot war und ihm Sagatovs Aufenthaltsort nicht mehr verraten konnte, musste Neven einen anderen Weg wählen. Einen in seine Vergangenheit. Wenn er keine Pausen machte, würde er bei Tagesbeginn in Sofia eintreffen. Sein letzter Besuch bei Sergej war lange her.

26

Kaum hatten sie den geheimen Unterschlupf des Clans hinter sich gelassen, atmete Nadja tiefer und gleichmäßiger. Sie hielt zwar die Augen noch immer geschlossen, konnte aber aufrecht sitzen, den Kopf an die Nackenstütze gelehnt, die Hände zwischen den Schenkeln platziert. Von Zeit zu Zeit schluckte sie hörbar, meist gefolgt von einem flachen, leisen Seufzer. Dani nahm all diese kleinen Indizien mit Erleichterung zur Kenntnis. Nadja schien zu spüren, dass sie in Sicherheit war.

Als sie in der Tiefgarage in Győr den Wagen wechselten, funktionierte das Umsteigen überraschend klaglos. Gestützt von Dani, setzte Nadja die wenigen Schritte zwischen den beiden Autos selbstständig. Das Flüstern, das über ihre Lippen kam, klang bereits erkennbar nach einem gehauchten »Danke«.

Dani half ihrer Schwester in den Sitz und schloss den Sicherheitsgurt. Der vertraute Geruch ihres eigenen Wagens versprach Geborgenheit. Sie entspannte sich ein wenig. Entgegen allen Wahrscheinlichkeiten hatte sie ihre Ziele erreicht, und obwohl ihr vollkommen klar war, was sie getan hatte, konnte sie keine Spur von schlechtem Gewissen in sich entdecken. Auch wenn ihr gesamter Körper schmerzte und ihr linkes Auge zugeschwollen war, ließ die Befriedigung, die sie verspürte, alle anderen Empfindungen in den Hintergrund treten. Sie hatte nicht nur ihre kleine Schwester aus den Händen ihrer Entführer befreit. Sie hatte die Männer einer gerechten Strafe zugeführt.

Gerecht?

Nevens Worte fielen ihr wieder ein. *Es fühlt sich kurzzeitig an wie Gerechtigkeit. Ist aber keine. Leider kapierst du das erst nachher.*

Kurzzeitig. Das war jetzt. Nicos Mörder war tot. Klemens' Mörder ebenfalls. *Nachher.* Das andere würde später kommen.

Bevor sie Győr verließen, säuberte Dani mit den feuchten Tüchern, die sie für alle Fälle im Seitenfach der Fahrertür aufbewahrte, ihr Gesicht und ihre Hände. Kurz vor der Grenze hielt sie auf einem Parkplatz. Sie verbrannte den Brief an ihre Mutter. Den Aufwand, die Ausweise griffbereit in die Mittelkonsole zu legen, hätte sie sich sparen können. Niemand beachtete sie. Sie wurden einfach durchgewinkt.

Dani seufzte, als die Lichter der Grenzstation im Rückspiegel blasser wurden und schließlich vollständig verschwanden. »Wir haben es geschafft, Nadja! Wir sind wieder daheim.« Sie wählte die Nummer ihrer Mutter. Es läutete dreimal.

Elisabeth Scholz sprach mit glasklarer Stimme. Sie war ein Nachtmensch. »Hallo, mein Schatz! Ist alles okay?«

»Hi, Mama. Bist du daheim?«

»Es ist unter der Woche und knapp nach Mitternacht, meine Liebe. Natürlich bin ich daheim. Warum fragst du?«

»Ich habe Nadja bei mir. Wir brauchen dringend deine Hilfe. Wir kommen beide zu dir in die Ordination.«

»Nadja? Was ist passiert? Geht es ihr gut?«

»Soweit ich das beurteilen kann, geht es ihr den Umständen entsprechend gut. Ich erzähl dir alles, sobald wir bei dir sind. Wir brauchen etwa eine Stunde.«

»Eine Stunde? Wo treibt ihr euch herum?«

»Wir sind auf der A4, bei Nickelsdorf. Eine Stunde, Mama. Vielleicht ein wenig mehr. Dann erfährst du alles. Ich drück aufs Gas.«

Dani beendete das Gespräch und gab ihrer Mutter keine Chance, weitere Fragen zu stellen. Wie in Trance fuhr sie mit Höchstgeschwindigkeit durch die Nacht. Vorbei am Flughafen, an der Raffinerie und am Kraftwerk Simmering. Über die Praterbrücke auf die A22 und über die Nordbrücke wieder zurück zum Südufer der Donau. Und schließlich quer durch Döbling hinauf nach Sievering.

Elisabeth wartete vor der Hauseinfahrt. Dani kam mit quietschenden Reifen direkt vor ihr zum Stehen.

Die Ordination von Dr. Elisabeth Scholz befand sich im Erdgeschoss eines Vier-Parteien-Wohnhauses am Areal eines ehemaligen Filmstudios. Ihre geräumige Wohnung lag direkt über der Praxis im ersten Stock. Es war zwei Uhr morgens, als sich Dani und ihre Mutter bei einer Tasse Kräutertee in der Küche gegenübersaßen. Aufgewühlt und erschöpft, aber auch erleichtert.

Sah man von den Einstichstellen in den Ellenbeugen beider Arme ab, war Nadja körperlich unverletzt. Elisabeth hatte weder Spuren von physischer Gewaltanwendung gefunden, noch schien Nadja vergewaltigt worden zu sein. Das starke Beruhigungsmittel Dormicum, das ihr ihre Entführer in Form von mehreren Injektionen über den Zeitraum von zumindest zwei Tagen verabreicht hatten, schien bloß dazu gedient zu haben, ihr Opfer ruhigzustellen.

Elisabeth hatte Nadja eine geringe Dosis Flumazenil verabreicht, ein wirkungsvolles Gegenmittel, und sie mit Danis Hilfe ins Gästezimmer ihrer Wohnung gebracht, wo sie sofort eingeschlafen war. Anschließend hatte sie Danis Wunden versorgt. Konzentriert und ohne Fragen zu stellen.

Der Tee zog bereits seit mehreren Minuten. Gedankenverloren schwenkte Dani den schwimmenden Beutel von links nach rechts und wieder zurück. Elisabeth umfasste ihre Tasse mit beiden Händen und suchte Augenkontakt zu ihrer älteren Tochter. »Was ist passiert, Dani? Was hat Nadja angestellt?«

»Nichts. Sie kann nichts dafür.«

»Du brauchst sie nicht in Schutz zu nehmen.«

»Das mach ich auch nicht. Sie ist unschuldig.«

»Aber wer hat ihr das angetan? Und warum? Und was hast du damit zu tun?«

Dani hob ihren Kopf und fand den Blick ihrer Mutter. Deren Gesicht spiegelte widerstreitende Gefühle. Sorge, Ärger und Ratlosigkeit. »Nadja ist das Opfer eines Verbrechens, Mama. Sie ist entführt worden.«

Elisabeth schlug ihre Hände vor dem Gesicht zusammen. »Was meinst du damit? Von wem, um Himmels willen?«

»Von der Ostmafia. Ich weiß, wie abwegig das klingt, aber es ist die Wahrheit. Und irgendwie ist das alles meine Schuld.«

Erst in diesem Moment fasste Dani den Entschluss, kein Blatt vor den Mund zu nehmen. Nicht vor ihrer Mutter. Sie erzählte ihr alles. Begann mit dem Morgenspaziergang mit Nico am Montag, berichtete über die Entführung Anisa Krizans, über Neven Horvath, Vladimir Sagatov und seine brutalen Männer, über das Feuergefecht am Waldfelsensee, um die Zeugin Sandra Lohmann zu retten, über die Razzia in Neuwaldegg und die Morde an Nico und ihrem Einsatzpartner. Sie schilderte das Treffen mit Neven in Hohenwarten und erklärte, warum die Mörder Nadja in ihre Gewalt gebracht hatten. »Das Wichtigste ist, dass Nadja wieder zu Hause ist. Niemand weiß, dass ich mit Neven in Ungarn gewesen bin. Offiziell bin ich im Krankenstand.«

Elisabeth nahm einen Schluck Tee. Ihre Hände zitterten. Ebenso ihre Stimme. »Ihr beide habt Nadja auf eigene Faust befreit? Ohne Hilfe? Wo ist dieser Neven jetzt?«

»Neven hat sich auf die Suche nach Anisa gemacht. Er ist davon überzeugt, sie finden zu können.«

»Und die Entführer? Was habt ihr –«

Dani hob eine Hand, um ihre Mutter zu unterbrechen. »Sie können niemandem mehr schaden. Keiner von denen.«

Elisabeth war sichtlich entsetzt. Sie schien instinktiv verstanden zu haben, was ihre Tochter damit sagen wollte. Ihr Gesicht verlor alle Farbe und ihre Stimme jede Festigkeit. »Sie sind alle drei tot?«

»So tot, wie es nur möglich ist. Das muss reichen, okay?«

»Aber ich muss doch wissen, ob du –«

»Nein, musst du nicht. Ich habe dir ohnehin schon mehr erzählt, als ich sollte. Glaub mir, es ist besser, wenn du nicht weißt, was in Ungarn passiert ist. So wirst du niemals lügen müssen. Egal, was kommt. Verstehst du?«

»Aber der Fall wird untersucht werden, nicht wahr? Was weiß ich, von deinen Kollegen in Ungarn, nehme ich an. Es wird alles ans Licht kommen. Du musst reinen Tisch machen. Je früher, umso besser.«

Dani schüttelte entschieden den Kopf. »Auf keinen Fall. Das ist eine andere Welt, Mama. Wenn Neven sagt, dass er alle unsere Spuren verwischt, dann passiert das auch so. Niemand weiß, dass ich da war. Niemand wird mich mit der Aktion in Verbindung bringen können.«

»Moment. Aber das bedeutet, du verlangst von mir und damit auch von Nadja, dass wir das alles für uns behalten? Diese ganze schreckliche Geschichte unter den Teppich kehren?«

Dani senkte ihren Blick. »Nein, Mama. Verlangen kann ich das nicht. Aber ich muss euch darum bitten. Ich stehe in Nevens Schuld. Ich muss ihm helfen, das entführte Mädchen zu finden. Keine Ahnung, wie, aber ich muss einen Weg finden. Ich muss einfach.«

»Ich weiß aber nicht, ob ich das kann, Dani. Wir können das doch nicht alles verschweigen!«

»Es tut mir leid, aber es geht nicht anders.« Dani deutete zum Vorzimmer. »Ich werde jetzt gleich durch diese Tür gehen, und dann werde ich meinen Job machen. Es sind schon viel zu viele Menschen gestorben. Nico ist tot! Weißt du, was das für mich bedeutet? Ich kann jetzt nicht aufgeben. Ich muss das zu Ende bringen.«

Dani sah ihrer Mutter an, dass sie ernsthaft versuchte, die richtige Entscheidung zu treffen. Aber sie schien mit den Informationen und den Argumenten und den wirren Zusammenhängen vollkommen überfordert.

Dani kannte dieses Gefühl nur zu gut. Sie stand auf und umrundete den Esstisch. Packte ihre Mutter liebevoll bei den Schultern und zwang sie, ihr in die Augen zu sehen. »Hör mir zu. Du musst mir helfen. Bitte! Du schaffst das. Lass mich diesen Fall zu Ende bringen. Für Nadja besteht keine Gefahr mehr. Versprochen. Sie ist in Sicherheit. Es ergibt absolut keinen Sinn, zur Polizei zu gehen. Die Männer, die das getan haben und mich erpressen wollten, sind tot.«

Elisabeth nickte, brachte aber kein Wort über die Lippen. Dani konnte sich nicht mehr hinsetzen. Der Zeitpunkt war gekommen, an dem sie aufbrechen musste. Sie griff nach ihrer Jacke, die über der Sessellehne hing, und schlüpfte hinein. »Ich kann nicht bleiben. Ich muss los.«

Sie beugte sich zu ihrer Mutter, die wie erstarrt auf ihrem Sessel saß, küsste sie auf die Wange und wandte sich zum Gehen. »Ich habe euch lieb, Mama. Es tut mir leid, was ihr meinetwegen durchmachen müsst.«

Die Stimme ihrer Mutter war nur ein wenig mehr als ein heiseres Flüstern. »Pass auf dich auf, mein Schatz. Pass bitte auf dich auf.«

Die Straßen waren menschenleer und ob der hohen Luftfeuchtigkeit und der Minusgrade spiegelglatt. Dani fuhr auf direktem Weg nach Hause und fand glücklicherweise sofort einen Parkplatz. Daheim angekommen, kippte sie, wie sie war, ins Bett. Erst im Liegen streifte sie ihre Schuhe ab, die polternd zu Boden fielen, und mühte sich aus der Lederjacke. Der Wecker auf ihrem Nachtkästchen zeigte drei Uhr zwölf. Dani stellte den Alarm auf sieben Uhr.

Mit dem Einschlafen schlich sich Neven in ihren Kopf. Sie dachte an den gemeinsamen Spaziergang über die verschneiten Felder. Wie schwer es ihm gefallen war, ihr vom Feuertod seiner Eltern zu erzählen. *Er kennt den Schmerz, den ich empfunden habe, als Nico vor meinen Augen gestorben ist und ich nichts tun konnte. Er kennt den Schmerz besser als jeder andere.*

Dani gestand sich ein, dass sie sich Sorgen um ihn machte. Ohne zu wissen, weshalb.

27

Die Architektur ließ an eine alte spanische Hazienda denken, mit grob verputzten weißen Wänden, braun gestrichenen Fensterläden und einem roten Steindach. Aber statt eines Hügels in Andalusien schmückte das zweigeschossige Haus das Ende einer Sackgasse am südwestlichen Stadtrand von Sofia.

Nevens Blick wanderte über das Gebäude und die gepflegte Gartenanlage zur imposanten Bergkette, die hinter dem Anwesen steil anstieg. Er kannte hier jeden Busch, jeden Baum und jeden einzelnen Stein. Die Wege ins Gebirge war er Dutzende Male bis zu den Gipfeln hinaufgeklettert.

Er hatte erwartet, sogar ein wenig gefürchtet, von einem Gefühl des Heimkommens durchströmt zu werden. Aber da war nichts. Keine Sehnsucht nach der Geborgenheit, die ihm dieses Haus vor Jahren geboten hatte. Kein Verlangen nach einem sicheren Unterschlupf. Zum Glück, denn er suchte Antworten. Und er wollte so schnell wie möglich wieder von hier verschwinden.

Er drückte die Klinke, und das schmiedeeiserne Gartentor schwang geräuschlos auf. Neven wusste, der Hausherr sah keinen Sinn darin, es abzusperren. Er hatte die Stimme noch im Kopf. *Warum sollte ich? Wenn es einer auf mich abgesehen hat, dann wird ihn dieses winzige Gartentor mit Sicherheit nicht aufhalten.* Er ging ein paar Schritte auf dem gepflasterten Weg und hielt dann inne. Irgendetwas stimmte nicht. Die Stille um ihn herum war ungewöhnlich, und das Fehlen jedweder Bewegung irritierte ihn. Aufmerksam sah er sich um.

»Was hast du hier zu suchen, mein Freund?«

Die Eingangstür zum Haus stand offen. Ein alter Mann lehnte am Türstock. Die kräftigen Arme vor der Brust verschränkt. Sein Blick war über die Jahre milder und sein mächtiger Schnauzbart grauer geworden, aber seine Stimme hatte nichts von ihrem respektgebietenden Bass eingebüßt.

»Hallo, Sergej. Wo steckt Duke?«

»Der Gute ist von uns gegangen.« Er deutete hinter sich. »Er liegt hinten im Garten. Unter dem Nussbaum.«

»Was ist passiert?«

»Blutkrebs. Ging schnell. Er hat nicht lange gelitten.«

Neven senkte seinen Blick. Die Nachricht vom Tod seines vierbeinigen Freundes schockierte ihn. Er hatte Duke geliebt, und der Dobermann war seinerseits in ihn vernarrt gewesen. Es war lange her, aber sie hatten hier im Garten und in den Bergen viel Zeit miteinander verbracht. Neven hatte sich auf ein Wiedersehen gefreut. Er holte tief Luft, um seine Betroffenheit abzuschütteln. »Du scheinst jedenfalls kein bisschen erfreut zu sein, mich zu sehen.«

Sergejs Augen zogen sich tief in ihre Höhlen zurück. »Sollte ich?«

»Bist du allein?«

»Natürlich bin ich allein. Was für eine blöde Frage.«

Das fleckige rote T-Shirt spannte sich um die breiten Schultern, und die löchrige Hose hing gürtellos um seine Hüften. Seine Füße waren nackt. Neven registrierte erleichtert, dass Sergej keine Waffe bei sich trug.

»Ich frage dich nur noch ein Mal, Neven. Was zur Hölle hast du hier verloren?«

»Ich brauch deine Hilfe.«

Sergej verzog keine Miene. Er schien abzuwägen, ob er seinem Überraschungsgast trauen konnte. Mit Sicherheit wusste er Bescheid, dass in den letzten Tagen so einiges schiefgelaufen war. Aber er konnte unmöglich über die Geschehnisse der letzten Nacht unterrichtet sein.

Sergej traf seine Entscheidung rasch. »Also gut. Komm rein und mach uns einen Tee. Wie in alten Zeiten. Es ist saukalt. Kein Wetter, um hier im Freien zu reden.«

Neven bedankte sich mit einem Nicken. Er trat an Sergej vorbei in den Flur. Wohltuende Wärme empfing ihn, und der Geruch des alten Hauses weckte angenehme Erinnerungen. Hinter ihm knallte die Tür ins Schloss. Selbst dieses Geräusch war ihm noch vertraut. Sergej deutete nach vorne, ins Innere des Hauses. »Worauf wartest du? Hast du vergessen, wo die Küche ist?«

Neven ging voraus und blieb nach wenigen Metern neben einer angelehnten Tür stehen. Der alte Mann gab ihm im Vorbeigehen mit dem Ellenbogen einen sanften Schubs. »Na bitte, du hast sie gefunden. Das Übliche für mich. Du weißt, wo du das Zeug findest. Ich warte hinten auf dich. Im Wintergarten.«

Neven fasste nach der Klinke, aber sein Blick folgte dem Alten. Sergejs Rücken war seit dem letzten Zusammentreffen runder, sein Gang deutlich schwerfälliger geworden. Erst als Sergej das Ende des Flurs erreicht hatte, stieß Neven die Tür zur Küche auf.

Die Einrichtung, die Geräte und das Geschirr. Sergej hatte nichts verändert. Nichts weggeworfen und nichts Neues angeschafft. Alles befand sich an seinem gewohnten Platz. Als hätte es die letzten beiden Jahre nicht gegeben. Als hätte die Zeit stillgestanden und er, Neven, wäre nie weg gewesen.

Dass Duke tot war, schmerzte ihn. Er versuchte auszurechnen, wie alt der Dobermann gewesen sein mochte. Sieben Jahre? Vielleicht acht. Kein Alter für einen kräftigen Hund. Duke war eindeutig zu früh gestorben.

Er füllte den Wasserkocher und wählte zwei Becher.

Wenn er zur Ruhe kam, funktionierte das Verdrängen nicht mehr. Anisa tauchte in seinen Gedanken auf. Ob er sie je wiedersehen würde? Dani schlich sich in seinen Kopf. Sie hatte großen Anteil daran, dass er jetzt hier war und sein Ziel immer noch verfolgen konnte. Aber alle beide waren unendlich weit entfernt. Er hatte Danis Nummer. Er könnte sie anrufen. Fragen, wie es ihr ging.

Neven schloss die Augen und zwang sich, die unerwünschten Bilder aus seinem Kopf zu verscheuchen. Er durfte Dani keinen Platz in seinem Leben einräumen. Sein Herz gehörte Anisa. Die Gedanken an Dani lenkten ihn von seiner Aufgabe ab.

Sergej liebte seinen Schwarztee stark und kräftig, wie er von den Arabern getrunken wurde. Die wenigen Minuten, die der intensiv duftende Assam zum Ziehen benötigte, wollte Neven anders nutzen. Seit er das Haus betreten hatte, zog es ihn in den ersten Stock. Er verließ die Küche und wandte sich nach links. Die Treppe führte zu einer breiten Galerie. Sein altes Zimmer, eines von vieren in diesem Geschoss, lag rechter Hand. Die Tür war unversperrt. Er wusste nicht, was er erwartet hatte, aber dass der Raum praktisch leer und ungenutzt war, überraschte und erleichterte ihn gleichermaßen. Es gab demnach keinen Nachfolger in Sergejs Obhut. Neugierig sah Neven sich um. Das nackte Bettgestell und der Schreibtisch waren noch da. Ebenso der Schrank, in dem er seine Kleidung aufbewahrt hatte. Die Bücherregale hingegen fehlten. Von der Decke baumelte eine einsame Glühbirne. Die Vorhänge schienen seit Jahren nicht mehr gewaschen worden zu sein.

Neven streifte durchs Zimmer. Durch seine Vergangenheit. Seine Schritte hinterließen Spuren auf dem staubigen Boden. Er zog die grauen Gardinen zur Seite und sah aus dem Fenster. Der bekannte Ausblick nach Osten, auf den uralten Nussbaum und den Gemüsegarten von Sergejs Nachbarin. Neven betrachtete das frische Grab. Sergej hatte Duke ein kleines Kreuz gebastelt.

»Ein eigenes Zimmer? Für mich?«

Es war vor sechs Jahren gewesen. Er hatte nicht glauben können, welche Kostbarkeit ihm da angeboten wurde. Er war in einem Zirkuswohnwagen groß geworden. Hatte sich die zwanzig Quadratmeter mit seinen Eltern geteilt. Das Zimmer war mindestens ebenso groß.

Sergej hatte genickt. »Jeder Mensch braucht einen Rückzugsort. Einen Platz, wo er ungestört machen kann, wonach ihm gerade ist. Das ist ab jetzt deiner.«

Neven hatte sich in diesem Zimmer immer wohlgefühlt. Aber er verspürte keinen Wunsch, zurückzukehren. Er gehörte nicht mehr hierher. Er war nur mehr Gast in diesem Haus. Dieses Kapitel seiner Geschichte konnte er abschließen. Erleichtert ob dieser nüchternen Gefühle verließ er den Raum und schloss die Tür, ohne sich nochmals umzusehen. Zielstrebig ging er wieder nach unten.

Er spendierte Sergejs Assam den geforderten Schuss Rum, verzichtete selbst aber darauf. Er hatte noch nichts gegessen und wollte nüchtern bleiben. Mit den Teetassen in der Hand betrat Neven den gläsernen Kasten, den der Hausherr großspurig seinen »Wintergarten« nannte und der in seiner Schlichtheit so gar nicht zum Stil des Hauses passte. Sergej nutzte den Anbau als Atelier. Er saß auf einem Hocker vor seiner Staffelei, einen Haarpinsel wie einen Zigarillo zwischen die Finger geklemmt, und studierte sein Werk.

Es roch nach Farbe, Terpentin und Tabak. Das Bild, ein naturalistisches Ölgemälde, maß etwa einen Meter in der Höhe und eineinhalb Meter in der Breite und zeigte ein Wolfsrudel auf einer felsigen Waldlichtung. Ohne sich von seiner Arbeit abzuwenden, ergriff Sergej das Wort. »Was willst du von mir?«

Neven stellte die Tassen auf den mittig im Raum platzierten Tisch und nahm auf einem der Stühle Platz. »Ich bin hier, weil ich deine Hilfe brauche.«

»Du hättest anrufen können.«

»Es ist kompliziert.«

»Das ist es immer. Geht es um die Scheiße, die in Wien passiert ist? Suchst du ein Versteck? Dann bist du hier völlig falsch. Hier suchen sie als Erstes.«

Neven schüttelte den Kopf. Er faltete die Hände und holte tief Luft, ehe er antwortete. »Nein. Ich will mich nicht verkriechen. Im Gegenteil. Ich muss Sagatov finden. Weißt du, wo er sich aufhält?«

»Keine Ahnung.«

»Und wer weiß es?«

»Warum rufst du ihn nicht einfach an? Ihr seid doch jetzt so gute Kumpels, oder etwa nicht?«

Neven gab einen unwilligen Laut von sich. Er wusste nicht, was er darauf antworten sollte.

Sergej kniff die Augen zusammen und schob seine Nase nahe ans Gemälde heran. »Verarsch mich nicht, Neven. Du bist nicht hier, um mir diese blöde Frage zu stellen. Du bist wegen Wien hier, nicht wahr? Sind sie hinter dir her? Geht es um Maxim? Sag mir die Wahrheit, dann kann ich dir vielleicht helfen.«

Neven überlegte lange, ehe er weitersprach. »Es ist wegen des Mädchens. Ich bin ihretwegen hier.«

»Ich dachte mir schon, dass das Chaos mit ihr zu tun hat. Der Fehler mit der Zeugin wäre dir nie passiert, wenn du hundert Prozent bei der Sache gewesen wärst.«

Neven musste an das Gespräch mit Dani denken. Als sie ihn ohne Umschweife gefragt hatte, ob er in Anisa verliebt sei. Erst da hatte er sich eingestanden, worum es ihm in Wahrheit ging. Um sich selbst. Um seine eigene Zukunft.

»Du hast dich in sie verliebt.« Sergej legte den Pinsel auf die Ablage der Staffelei und strich sich über den Schnauzer. Zum ersten Mal, seit Neven den Wintergarten betreten hatte, wandte er sich von seinem Gemälde ab. »Also geht die Razzia auf deine Kappe? Sie haben das Mädchen in der Villa gesucht?«

Neven hielt Sergejs Blick stand, sagte aber kein Wort.

Der alte Mann nickte. »Alles klar. Entspann dich, ich dreh dir daraus keinen Strick. Vlado muss selbst die Verantwortung tragen.«

»Wieso Vlado?«

»Weil diese Krizan-Sache von Anfang an eine beschissene Idee war. Deshalb.«

Neven richtete sich in seinem Sessel auf. »Was meinst du damit?«

»Das war kein normaler Auftrag, das ist dir doch wohl klar. Vlado hat nur dich eingebunden, sonst niemanden. Nicht mal Maxim wusste Bescheid. Erst als Vlado mich anrief und mir befahl, das Krizan-Dossier nicht zu verwenden, wurde ich hellhörig.«

»Warum wollte er dann überhaupt ein Dossier über sie?«

Sergej zuckte mit den Schultern. »Um den Schein zu wahren, nehme ich an. Damit keiner von uns dumme Fragen stellt. Bei dir war er sich anscheinend sicher, dass du deinen Job machst und selbst dann die Klappe hältst, wenn dir etwas seltsam vorkommt.«

Nevens Herz klopfte wie wild. Sergej bestätigte die Vermutung, die er die ganze Zeit gehabt hatte. Anisa war nie fürs Dark Book bestimmt gewesen. »Die Entführung hatte demnach ein anderes Ziel? Du sagtest, die Sache wär keine gute Idee gewesen.«

Sergej dehnte seinen Rücken und ließ sich mit der Antwort Zeit. »Ich habe mir das Dossier natürlich angesehen.« Langsam wiegte er seinen Kopf. »Ich habe Vlado immer davor gewarnt, dass ihn seine Obsession eines Tages zu Fall bringen wird. Dass sie uns allen den Kopf kosten wird.«

»Ich kann dir nicht folgen. Welche Obsession?«

»Vergiss es, mein Freund. Je weniger du darüber weißt, umso besser. Schlag dir das Mädchen aus dem Kopf und verschwinde, bevor uns alles um die Ohren fliegt.«

»Das kann ich nicht.«

»Auch gut. Dann eben das klassische Drama. Eine junge Frau, zwei Männer und jede Menge Tote.«

Sergej widmete sich wieder seinem Gemälde. Konzentrierte sich auf das Wolfsrudel.

Neven beugte sich vor und stützte seine Unterarme auf der Tischplatte ab. »Ist sie bei ihm?«

»Anisa? Bei Vlado? Bestimmt. Aber Vlado ist untergetaucht.«

Neven sank enttäuscht in sich zusammen. »Also wieder eine Sackgasse.«

Sergej murmelte einige unverständliche Worte. Die Farbe, die er abgemischt hatte, schien seinen Ansprüchen nicht zu genügen. Er griff nach einer kleinen weißen Tube. »Was ist mit Maxim? Hast du ihm die Mörderin seines Sohnes geliefert?«

»Maxim ist tot.«

Sergej fischte nach einer anderen Tube und drückte etwas Schwarz auf das Mischbrett. »Was ist passiert?«

»Er wollte eine Polizistin zwingen, den Ort preiszugeben, an dem Vulkos Mörderin versteckt wird. Sie ist im Zeugenschutz. Maxim und Ivan haben die Schwester der Polizistin entführt und wollten sie als Druckmittel nutzen.«

»Und da hast du nicht mehr mitgespielt.« Sergej nickte stumm. Er richtete sich auf und ließ den Pinsel über das Gemälde gleiten. Jetzt passte der Farbton. »Was ist mit Ivan?«

»Ist auch tot.«

»Du nimmst der Familie eine Menge Arbeit ab.« Er griff nach seiner Tasse und nahm einen kräftigen Schluck. »Wie gesagt, keine Ahnung, wo du Vlado finden kannst. Aber ich werde dir verraten, wer dir bei deiner Suche helfen kann.«

Neven blickte hoffnungsvoll auf. »Wer?«

»Nun, so wie ich das sehe, kracht Vlados Welt gerade in sich zusammen. Er hat in Wien viele seiner Männer verloren. Er hat Maxim und Ivan verloren. Er hat dich verloren. Und ich, nun …«

Auf einem kleinen Beistelltisch lagen eine Packung Zigaretten und eine Schachtel Zündhölzer neben einem vollen Aschenbecher. Sergej steckte sich eine Zigarette an, nahm einen tiefen Zug und musste heftig husten. »Ich werde wohl keine große Hilfe für ihn sein, wenn die Familie hinter sein Geschäft kommt.«

»Sein Geschäft?«

»Die Geschichte mit dem Dark Book. Die Familie weiß nichts davon.«

»Und wie hilft mir das weiter?«

»Du bist doch sonst nicht so schwer von Begriff. Die Balabanovs fragen sich gerade, was da in Wien vorgefallen ist. Sie sind vermutlich stinksauer und können sich keinen Reim auf die Ereignisse machen. Also werden sie nachforschen, aber es wird schwer, ohne einen Insider hinter Vlados Machenschaften zu kommen.«

»Du denkst dabei an mich?«

»Wenn die Familie die Wahrheit erfährt, sind Vlado und seine gesamte Truppe Geschichte. Der Alte hat Vlado zwar immer die Stange gehalten, aber das? Und seine Brüder? Sicher nicht. Die konnten Vlado noch nie leiden. Und Babas Tochter? Ilana und Vlado umkreisen sich seit Jahren wie zwei gereizte Raubtiere.«

Neven kratzte sich am Kinn. »Ich weiß nichts über Ilana.«

»Oh, glaub mir, sie würde dir gefallen.«

»Wie meinst du das?«

Sergej machte eine wegwerfende Handbewegung. »Nicht so wichtig. Schlimmer ist, dass du auch nichts über Vlado weißt.«

»Ich weiß, dass er kein echtes Familienmitglied ist. Dass er Stojan Balabanovs Ziehsohn ist.«

»Vlado ist ein Kind der Straße. Eine Waise, so wie du.« Sergej zog an seiner Zigarette und blies den Rauch nach oben. »Wenn du vorhast, dich mit ihm zu messen, solltest du besser über ihn Bescheid wissen. Und vor allem solltest du wissen, dass sich niemand freiwillig mit ihm anlegt.«

»Warum?«

»Weil er nie einen Kampf verliert. Darum.«

Neven verzog das Gesicht. »Was soll das, Sergej? Du hast mir das Gegenteil beigebracht. Niemand ist unbesiegbar.«

Sergej drückte seine Zigarette aus und nahm einen Schluck aus seiner Tasse. »Stimmt. Aber bei Vlado bin ich mir nicht so sicher.«

Neven lehnte sich zurück und verschränkte die Arme. Obwohl er mit eigenen Augen gesehen hatte, wozu Vlado fähig war, verspürte er keine Angst. Im Gegenteil. Womöglich gereichte Vlado seine Hybris zum Nachteil. Er sah in Neven mit Sicherheit keinen ebenbürtigen Gegner. »Was ist mit Ilana? Ist sie eifersüchtig auf Vlado? Gibt es deshalb Spannungen?«

»Mag sein, dass auch dieser Aspekt eine Rolle spielt. Aber in erster Linie geht es um Zurückweisung. Weil Ilana Vlado nie rangelassen hat, nutzt er jede sich bietende Gelegenheit, um sie zu demütigen.«

»Und Baba lässt zu, dass Vlado so mit seiner Tochter umspringt?«

»Ilana ist keine Prinzessin. Sie kann für sich selbst sorgen. Sie will nach ihrem Vater die Führung des Clans übernehmen.« Sergejs Augen funkelten. »Ilana trägt die Verantwortung für die Drogengeschäfte der Familie mit dem Fernen Osten. Unsere Hauptbezugsquelle sitzt in Hongkong. Was wir verkaufen, besorgt Ilana. Zudem ist sie mit Chen, dem ältesten Sohn unseres Lieferanten, liiert.« Sergej machte eine Pause und zündete sich eine neue Zigarette an. »In Ilana darf man sich nicht täuschen. Sie ist hart und eiskalt. Wegen ihrer Jugend wird sie oft unterschätzt. Zumeist ein tödlicher Irrtum.«

Während er Sergejs Ausführungen aufmerksam folgte, skizzierte Neven die Grundzüge eines Planes. »Ist das dein Vorschlag? Dass ich Kontakt mit Ilana aufnehmen soll?«

»Stojan Balabanov ist krank. Sehr krank. Er dankt demnächst ab, und seine Erben bringen sich in Stellung. Wenn Vlado dein Feind ist, ist Ilana die Frau, der du deine Dienste anbieten solltest.«

»Und wo finde ich sie?«

»Die Balabanovs besitzen ein Anwesen in der Nähe von Warna. Ein riesiges Anwesen direkt am Goldenen Strand.«

»Und wie kann ich Kontakt aufnehmen?«

Sergej steckte sich die Zigarette in den Mundwinkel und zog einen Zettel zu sich heran. Mit einem Bleistift kritzelte er ein paar Buchstaben und Zahlen auf das Papier. »Das Codewort lautet ›Shkodra‹. Du schickst es als SMS an diese Nummer, sobald du in Warna angekommen bist.« Er schob Neven den Zettel über den Tisch zu.

Neven nahm ihn an sich. »Ist das Ilanas Nummer?«

»Sie gehört einem Mann in ihrer unmittelbaren Nähe. Sein Name ist Ryaborichev. Dean Ryaborichev. Er wird dich zurückrufen und mit dir einen Treffpunkt vereinbaren.«

Neven faltete den Zettel und schob ihn in die Innentasche seiner Jacke. »Was wird aus dir, Sergej, wenn ich Vlado verrate?«

»Du bist lange genug dabei, um das zu wissen.«

»Du könntest abhauen.«

Sergej lachte auf und bezahlte mit einem schlimmen Hustenanfall. Asche fiel zu Boden. »Ich lebe in diesem Haus seit über sechzig Jahren. Ich bin alt, krank und schwach geworden. Es reicht mir. Ich hab mein Leben gelebt. Alles, was jetzt noch kommt, ist Leid, Schmerz und Tod. Ich geh nirgends mehr hin.«

»Wenn sie Vlados Truppe ausmerzen ... Du hast die Familie genauso hintergangen wie Vlado.«

»Du sagst es. Und weißt du was? Es würde mich nicht wundern, wenn sie bereits auf dem Weg hierher wären.« Sergej nahm einen weiteren Zug und wandte sich wieder dem Gemälde zu. »Ich denke, das Bild ist fertig. Was meinst du?«

Neven hatte einen Blick dafür. Sergej und er hatten unzählige Male hier gesessen und gemeinsam gearbeitet. Er an seinen Zeichnungen, Sergej an seinen Ölgemälden. »Du hast die Familie gemalt?«

»Ich nenne es ›Der Fall des Alphas‹.« Er deutete auf einen Wolf mit gefletschten Zähnen, der sich neben dem Alpha aufbäumte und ihn zu verteidigen schien. »Aber dass der hier als Erster fallen würde, damit hab ich ehrlich gesagt nicht gerechnet.«

Mühsam erhob er sich von seinem Hocker und schlurfte zu einer hüfthohen Anrichte, deren Ablagefläche mit Malutensilien übersät war. Er zog eine Lade auf und kramte darin herum. Nach einigen Sekunden fand er, wonach er gesucht hatte. Er entnahm ihr eine Visitenkarte, einen Schlüssel und eine Pistole. Während er die Waffe auf der Anrichte liegen ließ, kam er mit der Karte und dem Schlüssel zurück zum Tisch. Neven nahm beides entgegen.

Sergej nickte. »Das ist die Adresse meiner Wohnung in Warna. Und der zugehörige Schlüssel. Die Wohnung ist mein privates Versteck. Niemand weiß davon.« Er schlurfte zurück zu seinem Hocker und ließ sich auf ihn fallen. »Du willst das wirklich durchziehen, nicht wahr?«

»Ich bin ein Verräter, Sergej. Ich kann nicht mehr zurück.«

Sergej nickte. »Dann ist das wohl auch Neven Horvaths Ende, nicht wahr?«

»Ich weiß nicht. Vielleicht ist es noch zu früh, die Maske abzulegen.«

»Wie auch immer. Es ist alles gesagt. Du hast deine Entscheidung getroffen, und du weißt, was zu tun ist.«

Neven erhob sich.

»Eins noch, bevor du verschwindest. Was immer du hier angefasst hast: Sorg dafür, dass alles sauber ist, bevor du gehst. Um die Tassen kümmere ich mich.«

Neven brauchte einen Moment, um zu verstehen, was Sergej meinte. Er blickte in die Augen eines Mannes, der von dieser Welt nichts mehr erwartete und nichts mehr sehen wollte. Und der vor allem nicht darauf warten wollte, dass das Unausweichliche von einem Fremden erledigt wurde. »Mach ich. Nochmals danke für alles.«

Sergej winkte ab. »Ich kann Sentimentalitäten nicht ausstehen. Verschwinde jetzt aus meinem Haus und hol dir dein Leben zurück, mein Freund. Hier hast du nichts mehr verloren.«

Als Neven zehn Minuten später die Tür seines Wagens öffnete, fiel im Haus ein einzelner Schuss. Neven senkte seinen Blick zu Boden und hielt kurz inne. Dann stieg er ein und fuhr los. Vor ihm lagen weitere sechs Stunden Fahrt.

28

Wenn von ihr verlangt worden wäre, Leutnant Rosenbergers Büro in der Polizeiinspektion Klosterneuburg mit einem einzigen Wort zu beschreiben, das Wort wäre »nüchtern« gewesen. Hätte man ihr ein zweites Wort gestattet, sie hätte »saukalt« gewählt.

Dani saß ihrem Chef an seinem Schreibtisch gegenüber und fror erbärmlich. Es war acht Uhr morgens. Beide Fenster standen bis zum Anschlag offen. Vereinzelte Schneeflocken wehten herein und schmolzen auf dem Fensterbrett oder auf dem Fußboden. Das Außenthermometer zeigte wenige Minusgrade.

»Ich hatte erwartet, Sie bald wiederzusehen. Aber, wenn ich ehrlich sein soll, noch nicht heute.« In seiner Stimme schwang ein zynischer Unterton mit. Rosenberger lehnte gemütlich in seinem Drehstuhl, durch seine Finger wanderte ein Bleistift. »Die Frage, ob es Ihnen besser geht, erübrigt sich wohl.«

Dani war todmüde. Sie dachte an das Bild, das ihr heute Morgen der Spiegel entgegengeworfen hatte. Sie hatte versucht, mit einem Abdeckstift die dunkelsten Stellen um ihr linkes Auge aufzuhellen. Mit mäßigem Erfolg. Die Schnittwunde am Kinn und der geklammerte Cut ließen sich ohnehin nicht verbergen. »Es sieht schlimmer aus, als es ist.«

»Natürlich. Was ist mit Ihren Händen passiert?«

Dani hatte die Verbände, die ihr ihre Mutter gestern Nacht angelegt hatte, noch nicht abgenommen. »Ich habe eine Glasschüssel fallen lassen und mich geschnitten.«

»Und das blaue Auge haben Sie sich dann beim Aufheben der Scherben geholt, nicht wahr? Ich nehme an, eine offene Schranktür oder Ähnliches?«

Dani schwieg. Was hätte sie antworten sollen?

»Gut, dass Sie die Klappe halten, Scholz. Ich kann mit Draufgängern umgehen, aber ungeschicktes Personal? Nicht in meiner Abteilung.«

War klar, dass er mir diese blödsinnige Geschichte mit der Schüssel nicht abkauft. Was habe ich mir nur dabei gedacht?

Dani biss sich auf die Unterlippe. Der Start des Gesprächs war mächtig in die Hose gegangen.

»Also gut, Scholz. Ich weiß es zu schätzen, dass Sie Ihre Freistellung ignorieren und sich so rasch zurückmelden, um an unserem Fall weiterzuarbeiten. Aber es gibt ein paar Dinge zu klären, bevor wir darüber nachdenken, wie es mit uns weitergehen kann.« Er rieb sich die Stirn und richtete sich zu voller Größe auf. »Ich will ganz offen zu Ihnen sein und hoffe, dass Sie sich auch dazu durchringen können. Hier also meine Frage.« Mit seinen Unterarmen stützte er sich an der Tischkante ab und nahm sie ins Visier. »Der Mann, den Sie gestern früh in Hohenwarten getroffen haben, war das dieser Neven Horvath?«

Dani riss die Augen auf. Sie hatte mit allem Möglichen gerechnet, aber auf diese Einstiegsfrage war sie gänzlich unvorbereitet. Zumal sie sicher gewesen war, von niemandem verfolgt worden zu sein. »Woher wissen Sie davon?«

»Beantworten Sie einfach die Frage, tun Sie mir den Gefallen.«

Dani war mit der Absicht angetreten, die Ereignisse, die sich zwischen Mittwochabend und letzter Nacht zugetragen hatten, für immer für sich zu behalten. Das war nun nicht mehr möglich. *Was für eine Scheiße. Scheiße. Scheiße. Okay, ganz ruhig. Jetzt nur nicht die Nerven wegschmeißen.* Sie versuchte, Rosenbergers durchdringendem Blick standzuhalten, und nahm Haltung an, so gut es im Sitzen ging. »Als ich am Mittwochnachmittag im Krankenhaus aufgewacht bin, habe ich eine Nachricht von ihm vorgefunden. Auf dem Nachtkästchen. Es war eine Zeichnung des alten Klosters. Ich habe daraus geschlossen, dass er sich mit mir dort treffen will. Zu der Uhrzeit, die die Kirchturmuhr anzeigte.«

Rosenberger spitzte die Lippen. Ihre Antwort stellte ihn offensichtlich zufrieden. Es folgten weitere Fragen. Er machte sich Notizen, während Dani die gewünschten Informationen, wenn auch zögerlich, preisgab. Sie hob hervor, dass Neven Horvath sie kontaktiert hatte, um den Ausgang der Razzia in Erfahrung zu bringen. Er hatte zu diesem Zeitpunkt kein Wissen über Anisa Krizans Schicksal. Er hatte befürchtet, dass sie womöglich eines der toten Mädchen war, von denen die Medien berichtet hatten. Und sie führte an, dass sie nur deshalb den Entschluss gefasst hatte, sich mit ihm ohne Rücksprache zu treffen, weil sie überzeugt gewesen war, er würde sofort abhauen, sollte sie nicht allein auftauchen. Ihr eigenes Ansinnen, von ihm die Namen und die Aufenthaltsorte der Mörder ihrer Partner in Erfahrung zu bringen, kam ihr nur schwer über die Lippen.

Rosenberger hörte der Geschichte mit unbewegter Miene zu. Dani konnte in seinem Gesicht nicht das Geringste lesen. *Glaubt er mir? Oder hält er mich für eine durchgeknallte Irre?*

»Und? Haben Sie die Namen der Kerle in Erfahrung bringen können?«

»Neven kennt nur ihre Vornamen. Nicos Mörder heißt Maxim. Ein ehemaliger russischer Soldat. Angeblich ist er Sagatovs rechte Hand. Der andere heißt Ivan. Ein psychopathischer Typ, der nur selten auftaucht und rasch wieder verschwindet.«

Rosenberger machte sich weitere Notizen. Dani war inzwischen sicher, in den nächsten Minuten vom Dienst suspendiert zu werden. Womöglich musste sie auch mit einer internen Untersuchung rechnen, und von da an war es zu einer Anklage womöglich nicht mehr weit. Jedenfalls musste sie mit einem Verfahren gegen sich rechnen, und zwar schon bald. Eine unehrenhafte Entlassung. Der Alptraum nahm Gestalt an.

Rosenberger holte tief Luft und legte den Bleistift beiseite. Seine Stimme klang nach wie vor ruhig und besonnen. Keine Spur von Ärger. Kein vorwurfsvoller Unterton. »Wenn Sie auf meiner Seite des Schreibtisches sitzen würden – jetzt, in diesem Moment, mit Ihrem Wissen –, worauf würden Sie die Arbeit Ihrer Mannschaft konzentrieren?«

Die nächste Frage, die Dani ins Schleudern brachte. Sie hatte damit gerechnet, nun erzählen zu müssen, welche weiteren Informationen sie von Neven erhalten hatte. Die Aufenthaltsorte der gesuchten Verbrecher. Wo die entführten Mädchen gefangen gehalten wurden. Etwas in der Art. Stattdessen diese eigenartige Frage. »Ich bin mir nicht sicher, ob ich verstehe, was Sie meinen.«

»Sie sind doch sonst so ein schlauer Kopf. Wir müssen die entführten Mädchen finden. Ich nehme an, auch Sie haben keine Ahnung, wo sie sich befinden, sonst hätten Sie es mir längst gesagt, nicht wahr? Die Soko weiß bislang nur, dass Anisa Krizan von diesem Sagatov entführt wurde. Sie weiß nicht, warum, und wir haben keine Ahnung, wo wir ansetzen sollen. Wir haben nach wie vor keine verwertbaren Spuren. Aber ich, Frau Kollegin, ich habe jetzt eine Spur. Ich habe Sie.« Er deutete auf Dani. »Es ist ganz einfach. Ich will nur Ihre Einschätzung, Scholz. Ich will von Ihnen wissen, worauf wir unsere Ressourcen konzentrieren sollten. Auf die Suche nach Sagatov? Nach Maxim? Ivan? Neven?«

»Sagatov und seine Männer sind Teil eines Mafiaclans.«

»Ich höre.«

»Ich würde mich auf die Suche nach Sagatov konzentrieren. Seine Gruppe ist in einen bulgarischen Clan eingebunden. Die Familie heißt Balabanov. Und ich würde versuchen, Neven Horvath wiederzufinden. Außerdem wäre es hilfreich, Leute hinzuzuziehen, die das Darknet verstehen. Und die Mechanismen dahinter. Die Mädchen wurden nicht entführt, um Lösegeld zu erpressen oder sie direkt der Prostitution zuzuführen. Es geht um organisierten Menschenhandel. International.«

Rosenbergers Augen verengten sich zu Schlitzen, und zwischen seinen Brauen bildeten sich steile Falten. »Wollen Sie damit den Verdacht äußern, dass die Mädchen, nun, sagen wir, als Ware im Darknet angeboten werden?«

»Ich würde diese These prüfen.«

»Hat Ihnen das dieser Horvath gesteckt?«

»Ja.«

Rosenberger lächelte. »Und Sie glauben diese abstruse Geschichte?«

»Er hat mir Details geschildert, wie Sagatovs Gruppe arbeitet. Er ist ein Teil davon und möchte abspringen. Also ja, es ist glaubwürdig.«

»Wenn er abspringen will, warum arbeitet er dann nicht mit uns zusammen?«

»Er hat sich das Ziel gesetzt, Anisa Krizan zu retten. Er ist in das Mädchen verliebt. Und er traut uns nicht zu, sie zu finden. Zumal sie nicht mehr in Österreich ist.«

»Er will das allein durchziehen? Halten Sie das für möglich?«

»Ich denke, dass er eine Chance hat. Es gibt immer eine Chance. Wenn jemand sie finden und befreien kann, dann er.«

»Sie scheinen ihn mittlerweile ziemlich gut zu kennen.« Rosenbergers Bleistift kratzte übers Papier. Die Seite war beinahe vollgeschrieben. »Was ist mit diesem Scharfschützen, Maxim, und Ivan, dem Messerstecher? Sollen wir auch nach denen fahnden?«

Dani dachte kurz nach. »Wir sollten die beiden links liegen lassen.«

Als sie zu einer Erklärung ansetzte, winkte Rosenberger entschieden ab. »Ich will nicht wissen, warum. Ich möchte in der Soko nur keine Ressourcen vergeuden.« Er wendete das Blatt und schrieb weiter. Als er fertig war, legte er den Stift beiseite, verschränkte die Finger und ließ die Gelenke knacken. »Gut. Ich möchte, dass Sie alle Informationen, die Horvath Ihnen gegeben hat, bis ins kleinste Detail aufschreiben. Handschriftlich. Setzen Sie sich da drüben hin und fangen Sie an.«

Dani wandte ihren Kopf nach links. An der dem Fenster gegenüberliegenden Wand stand ein quadratischer Tisch mit zwei Stühlen. Obenauf lagen ein A4-Block und ein Bleistift. Rosenberger hatte von Anfang an geahnt, in welche Richtung dieses Gespräch laufen würde.

»Vielleicht holen Sie sich vorher eine Tasse Kaffee, Scholz. Ich nehme an, Sie werden einige Zeit brauchen, um alles niederzuschreiben, was Sie wissen.«

Dani brauchte eine volle Stunde. Ihre Finger waren klamm, aber sie schrieb wie besessen und ignorierte die geöffneten Fenster. Am Ende waren es mehr als zehn Seiten. Wie von Rosenberger verlangt: alle Informationen, die für die Klärung der Soko-Fälle relevant waren und die Neven ihr gegeben hatte. Aber kein einziges Wort über Nadjas Entführung. Kein einziges Wort über die Aktion in Ungarn.

Während Rosenberger die Seiten las und mit seinen Notizen abglich, saß Dani ihm wortlos gegenüber. Ihre Gedanken überschlugen sich. In einem Moment rechnete sie fest damit, gefeuert zu werden. Im anderen Moment sah sie Rosenberger, der sich höchst kollegial verhielt, auf ihrer Seite. Als er fertig war, legte er Danis umfangreiches Werk vor sich auf den Schreibtisch und faltete die Hände vor dem Gesicht. Einen kurzen Augenblick schien er zu überlegen, dann beugte er sich nach hinten, aktivierte den Reißwolf und schredderte Danis Arbeit in wenigen Sekunden. Sein Gesicht hatte einen entspannten Ausdruck angenommen. »Die Geschichte ist schlüssig, Scholz. Ich glaube Ihnen, aber ich fürchte, ich verstehe die Motive für Horvaths Handeln noch immer nicht ganz. Wenn er ohnehin geplant hat, Anisa Krizan auf eigene Faust zu befreien, warum hat er Ihnen all diese Informationen gegeben? Wie haben Sie ihn dazu gebracht, seine eigenen Leute zu verraten? Was haben Sie ihm versprochen?«

»Ich habe ihm gar nichts versprochen. Ich habe ihn angefleht, mir die Namen der Mörder von Nico und Klemens zu verraten. Und er hat gesehen, dass mir meine Sache ebenso wichtig ist wie ihm seine.«

Dani dachte an das Gespräch vom gestrigen Morgen zurück. An ihre Gefühle dabei. An die unglaublich intensiven Emotionen, die sie Neven hatte spüren lassen. »Dass er sich in das Mädchen verliebt hat, war eine Art Erweckungserlebnis für ihn. Sie müssen sich vorstellen, er war für die Planung ihrer Entführung zuständig und hat keine Möglichkeit gesehen, die Operation zu sabotieren, ohne von den eigenen Leuten umgebracht zu werden. Stattdessen hat er sich entschieden, nachträglich alles zu unternehmen, was in seiner Macht steht, um sie wieder zu befreien.« Sie holte tief Luft und blies aus. »Er hat Sandra Lohmann das Leben gerettet, und er hat mir das Leben gerettet. Um uns zu zeigen, wozu er fähig ist und dass wir ihm vertrauen können. Er hat uns von der Villa erzählt, weil er überzeugt war, dass wir Anisa dort finden werden. Sie war auch dort, aber wir kamen zu spät. Er hat Nico und mich gewarnt, dass wir auf Maxims Todesliste stehen. Ich glaube, er ist tief drinnen ein guter Mensch, der an die falschen Leute geraten ist.«

»Und wo ist er jetzt? Wie geht er vor?«

»Er hat sich allein auf die Suche nach Anisa begeben. Ich bin nicht sicher, aber ich glaube, er ist auf dem Weg nach Bulgarien. Vielleicht hat er jemanden innerhalb des Clans, dem er vertrauen kann. Das ist aber wie gesagt nur eine Vermutung. Ich kenne seine konkreten Pläne nicht. Er hat mir diesbezüglich nichts verraten.«

»Sie haben keinen Kontakt zu ihm?«

»Nein. Ich habe ihm meine Telefonnummer gegeben, aber ich kann ihn nicht kontaktieren. Ich kann nur hoffen, dass er sich irgendwann meldet.«

Rosenberger schien zufrieden mit dem Verlauf des Vormittags. Er griff zum Telefon. »Rosenberger hier. Komm bitte in mein Büro und bring Pandev mit. Ja, sofort.«

Dani hielt den Atem an. Sie hatte nicht die geringste Vorstellung, was als Nächstes folgen würde. Wen hatte Rosenberger angerufen? Während sie warteten, beobachtete ihr Chef sie genau, ohne ein weiteres Wort zu verlieren. Dani bemühte sich, Gelassenheit und Zuversicht auszustrahlen.

Eine Minute später betraten eine Frau in Rosenbergers Alter und ein junger Mann mit harten, kantigen Gesichtszügen den Raum. Rosenberger stellte Chefinspektorin Sylvia Zadic und Bezirksinspektor Boris Pandev vor. Mit der Chefinspektorin war er per Du. »Sylvia, das ist Gruppeninspektorin Daniela Scholz. Wir haben über sie gesprochen. Sie war Nicos Partnerin und hat mit ihm gemeinsam den gewaltigen Stein ins Rollen gebracht. Scholz, Ihr neues Team. Chefinspektorin Zadic ist die mit Abstand erfahrenste Anwerberin, die wir im BKA haben. Bezirksinspektor Pandev ist gebürtiger Bulgare. Seine Sprachkenntnisse könnten von großem Nutzen sein.« Rosenberger faltete seine Hände. »Eure gemeinsame Aufgabe ist es, Neven Horvath zu finden und ihn als Verbindungsmann anzuwerben. Findet alles heraus, was es herauszufinden gibt, um diesen Mann für uns zu gewinnen. Sie werden das Team mit all Ihrer Kraft unterstützen, Scholz. Sie werden alles in Ihrer Macht Stehende tun, um diesen Jungen so rasch wie möglich aufzutreiben. Verstanden?«

Dani sprang von ihrem Sessel auf. Plötzlich war sie hellwach. Ihr Herz schlug wie verrückt, und die Erleichterung war ihr mit Sicherheit anzusehen. Rosenbergers eindringlicher Blick ließ sie darauf verzichten, sich vor den anderen beiden bei ihm zu bedanken.

Als Dani sich zum Gehen wandte, rief Rosenberger ihr nach. »Noch ein letzter Punkt, Scholz. Sylvia, ihr beide könnt gehen. Danke.«

Rosenberger wartete, bis die Tür ins Schloss schnappte. Dani stand mitten im Raum und sah ihn erwartungsvoll an.

»Ich habe Sie von einem Freund, der mir von Zeit zu Zeit ein wenig zur Hand geht, beschatten lassen, Scholz. Allerdings hat er Sie aus den Augen verloren, als Sie mit Horvath vom Internat weggefahren sind. Er konnte nicht rasch genug zu seinem versteckt geparkten Auto zurückkehren.« Er machte eine Pause. »Was passiert ist, nachdem er Sie verloren hat, weiß ich nicht. Jetzt verstehe ich ein bisschen besser, warum Nico so erpicht darauf war, Sie als seine Partnerin zu bekommen. Ich habe seinem Gespür immer vertraut. Aber ich habe ganz ehrlich keine Ahnung, was er Ihnen in Ihrer Lage raten würde. Ich weiß nicht, wie die Sache für Sie ausgehen wird. Aber besondere Situationen erfordern besondere Handlungen. Ich glaube, Nico hätte zu hundert Prozent hinter Ihnen gestanden. Ich habe vor, es ihm gleichzutun.«

Dani senkte ihren Blick. Sie hatte sich nicht verhört. Es war einfach, die Bedeutung seiner Worte richtig zu interpretieren.

»Gehen Sie an die Arbeit, Scholz. Es gibt viel zu tun.«

29

»Rosenberger hat mir erzählt, wie nahe Sie Nico standen. Und dass Sie dabei waren, als dieses …« Chefinspektorin Sylvia Zadic richtete ihren Blick an die Zimmerdecke. »Dieses unfassbare Unglück geschah. Wenn Sie möchten, können Sie gerne hier sitzen.«

Sie war aufgestanden, als Dani den Raum betreten hatte, und bot ihr den Platz ihres ehemaligen Partners an. Den Platz hinter seinem Schreibtisch. Es tat unfassbar weh, Nicos ehemaliges Büro zu betreten und zu wissen, dass er es nie wieder nutzen würde. Ab sofort sollte es ihrer kleinen Taskforce als Heimstätte dienen.

Dani wusste die Geste ihrer neuen Teamleiterin zu schätzen. Sie schluckte schwer, schüttelte aber den Kopf. »Danke, das ist nett. Aber mein Platz ist hier.«

Sie legte ihre Hände auf die Lehne des Sessels, den sie in den letzten Monaten unzählige Male benutzt hatte. Es war der Sessel der Schülerin. Den des Meisters musste sie sich erst verdienen.

Zadic nahm wieder Platz. »In Ordnung.«

Sie war eine große und kräftige Frau. Obwohl sie Macht und Kompetenz ausstrahlte, wirkte sie äußerst zugänglich. Mit langsamen, bedächtigen Bewegungen ordnete sie ihre Unterlagen auf dem Schreibtisch.

Dani rückte ihren Sessel zurecht und ließ sich auf ihm nieder. Zu ihrer Rechten saß Boris Pandev, die Beine gekreuzt, die Finger um seine Knie verschränkt. Sein gepflegtes Äußeres und die wachen Augen flößten Dani Vertrauen ein. Er schien ein Kollege zu sein, der seine Aufgaben ernst nahm. Er nickte ihr wohlwollend zu.

Zadics Stimme besaß einen angenehm tiefen Klang. Sie signalisierte die innere Ruhe und Professionalität einer erfahrenen Beamtin. »Rosenberger hat uns so weit informiert, dass wir gleich einsteigen können. Wir wissen, dass Sie Neven Horvath am gestrigen Morgen getroffen haben. Holen Sie uns hier bitte ab.«

Dani nickte und richtete sich auf. Sie hatte die ganze Geschichte eben erst aufgeschrieben und in Gedanken erneut durchlebt. Es war somit eine Kleinigkeit, sie ihrem neuen Team in allen Details zu schildern. Weder Zadic noch Pandev unterbrachen sie auch nur ein einziges Mal. Keiner von ihnen machte sich Notizen. Sie hingen an ihren Lippen und hörten aufmerksam zu. Bis zum Ende.

Zadic ließ sich in den Sessel zurückfallen und faltete die Hände vor ihrer Brust. »Was denken Sie, Scholz? Vertraut er Ihnen? Würden Sie sagen, er nimmt tatsächlich Kontakt auf, sobald er Anisa Krizan gefunden hat?«

Danis Gehirn arbeitete wieder auf Hochtouren. Die bleierne Müdigkeit war verschwunden, und durch ihre Adern floss genügend Adrenalin. »Ja, ich glaube, er vertraut mir. Aber ich bin sicher, er wird sich erst melden, wenn er Anisa tatsächlich befreit hat. Keine Minute vorher.«

Pandev beugte sich vor und stützte sich mit den Ellenbogen auf seinen Knien ab. »Aber wie will er das Mädchen finden? Wenn es stimmt, dass er in Sagatovs Organisation als Verräter gesehen oder zumindest des Verrats verdächtigt wird, wer soll ihm dann helfen? Ist es nicht viel wahrscheinlicher, dass ihn Sagatov aus dem Verkehr ziehen lässt, sobald er sich bei ihm oder bei einem seiner Männer meldet?«

Dani nickte. »Ich denke, dass er sich woanders Hilfe holt. Vielleicht hat er eine Vertrauensperson in der Familie. Jedenfalls hat er zuversichtlich gewirkt, als ich ihn das letzte Mal gesehen habe. Ich glaube, er verfolgt einen konkreten Plan.«

Zadic kreuzte ihre Arme hinter dem Kopf, blähte ihre Backen und blies die Luft aus. »Wo, sagen Sie, haben Sie ihn das letzte Mal gesehen?«

Das war der einzige heikle Punkt in ihrer Geschichte. Die einzige Lüge. »In Erdberg. Er hat mich gebeten, ihn am Busterminal abzusetzen.«

»Und Sie vermuten, dass er sich Richtung Ungarn abgesetzt hat?«

»Ja, und ich nehme an, dass er weiter nach Bulgarien wollte. Er hat es aber nicht explizit gesagt.«

»Wir haben also keine Ahnung, wo er sich derzeit aufhält. Pandev, fangen Sie mit den bulgarischen Kollegen an und arbeiten Sie sich vor. Rumänien, Ungarn, Moldawien. Scholz, Sie versuchen herauszufinden, woher dieser Neven Horvath tatsächlich stammt. Ich will wissen, wo seine Wurzeln liegen und was es mit dieser Zirkusgeschichte auf sich hat. Irgendwie muss er mit den Balabanovs in Kontakt gekommen sein. Vielleicht gibt es hier einen Ansatzpunkt.«

Zadic stand auf und schnappte sich ihre Jacke vom Kleiderständer. Bereits im Gehen gab sie ihre letzten Anweisungen. »Und noch was, Pandev. Geben Sie Scholz meine Handynummer. Ich fahre zurück ins BKA und bringe den Soko-Stab auf den neuesten Stand. Wenn ihr beiden irgendeine Spur findet, will ich es sofort wissen.«

Nachdem sie sich mit Pandev auf »Boris« und »Dani« geeinigt und einen doppelten Espresso intus hatte, ging es ihr deutlich besser. Ihre Lebensgeister waren zurück, und die nächsten wichtigen Schritte nahmen langsam Gestalt an. »Ich denke, das Beste wäre, ich fahre zuerst zu meiner Mutter, um die Verbände wechseln zu lassen. Sie ist Ärztin. Dann habe ich das hinter mir.«

»In Ordnung. Dann sehen wir uns später hier?«

»Ja. Ich beeil mich.«

Ihre Wunden und die Verbände waren das eine. Aber es gab noch etwas Dringenderes zu erledigen. In einem Stahlcontainer in Strebersdorf schlummerte eine Dienstwaffe und wartete auf die Rückkehr ihrer Besitzerin.

Dani sprang in ihren Wagen und fuhr los. Für ein paar Augenblicke überlegte sie, ob in dem Lager, wo Nevens Motorrad stand, womöglich Fingerabdrücke von ihm zu finden wären. Sollte sie Rosenberger informieren und die Spurensicherung darauf ansetzen? Wie würde ihr Chef reagieren, wenn sie nachträglich ein weiteres Geheimnis preisgab?

Nein. Neven war extrem vorsichtig. Je länger sie darüber nachdachte, umso sicherer war sie, dass weder an dem Fahrzeug noch im Container eine verwertbare Spur zu finden wäre.

Zwanzig Minuten später parkte sie in der Nähe des weiträumigen Geländes ein und ging die restlichen Meter zum Eingang zu Fuß. Sie hielt den Chip, den Neven in der Mittelkonsole ihres Wagens zurückgelassen hatte, an den Öffnungsmechanismus. Die LED sprang auf Grün, und das riesige Stahltor setzte sich knirschend in Bewegung.

Die Kapuze ihres Sweaters über den Kopf gezogen und den Kragen ihrer Lederjacke hochgeschlagen, suchte sie zielstrebig den Weg durch die zahllosen Garagengebäude in den hinteren Teil des Geländes. Als sie die richtige Box gefunden hatte, hockte sie sich vor den Eingang und schob ihre Hand unter den Rand des Containers. Irgendwo hier hatte Neven den Schlüssel deponiert. Sie suchte die Innenkante ab, und nach kurzer Zeit ertastete sie einen kleinen, flachen Gegenstand. Sie zog den Schlüssel hervor und öffnete das Schloss.

Geräuschlos wie beim letzten Mal schwang die Tür auf. Ihre Dienstwaffe und ihr Schulterholster lagen exakt an jenem Ort, wo sie sie gestern Nachmittag zurückgelassen hatte. Sie nahm die Glock an sich und prüfte Gehäuse, Lauf und Magazin. Alles in bester Ordnung. Erleichtert legte sie das Holster an und steckte die Waffe an ihren Platz. Nachdem sie ihre Jacke wieder geschlossen hatte, holte sie tief Luft. Endlich. Sie war wieder komplett. Erst jetzt stellte sich das heiß ersehnte Gefühl ein, dass der Ungarn-Einsatz tatsächlich abgeschlossen war. Ein Einsatz, der hoffentlich für immer ihr Geheimnis bleiben würde.

Ungarn. Ein Gedankenblitz zuckte durch ihren Kopf. Die Beretta. Woher, hatte Neven gesagt, hatte er die Waffe? Von einem rechtsextremen Ungarn? Die Härchen an Danis Armen stellten sich auf. Ein Anschlag auf einen Zigeunerzirkus. Ein brennender Wohnwagen. Das Zeichen am Griff der Waffe.

Jobbik. Was, wenn diese schreckliche Geschichte in Ungarn stattgefunden hatte? Wenn Neven damals …?

Ihr nächster Gedanke war naheliegend. Eine ihrer besten Freundinnen aus der Schulzeit arbeitete bei einer großen Tageszeitung. In der Außenpolitik-Redaktion. Für sie war es womöglich eine Kleinigkeit, anhand dieser wenigen Informationen rasch brauchbare Inhalte ans Tageslicht zu holen. Und das Beste daran war, dass ihre Freundin die Sprache beherrschte. Sie war gebürtige Ungarin.

Dani nahm ihr Mobiltelefon zur Hand. »Boris? Dani hier. Sitzt du am Rechner? Mir ist gerade eine Idee gekommen. Ich brauche dringend eine Telefonnummer.«

Die Fahrt nach Warna war eine Tortur gewesen. Zwar hatte sich der Verkehr in Grenzen gehalten, aber die Strapazen der letzten Tage waren letztlich offen zutage getreten. Neven hatte sich nur mühsam mit Koffeintabletten, eiskaltem Wasser und offenem Wagenfenster wach halten können. Zum Glück war die Sonne das eine oder andere Mal zwischen den dichten Wolken aufgetaucht und hatte mit ihrem Licht nicht nur die graue Monotonie der Landschaft, sondern auch Nevens dunkle Gemütsverfassung durchbrochen.

Während der Reise ans Schwarze Meer war ihm viel Zeit zum Nachdenken geblieben. Er forschte in seiner Erinnerung, ob er je ein Gespräch mit einem fremden Menschen geführt hatte, in dem er mit Privatem so sorglos umgegangen war wie gestern Nachmittag. Als er mit Dani über die schneebedeckten Felder an der österreichisch-ungarischen Grenze spaziert war und ihr in Bruchstücken die Geschichte seiner Familie erzählt hatte. Ihm fiel keines ein. Nicht ein einziges.

Vor wenigen Tagen war er überzeugt gewesen, Anisa würde die erste Frau sein, der er seine Vergangenheit anvertrauen würde. Er hatte sich geirrt. Zudem musste er immer wieder an eine bestimmte Frage zurückdenken, die Dani ihm gestellt hatte. Und an ihre Entgegnung auf seine Antwort.

Wieso wird Ivan die »Bestie« genannt?

Er ist ein Ungeheuer.

Das seid ihr alle.

»Ihr alle«. Das schloss ihn selbst mit ein. Aus ihrer Perspektive mochte es sogar stimmen, trotzdem fühlte es sich für Neven ungerecht an. Mit der Bestie Ivan hatte er nichts gemeinsam. Nicht das Geringste.

Du wirst nicht als Bestie geboren. Erst wenn dich die Welt fallen lässt, wenn dich das Leben in ausweglose Situationen wirft und du ums Überleben kämpfen musst, dann kann es passieren. Dann kann jeder Mensch zu einer Bestie werden und einem Gegner mit einer Drahtschlinge den Kopf abtrennen. Du hast es selbst erlebt, Dani.

Er durfte jetzt nicht an sich zweifeln. Er musste seine ganze Energie auf sein Ziel richten. Alles würde sich ändern, sobald Anisa wieder in Freiheit war. Er selbst, sein Leben, die Welt. Sobald er diese eine Aufgabe erledigt hatte, würde sich alles zum Guten wenden.

Unterwegs war er nur ein einziges Mal stehen geblieben, um zu pinkeln. Und er hatte sich auf dem Parkplatz eine halbe Stunde Schlaf gegönnt.

Sergejs Unterschlupf hatte er schließlich wie geplant gegen vier Uhr nachmittags erreicht. Es war ein ideales Versteck. Eine unauffällige Adresse am Stadtrand von Warna. Neven parkte den Pick-up in einer kleinen Seitengasse. Niemand interessierte sich für ihn. Die kleine Wohnung lag im dritten Stock eines schlichten Plattenbaus. Sie präsentierte sich hübsch eingerichtet und sauber, mit einem kleinen Balkon Richtung Westen.

Neven sehnte sich nach einer Dusche und einem Bett, aber zuvor musste er noch Kontakt mit Dean Ryaborichev aufnehmen. Er setzte sich an den Küchentisch und holte sein Mobiltelefon hervor. Tippte »Shkodra« ins Textfenster der SMS-App und sandte die Nachricht an die Nummer, die Sergej ihm gegeben hatte.

Er hatte nicht mit einer schnellen Antwort gerechnet. Umso mehr überraschte es ihn, als nur wenige Augenblicke später das Telefon summte. Neven nahm den Anruf entgegen. »Ja?«

»Wer bist du?« Die Stimme an seinem Ohr war dunkel und rau. Eine Reibeisenstimme.

»Mein Name ist Neven Horvath. Ich gehöre zu Sagatovs Leuten.«

»Und was willst du?«

»Ich muss mit Ilana sprechen.«

»In welcher Angelegenheit?«

»Wien. Ich war dabei und weiß, was passiert ist.«

Der Anrufer schien einen Augenblick abzuwägen, ehe er eine weitere Frage anschloss. »Woher hast du das Codewort?«

»Sergej Petrenko hat es mir gegeben.«

Es folgte eine weitere, diesmal deutlich kürzere Nachdenkpause. »In Ordnung. Du erhältst eine Adresse per SMS. Sei um neun Uhr abends da.«

Die Leitung wurde unterbrochen. Neven legte das Mobiltelefon beiseite und starrte es an.

Shkodra.

In Albanien gab es eine Stadt dieses Namens. Vielleicht war es aber auch der Vorname eines Mannes. Egal. Für ihn war es ein Schlüssel, der ihm die Tür ins Reich der Balabanovs öffnete. Die Eintrittskarte für ein Treffen mit Ilana. Es hatte funktioniert.

Neven sah auf die Uhr über dem Küchentisch. Er hatte vier Stunden Zeit, um zu duschen, etwas zu essen und sich ein wenig auszuruhen. Zeit, die er dringend benötigte, um seine verbliebenen Kräfte zu sammeln und sein inneres Gleichgewicht wiederherzustellen.

30

Auf die Minute pünktlich stand Neven vor dem riesigen Einfahrtstor zum Anwesen der Balabanovs und suchte nach einer Möglichkeit, sich bemerkbar zu machen. Er hatte die Küstenstraße genommen. Eine Strandvilla oder ein ähnlich auffälliges Bauwerk waren von keinem Punkt der Strecke aus zu sehen gewesen. Das Grundstück musste gewaltige Ausmaße haben. Die gut drei Meter hohe Mauer gab nur den Blick auf unzählige dichte Baumkronen frei. An der linken Begrenzungssäule fand er eine ins Mauerwerk integrierte Gegensprechanlage. Er drückte die einzige Taste.

»Ja?«

»Neven Horvath.«

»Stell deinen Wagen irgendwo auf der anderen Straßenseite ab und warte, bis du abgeholt wirst.«

Wahrscheinlich war irgendwo eine Kamera verborgen, die ihn im Visier hatte. Er kehrte zurück zu seinem Pick-up und parkte den Wagen wie angeordnet genau gegenüber. Kurze Zeit später öffnete sich das riesige Metalltor mit leisem Summen. Eine Limousine erschien und blieb zwischen den beiden Säulen stehen. Zwei Männer stiegen aus. Neven griff nach seiner Tasche, stieg aus und überquerte die Straße.

Einer der beiden deutete auf den Pick-up. »Ist das dein Wagen?«

»Nein. Der ist geliehen.«

»Von wem?«

»Ivan.«

Der Name schien ihnen ein Begriff zu sein. Der Sprecher nickte wissend. Er bedeutete Neven, die Arme vom Körper zu strecken, und tastete ihn ab. Der andere nahm seine Tasche. Zippte sie auf und inspizierte ihren Inhalt. »Die behalten wir einstweilen. Du bekommst sie verlässlich zurück.«

Neven stieg zu den Männern in den Wagen. Die Fahrt war

kurz, vielleicht zwei oder drei Minuten. Im Licht der Scheinwerfer sah Neven zuerst nur die gekieste Straße und in Ansätzen den dichten Bewuchs zu beiden Seiten. Dann, nach einer gezogenen Linkskurve, tauchte ein palastähnliches Gebäude auf. Neven zählte vier Stockwerke. Die hohen Fenster und die reich verzierte, beleuchtete Fassade erinnerten ihn an ein gewaltiges britisches Herrenhaus.

Der Wagen hielt vor einem hohen Portal mit griechischen Säulen, das über eine breite Steintreppe erreichbar war. Ein einzelner Mann erwartete ihn. Neven stieg aus und ging ihm entgegen.

»Neven Horvath?«

Neven nickte.

Es war Ryaborichev. Seine Stimme war unverkennbar. »Komm mit.«

Es kam selten vor, dass Neven zu einem anderen Mann aufschauen musste. Aber Ryaborichev war ein Riese.

Ein prächtiger Deckenlüster mit Tausenden geschliffenen Kristallen leuchtete das Vestibül dieses Palastes aus. Ölgemälde, Wandteppiche, Bodenvasen. Man musste kein Fachmann sein, um den Wert all dieser Gegenstände zu erahnen.

Neven folgte dem Riesen über einen glatt polierten Marmorboden zu einem Aufzug. Sie fuhren in den zweiten Stock. Ein langer Gang führte nach rechts. An einer doppelflügeligen, verspiegelten Glastür hielt Ryaborichev an und legte seine Handfläche auf einen in die Wand eingelassenen Bildschirm. Ein Türflügel sprang sanft knackend auf.

»Frau Balabanova erwartet dich.«

Neven trat an ihm vorbei in ein riesiges, modern eingerichtetes Wohnzimmer. Das Licht war gedämpft, und aus verborgenen Lautsprechern tönte leise klassische Klaviermusik. Auf einem Flügel, der mitten im Raum stand, brannten drei unterschiedlich hohe Kerzen. Der Duft von Sandelholz kitzelte seine Nase. Die linke Wand des Raumes war durchgehend verglast. Das Mondlicht spiegelte sich auf den Wellen des Meeres. Vereinzelte Wolken zeichneten sich am Himmel ab. Hinter ihm fiel die Tür ins Schloss.

»Leider hat dieses Geschoss keine Terrasse. Aber die Fenster lassen sich alle öffnen.«

Ein Schauer rieselte seinen Nacken und den Rücken hinab. Das samtene Timbre dieser Stimme weckte angenehme Erinnerungen. Neven sah sich um und suchte nach der Sprecherin.

Im hinteren Teil des Raumes entdeckte er eine weitläufige Wohnlandschaft. Inmitten großer Kissen saß eine Frau, die Beine angewinkelt, die Arme locker neben dem Körper abgelegt, und musterte ihn aufmerksam. Ein amüsiertes Lächeln umspielte ihre Lippen. »Kaum zu glauben. Es gibt also tatsächlich ein ansehnliches Exemplar in Vlados Horde abscheulicher Kreaturen.«

Neven starrte Ilana Balabanova an. Er hörte zwar ihre Worte, war aber nicht in der Lage, ihnen Bedeutung beizumessen. Es war die Ähnlichkeit, die ihn verwirrte. Auch wenn sie unübersehbar war, wehrte sich sein Verstand gegen das Offensichtliche.

Er rief sich Sergejs Worte in Erinnerung. Ilana und Vlado. Ihre Zurückweisung. Sein gekränkter Stolz. War es so simpel? Lag das Motiv für Vlados Wahl in seinen unerfüllten Träumen? Hatte Sergej genau das gewollt? Dass Neven den Grund für all den Irrsinn der letzten Tage selbst herausfand?

»Du sagst, du kommst von Vlado?«

Er musste es einfach akzeptieren. Ihm blieb nichts anderes übrig, auch wenn die Banalität der Erkenntnis ihn sehr schmerzte. Neven streifte seine Erstarrung ab. »Ich sagte, ich bin Teil seiner Gruppe.«

»Wer hat dich dann hergeschickt?«

»Niemand.«

»Interessant. Rya sagte mir, du hast das Codewort von Sergej Petrenko. Wie geht es dem alten Spinner? Vergeudet er seine Zeit immer noch mit Pinsel und Farbe?«

»Jetzt nicht mehr. Sergej hat sich heute Morgen das Leben genommen.«

»Sollte mich interessieren, warum?«

»Das ist eine längere Geschichte.«

»Dann passt es, dass ich gerade ein wenig Zeit habe.«

Ilana griff nach einem Weinglas, das in Reichweite auf einem kleinen Beistelltisch stand. Ihre Bewegungen flossen träge dahin, als wollte sie ihrem Gegenüber die Gelegenheit geben, sie eingehend zu studieren.

Neven trachtete danach, sich nicht zu sehr ablenken zu lassen. »Sergej sagte, Sie können mir vielleicht helfen. Und es könnte Sie interessieren, welchen Job ich habe und was in der Nacht von Dienstag auf Mittwoch in Wien passiert ist.«

Ilana stellte das Glas zurück und hob ihren Kopf. Ihre Überraschung war offensichtlich. »Sieh mal einer an. Ein Verräter aus Vlados Reihen. Haben sie dir nicht beigebracht, was mit Verrätern geschieht?«

»Ich weiß mir zu helfen.«

»Setz dich. Neven, nicht? Möchtest du etwas trinken?« Ilana deutete auf einen tiefen Lehnsessel.

»Kann ich ein Glas Wasser haben?«

Neven nahm Platz, ohne Ilana aus den Augen zu lassen. Als sie ihre Beine mit Schwung überkreuzte, um aufzustehen, sprang ein seitlicher Schlitz ihres Kleides bis zur Hüfte auf.

Auf einer Anrichte an der rückwärtigen Wand des Raumes stand ein Krug mit klarem Wasser. Ilana füllte ein Glas und reichte es Neven, ehe sie sich wieder in die Polsterlandschaft zurücksinken ließ. Sie griff nach dem Weinglas und verzichtete darauf, ihre entblößten nackten Beine wieder zu bedecken. »Ich bin gespannt, was du zu erzählen hast, mein Hübscher. Aber bevor du loslegst, lass uns eines klarstellen. Wenn du mich verarschst, hast du die Sonne heute zum letzten Mal gesehen. Alles klar?«

Neven nippte an seinem Wasser. Er fragte sich, ob ihm tatsächlich vollkommen klar war, worauf er sich gerade einließ. »Sie erfahren die Wahrheit, Ilana. Es wäre dumm von mir, Sie zu belügen, denn ich brauche Ihre Hilfe.«

Er stellte das Glas ab, lehnte sich zurück und verschränkte die Finger. »Ich arbeite seit sechs Jahren für Vlado. Sergej hat mich in Chişinău angeworben. Ich lebte damals auf der Straße und versuchte, irgendwie an Geld zu kommen, um in den Westen reisen zu können. Ich war handelseins mit moldawischen Organhändlern, die mir zweitausend Euro für eine meiner Nieren geboten haben.«

Ilana hörte aufmerksam zu, ohne auch nur eine einzige Frage zu stellen. Neven erzählte seine Geschichte, vollständig und ohne Pause. Je länger er sprach, umso mehr schien sich Ilana zu entspannen. Sie trank ihren Wein, sah mit ernster Miene aus dem Fenster, und ab und zu nickte sie. Neven endete mit dem Schuss, der in Sergejs Haus gefallen war, und damit, dass er, Neven, sich nicht mehr umgedreht hatte.

Ilana stellte ihr leeres Weinglas ab. »Du bist ein guter Erzähler, Neven Horvath. Aber hast du Beweise für diese Geschichte?«

»In meiner Tasche befinden sich ein Laptop und ein USB-Stick, mit dem man auf die verschlüsselte SSD zugreifen kann. Es gibt ein Directory, darin befinden sich die Dossiers von sechsundvierzig jungen Mädchen. Achtzehn davon sind gekennzeichnet. Sie wurden entführt und über das Dark Book verkauft. Sie können es überprüfen.«

Ilana spitzte die Lippen. »Du kannst die Bedeutung deiner Informationen richtig einschätzen, Neven. Sie sind außerordentlich wertvoll für mich. Lass uns ins Geschäft kommen. Du hast gesagt, du brauchst meine Hilfe. Wobei?«

»Das Mädchen, das Vlado vergangenen Sonntag entführen ließ. Sie war … Sie ist meine Freundin.«

Ilana runzelte die Stirn. »Er hat deine Freundin entführen lassen?«

Neven stellte die Umstände richtig. Er berichtete Ilana, wie er Anisa kennengelernt hatte.

»Und wo ist das Mädchen jetzt?«

»Sie ist bei ihm.«

»Bei Vlado? Wieso? Ich dachte, sie werden erst entführt, wenn sie von jemandem bestellt wurden? Du läufst über dünnes Eis. Ich fange gerade an, dich ein klein wenig zu mögen.«

»Vlado hat Anisa für sich ausgewählt.«

»Das ist genau die Art von Schwachsinn, vor der ich dich gewarnt habe!«

Plötzlich hatte sie eine Waffe in der Hand und richtete sie auf Neven. Heißer Zorn blitzte in ihren Augen. Neven hob beide Hände und senkte demütig seinen Kopf.

»Warten Sie. In meiner Tasche ist ein Zeichenblock. Darin befindet sich eine Zeichnung, die Sie sich ansehen sollten. Bitte …«

Ilana zögerte. Die Pistole weiterhin auf ihn gerichtet, sah sie ihn zweifelnd an. Dann sagte sie mit erhobener Stimme ein einziges lautes Wort. »Verbindung.«

Die Hintergrundmusik verstummte, und aus den Lautsprechern war Ryaborichevs Stimme zu hören. »Ja?«

»Bring mir die Tasche des Jungen.«

Ilana ließ Neven nicht eine Sekunde aus den Augen. Ihre Gesichtszüge hatten sich wieder etwas entspannt, aber Neven zweifelte keinen Augenblick an ihrer Entschlossenheit, sollte er auch nur eine falsche Bewegung machen.

Ryaborichev brachte die Tasche.

Ilana nickte in Nevens Richtung. »Gib sie ihm.«

»Er hat Wurfmesser dabei.«

»Gib sie ihm trotzdem.«

Neven zippte sie vorsichtig auf und griff hinein. In Zeitlupe zog er seine Mappe hervor. »Das ist alles. Mehr brauche ich nicht.«

Der Riese wartete auf Ilanas Reaktion. Mit einer knappen Kopfbewegung bedeutete sie ihm, den Raum wieder zu verlassen. Er griff nach der Tasche und verschwand.

Neven klappte seine Mappe auf und suchte Anisas Porträt. Als er es gefunden hatte, reichte er Ilana die Zeichnung. Ohne die Waffe zu senken, drehte sie das Blatt in ihre Richtung. Der Arm mit der Pistole sank einige Zentimeter nach unten. Sie suchte Nevens Blick. »Das ist ein Scherz, oder? Das kann nicht sein.«

»Sie sieht aus wie Sie. Nicht wie Ihre Zwillingsschwester, sie ist erst achtzehn. Aber die Ähnlichkeit ist verblüffend.«

Ilana legte die Waffe beiseite, sank zurück ins Sofa und studierte die Zeichnung eingehend. »Hast du das Porträt gezeichnet?«

»Ja.«

Ilana legte ihren Kopf in den Nacken. Nachdenklich betrachtete sie einen fiktiven Punkt an der Decke. Nur ihre Atemzüge waren zu hören. Minutenlang. Dann stand sie plötzlich auf, ging an Neven vorbei zur Glasfront und blickte aufs Meer hinaus. Als sie zu sprechen begann, hatte ihre Stimme wieder diesen weichen und samtenen Klang, der bei Neven Gänsehaut auslöste. In eigenen Worten fasste sie nochmals zusammen, was Neven ihr in der letzten Stunde erzählt hatte. Als sie fertig war, kam sie zu ihm zurück. »Habe ich alles richtig verstanden?«

Er sah zu ihr auf und nickte.

Ihr Blick zog ihn magisch an. Wie in Trance erhob er sich. Ihr Gesicht war nur mehr eine Handbreit von seinem entfernt. Ihr Atem roch nach kräftigem Wein, und ihr Körper verströmte einen intensiven, orientalisch anmutenden Duft.

»Gut. Kommen wir zu dir. Wofür genau willst du meine Hilfe?« Ihre Stimme war kaum mehr als ein Flüstern.

»Ich will Anisa befreien.«

»Du willst dich mit dem Teufel persönlich anlegen?«

»Wenn es sein muss. Ich will ihr ihr Leben zurückgeben.«

»Um dann mit ihr in den Sonnenuntergang zu reiten? Das wird wohl nicht möglich sein. Vlado wird dich in der Luft zerreißen, wenn du versuchst, ihm sein Spielzeug wegzunehmen.«

»Darauf lasse ich es ankommen.«

»Du bist völlig verrückt.«

»Ich muss wissen, wo er ist.«

Plötzlich griff Ilana nach ihm. »Möglicherweise kann ich das für dich tatsächlich herausfinden.« Ihre Lippen berührten jetzt beinahe die seinen, und ihre Hand streichelte ihn gekonnt im Schritt. »Was, meinst du, hat Vlado mit deiner Anisa inzwischen angestellt?«

Neven antwortete nicht, wich aber auch keinen Millimeter zurück.

Ilana öffnete seine Hose und fasste an seine Erektion. »Keine Idee? Nun, ich denke, dass er sie inzwischen auf jede nur erdenkliche Weise gevögelt hat. Ich kenne ihn, er lässt nichts aus.«

Ilana legte ihre Wange an seine. Er spürte ihren Atem an seinem Ohr, als sie flüsterte: »Willst du dir das gefallen lassen?« Sie biss ihn sanft ins Ohrläppchen. »Willst du wissen, was ich an deiner Stelle tun würde?« Sie massierte ihn mit festem Griff. »Ich würde mich rächen. Quid pro quo. Ich würde mir sein Mädchen schnappen. Die Frau, die er wie sonst nichts auf der Welt begehrt, die ihn aber immer und immer wieder demütigt. Und ich würde sie so hart und rücksichtslos durchficken, wie ich nur könnte.«

Neven umfasste Ilanas Haare mit einer Hand und zog sie von seinem Ohr weg. Sie war nur ein wenig kleiner als er. In ihren glühenden Augen entdeckte er nicht den Funken einer List. Da war nur Begehren. Der letzte halbwegs klare Gedanke, den er zu fassen bekam, war, dass diese Frau ihm nur helfen würde, wenn er die Rolle, die sie ihm zugedacht hatte, nicht nur gut, sondern perfekt spielte.

Mit hartem Griff umfasste er ihre Taille und hob sie hoch. Ilana schlang ihre Beine um ihn.

31

Ihr Team hatte sich vor über einer Stunde in den Feierabend verabschiedet. Boris war zu seiner Freundin heimgekehrt, Sylvia Zadic zu ihrer Familie. Nur Dani saß noch in Nicos ehemaligem Büro in der Dunkelheit und starrte ins bläuliche Licht des Bildschirms. Die bisherige Arbeit am Schreibtisch war ergebnislos verlaufen. Stunde um Stunde hatte sie polizeiliche Datenbanken durchsucht, im Internet recherchiert und mit Kollegen telefoniert. Es war zum Verrücktwerden. Nichts. Kein Hinweis, kein Ansatzpunkt. Nicht mal eine Sackgasse, in die sie sich hätte verrennen können. Sie stand nach wie vor am Anfang, war keinen einzigen Schritt weitergekommen. Frustriert massierte sie mit den Fingerknöcheln ihre Schläfen.

Was zum Teufel übersehe ich, Nico? Es gibt doch immer einen Punkt, wo man einhaken kann. Warum bin ich diesmal so blind?

Ihr Mobiltelefon summte. Dani nahm es zur Hand und prüfte die Anzeige. Eine Festnetznummer mit Wiener Vorwahl. »Ja?«

»Ich bin's, Ildiko. Ich glaub, ich hab was für dich. Willst du noch zu mir in die Redaktion kommen?«

Der Bürosessel rollte quer durch den Raum und knallte gegen den Heizkörper.

»Kein Scheiß jetzt? Du hast was gefunden? Natürlich komm ich noch vorbei. Was ist es? Was hast du ausgegraben?«

»Einige Zeitungsartikel. Ungarische Lokalpresse. Zwischen sechs und sieben Jahre alt. Ich kann dir den Inhalt übersetzen. Und du solltest dir die Fotos ansehen. Vielleicht helfen sie dir weiter.«

»Du bist ein Schatz, Ildiko. Ich fahr gleich los. Bin in einer halben Stunde bei dir.«

Dani schnappte sich ihre Jacke und verließ die Polizeiinspektion im Laufschritt. Die endlosen Stunden, in denen sie absolut nichts Interessantes gefunden hatte, waren von einem

Moment auf den anderen vergessen. Ihre Freundin hatte etwas entdeckt. Vielleicht würde der Tag doch noch mit einem kleinen Ermittlungserfolg enden.

Der Weg in die Redaktion führte Dani quer durchs nächtliche Wien. Wie immer war sie viel zu schnell unterwegs. Gelb blinkende Ampeln ignorierte sie. Bei Rot bog sie, ohne zu zögern, rechts ab. Zum Glück war der Abendverkehr zu so später Stunde harmlos.

Ildiko wartete neben der Portiersloge. Dani hatte ihren Wagen auf der gegenüberliegenden Straßenseite geparkt. Die wenigen Stufen zum Eingangsportal nahm sie mit zwei, drei eleganten Sprüngen.

»Dani Scholz. Sportlich wie eh und je.« Ildiko deutete auf Danis Auto. »Was ist denn das für ein Gefährt? Hast du den tieferlegen lassen?«

Dani grinste verschwörerisch. »Das war der Dealer, dem ich die Kiste abgenommen hab.«

Ildiko lachte auf. »Um keine Antwort verlegen, nicht wahr? Schön, dich nach all den Jahren wiederzusehen. Aber was um Himmels willen ist mit dir passiert? Wollte dich jemand tranchieren?«

Dani winkte ab. »Wenn ich dir das erzähle, muss ich dich in Schutzhaft nehmen.«

»Dann behalt es bitte für dich. Ich habe morgen Abend eine Verabredung. Die will ich keinesfalls verpassen.«

Dani beendete das herzliche Begrüßungsritual mit einem Zwinkern und wurde im nächsten Moment wieder ernst. »Kommen wir zum Grund meines Hierseins. Ich stehe mächtig unter Druck. Was hast du für mich?«

»Ein paar Artikel. Sie passen haargenau zu deiner Geschichte. Komm mit, wir gehen in mein Büro.«

Ildikos Büro war ein mit Stellwänden abgetrennter Bereich am Rand eines riesigen Saals. Ein auf einem erhöhten Podest thronender Konferenztisch mit gut zwanzig Sitzplätzen bildete sein Zentrum, allseitig umgeben von mannshohen Regalen voller Zeitschriften und Bücher. Von der Decke hingen Monitore, auf denen tonlos Nachrichtensendungen liefen und Agenturmeldungen eingeblendet wurden.

Dani folgte ihrer Freundin zu einem kleinen Beistelltisch neben deren Arbeitsplatz. Ildiko deutete auf den Stapel Kopien, den sie bereitgelegt hatte. »Die sind für dich. Der erste Abschnitt enthält vier Artikel, die inzwischen mehr als sieben Jahre alt sind. Der zweite Teil ist umfassender. Elf Artikel, alle etwa zwei Monate später veröffentlicht. Setz dich. Ich übersetz dir grob die Inhalte.« Ildiko hatte Berichte über einen Brandanschlag auf einen Wanderzirkus gefunden. »Das Unglück ereignete sich im Südosten Ungarns, in der Nähe von Szeged, an der Grenze zu Rumänien. Eine Gruppe betrunkener Rechtsextremisten hat das Lager der Zirkusleute überfallen und Zelte und Wohnwagen in Brand gesteckt. Insgesamt sieben Menschen kamen in dieser Nacht in den Flammen ums Leben.«

Dani betrachtete das Foto, das in allen Artikeln verwendet worden war. Eine grobkörnige Aufnahme zeigte rauchende Trümmer, die einmal hölzerne Wohnwagen gewesen sein mochten. Im ausführlichsten der Beiträge wurde auch das Porträt eines Mannes in den Fünfzigern abgedruckt. Sein Name stand im Subtext: Nedjo Stoijka. Dani tippte auf das Bild. »Und wer ist das?«

»Der Direktor, wenn du so willst. Den Wanderzirkus der Stoijkas gab es seit den frühen siebziger Jahren. Eine bunte Truppe von Nomaden, großteils der Volksgruppe der Roma zugehörig, die beständig kreuz und quer durch alle süd- und osteuropäischen Länder reiste, von der Adria bis zum Schwarzen Meer und manchmal bis hinauf zur Ostsee. Nedjo Stoijka hat bei diesem Anschlag seine Frau, seinen Bruder und seine Schwägerin verloren.«

»Schrecklich. Das passt tatsächlich zu hundert Prozent zu Nevens Geschichte. Irgendetwas von seiner Familie?«

Ildiko schüttelte den Kopf. »Nein. Der Name Horvath wird nirgends erwähnt. Aber ich denke, das hier könnte ein wenig Licht in deine Suche bringen.« Sie zog die Kopien der zweiten Artikelserie hervor. »Hier wird von einem Mord vor einem berüchtigten Lokal der rechtsextremen Szene am Stadtrand von Szeged berichtet. Auf dem Parkplatz wurde ein Mann getötet, durch einen Messerstich in den Hals. Die Freunde des Opfers sprachen von einem Jungen, der überstürzt davonlief, als sie ihrem Kumpel zu Hilfe eilen wollten. Dem Täter gelang die Flucht, aber es gibt ein Phantombild.«

Das Porträt war simpel gezeichnet. Dani hielt das Blatt eine Armlänge von sich und betrachtete es aus dieser Entfernung. Neven musste damals sechzehn oder siebzehn gewesen sein.

Ildiko sah sie fragend an. »Ist er es? Ist das der Typ, den du suchst?«

Dani zuckte mit den Schultern. »Ich weiß nicht. Könnte sein.« Sie gab Ildiko die Kopie zurück. »Und was berichten die restlichen Artikel?«

»Die elf Artikel sind in einem Zeitraum von etwas mehr als drei Wochen erschienen.« Ildiko zog ein weiteres Blatt aus dem Stapel. »In dem hier wird berichtet, dass dem Opfer seine Waffe entwendet wurde. Eine Beretta 92. Deshalb wurde der Flüchtende als ›bewaffnet und gefährlich‹ eingestuft, wie es so schön heißt. Und in dem Artikel, dem letzten, den ich ausgegraben hab, wird erstmals ein Name genannt.« Ildiko reichte Dani die letzte Seite aus der Mappe. »Hier steht, dass der Neffe des Zirkusdirektors verdächtigt wird. Arian Stoijka, sechzehn, Sohn von Mate Stoijka, dem Bruder Nedjos. Mate war der Messerwerfer im Zirkus. Er und seine Frau Svetlana sind in ihrem Wohnwagen verbrannt.«

Arian Stoijka.

Dani saß in sich zusammengesunken auf dem Sessel in Ildikos Abteil und starrte an ihrer Freundin vorbei ins Leere.

»Denkst du, dass er das ist? Dein Neven Horvath?«

Dani hob ihren Blick. Sie sah direkt in Ildikos fragende Augen. »Ich glaube, ja. Nein, ich bin mir sicher, dass er das ist.« Ihre Antwort zauberte ein Lächeln auf Ildikos Gesicht. Dani deutete auf die mit Papier übersäte Tischplatte. »Du hast gesagt, die Kopien sind für mich?«

Ildiko nickte. »Die kannst du gleich mitnehmen.«

»Sehr gut. Ich lasse sie alle übersetzen. Du hast mir wahnsinnig weitergeholfen. Ich weiß gar nicht, wie ich dir dafür danken soll.«

Ildiko hob abwehrend die Hände. »Ich bitte dich, es freut mich, wenn ich dir helfen konnte. Ich war noch nie in eine polizeiliche Ermittlung eingebunden, davon kann ich noch meinen Enkeln erzählen. Aber zuvor, eins noch.« Sie drehte sich um und tippte etwas auf ihrer Tastatur. Der Bildschirm flammte auf. »Während ich auf dich gewartet hab, bin ich die jüngere Vergangenheit auch noch durchgegangen. Ich habe mit dem Namen des Opfers von Arian Stoijka weitergesucht. Auch mit den Schlüsselwörtern ›Nazi‹, ›Rechtsextremismus‹, ›Jobbik‹ und so weiter. Und dann habe ich das gefunden.«

Am Monitor erschien ein weiterer Artikel auf Ungarisch. Ildiko fuhr fort. »Der Bericht ist etwa ein Jahr nach dem Anschlag auf den Zirkus erschienen. Er handelt von einem Massaker an einer Neonazigruppe in einem Budapester Nachtclub. Der Tote aus der Bar in Szeged war Mitglied ebendieser Gang.«

Danis Gehirn arbeitete auf Hochtouren. Die Geschichte hinter diesem Bericht lag auf der Hand. Arian Stoijka war während seiner Flucht in den Osten in den Einflussbereich von Sagatovs Gruppe geraten. Der Clan hatte den Jungen aufgenommen, ihm eine neue Identität verpasst und seine Rache an den Mördern seiner Eltern vollendet. Arian Stoijka alias Neven Horvath stand somit tief in der Schuld der Balabanov-Familie. Dass er seither für sie gearbeitet hatte, war demnach kein Wunder. Es wäre ihm gar nichts anderes übrig geblieben.

»Kannst du mir den Artikel auch noch ausdrucken?«

»Schon unterwegs.«

Der Drucker neben Ildikos Monitor erwachte zum Leben.

Dani nahm auch das letzte Blatt entgegen und schob es zu den anderen Kopien in die Mappe. »Ich lass es dich wissen, sobald wir ihn gefunden haben. Die Geschichte für deine Kinder und Enkelkinder wird sicher noch aufregender, wenn wir sie zu einem erfolgreichen Ende bringen können.«

Dani verabschiedete sich von Ildiko mit einer herzlichen

Umarmung und machte sich auf den Heimweg. Zuerst war sie euphorisch, aber die Begeisterung legte sich rasch wieder. Sie hatte etwas Licht in Nevens düstere Vergangenheit gebracht. Das war alles. Ein paar Details, die ihr halfen, die Umstände besser zu verstehen. Die sie auf ihrer Suche nach ihm aber keinen Schritt weiterbrachten.

Sie blickte auf ihr Mobiltelefon. Nichts. Kein Anruf. Keine Nachricht. Trotz der erfreulichen letzten Stunde fühlte sie sich schrecklich einsam und nutzlos.

32

Als er die Augen aufschlug, wusste er sofort, wo er war. An einem Ort, wo er nicht hingehörte. In einer Wohnung im Stadtzentrum, wo er nicht sein wollte. In Ilana Balabanovas Schlafzimmer. In ihrem Bett. Er drehte sich auf den Rücken, um tief einatmen und die aufsteigende Übelkeit besser unterdrücken zu können. Ein Kopfschmerz hatte sich an seine Schläfen und an seinen Hinterkopf gekrallt. Es fühlte sich an, als wären die Muskelstränge in seinem Nacken miteinander verknotet worden.

Der Drink im Flugzeug. Natürlich. Igors Mixtur hätte er sich sparen sollen. Er wusste, dass er Alkohol nur in geringen Mengen vertrug und jedes Mal die Rechnung präsentiert bekam, wenn er seine eigenen diesbezüglichen Regeln missachtete.

Ein wenig linkisch setzte er sich auf und zog das Kissen in seinem Rücken zurecht. Helles Tageslicht blendete ihn. Wie spät war es wohl? Die Lider zusammengekniffen, blickte er sich um. Nirgends war eine Uhr zu sehen. Egal.

Die Einrichtung um ihn herum zeugte von Geschmack und Geld. Ein gebürsteter, betonfarbener Holzboden und klobige, in unterschiedlichen Grautönen gehaltene Möbel verliehen dem Raum einen modernen Anstrich. Die Schwarz-Weiß-Fotografien an den Wänden zeigten großformatig Details nackter männlicher und weiblicher Körper.

Das riesige Doppelbett war auf beiden Seiten zerwühlt, aber die Frau, mit der er die Nacht verbracht hatte, war nirgends zu sehen. Erleichterung durchströmte ihn, die jedoch rasch verflog. Er fühlte sich nicht nur wegen der bohrenden Kopfschmerzen miserabel. Zorn und Enttäuschung hatten alle anderen Emotionen verdrängt und hielten sich die Waage, weil ihm die Kontrolle über sich selbst und sein Vorhaben entglitten war. Ilana hatte keine Stunde gebraucht, um ihn wie einen Anfänger aus der Spur zu werfen und zum Spielball ihrer eigenen Pläne zu degradieren.

Mit Fingern und Handballen massierte er seinen harten Nacken. Die Erinnerungen an die letzten Stunden kehrten schneller zurück, als ihm lieb war. Der heftige Sex mit Ilana in ihrem Loft in Warna hatte den Anfang markiert. Dann war der nächtliche Flug nach Sofia gefolgt. Und die Fahrt vom Flughafen zur Stadtresidenz der Balabanovs. Ilana hatte ihn wie selbstverständlich mit in ihre Räumlichkeiten genommen, und er war wie ein treuer Hund mitgegangen. Sie hatten ein weiteres Mal miteinander geschlafen. Zärtlicher diesmal. Intensiver und inniger. Sie hatten sich leidenschaftlich geküsst, und er war tief in ihr gekommen. Aber es passte nicht. Es fühlte sich falsch an.

Hatte er innerhalb weniger Stunden nicht nur Vlado und dessen geheime Geschäfte, sondern auch seine eigene große Sehnsucht verraten? Was war noch übrig von seinem einstigen Ziel, Anisa zu befreien und Teil ihres Lebens zu werden?

Neven wälzte sich aus dem Bett und tapste ins Bad. Vielleicht half ihm eine heiße Dusche, ein wenig Ordnung in das Chaos in seinem Kopf zu bringen. *Was für ein Schwachsinn!* Ein verzweifeltes Lächeln umspielte seine Lippen.

Da war kein Chaos in seinem Kopf. Es war seine Naivität, die ihn zutiefst schockierte. Er war nicht nur unfähig gewesen, die Konsequenzen seiner Entscheidung, mit Ilana Kontakt aufzunehmen, richtig einzuschätzen, sondern er versuchte immer noch, sich selbst zu belügen. Dabei war es so einfach. So logisch. Er hatte schlicht die Seiten gewechselt. Er war aus Vlados Einfluss geflohen und in Ilanas Team gelandet. Es gab kein einfaches Entkommen aus diesem Clan. Nicht auf diese Weise.

Ob er es wahrhaben wollte oder nicht, seit der vergangenen Nacht war er Protagonist einer Geschichte, die größer war als alles, worin er bisher verwickelt gewesen war. Seine feine kleine Befreiungsaktion mochte gelingen oder auch nicht, sie wurde jedenfalls an den Rand einer Operation gedrängt, die unabhängig von ihrem Ausgang die Verhältnisse einer mächtigen Mafiafamilie neu ordnen würde. Anstatt sich aus den Fängen der Organisierten Kriminalität zu befreien, war er unfreiwillig in ihr Zentrum gerutscht. War das der Preis, den er für Anisas Freiheit zu bezahlen hatte?

Stunden zuvor hatte Ilana sein Zögern beim Betreten des Privatjets der Balabanovs missverstanden. »Du hast doch nicht etwa Angst vor dem Fliegen?«

Nein, hatte er nicht. Aber er hatte geahnt, dass er mit der Entscheidung, in dieses Flugzeug zu steigen, sein weiteres Schicksal besiegeln würde. Und seine Prognose hatte sich bestätigt, kaum dass sie in der Luft gewesen waren.

Der kleine Jet verfügte über einen Konferenztisch in der Mitte des Passagierraums. Neven saß neben Ilana in Flugrichtung, ihnen gegenüber hatten Dean Ryaborichev und Igor Kolkov Platz genommen. Igors Zwillingsbruder Zlatan lümmelte auf der anderen Seite des Ganges. Die drei Männer waren Ilanas Vertrauenspersonen. Ihr Schutzschild. Sie behandelten sie wie eine Königin, und Ilana erwies ihnen Respekt. Dass er, Neven, mit von der Partie war, hatte sie zu verantworten. Die Männer akzeptierten ihre Entscheidung, ohne zu murren. Ihn traf kein schiefer Blick, kein verletzender Kommentar, keine abwertende Geste.

Noch im Steigflug legte Ilana ihr Vorhaben dar und erklärte den Anwesenden ihre Aufgaben. Dass sie in seinem Beisein so offen sprach, alarmierte jede Zelle seines Körpers. Er war wohl kaum innerhalb weniger Stunden zu einem Mitglied ihrer Leibgarde aufgestiegen. Viel wahrscheinlicher erschien ihm, dass er bloß als nützliches Werkzeug gesehen wurde und nicht mehr lange genug am Leben sein würde, um etwas von dem Gehörten ausplaudern zu können.

Den Rest des Fluges hatte Ilana am Satellitentelefon verbracht. Neven seinerseits war damit beschäftigt gewesen, an dem Drink zu nippen, den Igor ihm gemixt hatte, aus dem Fenster zu starren und darüber nachzudenken, warum er Ilana Balabanova für noch einen Tick skrupelloser, kälter und härter hielt als Vladimir Sagatov.

Der nächtliche Flug schien mittlerweile eine Ewigkeit zurückzuliegen. Neven stellte die Dusche ab und zog einen der

Bademäntel über, die auf einem gläsernen Regal bereitlagen. Der heiße Wasserstrahl hatte zumindest die Verspannungen ein wenig gelöst. Das Ziehen im Nacken war erträglich und sein Denken klarer geworden.

Er verließ das Schlafzimmer und fand Ilana in der Bibliothek, von Kopf bis Fuß gestylt, an einem breiten Schreibtisch sitzend. Sie hatte ihre Beine überkreuzt auf der Tischplatte abgelegt und hielt ein Mobiltelefon an ihr Ohr. Ohne ihr Gespräch zu unterbrechen, winkte sie ihn zu sich und deutete auf einen gedeckten Frühstückstisch neben dem steinernen Kamin. Neven nahm Platz, schenkte sich eine Tasse schwarzen Tee ein und griff nach einem goldbraunen Toast.

Die Ähnlichkeit der beiden Frauen verblüffte ihn jedes Mal aufs Neue. Ilana mochte vielleicht eine Spur größer sein, und ihre weiblichen Formen waren ausgeprägter, aber ihre Gesichtszüge, ihr Haar und ihre Körperproportionen glichen Anisas wie bei Zwillingen. Einzig ihre Stimmlagen unterschieden sich deutlich. Ilanas raues Timbre ließ jegliche jugendliche Klarheit vermissen. »Natürlich. Ich kenne den Hradschin wie meine Westentasche, und die Lage des Palais ist mir bekannt. Vertrauen Sie mir, Theo. Ich werde pünktlich vor Ort sein.«

Ilana beendete ihr Gespräch und setzte sich zu Neven an den Tisch. Dem Leuchten ihrer Augen und ihrem Lächeln zufolge schien sie bestens gelaunt. »Guten Morgen, mein Hübscher! Wurde schon höchste Zeit, dass du deinen kleinen Arsch aus dem Bett kriegst. Ich verspreche dir, das wird ein genialer Tag. Vorausgesetzt, wir überleben ihn alle.« Sie zupfte eine Weintraube aus dem Obstkorb und schnippte sie sich in den Mund.

Neven nahm einen Schluck Tee. »Genial für wen?«

»Für mich natürlich. Wahrscheinlich auch für dich. Für uns beide. Wenn alles glattgeht, ist um Mitternacht alles erledigt, und wir sind morgen früh zurück in Warna. Deine Anisa genießt ihre zurückgewonnene Freiheit und beginnt mit irgendeinem Psychokram, und wir beide feiern unseren glorreichen Sieg über Vlado.«

Neven konnte sich zu keinem Lächeln durchringen. Er kaute andächtig an seinem Toast. »Wer ist dieser Theo? Ein Freund?«

»Definitiv kein Freund. Oder noch nicht. Jedenfalls wird Theo Shkodra – oder besser: werden seine Männer – die Drecksarbeit erledigen, und unsere Hände bleiben sauber.«

Als der Name fiel, sah Neven auf. »Shkodra? Wie das Codewort, das Sergej mir gegeben hat?«

»Ganz genau. Theo ist ein Gentleman alter Schule, den nur noch sein Durst nach Rache am Leben erhält. Und so nebenbei freut er sich darauf, endlich, nach all den mühsamen Jahren, doch noch meine Bekanntschaft machen zu dürfen.«

»Ihr kennt euch gar nicht persönlich?«

»Wenn du so willst, hat Vlado unser Kennenlernen vor fünfzehn Jahren verhindert.«

Neven schluckte und legte den Toast beiseite. »Sprichst du von dieser versuchten Entführung? Ich habe Gerüchte gehört.«

Ilana nickte. »Baba hat Theo über lange Zeit das Wasser abgegraben, seine Quellen trockengelegt, seine Märkte übernommen, bla, bla, bla, bis diesem der Kragen geplatzt ist. Meine Entführung sollte meinen Vater in die Schranken weisen, aber Vlado hat den Coup damals verhindert und ein paar Shkodras das Licht ausgeblasen. Unter anderem Theos beiden Söhnen.«

»Theo jagt Vlado seit fünfzehn Jahren?«

»Er hat unzählige Male versucht, Vlado in die Finger zu kriegen, und ist jedes Mal gescheitert. Aber diesmal bekommt der alte Mann seine Rache, so wahr ich hier sitze. Und dann ist diese leidige Fehde zwischen unseren Familien ein für alle Mal erledigt. Das ist der Deal.«

Neven griff nach seiner Teetasse. »Du weißt also, wo Vlado sich aufhält?«

»Natürlich. Er versteckt sich nicht. Er ist an seinem Lieblingsort, in einem kleinen Jagdschloss im Norden der Slowakei, nahe der polnischen Grenze. Bei Žilina. Igor ist schon auf dem Weg zu ihm.«

»Und Vlado wird keinen Verdacht schöpfen, wenn er bei ihm auftaucht?«

Ilana zog die Brauen zusammen. »Wieso sollte er? Er weiß Bescheid. Igor hat ihn informiert, dass er mit zwei Männern vorbeikommen und das Gästehaus für eine Nacht nutzen will. Vlado hat zugestimmt.«

Ein offensichtlich normaler Vorgang innerhalb der Familie. Die einen waren auf Reisen, die anderen gewährten ihnen Herberge. Manches stellte sich Neven komplizierter vor, als es tatsächlich war. »Und wann geht es für mich los?«

Ilana sah auf ihre goldene Armbanduhr. »Zlatan holt dich hier um ein Uhr ab, also in etwas mehr als zwei Stunden. Euer Flug nach Budapest geht um drei.«

»Und du fliegst mit Rya nach Prag?«

Ilana sah ihn verblüfft an. »Woher …?« Der Groschen fiel schnell. Ein anerkennendes Schmunzeln huschte über ihr Gesicht. »Hradschin. Du hast genau aufgepasst, mein Hübscher. Ich reise um vier Uhr ab. Mit dem Jet. Rya und ich treffen Theo und einen seiner Männer zum Abendessen.«

»Und dort wartet ihr gemeinsam auf den Ausgang der Aktion?«

»So in etwa.«

Mehr wollte Ilana offensichtlich nicht sagen. Sie erhob sich und strich ihren Rock glatt. »So. Ich muss jetzt los, ein paar Dinge erledigen.« Sie beugte sich zu ihm, hob mit ihrer Hand sein Kinn und küsste ihn auf die Lippen. Ein Hauch von Kaschmirholz und Jasmin erfüllte die Luft. »Lass dir Zeit beim Frühstück, Süßer. Du wirst deine Kräfte brauchen. Wir sehen uns morgen früh in Warna. Ich verlass mich auf dich.«

33

Mit einer randlosen Brille auf der Nasenspitze las Sylvia Zadic die letzten Zeilen des Berichts. Dani und Boris saßen ihrer Teamleiterin gegenüber und warteten geduldig.

Dani hatte Arian Stoijkas Werdegang penibel nachgezeichnet. Vom Zirkuskind zur Vollwaisen zum gesuchten Mörder. Arian geriet auf der Flucht in die Hände der bulgarischen Mafia. Fand Unterschlupf und Schutz. Bekam als Neven Horvath eine neue Identität und ein neues Leben. Stand in der Schuld von Sagatov, der mit seinen Männern an seiner statt Rache an den Mördern seiner Eltern übte. War fortan ein Werkzeug in den Händen skrupelloser Verbrecher. Bis er sich in eines der Opfer verliebte und nun nicht mehr anders konnte, als sich gegen sein Schicksal aufzulehnen. Und zum Verräter wurde.

Zadic legte den Ausdruck beiseite, blätterte durch die mittlerweile übersetzten ungarischen Zeitungsberichte und betrachtete die beigelegten vergrößerten Fotos. »Er ist wirklich ein guter Kandidat. Ein idealer, möchte ich fast sagen.«

Dani versuchte, ihre Zweifel zu verbergen. Neven wollte vieles, aber sicher nicht als Verbindungsmann der Polizei in den Reihen der Balabanovs verbleiben. Trotzdem stimmte sie Zadic zu. »Das sehe ich genauso. Aber leider haben wir immer noch keine Spur von ihm gefunden.«

»Haben wir schon eine Idee, mit wem er Kontakt aufnehmen könnte?«

Boris schüttelte den Kopf. »Nach allem, was wir wissen, gehört Sagatov zum Kern des Clans, auch wenn er nur Stojan Balabanovs Ziehsohn ist. Stojan selbst hat zwei Brüder, Alexej und Petar, und eine Tochter, Ilana. Ich halte es für nahezu unmöglich, dass Neven jemanden aus der Familie für sein Vorhaben gewinnen kann.«

Dani musste Boris recht geben. Das klang tatsächlich unwahrscheinlich. »Ich tippe auf jemanden aus der zweiten Reihe.«

Zadic holte tief Luft und legte Danis Bericht zurück in die Faltmappe. »Es könnte aber auch sein, dass er keine Hilfe braucht. Vielleicht kennt er die möglichen Aufenthaltsorte und sucht einen nach dem anderen auf, bis er Sagatov gefunden hat.«

Neven hatte Dani eine Menge gesteckt, wenn auch sicherlich nicht alles, was er wusste. Aber jedes Detail, das sie von ihm erfahren hatte, konnte sie mühelos in die Familiengeschichte der Balabanovs einfügen. Den Bericht, den Boris ihr heute Vormittag übergeben hatte, war sie mittlerweile ein Dutzend Mal durchgegangen.

Stojan Balabanov, 1940 als ältester Sohn einer Politikerfamilie geboren, war der bulgarische Oligarch schlechthin. Als 1989 der Ostblock in sich zusammenbrach, kamen Stojan und seine Brüder in den Besitz umfangreicher Waffen- und Munitionsbestände der Armee. Sie krallten sich zudem staatliche Immobilien, versteckte Goldreserven und unzählige Kunstobjekte. Im Eiltempo wurden die Reichtümer verkauft und die Einnahmen reinvestiert – in Immobilien, Wertpapiere und eigene Unternehmen. In den Neunzigern weiteten die Balabanovs ihren Einflussbereich über den gesamten Balkan bis nach Russland aus. Was die etwaigen illegalen Geschäfte der Familie anging, gab es bislang nur Gerüchte, aber keinen einzigen Beweis.

Zadic nahm ihre Lesebrille ab und verstaute sie in einem schmalen Etui. »Hat die Recherche zu dieser Immobilienfirma etwas Brauchbares zutage gefördert?«

Die Frage war an Dani gerichtet. Sie hatte auch diesen Bericht bereits eingehend studiert. »Leider nein.«

Der BSAP Immo GmbH gehörte die Villa in Neuwaldegg. Geschäftsführer der Firma war ein gewisser Pavel Stojkovic. Sagatovs Scheinfirma hatte die Immobilie ganz regulär gemietet, für drei Jahre mit Kaufoption.

»Die BSAP Immo besitzt viele weitere Objekte in Mittel-, Ost- und Südosteuropa, aber keines davon ist an Sagatovs Teppichgroßhandel vermietet oder verkauft worden. Ich bin die

Liste aller Mieter durchgegangen. Keine der Firmen lässt sich zu den Balabanovs zurückverfolgen.«

»Stehen auch Einzelpersonen auf der Kundenliste?«

»Ein paar.«

Dani suchte die Liste in ihren Unterlagen. Sie hatte auf einer Kopie alle Firmen mit orangem und alle Privatpersonen mit gelbem Marker versehen. »Sie sind alle unauffällig oder haben keine offensichtliche Verbindung zu den Balabanovs oder einer ihnen zugeordneten Firma.« Sie reichte Zadic ihre farbige Tabelle und tippte auf eine bestimmte Stelle. »Nur der hier ist mir aufgefallen. Ein gewisser Heinrich Steinkreutz, ein deutscher Staatsbürger. Er taucht dreimal auf, bei Objekten in der Slowakei, in Tschechien und in Polen.«

Dani hatte genug von der Arbeit am Schreibtisch. Nachdem Chefinspektorin Zadic zur Lagebesprechung abgerauscht war, verabschiedete sie sich von Boris und ging allein mittagessen. Durch ihren Kopf schwirrte seit geraumer Zeit nur noch eine einzige Frage. War Neven noch am Leben? In Wahrheit hing vieles von ihm ab. Der gesamte Erfolg der Soko Hohenwarten und damit, ob Anisa und womöglich sogar eines der anderen Mädchen gefunden werden konnte oder eben nicht. Die Zeit schritt unerbittlich voran.

Später am Nachmittag spazierte sie durch die Klosterneuburger Aulandschaft. Durch die Kleingärten zur Donau und weiter flussabwärts Richtung Kahlenbergerdorf. Wie um diese Jahreszeit üblich, lastete eine dicke Nebeldecke über dem Strom. Sie beobachtete das träge Fließen der bleigrauen Wassermassen und ging zum hundertsten Mal den gesamten Fall minutiös durch.

Das langsame Gehen erfüllte seinen Sinn. Mit jedem Schritt wurde sie ruhiger und gefasster, und ihre Gedanken wurden klarer. Sie versuchte zum wiederholten Mal, sich alle Details aus den Gesprächen mit Neven in Erinnerung zu rufen. Hatte er noch irgendjemanden erwähnt, bei dem sie einhaken könnten? Da war dieser eine Scout gewesen, den Ivan angeblich zu

Tode gefoltert hatte. In Bratislava. Der Vorname des Jungen war Enrico gewesen. Ließ sich damit vielleicht etwas anfangen?

Die Scouts. Neben ihm selbst gab es laut Neven fünf weitere junge Männer, die Kandidatinnen in ganz Europa suchten. Und sie alle lieferten ihre Dossiers an einen Kontaktmann, der das Dark Book pflegte. War womöglich dieser Kontaktmann ein Ankerpunkt für ihre Suche? Aber von ihm wusste sie nicht mal einen Namen, geschweige denn, wo er zu finden war.

Als ihr Mobiltelefon in der Jackentasche zu summen begann, beschleunigte sich augenblicklich ihr Herzschlag. War das Neven? Hatte er Anisa endlich gefunden? Der Bildschirm zeigte wieder eine Wiener Festnetznummer. Dani nahm den Anruf entgegen.

Am anderen Ende der Verbindung meldete sich ein Kollege von der Kriminaltechnischen Untersuchungsstelle des LKA. »Unter den zahlreichen Gegenständen, die in der Villa in Neuwaldegg sichergestellt wurden, befindet sich auch ein rotes Notizbuch. Scheint ein Tagebuch zu sein. Wir glauben, es könnte Anisa Krizan gehört haben. Rosenberger meinte, Sie sollten hierher in die Rossauer Kaserne kommen und sich das Buch mal genauer ansehen.«

»Alles klar. Ich bin unterwegs.«

Anisas Tagebuch war in der Villa gefunden worden? Wie zum Teufel war es dahin gelangt? Dani stand vor einem Rätsel. Wieder einmal. Sie erinnerte sich an die Untersuchung des Zimmers im Internat. Nico und sie hatten den Eindruck gewonnen, als wäre Anisa mit ein wenig Kleidung und ein paar Toilettenartikeln durchgebrannt, um die Nacht woanders, vielleicht bei einem Freund, zu verbringen. Nachdem sie erfahren hatten, dass es sich um eine Entführung handelte, hätten sie sich die Frage nach dem Verbleib der fehlenden Gegenstände stellen müssen. Das hatten sie vollkommen übersehen. Warum um alles in der Welt waren nachträglich persönliche Dinge aus Anisas Unterkunft entfernt worden? Und vor allem, von wem? Dani drehte um und beschleunigte ihre Schritte. Je näher sie dem Parkplatz beim Bahnhof Kierling kam, umso schneller lief sie. Als sie ihren

Wagen endlich erreicht hatte, war sie komplett außer Atem und durchgeschwitzt. Der Motor heulte auf. Die Reifen hinterließen schwarze Spuren auf dem Asphalt.

Inmitten der chaotischen Aktivität einer kriminaltechnischen Untersuchung setzte sich Dani an einen ungenutzten Schreibtisch und legte das Buch vor sich auf der Platte ab. Der rote Leineneinband war nicht beschriftet, an den Rändern ein wenig abgegriffen. Ein Lesebändchen markierte den letzten Eintrag. Nur mehr wenige Seiten am Ende des Buches waren leer. Eine schöne Handschrift.

Dani überflog die ersten Seiten. Sie fand bekannte Namen. Bekannte Orte. Zweifelsfrei handelte es sich tatsächlich um Anisas Tagebuch. Die ersten Eintragungen stammten aus dem Frühjahr, die letzten vom Samstag vergangener Woche. Einen Tag vor ihrem Verschwinden.

Dani schlug den letzten Eintrag auf. Sie würde die Texte von hinten nach vorne durcharbeiten.

34

Neven blickte aus dem Seitenfenster der Limousine, ohne die Welt bewusst wahrzunehmen. Orangefarben beleuchtete Dörfer zogen in der Dunkelheit an ihm vorbei. Er schenkte ihnen keinerlei Beachtung. Ihn interessierte nur das Bild, das er vor seinem geistigen Auge hatte.

Nachdem Ilana die Wohnung verlassen hatte, war er minutenlang am Frühstückstisch sitzen geblieben und hatte in sich hineingehorcht. Aufmerksam und erleichtert. Als wäre ein Störsender abgeschaltet worden. Das Alleinsein hatte ihm erlaubt, nach und nach seine wild verstreuten Emotionen wieder einzusammeln. Und kurze Zeit später hatte er seine gewohnte Fokussierung wiedergefunden. Er war wieder er. Es mochte nicht alles so eingetreten sein, wie er es sich gewünscht hatte, aber der Weg zum Ziel war in den seltensten Fällen eine Gerade.

Vor einigen Tagen, als in Wien die Villa der Balabanovs von Spezialkräften der Polizei auseinandergenommen worden war, hatte er sich weitab vom Ort des Geschehens in Sicherheit befunden. Heute Abend sah die ihm zugedachte Rolle ein wenig anders aus. Er würde allein an vorderster Front seinen Mann stehen. Und diesmal würde er sein Ziel erreichen. Das Bild stand klar und deutlich vor ihm. Um es Realität werden zu lassen, durfte in den nächsten Stunden nichts schiefgehen. Auch nicht das Telefongespräch, das er in wenigen Minuten führen würde.

Neven kehrte zurück in die Gegenwart. Der Wagen roch nach teurem Leder. In seinem Innenraum war es so leise, dass er Zlatans ruhige Atemzüge hören konnte, obwohl der Geschwindigkeitsmesser hundertdreißig Kilometer pro Stunde anzeigte.

Igors Zwillingsbruder war alles andere als ein redseliger Typ. Seit sie vor über einer Stunde das Flugzeug in Budapest verlassen hatten, war kein einziges Wort über seine Lippen gekommen. Er zog es vor, mit knappen Gesten und seiner Mimik zu kommunizieren. Umso überraschter war Neven, als Zlatan just in diesem Augenblick eine Frage stellte. »Wird sich die Kleine an deine Anweisungen halten?«

Neven richtete seinen Blick nach vorne. Vereinzelt blitzten Schneeflocken im blauweißen Licht der Scheinwerfer auf. Was sollte er darauf antworten? »Sie hat ihren eigenen Kopf, und der leuchtet ziemlich hell. Ich weiß nicht, was sie mittlerweile alles herausgefunden hat. Womöglich eine ganze Menge. Sie wird sich zumindest umsehen.«

»Dann werden wir gut auf sie aufpassen müssen. Hoffentlich macht sie keine Dummheiten. Du kennst die Befehle.«

Neven nickte nachdenklich. Ilana hatte ihm unverblümt zu verstehen gegeben, was sie von seiner absurden Bitte hielt. Absolut nichts. Für Ilana war Dani bloß eine zusätzliche unbekannte Variable, die er unnötigerweise ins Spiel brachte. Die das Risiko weiter in die Höhe trieb. Trotzdem hatte sie ihm die Erlaubnis erteilt, sein Versprechen einzulösen. Wenngleich mit dem Zusatz, dass er die volle Verantwortung für Dani und ihr Tun zu tragen hatte.

»Wenn die Brüder eingreifen müssen, aus welchem Grund auch immer, kann das für deine kleine Freundin ganz böse enden.«

Neven warf einen kurzen Blick über seine linke Schulter. Auf dem Rücksitz lag die schwarze Sporttasche mit all seinen Utensilien. Inklusive der Wurfmesser seines Vaters, die nun ihm gehörten. Er konnte immer noch nicht so recht glauben, wie weit Ilanas Einfluss reichte.

Warna war der Heimatflughafen der Balabanovs. Wann immer ein Mitglied der Familie von hier aus in die Welt aufbrach, genügte ein kurzer Anruf beim Bodenpersonal, und das Handgepäck der Reisenden blieb deren Privatsache. Sowohl Zlatans Heckler & Koch VP9 als auch Nevens Wurfmesser waren problemlos erster Klasse mit nach Budapest gereist.

Zlatan schaltete den Tempomaten aus und setzte den Blinker. »Da vorne ist ein Parkplatz. Ich muss mal pinkeln. Und du kannst ungestört deinen Anruf machen.«

Neven warf einen Blick auf seine Uhr. Zlatans Timing passte. Es war so weit. Er hatte den Zeitpunkt für das Gespräch mit Dani nicht zufällig festgelegt.

Wenn sie sofort losfuhr, und das würde sie mit Sicherheit tun, benötigte sie etwa drei Stunden bis zu jenem Treffpunkt, zu dem er sie zu lotsen gedachte. Vorausgesetzt, sie nahm den anonymen Anruf überhaupt entgegen. Neven tippte ihre Nummer, nachdem Zlatan hinter einem Busch verschwunden war. Seine Sorge löste sich nach nur einem Freizeichen in Luft auf.

»Du lebst also noch. Wo bist du?« Ihre Stimme klang verärgert. Ganz so, als hätte sie seinen Anruf längst erwartet.

Neven ignorierte ihre Frage. »Ich habe nur wenig Zeit. Kannst du sprechen?« Er hörte Stimmengewirr und hastige Schritte. Das Läuten von Telefonen. Das plötzliche Schlagen einer Tür brachte all diese Hintergrundgeräusche zum Verstummen.

»Jetzt bin ich allein. Hast du Anisa gefunden? Ist sie bei dir?«

»Nein, noch nicht. Aber ich weiß mit ziemlicher Sicherheit, wo sie ist. Deshalb brauche ich deine Hilfe. Ich möchte, dass du sie für mich zurück nach Österreich bringst. Geht das? Kannst du sofort aufbrechen?«

»Zurück nach Österreich? Natürlich. Aber wieso –«

»Stell bitte keine Fragen und hör mir genau zu. Es ist äußerst wichtig, dass du sofort losfährst und haargenau das tust, was ich dir sage. Du musst mir vertrauen.«

Dani schwieg für einen Moment. Ihre Antwort fiel denkbar knapp aus. »Okay.«

»Danke. Also, du schnappst dir jetzt dein Auto und machst dich auf den Weg Richtung Bratislava. Allein, hörst du? Nur du. Niemand sonst. In Bratislava nimmst du die E 58, die Autobahn nach Trnava. Ich melde mich in etwa einer Stunde wieder.«

»Bratislava. Trnava. Alles klar. Bin schon unterwegs.«

Er unterbrach die Verbindung ohne ein weiteres Wort.

Dani rannte, so schnell sie konnte. Durch die Gänge der alten Kaserne, vorbei an verdutzt blickenden Kollegen, hinaus in die bitterkalte Nacht. Mehrmals kam sie auf dem vereisten Innenhof ins Rutschen und konnte nur mit viel Geschick einen Sturz vermeiden. *Sofort losfahren. Allein. Haargenau das tun, was er sagt. Ihm vertrauen.* Instinktiv wusste Dani, was Neven ihr zwischen den Zeilen mitzuteilen versucht hatte. Es ging um Leben und Tod. Schon wieder. Um ihr Leben, um sein Leben, um Anisas Leben. Während der Fahrt würde sie genügend Zeit finden, die Details dieses kurzen Gesprächs zu analysieren. Fürs Erste musste jedoch ihre Intuition genügen. Und die schrie ihr mit aller Kraft »Beeil dich!« ins Gesicht.

Das rote Notizbuch landete zusammen mit ihrer Lederjacke und der Dienstwaffe auf dem Beifahrersitz. Dani schnappte sich den Sicherheitsgurt und startete den Motor. Nur kein unnötiges Aufsehen jetzt. Gemäßigt schob sie sich rücklings aus der Parklücke. Verließ im Schritttempo das Kasernengelände. Fädelte ihren Wagen in den samstagabendlichen Innenstadtverkehr ein und orientierte sich Richtung Osten.

Die Slowakei also. Bratislava. Trnava.

Sie hatte Neven als ruhigen, klar denkenden und zielgerichtet agierenden Menschen kennengelernt. Aber die Art und Weise, wie er eben mit ihr gesprochen hatte, die unüberhörbare Dringlichkeit in seinen Worten, all das war untypisch für ihn. Dem Klang seiner Stimme hatte sie einen besorgten Unterton entnommen. Ihr war nur nicht klar, wem oder was seine Sorge galt.

Dani setzte den Blinker und wechselte auf die linke Spur. Langsam näherte sie sich der Stadtgrenze. Nachdem sie die Süd-Ost-Tangente gequert hatte, tauchten im gefrierenden Nieseln die Schlote des Kraftwerks Simmering auf.

Irgendwer war bei ihm, davon war sie überzeugt. Aber wer? Wer half ihm freiwillig bei diesem Himmelfahrtskommando? Und wieso? Wo hatte er diesen Jemand so rasch, in kaum zwei Tagen, aufgetrieben?

Sie schob ihre unzähligen Fragen beiseite und konzentrierte sich auf das Naheliegende. Kein Alleingang diesmal. Sie drückte den Knopf der Freisprecheinrichtung auf ihrem Lenkrad und scrollte durch die Anrufliste. Obwohl sie fachlich Chefinspektorin Zadic unterstellt war, ersparte sie sich den Umweg über ihre Teamleiterin und rief Rosenberger direkt an. Sie passierte eben die Raffinerie nahe dem Flughafen, als er ihren Anruf entgegennahm.

»Hallo, Scholz. Sie haben Neuigkeiten?«

»Allerdings. Er hat sich gemeldet.«

Rosenberger ersparte sich die sinnlose Frage nach dem Wer. »Er hat das Mädchen also gefunden?«

»Er sagt, er weiß ziemlich sicher, wo sie ist.«

»Na, großartig. Und wo ist sie?«

»Das hat er nicht verraten. Nur dass ich sie abholen und nach Hause bringen soll.«

»Abholen? Was soll der Schwachsinn, Scholz? Was heißt, Sie sollen sie abholen? Können Sie mir die Sachlage verdammt noch mal so erklären, dass auch ich begreife, worum's geht?«

Dani schluckte den berechtigten Tadel hinunter und holte tief Luft. »Natürlich. Entschuldigung. Neven war kurz angebunden. Er hat geklungen, als stünde er mächtig unter Zeitdruck, aber er hat nicht die geringste Andeutung gemacht, was da gerade läuft. Jedenfalls hat er mich gebeten, ihm zu vertrauen, keine Fragen zu stellen und sofort loszufahren.«

»Und wohin losfahren? Sagen Sie nicht, dass Sie schon unterwegs sind.«

»Doch, bin ich. Ich bin auf der A 4 Richtung Bratislava.«

Vermutlich zog Rosenberger die gleichen Schlüsse, die Dani vor wenigen Minuten gezogen hatte. Nevens geplante Befreiungsaktion war bereits angelaufen. Diskret. Ohne Mithilfe irgendwelcher Polizeieinheiten.

»Sie wissen also noch nicht, wohin genau Sie müssen?«

»Ich habe ihn danach gefragt, aber er hat mir keine Antwort gegeben. Dahinter steckt natürlich Absicht. Ich vermute, er arbeitet nicht allein und hält sich an einen strikten Plan. Auch der Zeitpunkt seines Anrufes schien mir genau getaktet. Wo immer ich hinfahren soll, ich werde erst dort eintreffen, wenn alles gelaufen ist. Er hat angekündigt, dass er sich demnächst wieder bei mir meldet, mit weiteren Instruktionen.«

Natürlich wusste Rosenberger genauso gut wie sie, wie wichtig das wechselseitige Vertrauen zwischen einem Beamten und seinem Verbindungsmann war. Wenn Neven Horvath ihr vertraute, dann war sie die richtige Beamtin für diesen Job.

Ihr Chef blies hörbar aus. »In Ordnung. Glücklich bin ich nicht mit dieser Entwicklung, aber was soll's. Halten Sie mich, so gut es geht, auf dem Laufenden. Ich lasse einstweilen Zadic und Pandev antanzen. Wir warten, bis Sie sich wieder melden, Scholz. Vielleicht können wir Ihnen dann ein paar Tipps geben oder Sie anderweitig unterstützen.«

»Vielen Dank.«

»Und noch etwas, Sie verfluchte Draufgängerin. Halten Sie sich diesmal zurück. Lassen Sie keine Glasschüsseln fallen und knallen Sie nicht gegen irgendwelche Türen. Gehen Sie kein Risiko ein. Haben Sie mich verstanden?«

»Vollkommen.«

»Gut. Dann viel Glück.«

Kurz vor sieben Uhr am Abend hielt Dani an der Staatsgrenze, besorgte sich etwas zu trinken und eine Vignette und setzte ihre Reise ohne weitere Unterbrechung fort. Es fiel ihr zunehmend schwer, die Geschwindigkeitsbegrenzung einzuhalten. Andererseits ergab es keinen Sinn, ziellos aufs Tempo zu drücken und unnötig eine Polizeikontrolle zu riskieren. Also runter vom Gas. Je näher sie Trnava kam, umso öfter sah sie auf die Uhr. Es war neunzehn Uhr siebenundzwanzig, als ihr Mobiltelefon abermals läutete.

Neven verzichtete auf eine neuerliche Begrüßung. »Wo bist du jetzt?«

»Kurz vor Trnava. Noch etwa zehn, zwölf Kilometer. Was ist los? Warum verrätst du mir nicht, wo wir uns treffen?«

»Fahr weiter auf der E 75 Richtung Trenčín. In etwa einer Stunde sende ich dir die Koordinaten unseres Treffpunkts. Ich kann dir noch nicht genau sagen, wann die Übergabe stattfinden wird, aber du bleibst bitte in deinem Auto und wartest. Okay?«

Dani reagierte ohne böse Absicht ein wenig ungehalten. »Bleib auf dem Teppich mit deinen Ansagen. Ich hab dich auch so verstanden.« Damit war das zweite Gespräch ebenso rasch beendet wie das erste.

Nach Trnava nun also Trenčín. Sie näherte sich der nördlichsten Region der Slowakei. Und der Grenze zu Polen.

Zum ersten Mal in ihrem Leben bedauerte Dani, dass ihr Wagen keinen Tempomaten besaß. Auf der ersten Spur gemäßigt dahinzurollen, passte so gar nicht zu ihrem Stil. Ebenso wenig wie die Vorgabe ihres Chefs, nichts zu riskieren, oder Nevens unorthodoxe Bitte, im Auto sitzen zu bleiben und zu warten, bis er Anisa zu ihr brachte.

Einige Kilometer nach Trenčín, mittlerweile war es zwanzig Uhr neunundzwanzig, und kleine Schneeflocken fielen vom Himmel, erhielt Dani die versprochene SMS. Am rechten Straßenrand tauchte die Ankündigungstafel eines Rastplatzes auf. Bis auf einen dunklen Sattelschlepper war der Autobahnparkplatz leer.

Dani ließ den Motor laufen und rief Rosenberger an. »Ich brauche eure Hilfe. Ist Boris in der Nähe?«

»Ja, gleich hier. Sie sind auf Lautsprecher.«

»Perfekt. Boris, Neven hat mir Koordinaten für den Treffpunkt geschickt, wo ich auf ihn warten soll. Kannst du mir bitte die zugehörige Adresse ausfindig machen?«

»Klar. Das ist eine Kleinigkeit.«

»Ich bin jetzt etwa zehn Kilometer hinter Trenčín, Richtung Žilina.«

Keine fünf Minuten später, sie war wieder auf der Autobahn und spulte Kilometer um Kilometer ab, nahm sie den erwarteten Rückruf entgegen.

Boris klang ungewöhnlich aufgeregt. »Die Koordinaten markieren eine Straßenkreuzung nordöstlich von Žilina. Wenn du Trenčín schon hinter dir hast, solltest du den Treffpunkt in einer knappen Stunde erreichen.«

»Gibt es eine Adresse, die ich ins Navi eingeben kann?«

»Ich schick dir einen Link für Google Maps. Und da ist noch etwas, das du unbedingt wissen solltest. Die Adresse hat mich hellhörig gemacht. Wir haben uns deshalb nochmals die Liste der BSAP Immo angesehen.«

Dani drehte am Lautstärkeknopf. »Ich höre.«

»Neven will sich mit dir in unmittelbarer Nähe eines Objektes treffen, das dieser Heinrich Steinkreutz gemietet hat. Die Kreuzung ist nur eineinhalb Kilometer von dem Anwesen entfernt. Wir haben gleich nachgefragt, was wir inzwischen über diesen Deutschen wissen. Steinkreutz war in der DDR ein hohes Tier bei der Stasi. Seit dem Mauerfall ist er spurlos verschwunden. Er muss inzwischen über achtzig sein.«

»Vielleicht ist er von Anbeginn an Teil des Balabanov-Clans gewesen. Der Aufstieg der Familie stimmt mit dem Zeitpunkt seines Verschwindens überein.«

»Der Verdacht liegt nahe. Jedenfalls, du musst sehr vorsichtig sein. Neven lotst dich in die Nähe einer heißen Adresse, die im Nirwana liegt.«

»Verstanden. Schick mir den Link. Und haltet mir die Daumen.«

Dani ließ sich die Route zum Treffpunkt berechnen. Noch fünfunddreißig Minuten. Um einundzwanzig Uhr siebzehn sollte sie ihr Ziel erreicht haben.

»Wir gehen ein hohes Risiko ein, Ilana. Ein zu hohes Risiko, wenn du mich fragst. Theo hat schon mehrmals versucht, dich umbringen zu lassen.«

»Das sind Gerüchte, Rya. Nichts weiter als Gerüchte. Seit dem Entführungsversuch vor tausend Jahren ist nichts mehr geschehen. Kein Anschlag, nicht mal der Versuch, meine Geburtstagspartys zu crashen. Und das hat einen triftigen Grund. Die Shkodras wollen Vlado, nicht mich.«

»Ich trau den Albanern trotzdem nicht über den Weg.«

»Das tut keiner von uns.«

Rya war auch von ihrer Idee, den Weg vom Hotel zum Palais zu Fuß zurückzulegen, nur mäßig begeistert gewesen. Aber Ilana hatte all seine Versuche, sie umzustimmen, gekonnt abgeschmettert. Sie liebte das Flair europäischer Altstädte. An einem Wintertag bei leichtem Schneefall über die Karlsbrücke und durch die schmalen, von historischen Kandelabern beleuchteten

Gassen Prags spazieren zu können, wollte sie sich unter keinen Umständen entgehen lassen. »Entspann dich, Rya. Du vermiest mir sonst noch meine gute Laune. Ich kann deine Bedenken gut verstehen. Aber wenn uns die Albaner eine Falle stellen, dann sicherlich nicht hier am Altstädter Brückenturm.«

Arm in Arm betraten sie die mit zahlreichen Touristen und Straßenkünstlern bevölkerte Karlsbrücke. Während Ilana im Vorbeigehen die Skulpturen auf ihren steinernen Podesten betrachtete, versuchte Rya, sie ohne Kollisionen durch die Menschenmasse zu navigieren. »Denkst du, er hält sich an die Abmachung?«

Nur ein Mann als Begleitung. So hatte die Vereinbarung gelautet, die sie mit dem Capo der Albaner getroffen hatte.

»Ja, obwohl er uns sicherlich ebenso wenig traut wie wir ihm. Aber denk daran, Theo und Baba haben ihre Rivalität längst auf Eis gelegt. Sie kommen sich seit Jahren bei ihren Geschäften nicht mehr in die Quere. Die Grenzen sind klar abgesteckt. Nur die Geschichte mit Vlado steht einem Ende der Fehde noch im Weg.«

Rya trat einen Schritt hinter Ilana, um sie durch eine besonders enge Passage zu führen. Erst als er wieder an ihrer Seite ging, fuhr Ilana fort. »Der Durst nach Rache ist bei den Shkodras so frisch wie am ersten Tag. Aber Theo ist ein kühler Rechner. Er weiß genau, dass ihm ein offener Konflikt mehr schadet als uns.« Sie korrigierte den Sitz ihres Schals und schlug den Kragen ihres Mantels hoch. »Ich habe eher die Sorge, was passiert, wenn der alte Theo das Zeitliche segnet, bevor er diesen Schandfleck aus seiner Familiengeschichte getilgt hat. Da er keine Söhne mehr hat, wird nach seinem Tod sein Schwager die Führung übernehmen. Und dann flammt die alte Rivalität zwischen unseren Familien schneller wieder auf, als uns lieb sein kann.«

»Wegen Theos Frau?«

Ilana nickte. »Ich habe mehrmals mit ihrem Bruder gesprochen in den letzten Monaten. Er will keinen Krieg. Aber sie hasst Theo jeden Tag mehr, weil er den Tod ihrer Kinder einfach nicht rächt. Vlados Auslieferung könnte unser Problem ein für alle Mal aus der Welt schaffen.«

»Wenn Vlado tot ist, wird es trotzdem ein Chaos geben.«

Ilana setzte ein grimmiges Lächeln auf. »Glaub ich nicht. Diesen Neven Horvath hat uns der Himmel geschickt. Er hat im Alleingang die Hälfte von Vlados erster Reihe aus dem Weg geräumt. Maxim, Ivan, Sergej, Donko, Stojan. Alle tot. Und Vlados Leiche wird nie auftauchen. Er wird einfach verschwinden.«

Sie verließen die Brücke und nahmen den verwinkelten Weg hinauf zum Hradschiner Platz in Angriff.

»Und Baba? Er wird Nachforschungen anstellen.«

»Er wird auf nichts anderes stoßen als auf die Geschichte dieses Jungen. Ich habe seine Dateien überprüfen lassen. Die Mädchen, von denen Neven berichtet hat, sind tatsächlich alle verschwunden. Keine ist je wieder aufgetaucht.«

Ilana spürte, wie die Wut wieder in ihr hochkochte. »Vlado hat gewaltigen Mist gebaut. Er hat Geschäfte mit Wahnsinnigen in der ganzen Welt gemacht. Es wird für Baba und seine Brüder so aussehen, als hätte einer von denen Vlados Männer aufgemischt. Der Irre hat uns alle beschissen, die gesamte Familie. Er hat Baba beschissen. Und jetzt wird er dafür bezahlen.«

Den Rest des Weges legten sie schweigend zurück. Ilana hatte Mühe, wieder auf normale Betriebstemperatur abzukühlen.

Der Eingang zum Palais lag in einer einsamen Seitengasse an der Rückseite der Prager Burg. Rya kündigte sie über die Gegensprechanlage an. Ein Summen ertönte, und das Tor sprang automatisch auf.

Ilana folgte Rya durch das bogenförmige Eingangsportal in ein hell erleuchtetes Vestibül. Das leise Klacken ihrer Absätze hallte im großzügig bemessenen Treppenhaus mehrfach wider. Am Fuß der Treppe wartete ein hagerer Mann mit finsteren Gesichtszügen. Seine Hände hielt er in den Manteltaschen verborgen, und mit seinen kleinen, tiefschwarzen Augen musterte er die beiden Besucher argwöhnisch.

Ilana ging furchtlos auf ihn zu und blieb mit angemessenem Abstand vor ihm stehen. »Sie müssen Qamil sein.«

Der Hagere senkte zur Bestätigung seinen Blick kurz zu Boden. »Guten Abend, Ilana. Guten Abend, Dean. Theo erwartet Sie im Festsaal. Ich darf vorausgehen?«

Sie folgten Qamil die breite Treppe in den ersten Stock und durch eine doppelflügelige Kassettentür in einen prunkvollen Saal. Dutzende Porträts von weltlichen Adeligen und kirchlichen Würdenträgern zierten die stofftapezierten Wände. Ein mit Hunderten geschliffenen Kristallen bestückter Kronleuchter hing mittig von der kuppelförmigen Decke. Der Tisch darunter bot Platz für ein Dutzend Leute, war aber nur für zwei Personen gedeckt.

Ilana sah sich interessiert um. Sie war ein Kind der Achtziger, aber europäische Geschichte hatte immer schon einen starken Reiz auf sie ausgeübt. Und das Ambiente hier verströmte die unwiderstehliche Aura vergangener Jahrhunderte. »Einen stilvollen Ort haben Sie für unser Treffen gewählt.«

Der groß gewachsene Mann, der neben dem gemauerten Kamin stand und sich am knisternden Feuer wärmte, hob seinen Kopf. Der Anflug eines Lächelns umspielte seine schmalen Lippen. »Neutraler Boden, ganz Ihren Wünschen entsprechend. Und geschichtsträchtig, wie ich mich überzeugen konnte. In diesen Räumlichkeiten wurden zahlreiche wichtige Verträge unterzeichnet.«

Theo gab Qamil ein Zeichen. Ilana nickte stumm in Ryas Richtung. Die beiden Männer zogen sich schweigend zurück.

»Astrid, ein Glas für meinen Gast.«

Durch einen Seiteneingang erschien eine junge, hübsche Kellnerin. Ilana nahm das Glas Champagner, das ihr das Mädchen auf einem Silbertablett reichte, mit einem freundlichen Nicken entgegen.

Theo umrundete den Tisch. Für einen Mann von knapp achtzig Jahren bewegte er sich unglaublich elegant. Auch sein dunkelblauer Anzug gefiel Ilana. Material und Schnitt zeugten von Geschmack und Schneiderkunst. »Es ist mir eine Ehre, Sie endlich persönlich kennenlernen zu dürfen, Ilana. Zumal unter solch erfreulichen Umständen.«

Ihre Gläser touchierten einander leicht.

Der Albaner zählte wie ihr Vater zur Kaste der aussterbenden Patriarchen, denen ihre Manieren noch an den alten militärischen Schulen des Ostblocks beigebracht worden waren.

»Die Freude ist ganz auf meiner Seite, Theo. Ich hoffe, Sie behalten recht, und wir haben demnächst tatsächlich allen Grund, von einem gelungenen Abend zu sprechen.«

Während Theo erneut nach Astrid rief, um ihr Ilanas Mantel anzuvertrauen, wandte Ilana sich um. In der linken hinteren Ecke des Raumes war ihr ein großer Fernseher auf einem rollbaren Tisch aufgefallen. Unter dem Bildschirm türmten sich zahlreiche Geräte, deren rote und grüne LEDs munter blinkten. Theo gesellte sich neben sie.

Ilana nahm einen Schluck und deutete auf die Kamera, die an der Oberkante des Fernsehers befestigt war. »Was hat es mit diesem Zeug auf sich? Wollen Sie unser historisches Zusammentreffen filmisch archivieren?«

Theo trat einen Schritt nach vorne. »Das, Ilana, ist ein Steckenpferd von mir. Ich liebe diese neuen Technologien. Sie ermöglichen uns Dinge, die vor einigen Jahren noch undenkbar gewesen wären.« Er griff nach der Fernbedienung und drückte eine Taste. Der Bildschirm flammte auf, und ein gestochen scharfes Schwarz-Weiß-Bild erschien.

Ilana kniff die Augen zusammen. Die Szenerie zeigte das Innere eines Transportwagens. Mehrere Männer in Kampfausrüstung waren zu sehen, mit schweren Helmen und automatischen Waffen.

Theo erhob seine Stimme. »Meine Herren, mein Gast ist eingetroffen. Alles läuft nach Plan. Ich ersuche um einen Lagebericht.«

»Alles in bester Ordnung, Boss. Wir beziehen unsere Stellung in etwa dreißig Minuten.«

Theo drückte erneut eine Taste, und das Bild erlosch.

Ilana sah ihn erstaunt an. »Was hat das zu bedeuten, Theo?«

»Das war ein Live-Feed von meinem Einsatzteam. Zwei meiner Männer tragen Kameras auf ihren Helmen. Sobald die

Aktion anläuft, können wir uns einklinken und live mitverfolgen, wie unsere Operation läuft. Ich kann es kaum erwarten.« Der alte Mann nahm einen Schluck und lächelte sie verschwörerisch an. »Aber eines müssen Sie mir noch verraten, Ilana. Es beschäftigt mich pausenlos. Wie erklären Sie unseren kleinen feinen Pakt Ihrer Familie?«

Ilana zog die Augenbrauen hoch. »Sie meinen wohl, meinem Vater? Nun, ich verrate Ihnen ein kleines Geheimnis, aber behalten Sie es für sich: Der gute Vlado hat sich den falschen Geschäften gewidmet. Und er hat sich mit den falschen Leuten angelegt. Genau das wird mein Vater herausfinden.«

Ein zufriedenes Schmunzeln umspielte Theos Mund. »Nun denn, bis zum Höhepunkt des Abends haben wir noch etwas Zeit. Wir sollten uns zu Tisch begeben. Ich hoffe, Sie lieben Meeresfrüchte ebenso wie ich.«

35

»Wer ist da?«

Ein Streifen warmen Lichts fiel auf den Schnee. Im Türspalt tauchte Zvonimirs Glatzkopf auf. Triumphierend ballte Neven die Hände. Wenn Sagatovs einfältiger Laufbursche hier war, war auch der Capo nicht weit.

»Lass mich rein, Zvoni. Ich frier mir hier den Arsch ab.«

»Neven? Was machst du hier, Bruder?«

»Wie oft habe ich dir schon gesagt, dass du mich nicht so nennen sollst?«

Zvonimir rümpfte die Nase. »Du hast mir aber nichts zu sagen. Bruder. Also nochmals: Was suchst du hier?«

»Ich habe eine wichtige Nachricht für den Capo. Jetzt mach schon auf. Es ist saukalt.«

Zvonimir überlegte, dann zuckte er mit den Schultern und öffnete die Tür. An der letzten Stufe klopfte Neven den Schnee von seiner Kleidung und den Schuhen und trat über die Schwelle. Der Glatzkopf beäugte ihn argwöhnisch. »Rühr dich nicht vom Fleck, Bruder. Der Capo sitzt gerade beim Abendessen. Kann sein, dass du warten musst.«

Nachdem er gegangen war, streifte Neven seine Kapuze ab. Vier Türen. Zwei nach links. Zwei nach rechts. Die Treppe nach oben teilte sich im Halbstock. Die Realität stimmte mit den Plänen, die er in Sofia studiert hatte, exakt überein.

Er musste nicht lange warten.

Zvonimir grinste. »Du hast Glück, Bruder. Ich soll dich gleich zu ihm bringen.«

Neven ließ seine Jacke und die Tasche zurück. Strich die feuchten Haare nach hinten und folgte Zvonimir in einen Seitengang, der an vier geschlossenen Türen vorbei in einen weiträumigen Salon führte. Im offenen Kamin brannte Feuer, und die altenglische Möblierung glich der in der Villa in Wien aufs Haar. Die dem Park zugewandte, verglaste Seite des Raumes gewährte Ausblick auf eine tief verschneite Winterlandschaft. Verführerische Düfte von gebratenem Wild, Gemüse und schwerem Rotwein erfüllten die Luft. Zvonimir zog sich lautlos zurück.

Vlado thronte am Kopfende eines langen, üppig gedeckten Tisches. Er speiste nicht allein. Zu seiner Rechten saß eine dunkelhaarige Frau. Den Blick gesenkt, das Besteck reglos in ihren Händen. Neven wagte kaum zu atmen.

»Ich kann mich nicht erinnern, dich eingeladen zu haben.«

Vlado klang gereizt. Entweder war der Zeitpunkt von Nevens Erscheinen ungünstig, oder aber die herablassende Begrüßung sollte überspielen, dass er, Neven, längst erwartet worden war.

»›Wenn sich jemand eigenartig verhält, kommst du damit zu mir.‹ Und: ›Wenn alles erledigt ist, melde dich.‹ Das waren Ihre Worte.«

Vlado winkte energisch ab. »Setz dich. Hast du Hunger?« Er zeigte mit dem Messer auf den Sessel am anderen Ende des Tisches.

Das blank polierte Parkett knarzte leise, als Neven sich setzte. »Spätes Essen bekommt mir nicht.«

»Ein Jammer. Dir entgeht etwas. Zumindest mein neuer Küchenchef versteht sein Handwerk.«

Vlado schob ein Stück Fleisch in seinen Mund und kaute langsam. Dann legte er das Besteck beiseite und wischte sich mit der Stoffserviette die Mundwinkel ab. Nach einem Schluck Wein behielt er das Glas in der Hand. »Es geht wieder um Maxim, nicht wahr?«

Die Frau hielt ihren Kopf unnatürlich verdreht. Ihr Haar fiel wie ein Vorhang und verdeckte ihr Gesicht. Aber Neven brauchte ohnehin keinen weiteren Beweis. Er hatte das fingernagelgroße Muttermal oberhalb des rechten Handgelenks längst entdeckt. Sein Herz schlug schneller.

»Was soll das, Neven? Denkst du tatsächlich, es interessiert mich, was er sich für Sauereien ausgedacht hat? Eure Aufgabe ist es, diese beschissene Geschichte endlich abzuhaken. Das ist alles. Ist das so schwer?«

»Die Angelegenheit ist erledigt.«

Vlado stellte das Weinglas ab und griff nach seinem Besteck. Eine volle Gabel Gemüse verschwand in seinem Mund.

Neven setzte nach. »Maxim ist tot.«

Der Capo zeigte keine Reaktion. Er kaute seinen Bissen ohne Eile zu Ende. Legte das Besteck beiseite und griff wieder nach der Serviette. Dann zum Wein. Die gleichen ruhigen Bewegungsabläufe wie vorhin. »Warum hast du ihn umgebracht?«

In diesem Moment hob Anisa den Kopf, und Nevens Herzschlag setzte für einen endlos langen Moment aus. Ihr Make-up verbarg die Spuren der erlittenen Misshandlungen nur unzureichend. Ihre Augen funkelten wütend.

Neven bemühte sich, seine Stimme gelassen und natürlich klingen zu lassen. »Maxim war ein miserabler Schauspieler. Ich stand auf seiner Liste, obwohl ich mit dem Tod seines Sohnes nichts zu tun habe.«

»Du hast die Operation geplant.«

»Die Zeugin war Zufall. Und Vulko hat bei seiner Aufgabe versagt.«

»Das mag stimmen. Aber was war mit Donko und Stojan am See?«

»Da war ich längst weg. Die Geschichte könnt ihr mir nicht anhängen.«

Durchschaute der Capo die Lüge? Die Spannung in Vlados Körper nahm zu. Er richtete sich auf, rückte seinen Sessel zurecht, stützte die Ellenbogen auf dem Tisch ab. Er sprach nun leiser, mit drohendem Unterton. »Und diese überraschende Razzia tags darauf? Damit hast du wohl auch nichts zu tun.«

»Vielleicht waren wir zu lange in der Region aktiv.«

Neven kam seinem Ziel Schritt für Schritt näher. Vlado widmete ihm seine volle Aufmerksamkeit, nur noch eine Winzigkeit vom Ausbruch entfernt. Anisa schien es ebenfalls zu spüren. Sie legte das Besteck beiseite und lehnte sich zurück.

»Es ist viel schiefgelaufen, verdammt viel. Aber keiner trägt die Schuld.«

»Ich habe meinen Teil der Operation ordnungsgemäß erledigt. Und ich habe wie verlangt die Zeugin ausfindig gemacht.«

»Das mag alles stimmen, Neven. Das mag sogar alles stimmen. Aber irgendwo gibt es trotzdem ein Leck. Einen Verräter. Die Polizei war monatelang ahnungslos, und dann kommt sie uns aus heiterem Himmel in ein paar Stunden auf die Schliche. Findest du das nicht eigenartig?«

»Nichts davon hat mit mir zu tun.«

»Maxim war da anderer Meinung. Er meinte, alle Spuren führen zu dir.« Vlado schob seinen Teller ein Stück von sich. »Anisa, mein Engel, weißt du, wer da bei uns am Tisch sitzt?« Sie nickte wortlos. Vlado holte tief Luft. Seine Kinnmuskeln traten hervor. »Das dachte ich mir. Es schockiert dich vielleicht, aber ihm hast du es zu verdanken, dass du heute hier an meinem Tisch sitzt. Er war das Gehirn hinter deiner kleinen Reise. Und ich habe es ihm zu verdanken, dass einer meiner besten und verlässlichsten Männer tot ist.«

Anisa zuckte zusammen, als Vlado eine Hand auf ihren Unterarm legte.

»Jetzt weißt du Bescheid, mein Engel. Und da du mit dem Essen fertig bist, kannst du gehen. Wir sehen uns später oben.«

Sie zögerte einen Moment zu lange. Vlado schlug mit der flachen Hand auf den Tisch. Die Teller sprangen, die Kerzenleuchter schwankten, und Anisas Weinglas fiel um. Sie zog den Kopf ein und hob schützend die Arme, als erwarte sie einen Schlag.

»Geh jetzt! Ich habe mit meinem Gast ein paar wichtige Dinge zu klären.«

Anisa schob ihren Sessel nach hinten und stand auf. Sie presste die Lippen fest aufeinander, als sie an Neven vorüberschritt, ohne ihn eines Blickes zu würdigen.

Vlado nahm den Gesprächsfaden wieder auf, nachdem die Tür hinter ihr ins Schloss gefallen war. »Eins muss man dir lassen, Neven. Du bist ein außergewöhnlicher Typ. Wirklich bemerkenswert. Und ich würde dir gerne glauben. Das meine ich ernst.«

»Ich habe Ihnen keinen Grund geliefert, an mir zu zweifeln.«

Vlado hob sein Kinn. »Es könnte aber auch sein, dass Maxim

etwas herausgefunden hat und du ihn deshalb umgebracht hast.« Pause. »Was ist mit Ivan?«

»Er teilt Maxims Schicksal.«

»Zwei meiner besten Männer, und du schaltest sie im Alleingang aus. Bloß weil du glaubst, dass du auf Maxims Liste stehst.«

»Kein Glauben. Wissen. Er war leicht zu durchschauen.«

Neven bemerkte die kleinen Anzeichen. Weiße Handknöchel und schmale Lippen. Das permanente Lockern der Nackenmuskulatur. Schweißtropfen an den Schläfen.

Vlado bereitete sich auf einen Kampf vor. »Schluss mit der Spielerei. Du bist nicht so schlau, wie du denkst, Neven. Denn es ist ziemlich einfach, Informationen zu kaufen. Überall auf der Welt. Auch in Wien findest du Beamte, die für ein lächerliches Taschengeld singen.« Er gönnte sich eine Pause. »Ich weiß, was in der Akte steht. Donko und Stojan wurden nicht erschossen. Sie wurden erstochen. Stiche in den Hals. Das klingt für mich nicht nach Polizei.«

Ohne den Blickkontakt abreißen zu lassen, hob Neven sein rechtes Bein an, griff vorsichtig zum Schaft seines Stiefels und zog ein Wurfmesser heraus. Sehr langsam legte er es vor sich auf den Tisch. »Die Messer habe ich von meinem Vater. Es gibt fünf Stück. Alle handgefertigt, von meinem Großvater. Er war ein Meister seiner Kunst. Eines der Messer liegt vermutlich in irgendeiner Asservatenkammer in Ungarn. Aber die anderen vier trage ich immer bei mir.«

Vlado nickte anerkennend. »Die Maske fallen zu lassen, erfordert Mut. Wer hat dir verraten, wo du mich findest?«

»Ich war gestern bei Sergej.«

»Und woher wusste Sergej, wo ich zu finden bin?«

»Er wusste es nicht.«

Diesmal knallte Vlado seine Faust mit voller Wucht auf die Tischplatte. Geschirr und Gläser, Speisen und Besteck flogen wild durcheinander. »Ich frage dich ein letztes Mal: Woher hast du diese Adresse, du kleiner Scheißkerl?« Spucke flog aus seinem Mund quer über den Tisch.

Neven gab sich betont unterwürfig. Vorsichtig hob er beide

Arme und zeigte seine Handflächen. »Sergej hat mich nach Warna geschickt.«

Blitzartig zog Vlado die richtigen Schlüsse. Sein Brustkorb weitete sich. Einem kampfbereiten Boxer gleich ballte er seine Hände zu Fäusten. »Du warst bei ihr?«

Aus den Augenwinkeln nahm Neven eine unscheinbare Bewegung im Park wahr. Und für einen winzigen Moment blitzte im dunklen Hintergrund ein Lichtreflex auf. Höchste Zeit, die Falle zuschnappen zu lassen.

»Ich war im Strandhaus. Und im Gegensatz zu dir habe ich Ilana gefickt.«

Vlado brüllte los wie ein angeschossener Stier. Neven senkte den Blick und presste alle Luft aus seinen Lungen. Gleichzeitig griff er nach dem Messer.

Dani trommelte mit den Fingern an den Innenrand des Lenkrades. Sie hatte die Scheinwerfer ausgeschaltet, aber der Motor lief, damit die Scheibenwischer den Schnee aus ihrem Sichtfeld schieben konnten. Und damit sie in dieser Saukälte nicht erfror. Seit zehn Minuten glotzte sie auf diese dämliche T-Kreuzung im Nirgendwo. Zum Glück war das Navi nicht ausgefallen. Ohne GPS-Signal hätte sie die Abzweigung mit Sicherheit übersehen. Laut Plan krönte das Haus des alten Steinkreutz den Gipfel des Hügels am Ende der Zufahrtsstraße, bloß einen knappen Kilometer entfernt. Dani suchte die Dunkelheit nach einem Lichtschein ab. Vergebens. Die Sichtweite lag nahe null. *Kein Risiko eingehen. Keine Glasschüsseln fallen lassen.* Dani riss die Tür auf, steckte einen Fuß in den Schnee, zog ihn zurück und schlug die Tür wieder zu. *Bau jetzt keinen Mist, Dani. Füße stillhalten und im Auto warten. Bis er dir das Mädchen übergibt. So lautet die Anweisung.*

Nadja war zwanzig Stunden in der Gewalt Maxims gewesen, hatte aber aufgrund der verabreichten Drogen kaum Erinnerungen an ihre Entführung. Anisa befand sich seit sechs Tagen in den Händen von Sagatov. Wenn Neven recht behielt, hatte dieser Psychopath nicht das geringste Interesse, sein Opfer unter Drogen zu setzen. Es machte keinen Spaß, wenn sie nicht mitspielte.

Dani knirschte mit den Zähnen. Zwölf Minuten. Neven musste doch wissen, dass sie längst vor Ort war. Trotzdem schwieg das Mobiltelefon. Keine Nachricht. Kein Anruf. Tausende Ameisen krabbelten durch ihre Adern. Wenn sie noch lange hier herumstehen musste, würde sie sich freischaufeln müssen. Mit bloßen Händen. *Nur ein Blick. Ich gehe zur Kreuzung und schau nach, wohin die Zufahrtsstraße führt.* Sie würde sich nicht weiter als fünfzig, vielleicht hundert Meter von ihrem Wagen entfernen. Kein Problem. Kein Risiko. Dani stieg aus und drückte die Tür zu. Die Kälte legte sich wie ein gefrorenes Tuch um ihren Körper. Eisiger Wind biss sich an ihren Ohren fest. Mit einem Ärmel wischte sie Schnee von ihrer Stirn und stapfte los.

Keine Spuren. Weder von einem Wagen noch von einem Menschen. Die Zufahrtsstraße führte den Hügel hinauf und verlor sich nach wenigen Metern im Schneegestöber. Die Äste der Bäume formten einen natürlichen Tunnel. Wenn sie diesem Weg folgte, würde sie eventuellen Wachen direkt in die Arme laufen. Also besser seitlich durch den Wald? Unschlüssig trat sie von einem Bein aufs andere. Eiskaltes Wasser lief ihr über die Kopfhaut in den Nacken. Sich durch den Tiefschnee zu kämpfen, ohne Sicht auf den Untergrund, war vielleicht doch keine so grandiose Idee. Also doch die Straße. *Was zum Kuckuck machst du hier?*

Nur ein Kilometer. Ein lächerlicher Kilometer, und sie würde wenigstens Gewissheit erlangen, ob sich das Warten lohnte. Die Muskeln ihrer Beine zuckten. Ein Sprint. Vier Minuten bergauf stellten kein Problem dar. Oder schleichen. Von Baum zu Baum. Würde fünfzehn Minuten kosten. Und den Wagen hier zurücklassen? Scheiße. Weder noch. Sie hatte es versprochen. Sie war dem Tod dieser Tage mehr als einmal von der Schaufel gesprungen. Also zurück zum Auto und warten.

Plötzlich zerrissen scharf akzentuierte Explosionen die nächtliche Stille. Kurze Feuerstöße aus halb automatischen

Waffen. Unter Berücksichtigung der dämpfenden Wirkung des Schneefalls ein paar hundert Meter entfernt. Von da oben. Vom Hügel.

Mit viel Mühe zügelte Dani den Impuls, einfach wieder loszulaufen. Wie am See in Hohenwarten. Wie bei Győr. Aber was immer da oben gerade vor sich ging, diesmal war es nicht ihr Krieg. Trotzdem zog sie ihre Glock.

Der Tisch flog zur Seite. Porzellan und Glas zersplitterten am Boden. Besteck und Kerzen flogen quer durch den Raum. Neven kippte mitsamt seinem Stuhl nach hinten. Noch im Fallen sah er, wie Vlado sich mit grässlich verzerrter Fratze auf ihn stürzte.

Im selben Moment krachten die ersten Schüsse. Glasscheiben zerplatzten mit ohrenbetäubendem Knallen. Dutzende Salven folgten, Feuerstoß um Feuerstoß. Die Terrassenverglasungen barsten eine nach der anderen in einem Splitterregen.

Glücklicherweise befand sich hinter Neven genügend freier Raum. Ohne gegen ein Hindernis zu prallen, rollte er über seine rechte Schulter seitlich ab und fand augenblicklich wieder festen Stand. Keine Sekunde zu spät. Vlado hatte ihn beinahe erreicht. Erst im letzten Moment schleuderte Neven sein Messer aus dem Handgelenk in Richtung des Angreifers.

Der schlanke Stahl bohrte sich in Vlados Brustkorb, eine Handbreit unterhalb des Schlüsselbeins. Ein erstickter Schrei entfuhr der Kehle des Capos. Ungläubig riss er die Augen auf. Mit dem nächsten Schritt knickte sein rechtes Knie zur Seite, und er verlor das Gleichgewicht. Noch im Stürzen versuchte er, Nevens Fußgelenk zu fassen, aber sein Griff ging ins Leere.

Männer in dunklen Kampfanzügen schälten sich aus der Dunkelheit und sprangen in den Salon, ihre Waffen im Anschlag. Unter ihren Sohlen knirschten Glassplitter. Neven stürzte zur Tür. Hinter ihm knallten weitere Schüsse. Er rannte den Gang entlang, der ihn zurück in die Eingangshalle führte. Drei Stufen auf einmal nehmend, stürmte er in den ersten Stock. Am Ende der Treppe wandte er sich instinktiv nach rechts. Die erste Tür war verschlossen. Hinter der zweiten herrschte Dunkelheit. Die dritte brachte ihn an sein Ziel. Ein Schlafzimmer mit hellem Teppichboden und einem Kristalllüster an der Decke.

Anisa kauerte auf einem Sofa. Beide Knie mit den Armen umschlungen und zur Brust gezogen. Aus geweiteten Augen starrte sie ihm entgegen.

Er streckte ihr eine Hand entgegen. »Komm. Lass uns von hier verschwinden.« Sie rührte sich nicht. »Es ist vorbei, Anisa. Ich bin hier, um dich nach Hause zu bringen.«

Neven ging zwei Schritte auf sie zu, aber anstatt sich ihm zu öffnen, rückte sie zurück und funkelte ihn an. »Er bringt mich um, wenn ich versuche abzuhauen.«

»Nein. Er kann dir nichts mehr tun, er ist –«

Hinter ihm knallte die Tür gegen die Wand. Anisa stieß einen spitzen Schrei aus. Neven fuhr herum. Drei Männer mit angelegten Waffen stürmten ins Zimmer.

Neven hob beide Hände und zog den Kopf zwischen die Schultern. »Ich gehöre nicht zu Vlados Männern!«

Der Mann, der den kleinen Trupp anführte, blieb stehen und zielte direkt auf Nevens Stirn. Aber er schoss nicht. Er hielt seinen Kopf leicht schräg, direkt über dem Griff seines Gewehres positioniert. Ein Funkknopf steckte in seinem Ohr, und ein Drahtbügel führte zu seinem Mund. Irgendjemand gab aus dem Hintergrund Befehle. Am Helm des Mannes war ein Aufbau montiert, der auf den ersten Blick wie ein weggeklapptes Nachtsichtgerät aussah. Eine Kamera. Wer immer am anderen Ende der Leitung vor dem Bildschirm saß, hatte Nevens Gesicht formatfüllend vor sich.

Ilana. Natürlich. Alle Fäden liefen bei ihr zusammen. In dieser Sekunde wog sie ab, ob der Verräter aus den Reihen ihres Feindes das Risiko wert war, das sie einging, wenn sie sein Leben verschonte. Denn sein Wissen über ihren Verrat war eine lebenslange und ernsthafte Bedrohung für sie und ihre Männer.

Neven wagte kaum zu atmen. Wochenlang hatte er die vage Hoffnung mit sich herumgetragen, alles würde sich für ihn und Anisa zum Guten wenden. Wie im Märchen. Die Schöne und das Biest. Aber die Realität reagierte nicht auf romantische Kunstgriffe. Trotzdem waren seine Entscheidungen die richtigen gewesen. Es ging in dieser Sache nicht um ihn. Und wenn er jetzt einknickte und um sein Leben winselte, besiegelte er auch Anisas Schicksal. Die Klarheit dieser Gedanken hatte etwas Tröstliches. Die Sekunden dehnten sich, und Ilana wartete auf seine Reaktion.

Aber er schwieg. Ohne zu blinzeln, ohne die geringste Regung starrte er in die Kameralinse. Die beiden Männer im Hintergrund wurden unruhig. Einer stellte leise eine Frage. Der andere antwortete mit einem Flüstern. Aus dem Nichts ertönte plötzlich ein einzelnes lautes Wort.

»Verstanden.«

Es kam aus dem Mund des Anführers. Der Lauf seiner Waffe senkte sich zu Boden, und mit einem taktischen Handzeichen gab er den Befehl zum Rückzug.

Neven sah zu, wie sie im Rückwärtsgang das Zimmer verließen. Erst als sie verschwunden waren, holte er wieder Luft. »Such dir irgendwas zum Überziehen, Anisa. Es ist kalt. Hast du feste Schuhe? Wir müssen ein Stück durch den Schnee laufen.«

Tausend Gedanken rasten durch ihren Kopf. Was, wenn die Falschen als Sieger aus dem Feuergefecht hervorgingen? Sie musste ihren Wagen freischaufeln. Sie musste in der Lage sein, von einer Sekunde auf die nächste abzuhauen. Ohne die Zufahrtsstraße zum Jagdschloss aus den Augen zu lassen, trat Dani einen Schritt zurück. Ein kaltes Stück Metall berührte ihren Hals, direkt an der Wirbelsäule, und eine raue Männerstimme sprach leise Worte in einer Sprache, die sie nicht verstand. Dani erstarrte. Eine Hand griff an ihr vorbei und nahm ihr die Glock aus der Hand.

»Ich bin Polizistin.« Einen Versuch war es wert.

Aber die Stimme hinter ihr zischte nur leise: »Hände auf den Rücken.«

Auf Deutsch. Mit slawischem Akzent. Der Unbekannte wartete nicht, bis sie ihre Arme freiwillig nach hinten führte. Er half mit Gewalt nach. Kaum dass Dani das typische Geräusch sich zuziehender Kabelbinder erkannt hatte, waren ihre Handgelenke bereits gefesselt. Und im nächsten Augenblick nahm ihr ein Stoffsack, den sie übergezogen bekam, die Sicht. Der süßliche Geruch von Chloroform stieg in ihre Nase. Dani hielt die Luft an.

Gedämpfte Sprachfetzen drangen an ihre Ohren. Mindestens zwei Männer unterhielten sich. Die Frage nach Neven Horvath lag ihr auf den Lippen, aber im letzten Moment schluckte sie sie hinunter. Wenn sie Nevens Namen den falschen Typen gegenüber erwähnte, zerstörte sie womöglich alles.

Nur langsam begriff Dani die Dramatik ihrer Situation. Aber ihr blieb nicht genug Zeit, um sie auch eingehend zu analysieren. Der brutale Schlag in den Magen traf sie genau in dem Moment, als die aufsteigende Gewissheit in Panik umzuschlagen drohte.

Dani verlor jede Kontrolle über ihren Körper. Die Lungen verweigerten ihren Dienst. Sie klappte zusammen und stürzte zu Boden. Dass sie die Kontrolle über ihre Blase verlor, bekam sie noch mit, dann schlug ihr Kopf am Boden auf, und sie verlor das Bewusstsein.

Mit Anisa an der Hand stieg Neven die Treppe hinunter. Die Empfangshalle war leer, die Eingangstür geschlossen. Als er Richtung Salon abbiegen wollte, entzog sich das Mädchen seinem Griff. Er blieb stehen und drehte sich zu ihr um. »Sie sind fort. Es ist nichts mehr zu hören.«

»Ich will da nicht mehr hinein.«

»Ich brauche Gewissheit. Du kannst hier auf mich warten.«

Anisa schüttelte den Kopf.

»Dann bleib dicht bei mir.«

Am Ende des Ganges stieß Neven die Tür zum Salon auf. Der Raum war kalt und menschenleer. Schnee wehte durch die kaputten Scheiben und legte sich sanft auf das Chaos am Boden. Das Feuer im Kamin loderte heftig.

Sie hatten den Capo mitgenommen. Neven trat an die Stelle,

wo Vlado gestürzt war und versucht hatte, nach seinem Bein zu fassen. Er hatte Blut verloren, aber bei Weitem nicht genug, um mit Gewissheit sagen zu können, dass er tot war. Im Gegenteil. Neven war sicher, dass die Shkodras Vlado am Leben gelassen hatten.

Er suchte den Boden ab. Sein Messer lag drei Meter entfernt, inmitten eines Scherbenmeeres. Entweder hatte sich Vlado die Klinge selbst aus der Brust gezogen, oder einer der Albaner hatte es getan. Neven bückte sich und wischte das angetrocknete Blut mit einer Serviette ab. Nachdem er sein Messer zurück in den Stiefelschaft geschoben hatte, atmete er auf. Nun lag nur noch ein Schritt vor ihm.

Als Dani zu sich kam, benötigte sie nur wenige Sekunden, ehe ihr klar wurde, dass sie sich in einem Kofferraum befand. Im Kofferraum eines Wagens, dessen Motor lief, der sich aber nicht von der Stelle bewegte. Lag sie in ihrem eigenen Auto? Plötzlich öffnete sich der Deckel, und zwei starke Arme hoben sie heraus, als wäre sie eine Stoffpuppe. Ihr Schädel brummte fürchterlich. Sie wurde auf die Beine gestellt und wäre unweigerlich umgefallen, hätte sie nicht jemand festgehalten. Der Stoffsack wurde ihr vom Kopf gezogen. Die kalte Luft half ihr zurück in die Gegenwart. Langsam klärte sich ihr Blick. Da war ein riesiger Mann mit einer Sturmhaube. Er musterte sie aufmerksam. Daneben stand ein etwas kleinerer, schlanker Mann mit schulterlangen Haaren. Und neben ihm eine Frau.

Dani blinzelte. Neven. Und Anisa.

Neven deutete auf Dani und sagte etwas in einer slawischen Sprache. Ein Knipsen war zu hören, und ihre Hände waren wieder frei. »Tut mir leid, dass die beiden grob zu dir waren. Du bist nicht im Auto sitzen geblieben.«

»Ich werd's überleben.«

»Anisa, das ist Dani. Sie ist eine herausragende Polizistin. Sie wird dich sicher nach Hause bringen.«

Dani warf dem Mädchen einen kurzen Blick zu und versuchte zu lächeln. Sie kämpfte mit Übelkeit und weichen Knien.

Aber ihr Gehirn funktionierte einwandfrei. Sie sah Neven fragend an, doch er schüttelte den Kopf.

Die beiden Männer in Nevens Begleitung waren gleich groß, trugen beide Sturmhauben und hatten die gleichen dunklen Augen. Sie wirkten auf Dani wie Zwillinge. Ihr ging ein Licht auf. »Du hast einen Deal gemacht.«

»Es ist die einzige Chance, dass ihr beide hier lebend rauskommt. Ihr müsst jetzt los.«

Anisa hatte sich während der gesamten Unterhaltung nicht bewegt. Ihr Blick war wach, sie schielte immer wieder an Dani vorbei zum Wagen.

Dani nickte, schob sich zwischen Neven und Anisa und führte das Mädchen zur Beifahrerseite. Nachdem sie die Tür geschlossen hatte, kam sie nochmals zu Neven zurück und deutete auf seine Helfer. »Einer der beiden hat mir meine Waffe abgenommen. Ich brauche sie zurück.«

Neven wechselte mit einem der Männer ein paar Worte. »Steig in dein Auto und fahr los. Deine Pistole liegt im Kofferraum.«

Ein Gedanke zuckte durch Danis Gehirn. Es war vielleicht ihre allerletzte Chance, mit Neven zu sprechen. Wer waren die Kerle an seiner Seite? Wie würden sie reagieren? Egal. Sie musste das Risiko eingehen.

»Du gehörst nicht in diese Welt, Neven. Ich weiß, was in Ungarn passiert ist. Ich weiß, wer du wirklich bist.«

»Bring Anisa nach Hause. Bitte.«

»Wie kann ich dich erreichen?«

Neven reagierte nicht. Er sah sie nur an. Dann legte er den rechten Zeigefinger an seine Lippen. Ohne ein Wort des Abschieds machte er kehrt, und die beiden Männer folgten ihm.

36

Die Schneefälle der vergangenen Tage hatten den Park der Klinik und die vorgelagerten Weingärten in ein idyllisches Kleinod verwandelt. Eiskristalle tanzten vor tiefblauem Himmel, und die Luft schmeckte frisch und sauber. Zwischen den Spaziergängern stritten Blaumeisen und Amseln um die Vorherrschaft bei den Futterhäuschen, und vereinzelt tollten Hunde durch das pulvrige Weiß.

Auch auf der Terrasse des Sanatoriums herrschte reges Treiben. Patienten unterhielten sich mit Angehörigen bei einer Tasse Tee, lasen in Zeitungen und Büchern oder erfreuten sich mit geschlossenen Augen an den wärmenden Strahlen der Sonne. Von hier oben war das Chaos, das der Wintereinbruch in der Stadt verursacht hatte, weder zu sehen noch zu spüren.

Die gelebte Alltäglichkeit löste in Dani das Gefühl aus, ein Fremdkörper zu sein und auch als solcher wahrgenommen zu werden. Ohne die Menschen links und rechts zu beachten, steuerte sie auf eine allein sitzende, in eine dünne Decke gewickelte Frau zu. »Dir scheint die Kälte nicht viel auszumachen.«

Anisa drehte ihren Kopf, die Hand an die Stirn gelegt, um ihre Augen vor dem gleißenden Licht der Mittagssonne zu schützen. »Sie tut mir gut. Nach diesem Alptraum fühlt sich vieles anders an. Irgendwie … ehrlicher. Ich lerne gerade, das zu schätzen.«

Dani rückte sich einen der Sessel zurecht und nahm Platz. Ein Alptraum, fürwahr. Die Befreiungsaktion für ihre Schwester lastete wie ein Fluch auf ihrer Familie und verdammte alle zum Schweigen. Vor einer Woche hatte sie sich von ihrem Einsatzpartner Klemens Raider verabschiedet, und drei Tage später war Nico beerdigt worden. Niemand konnte ermessen, wie sehr sie ihn vermisste, und niemand wusste, dass sie nachts kaum schlief. »Ich habe deine Sachen hier.«

Anisa nahm die Sporttasche mit einem geflüsterten »Danke« entgegen und stellte sie neben sich auf den Boden, ohne einen Blick hineinzuwerfen. »Habt ihr Direktor Lienhart inzwischen gefunden? Wisst ihr, was mit ihm passiert ist?«

Dani nahm ihre Sonnenbrille ab und schüttelte den Kopf. »Wir stehen immer noch am Anfang. In der abgebrannten Lagerhalle war er nicht.« Sie deutete auf die Tasche. »Jedenfalls haben wir auf all den Dingen da drinnen seine Fingerabdrücke gefunden. Deshalb gehen wir davon aus, dass alles dir gehört.«

»Was ist mit den anderen Mädchen? Irgendwelche Anhaltspunkte? Gibt es dieses Dark Book tatsächlich?«

Dani schluckte. »Wir haben nichts. Wir wissen nicht mal, wo wir zu suchen anfangen sollen. Neven war unsere einzige Spur.«

»Diesen Namen hat er mir gegenüber nie benutzt.«

Bislang weigerte sich Anisa, über ihr Verhältnis zu Arian und ihre gemeinsamen Erlebnisse zu sprechen, und Dani dachte nicht im Traum daran, das Mädchen zu drängen. Stattdessen blickte sie über die weißen Dächer der Stadt Richtung Osten. »Unsere Kollegen aus Bulgarien haben uns endlich aktuelle Bilder der Mitglieder des Balabanov-Clans geschickt. Eines ist besonders interessant.« Dani langte in die Innentasche ihrer Jacke.

Anisa nahm das Foto entgegen und betrachtete es eingehend. Wenn sie überrascht war, so sah man es ihr nicht an. »Wer ist sie?«

»Ilana Balabanova. Dreißig Jahre. Die Tochter des Paten. Wir vermuten, dass die Ähnlichkeit zwischen dir und dieser Frau das Motiv für deine Entführung war. Zumindest könnte es die Obsession deines Entführers erklären.«

Anisa gab Dani das Foto zurück. »Und wer waren die Männer, die das Schloss überfallen haben?«

»Wir haben keine Ahnung, aber Arian wusste über den Plan bestens Bescheid. Es ist uns nach wie vor ein vollkommenes Rätsel, wie er diese Aktion so kurzfristig einfädeln konnte.«

»Ich denke, es waren Albaner.«

Dani richtete sich überrascht auf. »Wie kommst du denn darauf?«

»Die, die Arian und mich im Visier hatten, im Zimmer im ersten Stock, die haben Albanisch gesprochen. Meine Mutter stammt aus dem Kosovo. Ich verstehe die Sprache.«

»Das hast du mir noch gar nicht erzählt.«

Anisa seufzte. »Es kommt alles nach und nach. Ich habe dir vieles noch nicht erzählt.« Sie zog die Beine an und umschlang sie mit ihren Armen. Die Blutergüsse und Schwellungen in ihrem Gesicht waren kaum noch zu erkennen. »Weißt du, was mir richtig Angst macht? Dass ich spüren kann, dass Sagatov noch lebt.«

»Jedenfalls müssen wir davon ausgehen und dementsprechend handeln.«

»Zeugenschutz.«

Es war keine Frage. Anisa wusste von Sandra Lohmann und dem Weg, den ihre Mitschülerin inzwischen gegangen war.

Dani bemühte sich, ihrer Stimme einen zuversichtlichen Klang zu verleihen. »Neuer Name, neue Identität, neue Stadt. Solange wir nicht mit absoluter Sicherheit wissen, dass dir keine Gefahr mehr droht, gibt es dazu keine Alternative. Es wird nicht einfach, aber du wirst das schaffen.«

»Und was ist mit Arian? Was unternimmt die Polizei? Wird nach ihm gefahndet?« Ein zorniger Unterton ließ Anisas Stimme vibrieren.

Die Sonne versteckte sich hinter einer Wolke, und leichter Wind kam auf. Dani steckte die Brille in die Außentasche ihrer Jacke. »Wir werden ihn finden, darauf kannst du dich verlassen. Aber unser Auftrag wird dir unter Umständen nicht gefallen.«

»Ihr wollt ihm etwas anbieten?«

»Arian ist ein kleiner Fisch in diesem Teich. Wir wollen an das Netzwerk dahinter.«

Anisa zuckte mit den Schultern. »Ich wünsche mir, dass Arian für das, was er all diesen Mädchen und mir angetan hat, zur Rechenschaft gezogen wird.«

»Bislang konzentrieren wir unsere Suche auf Bulgarien, auf

das Umfeld der Familie Balabanov. Leider erfolglos. Aber wenn du sagst, dass Albaner die Finger im Spiel hatten … Das macht die Suche nicht einfacher.«

Anisa zog die Decke enger um ihre Schultern und legte das Kinn auf ihre Knie. »Zumindest kann ich jetzt, nachdem du mir Arians Geschichte erzählt hast, einigermaßen nachvollziehen, was passiert ist.« Sie machte eine Pause. »Ich empfinde noch immer etwas für ihn. Verrückt, oder? Aber sein Schicksal befreit ihn in keiner Weise von seiner Schuld. Ein Teil von mir hofft, dass er geschnappt und verurteilt wird, der andere Teil würde ihn gerne wiedersehen und mit ihm abhauen.«

Dani ließ ihren Blick zum Horizont schweifen. »Ich kann dich gut verstehen. Unser Befehl lautet jedenfalls, ihn zu finden und zur Zusammenarbeit zu überreden.«

»Denkst du tatsächlich, dass er sich dafür hergibt? Hätte er es dann nicht schon längst getan?«

»Das kann ich dir nicht beantworten. Aber ich sehe heute viele Dinge anders als noch vor ein paar Wochen.« Sie erhob sich. »Die Geschichte hat eben erst begonnen. Und eines kann ich dir versprechen: Egal, was noch kommen mag, ich finde ihn. Ich gebe niemals auf.«

Dank

Mein größter Dank geht an meine Frau. Ich weiß, sie hasst es, im Mittelpunkt zu stehen, und schon gar nicht möchte sie hier an erster Stelle genannt werden, aber ohne sie gäbe es diesen Roman nicht. »Wenn es dein Wunsch ist«, hat sie vor Jahren zu mir gesagt, »dann setz dich hin und fang an zu schreiben.« Dies ist das Resultat.

Ich danke Christian für das Lesen meiner ersten literarischen Gehversuche – deine ermunternden Worte waren enorm wichtig. Von Herzen danke ich meinen lieben Freundinnen Ildiko, die all die Zeit über nicht müde wurde, mich in meinem Vorhaben zu bestärken, und Vesna, die mein Scheitern niemals zugelassen hätte. Für die fachliche Unterstützung bei allen medizinischen Themen gebührt mein ganz besonderer Dank einer großartigen und einfühlsamen Ärztin – Alex, du bist viel zu früh von uns gegangen. Ohne Susanne und ihr fundiertes kriminalpolizeiliches Wissen wäre ich in eine Unzahl von Fettnäpfchen getreten – vielen Dank für deine wertvollen Beiträge. Alle fachlichen Unebenheiten gehen ganz allein auf meine Kappe.

Ich danke weiters Ingrid Haag für die Begleitung in einer schwierigen Projektphase und die Ermutigung, den Text rigoros zu straffen. Dass ich mit meinem Manuskript bei Carsten Polzin, dem Gründer der Medienagentur Textbaby, Unterschlupf gefunden habe, zaubert mir immer noch ein Lächeln ins Gesicht – vielen Dank für dein Vertrauen und deine Arbeit. Und zum Abschluss möchte ich mich bei meinem Lektor Lothar Strüh und dem gesamten Team des Emons-Verlags bedanken – nicht zuletzt durch eure Arbeit ist ein Traum in Erfüllung gegangen.